David Boratav

Murmures
à Beyoğlu

Gallimard

David Boratav est né en 1971. Il vit à Paris. *Murmures à Beyoğlu* est son premier roman.

Pour c.

L'homme n'est pas beaucoup plus avancé que l'enfant. Il est resté ce qu'il était : penché au-dessus et au plus près.

CLAUDE LOUIS-COMBET

Some trains don't pull no gamblers
No midnight ramblers, like they did before
I've been to Sugar Town, I shook the sugar down
Now I'm trying to get to Heaven before they close the door

BOB DYLAN

AU LECTEUR

Le turc est parlé en Turquie, en Bulgarie, à Chypre, en république de Macédoine, en Roumanie, en Azerbaïdjan, au Kosovo, en Grèce (ainsi que sous une forme altérée par une partie des habitants du Kirghizistan, du Kazakhstan et de l'Ouzbékistan) et par les communautés immigrées d'Allemagne, de France, des Pays-Bas, de Belgique, des États-Unis et d'une quinzaine d'autres pays dans le monde. Contrairement au français, en turc toutes les lettres se prononcent et, règle dite de « l'harmonie vocalique » (qui associe les voyelles d'un même mot avec des paires compatibles) mise à part, la prononciation turque est aisée. Par souci de sincérité, confiant dans l'aptitude du lecteur aux langues étrangères, j'ai donc choisi de reproduire les noms de lieux, de personnes et de choses sans les franciser. En turc, le « c » se prononce « dj- », et le « e » devient un croisement entre « é » et « è » (sauf s'il est placé entre deux consonnes, où ce « e » reste ouvert). Ainsi, le prénom du Consul, Celal Tur, se prononce Djélal. Le « ç » de « üç » (le chiffre trois) se prononce « tch- » ; les « ş » de Beşiktaş « ch- » (Béchiktache) ; le « g » et le « ö » de Karagöz, respectivement « gu » et « eu » ; le « ü » se prononce « u » et le « u » de Beyoğlu, « ou ». À cette liste, il convient d'ajouter deux lettres moins évidentes au premier abord : le « ı » de rakı (la boisson nationale), un « i » décapité dont la sonorité oscille entre un « i » de gorge et le « eu » ; et le « ğ » (ou « g » doux), une consonne muette dont l'effet est d'allonger la voyelle qui le précède. Beyoğlu serait ainsi devenu Bèyoôlou et j'espère que le lecteur comprendra pourquoi je n'ai pu m'y résoudre, en dépit de l'inconfort momentané que ce choix créera peut-être pour lui. L'harmonie d'une langue, après tout, est autant visuelle que sonore.

LE MAL

Cela faisait des mois que je ne dormais plus. Ce que le sommeil apportait, en inertie comme en inconscience, m'était désormais interdit. J'étais dans un souterrain, un tunnel de fatigue qui s'étendait devant moi, implacable et sans porte de sortie. Je somnolais parfois, et mon corps était alors envahi par un silence qui pouvait passer pour du sommeil, mais j'en revenais vite, sans avoir goûté à ce que les gens appelaient le repos.

Mes sens s'émoussaient. Je passais une partie de mon temps d'éveil à fumer des cigarettes, l'autre à perdre l'appétit. J'étais sensible au moindre courant d'air, aux bactéries des plats décongelés, aux toux des voyageurs dans les transports publics. Après plusieurs mois de veille, de nuit comme de jour, j'étais comme un vaisseau privé de quille et de boussole. Pas une épave — pas encore — mais un individu qui s'y entend avec la solitude, le silence et la nuit, et que l'allure d'affaissement général faisait ressembler à un vieux pétrolier échoué sur la plage. Du fond de mon accablement je guettais la sortie du cauchemar, ou un répit quelconque, tout en ayant la conviction de plus en plus nette qu'une fin, ma fin peut-être, était proche.

Ces derniers temps, plusieurs nuits de suite, alors que je fixais mes yeux grands ouverts sur un détail quelconque du plafond, je m'étais souvenu avec une précision grandissante de la première fois où j'avais rencontré Celal Tur. J'avais douze ou treize ans. Celal, un neveu de mon père, nous avait rendu visite dans notre appartement de la rue Saint-Jacques à Paris. Dans la cuisine, il avait lu tout haut, d'une voix essoufflée, un court texte sur les nuits d'un insomniaque, grignotées, disait le poème, « par un trop lourd condensé de sommeil ». L'expression me revenait à présent. Elle donnait à ce sommeil, ou plutôt à son absence, quelque chose de la teinte laiteuse et ectoplasmique du lait concentré sucré. Mon père avait aimé la sonorité très française de la phrase et l'avait fait répéter à Celal, qui lui avait répondu un peu mystérieusement que c'était un poème dont il ne fallait pas abuser.

Et pourquoi donc ? l'avait interrogé mon père, amusé par tant de solennité.

Un poème *zahir*, avait-il répondu en turc. *Zahir şiiri*.

Celal Tur était parfaitement francophone et, comme mon père, amateur de livres rares. Le poème *zahir* était une curiosité dénichée dans les bacs d'un bouquiniste turc, sur les quais de Seine, qui lui avait affirmé que le poème priverait de sommeil celui qui aurait la mauvaise idée de l'apprendre par cœur. Le lire, c'était se condamner à ce qu'il décrivait, comme si les quelques vers du fascicule avaient le pouvoir de dissiper toute l'obscurité disponible d'une chambre, de sorte que le dormeur grisé de fatigue attendait en vain, jusqu'au lever du jour, que ses paupières se ferment. Jusqu'à ce que je le retrouve plusieurs années après, mutique et fragilisé dans un appartement humide du nord de Londres, Celal, qui avait un léger strabisme et sentait la poussière de pistache, était resté pour moi le colporteur de cet unique fragment de phrase, ce *trop lourd condensé de sommeil* devenu, plus qu'un symptôme, l'affection chronique de ma propre décrépitude.

Mon père avait accepté sans l'ouvrir le cadeau de Celal. Il avait lu Borges et connaissait la définition que l'écrivain donnait du *zahir*, « l'un des quatre-vingt-dix-neuf noms de Dieu » par lequel dans les pays musulmans les gens désignaient « les êtres ou les choses qui ont la terrible vertu de ne pouvoir être oubliés et dont l'image finit par rendre fou ». L'ouvrage était resté fermé, posé sur la table. Pendant qu'ils poursuivaient leur discussion, je l'avais observé avec une fascination mêlée d'un peu d'effroi.

Ne m'as-tu pas dit que l'homme qui t'a vendu ce livre était un Turc ? avait demandé mon père. Il devait savoir que *zahir* signifie « ce qui est apparent » dans le langage commun de notre langue. Un poème *zahir*, en somme, serait une sorte de miroir aux alouettes comme disent les Français.

Une boîte à double fond, oui… Une sorte de trompe-l'œil. Quant à l'antidote, l'oubli est le remède, avait répondu Celal.

Cette nuit-là, quand la discussion sur la mythologie du *zahir* avait pris fin, Celal avait dormi dans le salon. Je n'avais pas fermé l'œil, trop occupé à traquer les effets maléfiques du poème que mon père avait rangé sans l'ouvrir dans sa bibliothèque. Pendant des heures, j'avais fait le guet, me retournant dans mon lit, me levant pour regarder par la fenêtre et constater l'immobilité de la rue Saint-Jacques, avant de me glisser à nouveau sous mes couvertures jusqu'au commencement du jour. J'avais attendu une heure décente pour dire à qui voudrait m'entendre que j'avais contracté le *zahir* (comme on attrapait un rhume ou le mauvais œil) et que la nature maléfique de l'ouvrage était donc prouvée. Pendant que j'échafaudais le mal dont j'étais la malheureuse victime, envisageant sérieusement la possibilité de périr d'épuisement sous le regard navré et enfin affligé de ma mère, j'avais fini par m'assoupir. Tard dans la matinée, quand j'avais poussé la porte du salon, j'avais vu les draps du visiteur posés sur l'accoudoir du canapé. Celal était parti — je ne le reverrais que quarante ans plus tard.

Comme il était aisé de se remémorer de telles afflictions en observant le tracé d'une faille murale qui partait se loger derrière une applique de prise électrique. L'enfance en était remplie, de ces petites fêlures, elle s'en nourrissait même. Mais je ne croyais pas aux contes, encore moins aux traumatismes ; je croyais au contraire à la fatalité du délabrement, à l'inévitabilité, à la rapidité du déclin. Ce dont je souffrais était une maladie, un syndrome, conforme à un diagnostic médical : pendant des années, j'avais travaillé de nuit, et ces années de travail nocturne avaient tout à voir avec la dégradation de mon état. Ce mal aujourd'hui n'avait plus rien de poétique : je l'appelais le Crabe, parce que cela, au lieu de filer droit, marchait de travers.

Le laboratoire qui m'employait me chargeait d'effectuer des relevés de données statistiques, une tâche qui consistait à faire défiler des feuilles de calculs — d'abord sur du papier à trous, et plus tard sur des écrans — et qui exigeait, en plus du maintien d'une présence humaine à proximité de machines complexes, de faire preuve de rigueur et de ponctualité. Le travail de nuit commençait au crépuscule avec le premier relevé nocturne et finissait à l'aube avec la complétion des diagrammes grâce aux données des derniers relevés matinaux. J'étais chargé d'une suite décousue d'activités connexes : recoupement d'événements, envois vers la base de données, enregistrement de l'accusé de réception, etc. Mon travail accompli, je rentrais chez moi à Olympia. La maison était silencieuse, la clef tournait dans la serrure, mon corps se glissait à l'intérieur par gestes calculés, mon bras se tendait pour accrocher derrière la porte un manteau alourdi par la nuit, la porte donnait sur une cuisine dont je ne me servais plus et je m'affaissais sur le matelas en pensant combien sont froids les lits où l'on ne s'endort pas. Ce qui se passait ensuite n'avait en effet pas grand-chose à voir avec le sommeil : mon corps se vidait plutôt d'un trop-plein de fatigue. Mes membres se souvenaient de leur poids et, si mes sens trouvaient un réconfort dans le calme de l'appartement — si, pour employer un terme emprunté au vocabulaire sportif, je *récupérais* —, le *zahir* était trop bruyant ou, si l'on veut, le condensé de sommeil trop indigeste.

On m'avait prescrit des pilules. Sous Stilnox, j'étais sujet à des hallucinations terrifiantes ; l'Ambien provoqua logiquement une légère dysphorie ; un médecin prescrivit du Geodon, et je réalisai que je traitais une dépression induite par le Zolpidem au moyen d'un neuroleptique. Et comme je gardais assez de raison pour avoir un dégoût sincère de la caricature, lorsque j'atteignis ce stade, je conclus que ces prescriptions n'étaient pas mon genre de cocktails et mis un point final à l'expérience médicamenteuse. Je tirai la chasse et les pilules intégrèrent le réseau des égouts londoniens pour augmenter le parc des drogues récréatives en accès libre.

On continuait à m'assurer que mon mal était temporaire, un effet passager du stress, du surmenage, de la solitude. Quand par miracle je parvenais à m'assoupir, j'étais assailli de pensées rotatives et prosaïques, toujours les mêmes. Mais ces pensées n'étaient pas des rêves. Trop immédiates, trop terre à terre, trop mécaniques, elles prenaient la forme de marches forcées dans des villes que je connaissais, ou que j'avais habitées à un moment ou à un autre de mon existence. Ainsi je marchais dans Paris et mon genou, où se déplaçait un morceau de cartilage, me faisait souffrir. La Seine était agitée de remous. Ces remous m'évoquaient une succession macabre d'orbites creuses. Je marchais en plein été dans les rues de Marseille, dépeuplées alors qu'il faisait jour. Le temps était lourd, l'air manquait, la ville se mettait à puer et la flânerie devenait impossible, mais je n'avais pas assez d'argent pour entrer dans un café. Ou encore, je marchais dans Londres. Trompé par les distances, je remontais des heures durant une avenue grise et huilée par la pluie. En traversant la rue, je regardais du mauvais côté et manquais de disparaître sous un bus à étages.

Ces pensées auraient pu remplir une fonction onirique si elles n'avaient pas été aussi pénibles. Mais elles s'étaient vraiment déroulées dans la réalité, au début de séjours parfois très brefs dans chacune de ces villes, *au geste et à l'impression près.* J'avais ressenti les mêmes sensations d'inconfort, d'épreuve physique et de lourdeur morale lorsque je les avais vécues et, chaque fois que je rouvrais les yeux, je comprenais que ces marches forcées n'étaient qu'une forme détournée et hallucinée d'éveil. Chacun savait qu'il était impossible pour un être humain de garder les yeux ouverts plus de trois ou quatre jours d'affilée et, à force, mes paupières se fermaient. Mais rien ne se passait derrière ces voiles de peau gonflée : il y avait de la pénombre, du silence, un peu d'oubli, mais jamais de sommeil. C'était la lumière de l'aube qui, paradoxalement, me rendait des forces.

Aux plus chanceux, dont j'étais, la société britannique distribuait des restes d'État providence. Mon ancienneté me donnait droit à une part du gâteau, les risques sanitaires liés à ma profession — travail de nuit, radiations, amiante — nécessitant un suivi discret mais approfondi de mon état de santé afin de parer aux poursuites judiciaires pour préjudice physique ou moral. La médecine du travail m'adressa à mon médecin traitant. Mon médecin traitant, à une équipe de psychiatres, qui avant le premier rendez-vous me prescrivirent une batterie d'examens sanguins et génétiques qui mettraient des mois à être interprétés. Le jour du rendez-vous, l'un des psychiatres était enfoncé dans un fauteuil derrière un bureau. L'autre était posté devant la porte, les mains croisées derrière le dos.

Cette configuration me met mal à l'aise, dis-je, attentif malgré moi aux détails apparemment sans importance.

Vous voulez dire ? fit première blouse.

Le côté garde à vue, dis-je en désignant seconde blouse près de la porte.

Mon interne, expliqua-t-il en cédant à mon caprice paranoïaque et en faisant signe à seconde blouse de le rejoindre derrière le bureau.

Dans les cas de fatigue extrême, m'expliquèrent-ils, il arrivait que les patients n'aient pour rêves que des miroitements de réalité transposée. C'était la manière que le corps avait, dit première blouse, d'exprimer une fatigue *hors limites*. Dans des cas comme le mien, enchaîna seconde blouse, et dans l'attente des résultats des tests, on recommandait un programme de sommeil forcé qui se rapprochait d'un coma volontaire et dont les résultats étaient généralement concluants. Suivirent quelques détails de procédure médicale, puis l'entretien prit fin. Je serrai leurs mains vigoureuses. Qui pouvait savoir ce que pensaient vraiment deux psychiatres en blouses blanches ? Ils auraient pu m'injecter un calmant, ou m'emmener de force. Une fois dehors, je pris la décision de poursuivre mon existence telle quelle, si fantomatique fût-elle. Je m'étais vu allongé sur un lit d'hôpital au milieu d'une pièce éclairée au néon, les yeux ouverts sur un plafond sans aspérité, inconscient, livré aux psychiatres et aux psychopathes. C'était au-delà de mes forces, même l'insomnie la plus incurable était préférable à un coma librement consenti.

Je finis dans le bureau de Julius Lenz, psychothérapeute à Finsbury Park. J'avais un a priori négatif sur la psychologie en général, mais l'idée d'aller consulter un Juif dont le cabinet était installé en face de l'une des mosquées les plus radicales du Nord londonien exerça sur moi un attrait immédiat. Chaque curiosité sociologique, chaque piste hors des sentiers battus d'une existence trop réglée me procurait des arguments supplémentaires. J'avais besoin de carottes pour justifier mes visites encore hésitantes. J'atteignais cet âge buté, la cinquantaine, et je décidais de me lancer dans une entreprise plus obscure à mes yeux que le chamanisme ou la magie noire. À Lenz, j'annonçai d'entrée de jeu que je m'étais fait à l'idée d'un mal incurable. Pourquoi pas ? C'était dans l'ordre des choses, c'était mon drame, mon délabrement personnel. Qu'auraient à voir mon enfance, ma mère, mes déracinements successifs ou je ne sais quelle autre expérience traumatique dans tout cela ? La psychothérapie maniait les clichés, elle aimait les retourner comme autant de miroirs au visage de ses patients et je ne faisais pas exception. Je n'aimais pas les miroirs — en tout cas pas ceux qu'on me tendait pour que j'y ausculte mon égarement.

Julius Lenz ne répondit pas à mes provocations et choisit de se concentrer sur le mal. Beaucoup de ses patients travaillaient la nuit. Il s'occupait d'un chauffeur de taxi qui ne conduisait plus parce que des jeunes filles en chemise de nuit se matérialisaient dans les phares de sa voiture. D'un veilleur de nuit qui faisait ses heures recroquevillé sous la réception de l'hôtel. D'un ancien combattant de la guerre du Golfe qui s'était convaincu que ses tympans ne pouvaient pas supporter l'absence de voix humaine et qui passait les heures nocturnes au téléphone avec SOS Amitié. J'étais plutôt calme en comparaison et mon cas était loin d'être désespéré. Les troubles des autres ne m'intéressaient pas. À l'instar du dépressif, l'insomniaque n'éprouvait aucun réconfort à se savoir entouré. Moins j'en savais sur les autres ou sur moi-même, mieux c'était. Le psychothérapeute faisait son travail et moi le mien. Soit il me permettait de poursuivre jusqu'à la mort, soit il échouait ; le résultat serait le même, plus ou moins quelques années. Si mon travail m'avait rendu malade, je n'y pouvais rien et rien ne prouvait qu'en changer me permettrait de retrouver le goût du sommeil.

Après une première séance qui porta tous les attributs d'un dialogue de sourds, j'hésitai à retourner chez Lenz. Si je décidais de ne rien changer à ma vie, à quoi bon ? Ma vie ne changerait pas toute seule. J'avais consenti aux prises de sang et m'étais plié aux rendez-vous, parce que j'étais un patient accommodant, un citoyen modèle, mais ces charlatans n'avaient rien trouvé. Pourquoi en serait-il autrement avec Lenz ? La nature, cependant, avait horreur du vide et je pris l'habitude, tant par désarroi que par curiosité, de retourner à Finsbury Park. Pendant le trajet, j'imaginais la vie des personnages inquiétants et insondables qui se rendaient, en robes et calottes blanches, dans les clubs extrémistes du nord de Londres, et j'étais surpris d'arriver sans être inquiété jusqu'à la porte de leur mosquée, où ils se déchaussaient pendant que je traversais la rue pour aller sonner chez mon thérapeute.

LES FORMALITÉS

Il y avait sur le visage des fonctionnaires du consulat une nonchalance qui exprimait moins le mépris ou la paresse qu'une sensation collective que les choses, quoi qu'il arrive, finiraient par se produire. Le même fatalisme se retrouvait chez les visiteurs alanguis assis sur les chaises en plastique mou de la salle d'attente, dont beaucoup comparaissaient comme moi pour des motifs d'ordre familial. Au mur, le fondateur de la république surveillait de ses yeux de séducteur vieillissant les faits et gestes de l'administration. Chaque signature, chaque froissement d'imprimé était comme un hommage rendu à sa vision d'un pays uni, pacifié et fier de lui-même. Derrière les bureaux, des employés tamponnaient méthodiquement des formulaires. Il régnait une atmosphère joviale, rehaussée par la circulation des verres de thé introduits puis exfiltrés par une porte derrière la réception.

Une semaine plus tôt, un matin gris, en poussant la porte de mon appartement d'Olympia, j'avais trouvé mon répondeur en train de clignoter. Logée sur la bande magnétique usée, la voix de ma mère énonçait dans celle que j'appelais l'*autre langue* un fait inintelligible. Après un long silence, elle avait raccroché. Sans avoir saisi la teneur exacte du message, j'avais su que mon père était mort.

J'avais pris le train pour Paris. Mon corps nauséeux me démangeait. Ma dernière conversation avec mes parents remontait à plusieurs mois, aux semaines qui avaient suivi notre décision, à Hannah et à moi, de nous séparer. Je les avais appelés pour leur annoncer le divorce et les rassurer, peut-être pour trouver un réconfort. D'emblée, j'avais regretté mon initiative. Je me souvenais à présent pourquoi, durant des décennies, j'avais autant espacé mes appels. Pour esquiver les opinions de ma mère sur ce qu'elle connaissait de ma vie, pour ne pas avoir à poser à mon père, l'être le plus secret que j'aie jamais connu, des questions que je finissais toujours par croire pour lui gênantes. La rupture avec Hannah avait provoqué l'échange, entre lui et moi, de quelques lettres où il mentionnait un vieux projet auquel il s'était remis à travailler. Lorsque ma mère avait décidé de prendre part à la conversation, elle avait réussi à y mettre un terme. Nous ne nous étions plus parlé depuis. Il n'était pas très étonnant, dès lors, que j'eusse vécu les obsèques de mon père comme un étranger pour qui la mort surgit à un coin de rue et traverse silencieusement son existence, au ralenti, sous la forme d'un corbillard aux pneus sertis d'enjoliveurs en chrome.

Hannah s'était rendue à un congrès quelque part en Europe et notre fils Stephen était, en dehors de ma mère, le seul membre de la famille à assister avec moi à l'inhumation. Il revenait d'un entretien à Milan avec un cabinet de chasseurs de têtes et, dans le taxi qui nous conduisait au cimetière, il m'avait parlé des changements intervenus dans sa vie, du poste qu'il convoitait, de son dernier voyage à Hongkong, de sa compagne Cecilia, de « Maman et John » qui envoyaient leurs condoléances. J'avais écouté son monologue dans une torpeur que je maquillais en introspection. Il était beau et j'étais fier. Ma vie pouvait s'achever maintenant ; je laissais mon legs à ce monde-ci : Stephen, mon fils, jeune homme élancé en pleine ascension sociale, cet être déterminé, cet homme bien plus au fait que moi des cruautés de l'existence, un as de la finance qui ferait trois fois le tour de ce monde uniforme en fréquentant les grands hôtels, donnerait de beaux enfants à Cecilia et à d'autres femmes, et prendrait sa retraite à quarante ans en mentionnant de plus en plus souvent, d'un ton égal et toujours serein, ce père auquel il regrettait de ne pas avoir suffisamment parlé de son vivant, exactement comme moi je ressentais sur la route du cimetière le poids démesuré, inexplicable, des silences qui s'étaient installés entre mon propre père et moi-même. Les formes grises d'une avenue parisienne filaient derrière la vitre du taxi. Je souhaitais connaître son avis sur tout mais son profil impeccable et intransigeant avait fini de m'intimider, et, jusqu'aux portes du cimetière où le taxi nous avait déposés, nous nous étions enfermés, Stephen et moi, dans un mutisme d'adultes, gêné et librement consenti.

Outre ma mère et Stephen, Orhan Tur, le frère de Celal, était venu avec sa femme rendre hommage à celui qui pendant des années, jusqu'au départ de mes parents de la rue Saint-Jacques, avait fréquenté son restaurant avec l'assiduité d'un bonze et ne tarissait pas d'éloges sur sa cuisine, même lorsque l'âge l'avait empêché de faire le déplacement. Orhan était visiblement ému, abasourdi même, par la mort de mon père. Il nous fixait tour à tour de ses yeux bleus suprêmement tristes, une main crispée sur l'épaule de son épouse, comme pour nous assurer, ma mère, Stephen et moi, que ce moment était réel, indiscutable. Un témoin aux yeux clairs venu de cette ville de cocagne où chacun d'entre nous, pour des raisons différentes, aurait à cet instant préféré se trouver et dont Orhan donnait l'air d'être, devant cette tombe, le seul véritable transfuge.

Que ce fût à Paris que j'enterrais mon père, dans cette ville honnie où en dépit du mythe familial de l'intégration réussie (la nôtre à tous, et la mienne avant tout) je ne m'étais jamais senti chez moi, cela seyait à mon état et semblait coller aux symptômes de l'angoisse chronique que j'avais contractée ces derniers mois, prolongeant la sensation nauséeuse produite en moi par le déplacement de Londres en un malaise physique généralisé dont je craignais qu'il ne mutât, purement et simplement, en dépression réactionnelle. J'enterrais un homme qui sans le dire avait rêvé d'être inhumé parmi les siens, sous la clarté du ciel et face au reflet des eaux d'Istanbul, devant un ciel qui, ce jour-là, était si bas que personne n'osait lever les yeux du trou dans lequel on déposait le corps. Lorsque la main osseuse de ma mère lâcha sur le couvercle du cercueil en pin luisant la première poignée de terre, mon dégoût de Paris s'intensifia encore, comme si j'avais là à mes pieds les raisons, évidentes jusque dans leurs plus grotesques formes, de l'horreur que m'inspiraient les regards qu'on échangeait dans cette ville, la langue étrangère qu'on y parlait, la géographie encombrée, soi-disant rationnelle qui y régnait. La vue bouchée, les murs couverts de suie, tout y était sombre et comme éclairé par un phénomène inverse à la lumière, et j'étais ici, une fois encore, un étranger. Mais en observant le visage de Stephen où aucune émotion ne transparaissait, je vis combien cette étrangeté que je ressentais était la condition de mon salut — qu'en somme il me suffirait de me souvenir de l'intransigeante tristesse de ce cimetière parisien pour me sauver de l'aliénation que ce lieu, ce ciel, ces murs provoquaient en moi. Tant que je parviendrais à me sentir étranger à cette terre qui recouvrait celui qui m'avait jadis livré à elle, je resterais quelqu'un — un homme, capable de poser les yeux sur le cadavre d'un autre homme, de souffrir, et de poursuivre son existence à la cadence alanguie des autres membres de son espèce.

La nuit qui suivit, pris d'insomnie sur la banquette du bureau dans l'appartement de ma mère nouvellement veuve, un cliquetis précis comme un mécanisme de pendule m'avait tiré de ma stupeur. J'avais d'abord cru que ma mère s'était réveillée et qu'elle s'affairait dans la cuisine. Mais personne ne s'y trouvait et le cliquetis s'était interrompu avant que je n'identifie son origine exacte. J'avais attendu debout dans le bureau sombre. Le bruit avait repris. Une grille s'était ouverte puis refermée dans les étages. J'avais découvert que le mécanisme de l'ascenseur se trouvait derrière le mur de la bibliothèque. Des pensées s'étaient succédé dans mon esprit. Mon père connaissait-il l'existence du mécanisme ? Qui dans cette tour assoupie pouvait rentrer si tard ? Ces rouages invisibles m'évoquaient quelque chose, mais quoi ? Et c'est alors que je m'étais souvenu du livre et du poème *zahir*, de l'endroit où il avait été rangé. J'avais examiné les rayons et avancé la main, mais il n'y avait rien d'autre sur l'étagère que de vieilles boîtes remplies de fiches et quelques bibelots saugrenus. Les archivistes de la Bibliothèque nationale, à qui mon père avait légué ses ouvrages, avaient certainement catalogué le fascicule, et cette minuscule portion d'existence commune entre lui et moi avait disparu. L'espace laissé par le livre manquant avait révélé le mécanisme du mur, une horloge privée de cadran.

Ferit et Harika Yüksel, deux vieux amis parisiens de la même génération que mes parents, étaient venus s'installer quelques jours à l'appartement. Ils s'occuperaient de ma mère. Les absurdités qu'elle avait prononcées au funérarium me laissaient craindre que sa solitude ne la rende sénile. Je les avais tellement peu vus mon père et elle ces dernières années que ma présence à ses côtés paraissait incongrue et grotesque. C'était une présence de pure forme, symbolique, et la proximité me faisait redouter ses absences et son chagrin. J'avais connu sa froideur, j'avais eu vent de ses colères, mais je n'avais jamais vu encore sur ce visage aujourd'hui fragilisé la douleur ou la peine. Par lâcheté, j'avais estimé que mon état ne me permettrait pas de lui fournir l'attention ou l'aide dont elle aurait besoin. Je m'étais convaincu qu'il fallait rentrer à Londres le plus rapidement possible. À Olympia était ma vie, à Finsbury Park le lieu et l'activité qui m'obligeaient à persévérer dans ce qu'il en restait. J'avais misé sur le bavardage et la sollicitude envahissante d'Harika pour changer les idées de ma mère et me décharger de cette besogne que je jugeais par avance pénible. Avant de reprendre le train pour Londres, je m'étais pourtant rendu au consulat pour y enregistrer le décès. Je pressentais que, si ma conduite devait être jugée par une autorité quelconque (divine ou administrative), elle le serait à l'aune d'actes de pur protocole — les seules traces qui resteraient quand tout serait fini. Stephen, un jour, s'occuperait à son tour des détails de ma mort. Je devais donner l'exemple.

Que bonheur et longévité vous accompagnent sur les traces de votre illustre ascendance ! dit avec solennité l'homme à qui je remis l'attestation officielle de décès délivrée par la gendarmerie française, en référence à l'âge supposément avancé mais invérifiable de mon père, né en 1907 ou 1325 selon le calendrier utilisé.

L'employé du consulat était jeune et portait un costume gris ainsi qu'une fine moustache au-dessus de sa bouche rose. Je notai dans son allure, la coupe de ses habits et son parfum à l'orangeade, les traces d'un dandysme cosmopolite possiblement stambouliote, si tant est que la notion de dandysme à Istanbul ait eu un sens. Avec politesse et méthode, il exigea mon passeport, le feuilleta distraitement et posa sur moi ses yeux élégamment cernés, un demi-sourire aux lèvres.

Vous l'ignorez, mais vous avez droit au passeport.

Je répondis que, en effet, il le tenait entre ses mains.

Je veux dire le passeport de *notre* république.

Son sourire s'élargit en découvrant une rangée régulière de dents très blanches.

Je n'en ai pas besoin, dis-je, un peu alarmé par l'utilisation d'un possessif pluriel devant le mot république.

Il existe une procédure accélérée, poursuivit-il. Sans engagement de votre part, juste une signature ici, en bas du document.

Je protestai mais sa main continuait d'avancer.

Permettez. Le document simplifie l'enregistrement du décès. Le gouvernement publiera un faire-part dans les journaux, à ses frais bien sûr. Faveur spéciale offerte aux anciens fonctionnaires de la république. À condition, bien entendu... enfin vous comprenez, ajouta-t-il en clignant de l'œil.

Son autre main effectua quelques tourniquets dans l'air avant de s'emparer d'un stylo bille.

Je n'en ai pas besoin, répétai-je en désignant mon passeport français. Celui-ci me suffit.

Il posa le formulaire devant moi et disparut derrière la réception. J'évaluai les risques sans en identifier d'immédiats. À son retour, il tenait deux soucoupes où dansaient des verres de thé noir. Il fit tinter sa cuillère dans le sien en observant la salle d'attente d'un regard absent. Je remplis l'imprimé en songeant au montant de la prime offerte à ceux qui rabattaient leur quota de citoyens égarés vers le giron de la patrie. Je lui rendis la feuille et me levai.

Il penche, vous savez.

Il m'interrogea poliment du regard.

Le portrait du président. Il est mal accroché.

Il haussa les épaules, martela les feuilles avec son tampon et m'en remit un double.

Personne n'ose dire, fit-il. Personne ne veut payer pour cette faute.

Trois semaines plus tard, le passeport était dans ma boîte aux lettres. Je le feuilletai pour m'assurer qu'on ne m'avait pas confondu avec un autre et, en parcourant le document à couverture bleu marine, constatai que *j'étais* devenu un autre : sur la page était agrafée la même photo que sur mes papiers français, avec la même barbe clairsemée et le même air ahuri, sortie du même Photomaton du XXIe siècle. Mais en page deux, dans la case « religion », quelqu'un avait écrit *Müslüman* comme s'il s'était agi d'invalider le passeport en brouillant l'identité de son propriétaire. Je frissonnai, crus entendre un craquement, me retournai brusquement vers la porte d'entrée. L'appartement était silencieux. Je posai de nouveau les yeux sur la page où figuraient la mention TÜRKİYE CUMHURİYE-Tİ et, en-dessous, un croissant rouge tourné vers une étoile de la même couleur. Si tu n'allais pas à elle, me dis-je, si tu la délaissais ou l'excluais de ta vie, la patrie te rattrapait. Tu avais beau te cacher, elle revenait toujours à toi.

LA VÉLOCITÉ

La vie onirique ne s'arrête pas au lever du jour, disait Julius Lenz.

Une fenêtre de son cabinet donnait sur la mosquée, une autre sur les jardinets derrière des maisons de brique qui se ressemblaient toutes. Le ciel avait l'aspect d'un oignon pelé, ocre-gris tacheté, avec des strates plus vives et nacrées, voire translucides là où les nuages s'amincissaient pour laisser deviner ce qu'une belle journée aurait pu donner dans le ciel encombré de Londres. Le minaret se détachait comme un phare contre la vue bouchée. Quelque part dans le voisinage, deux trains se croisèrent sur une voie ferrée.

Rêver éveillé se pratique couramment chez les gens qui ne dorment pas…, poursuivit Lenz en griffonnant sur un cahier usé. Permettez-moi cette métaphore empruntée au capitalisme : la fabrique des rêves trouve toujours le moyen d'écouler sa surproduction sur les marchés secondaires, lorsque le marché habituel — le sommeil, dans votre cas — fait faillite. Vous réaliserez ainsi que la course à pied, qui met à l'épreuve votre endurance physique et fatigue votre corps, est un bon moyen de reconstituer *ex nihilo* ce marché secondaire…

Je n'avais plus pratiqué la course à pied depuis mes années de lycée. J'expliquai à Lenz que j'associais cette activité à l'automne, aux forêts en décomposition, aux croassements, dans un froid piquant qui vous bouffait le moral. Il me fit signe de poursuivre.

Les cross en forêt… Les foulées qui s'allongent… odeur de terre… bruit spongieux des chaussures… raclements de gorge, quelques rires… Une fois, à la fin d'un cours de gymnastique, je n'ai pas entendu ou mal interprété le signal du retour aux vestiaires. Je me suis retrouvé seul à courir sur la piste, longtemps après que les autres étaient rentrés.

De l'inattention ?

Je ne crois pas. Je n'étais pas un élève inattentif, au contraire. Mais ma situation était particulière. À cette époque, les mots parfois… comment dire ? Le français n'était pas ma langue maternelle, voyez.

Cela peut expliquer certaines choses… Et l'autre langue ?

Je m'en sentais très éloigné.

Pourquoi ?

Pendant les deux premières années que j'ai passées en France, j'ai dormi dans la même chambre que mon père.

Que voulez-vous dire ?

J'en ressentais de la honte ! Les bruits et les mouvements qu'il faisait en dormant, son odeur, la forme de son dos sous les draps… Pourquoi fallait-il que je connaisse cette intimité, la sienne ? Je ne le souhaitais pas. Ne voulais pas savoir. Je me souviens d'une vision maléfique, ses pantoufles déformées au pied du lit… L'internat fut pour moi une libération. Grâce à lui je ne voyais plus mon père qu'en de rares occasions, habillé plutôt qu'en sous-vêtements. Mais malgré mes efforts, l'amalgame des langues, lui, persistait. Il restait une gêne, un inconfort… L'autre langue était encombrante. Elle ne servait plus à rien et quand son existence se manifestait, elle me pénalisait. Je n'y pouvais rien : quand une langue *est*, n'est-ce pas, elle ne peut plus *ne plus être*. Je dissertais avec mes camarades en fumant à la porte du lycée, adoptant la pose du pseudo-intellectuel que je deviendrais bientôt, et je disais des choses comme : « Il est vraiment *une* personnage de roman. » Imaginez la faute de genre, en plein milieu d'une conversation sérieuse ! Je mentais sur la nationalité de mes parents, changeais mon lieu de naissance, omettais les détails les plus compromettants de ma vie d'avant — et voilà que ma langue fourchait et que ma couverture était menacée. Il faut dire que mes camarades ne manifestaient aucune curiosité à mon sujet. Une attitude qui — je le réaliserais très vite — était magnifiquement française. Cela m'arrangeait bien sûr, ils ne m'interrogeaient jamais sur mon nom, le seul détail qui me distinguait d'eux. Inventé de toutes pièces par un père facétieux, il n'avait rien à voir avec le fez, les califes, les harems, l'Orient tel qu'on l'apprenait dans le Lagrade & Bouchard du programme de français, au deuxième trimestre. L'autre langue me ramenait à un passé géographique devenu, à force, une telle abstraction que chaque mot prononcé lors des conversations que j'avais encore avec mes parents m'était extrêmement pénible, comme un lieu-dit déserté, un objet oublié dans un coin et qui tombe de son support sans raison apparente. Je détestais cette nostalgie. Quelle était l'utilité de ces mots maladroits, ces hameaux sans repères, ces coquilles vides ? C'étaient des ombres dans l'immobilité impénétrable d'un univers disparu, une sorte d'Atlantide morbide. Sans support, la langue se répandait en moi à la manière d'une infection contractée à la naissance, une maladie génétique : c'était la langue de l'encombrement, un corps étranger qui me tenaillait et me harcelait. Je préférais briller en français, où rien ne me retenait, plutôt que de m'accrocher aux circonlocutions, à la logique circulaire et plaintive de l'ancien idiome qui ne servait plus qu'à cartographier une époque obsolète. Mes camarades se plaignaient des rigueurs de la grammaire française dans laquelle j'excellais et, pendant qu'ils s'époumonaient en se plaignant du froid, fumaient, pissaient ou terminaient sur les rotules les séances d'éducation physique, je courais devant dans le peloton, un être discipliné et appliqué. Courir dans la foulée du coureur devant moi et vider ma tête des dernières bribes de l'autre langue, pour la remplir du français des fantasmes, des raisonnements, des bons mots et des pensées graves, de tout ce qui était à la portée de mon vocabulaire. Mes chaussures foulaient cette terre fuyante, *ma nouvelle patrie*, et je regardais défiler les branches, les feuillages pourrissants, les champignons, les limaces, les ormes, les chênes, les hêtres, amalgamés par ma vélocité. Mon souffle était comme un écho formidable de ce qui défilait dehors : troncs d'arbres, racines, argile, compost — le français avait l'odeur de l'humus en automne. Sa couleur était vert foncé, virant brun, avec des touches de jaune, couverte de verni, inaltérable et si les images clignotantes du passé cherchaient encore à s'imprimer dans mon esprit, dès leur apparition je les écartais comme les visions d'un temps qui n'avait plus de lieu ni d'objet.

Fort bien…, dit Julius Lenz. Nous voici arrivés à la fin d'une nouvelle séance. C'est intéressant, ne trouvez-vous pas ? Très…

Il ne termina pas sa phrase et fit pivoter son siège pour contempler le jardinet humide où s'entassaient des pots de fleurs renversés. Je n'avais jamais parlé à qui que ce soit des odeurs d'humus en Île-de-France, de l'« autre langue » ou des pantoufles de mon père ; cela venait de se dérouler hors de moi de la manière la plus classique qui soit, en quarante-cinq paisibles minutes de psychothérapie. En sortant de chez Lenz, je décidai qu'en effet un peu d'exercice ne pouvait pas me faire de mal.

Les jours et les semaines qui suivirent, je sortis donc fatiguer mon corps sur les pelouses du sud de la Tamise. Idées et images bondissaient hors de moi, exactement comme l'avait décrit Julius Lenz et le soir mon corps était assez détendu pour atteindre une léthargie qui, aidée d'un peu de marijuana, devint l'état qui approchait pour moi au plus près du sommeil. Mes somnolences produisaient toujours les mêmes secousses oniriques : Marseille, Paris, Londres — cette diagonale insomniaque dont je sortais toujours plus épuisé — mais lorsque je courais, d'autres images, plus paisibles, refaisaient surface. Un garçon courait en forêt. Un élève modèle oubliait une langue dont les mots ressemblaient à des jouets délaissés dans un bac à sable. Je revoyais mon passé par les yeux de ce garçon qui avait fait vœu d'oubli et réinventé son enfance à onze ans, sous le drapeau tricolore d'un internat français.

KADIKÖY

L'écho de centaines de voix agglutinées sur les rives crasseuses du Bosphore résonne dans les rues de Beyoğlu. Mes souliers frappent le pavé. Ma vision se perd dans l'entrelacs des rues, les quincailliers s'interpellent d'une boutique à l'autre, un verre de thé entre les doigts. Les quais sont loin, je suis dans le quartier des forges. Mon poing serre un coing, le fruit d'un vol à l'étalage, un fruit qui se cuit avec l'agneau en marmite, ce fruit dont on fait des pâtes sucrées que l'on dissout dans l'eau bouillante pour soigner les maux d'estomac.

Plus tard, Ömer est assis à côté de moi devant chez Yani. La chaux des maisons est jaunie à l'angle des murs à cause de la pisse des chiens vagabonds. Ömer mord dans le coing et grimace comme s'il buvait un verre de *rakı*.

Quand les pêcheurs ont levé le camp, on redescend ensemble pour traverser la Corne d'Or. Devant l'embarcadère, les formes grises des passagers s'élancent, passent les tourniquets, la mer se soulève, l'hélice du ferry fait tourner l'eau du Bosphore, qui d'un bleu sombre passe au vert fluorescent. Un autre *vapur* s'approche et déverse sur le quai une foule compacte de visages effacés par la multitude, sauf pour ce vieux en turban rejeté par le flot des gens pressés qui se dispersent dans les rues sombres qui mènent à Eminönü, Fatih, Beyazıt ou Eyüp. Le vieux demande de sa voix fatiguée comment on fait pour la gare d'Haydarpaşa et lève ses yeux myopes vers les panneaux qu'il ne sait pas lire. Alors, comme des caïds modernes, Ömer et moi on crache dans l'écume avant de diriger le vieux par le coude, sans un mot, jusqu'au guichet correspondant. Pauvre homme rattrapé par le temps, pauvre vieux qui s'est trompé d'époque — cette époque, cette nuit nous appartiennent à Ömer et à moi. Le vieux soulève d'une main les pans de son *şalvar* pour éviter de trébucher et se précipite en agitant son autre bras au-dessus de sa tête à la recherche d'une invisible moisson de tickets roses. Le navire embarque et débarque, les cordes glissent, la coque pivote et le vapeur prend le large vers l'Asie, là-bas de l'Autre Côté.

HACKNEY

Les fenêtres du salon de Celal Tur donnaient sur un mur de brique où courait le conduit d'aération d'un restaurant pakistanais installé au rez-de-chaussée. Au mur étaient accrochées deux photos d'Istanbul. La première était une photo de l'auberge paternelle, une sorte de chalet suisse planté parmi les saules et les platanes avec une terrasse donnant sur le Bosphore et des cotres alignés sur la rive. Pas de clients, mais des tables couvertes de nappes blanches. Nihat, le père de Celal, se tenait sur le ponton, son ventre déployé devant lui, un bras posé sur l'épaule de son épouse Nilüfer, l'autre faisant un signe en direction de l'objectif. Dans le coin du cadre, Celal avait glissé une réclame d'époque vantant les mérites de l'établissement.

BÜYÜK BEBEK
Cevdet Paşa Caddesi, No. 49

« Où Nature et Art se rejoignent pour vous séduire »
Confort, cuisine, musique impeccables !
Pavillon maritime et Bar américain
Petits déjeuners privés

CONNU DANS LE MONDE ENTIER ET AU-DELÀ

Nihat Tur était un lointain cousin de mon père qui, dans l'immédiat après-guerre, avait fondé à Istanbul l'une des célèbres *oberj* de la rive européenne du Bosphore. À la mort de Nihat dans les années soixante, Celal avait repris l'affaire pour la revendre quelques années plus tard, avant de quitter le pays, puis de débarquer chez nous un soir de printemps avec sa mystérieuse histoire de poème ensorcelé que seul l'oubli avait le pouvoir de conjurer. Pourquoi Celal et Orhan avaient-ils revendu l'*oberj* ? En apprenant la nouvelle, équivalente pour elle à l'évaporation d'un patrimoine familial qui n'existait que dans sa tête, ma mère s'était indignée à haute voix. Mais pour moi, et jusqu'à ce que je le retrouve à Londres après la soutenance de ma thèse au milieu des années quatre-vingt, Celal était surtout l'homme du « poème *zahir* » qui m'avait tenu éveillé une nuit entière quand j'étais enfant.

Après avoir obtenu les visas nécessaires, Celal Tur avait quitté Istanbul au volant d'une vieille Simca et, pendant deux mois, lui et son frère Orhan avaient sillonné les Balkans. En Grèce, où on les avait accusés de trafic d'objets rares (le coffre était rempli d'ustensiles de cuisine), ils avaient passé deux nuits dans une cellule avant d'être relâchés faute de preuves. Ils avaient traversé plusieurs États communistes. À Brno, en Tchécoslovaquie, la Simca avait embarqué Bojana, une Yougoslave qui les avait accompagnés jusqu'à la frontière française où elle avait demandé l'asile politique. À l'issue de ce voyage, pour la première et la dernière fois de sa vie, Celal avait demandé la main d'une femme. La Croate avait refusé, Orhan s'était inscrit à l'école hôtelière et, en adéquation avec son humeur d'alors, Celal avait décidé de s'installer à Londres. Une immense zone urbaine, froide, difforme et anonyme, la ville idéale. Bien des années après, profitant de ma première offre d'emploi de chercheur dans ce laboratoire londonien qui m'employait toujours, j'avais choisi de m'installer à mon tour dans la capitale anglaise et nos existences s'y étaient à nouveau croisées.

L'autre image que Celal gardait accrochée au mur de son appartement de Stoke Newington était l'une des dernières photographies connues du *S.S. Tarsus*, un paquebot des Lignes maritimes turques avec lequel un pétrolier yougoslave, le *Petar Zoranic*, était entré en collision en décembre 1960. Le *S.S. Tarsus* avait pris feu et dérivé pendant plusieurs heures sur le Bosphore, et Celal avait observé l'incident depuis sa fenêtre à Ermirgan. Des décennies s'étaient écoulées depuis l'incident mais il en parlait comme s'il s'était trouvé à bord. Lorsque je lui avais demandé ce qu'était devenu l'appartement d'où il avait suivi la scène, il avait haussé les épaules.

Il est loué, m'avait-il dit. Le loyer tombe tous les mois sur un compte bancaire. J'ai oublié où.

À l'époque où nous nous étions revus, Celal vivait d'expédients et collaborait à un journal d'émigrés, et à Stoke Newington, ce quartier du nord de Londres où il habitait avec des milliers d'autres Turcs, on l'appelait « le Consul ». À chacune de mes visites, l'air semblait s'être confiné davantage dans son appartement ; les objets changeaient rarement de place et

43

donnaient à son logement un air d'abandon. La télévision restait allumée au salon pour couvrir le bruit de la circulation ; il l'éteignait en pestant contre la langue anglaise, ce système d'expression retors qui se barricadait, disait-il, « derrière un simulacre de culture ». Dans ce pays, les autochtones ne faisaient pas l'effort d'être compris, pire encore, ils ne bougeaient pas les lèvres quand ils s'exprimaient, et chacun se satisfaisait de cet « apartheid linguistique ».

L'observation attentive de ses compatriotes du borough d'Hackney l'avait convaincu de la vanité des projets d'intégration qui ciblaient la communauté turque depuis qu'il s'était installé sur le sol anglais. Les deux cultures étaient trop dissemblables, affirmait-il, elles s'ignoraient, ne représentaient rien l'une pour l'autre. Qu'ils soient issus de la métropole du Bosphore ou d'un village d'Anatolie, débarqués à Heathrow sous une fausse identité ou transportés par conteneur depuis Izmir pour venir demander le statut de réfugié aux autorités à Southampton, ses « administrés », comme il désignait ceux qu'il aidait quotidiennement, partageaient tous la même peur, celle de mourir loin des leurs. Ils craignaient moins d'être renvoyés par les autorités que d'être privés de terre natale. Pour comprendre leur attitude, il suffisait d'appliquer à la géographie les préceptes de la religion qui assurait qu'une vie meilleure existait dans l'au-delà. La vie réelle, c'était Londres ; l'au-delà, Istanbul, Kars ou Konya. Quelle importance avait, pour ceux qui croyaient dans l'au-delà, l'intégration dans une société d'accueil ? Aucune, et les hommes politiques prêchaient leur universalisme dans le désert, concluait Celal.

Les restaurateurs connaissaient tous, de réputation au moins, son père et la mythique auberge du Bosphore. Mais les clients du Consul étaient surtout des hommes modestes et fatigués par les frustrations, les rancœurs et les querelles intestines que magnifiait leur indigence. À Stoke Newington, la mafia turque vivait de trafics juteux comme celui des cigarettes, de la contrefaçon ou de l'immobilier. Les comptes se réglaient en plein jour en brèves irruptions de violence. Et lorsque le corps d'un pauvre type s'écroulait dans le caniveau, la police pouvait rarement compter sur des témoins. On livrait aux autorités un idiot qui ne savait rien mais disposait de papiers en règle ; l'idiot était libéré sous vingt-quatre heures et venait faire son rapport aux joueurs de *bezik* en leur présentant la liste complète des nouvelles têtes du commissariat d'Hackney.

Je retrouvais parfois Celal parmi les maigres silhouettes de l'İstanbul İşkembecisi, une triperie aux tables couvertes de feutre usé où l'on servait des grillades et du *rakı* et où régnait une torpeur très nationale. Les clients mangeaient et fumaient sans décocher un mot, les yeux perdus sur l'écran d'une télévision qui diffusait les programmes du satellite. Mais contrairement aux pubs des environs où l'Anglais fuyait le contact oculaire, à l'İşkembeci les regards se posaient longuement sur les nouveaux venus et étaient une ingérence permanente. On y parlait avec les accents de régions dont je ne savais rien et cela rendait distante et théorique la possibilité qu'un tel endroit puisse être fréquenté, comme il le serait dix ans plus tard, par une véritable clientèle britannique. Les administrés de Celal étaient boutiquiers, gardiens de nuit, chauf-

feurs de taxi, apprentis coiffeurs ou petits crimi-
nels, des illettrés dont Celal réglait les dossiers de
sécurité sociale, d'allocations familiales ou d'asile.
À Istanbul, il y avait un nom pour ce qu'il faisait :
arzuhalci, écrivain public, nom que j'entendais prononcer parfois pendant les consultations.

Quand le jour commençait à poindre, les rideaux
de fer se relevaient et il n'y avait que les taxis pour
tourner à vide, laissant derrière eux des traces
brillantes dans le halo humide et orangé de la ville.
Ibrahim, le patron de l'İşkembeci, lâchait un mot
d'esprit en raccompagnant le dernier administré à
la porte du restaurant, puis il fermait à clef et nous
servait un verre de thé sombre ou un mauvais
whisky. Celal, Ibrahim et moi buvions alors, le dos
tourné à la rue, dans le silence de notre langue
maternelle.

Londres était une ville à l'humidité pétrifiante,
une ville de brique et de ferraille, d'eau croupie et
de sable noir, de doubles voies, de rues trop étroites
et d'immeubles de verre ; et c'était l'immense estomac où Celal avait fini par être digéré. Quand,
un jour de février, Orhan m'appela de Paris pour
m'apprendre que son frère venait de mourir, je
pensai à cette crainte que Celal m'avait confiée, de
s'éteindre dans un anonymat complet. J'éprouvai la
même étrangeté, la même semblance de fuite inté-
rieure que lorsque j'avais appris la mort de mon
père quelques mois plus tôt. Je me sentais moins
étranger à Londres et à son cosmopolitisme nivelé
que je ne l'étais à ma propre douleur, puisque à
présent j'avais deux morts sur les bras, un deuil
bicéphale, une hydre cauchemardesque qui se dres-

sait, et je ne cessai de me figurer cette peur qui avait rattrapé Celal lorsque la porte qu'il avait fermée sur la civilisation du Bosphore avait enfin cédé pour envahir la solitude de ses dernières heures. Le jour des obsèques, je constatai cependant que Celal n'avait pas vécu seul : une foule importante se massait autour de sa tombe au cimetière d'Hackney. En apercevant la fosse où son cercueil était sur le point d'être enterré, je regrettai seulement que mon père et lui ne reposent pas côte à côte. En quelques mots, Orhan tenta d'expliquer à l'assemblée en quoi la vie de son frère avait été exemplaire, puis un imam s'avança sur la tombe et lança une plainte distendue, qui me parut obscène. Je ne me souvenais pas que Celal eût jamais prié et m'interrogeai alors sur l'à-propos du discours que j'avais moi-même préparé et que je souhaitais prononcer après l'homélie. Je fus pris d'un inconfort soudain à l'idée de parler à des inconnus dans cette langue braillée sans pudeur par un imam en tunique qui commémorait l'existence pourtant illisible de Celal, ce destin qui m'échappait au moins autant que celui de mon père. La plainte de l'imam prit fin ; j'embrassai Orhan et quittai le cimetière sans rien lire et sans me retourner non plus.

KARAKÖY

Sur les quais à Karaköy le mouvement est permanent. L'air est chargé de saveurs, l'anis, les cigarettes du père, un effluve de lait brûlé, des charbons
qui se consument sous les poêles des vendeurs de
châtaignes. À l'oreille, ce sont des appels, des pas,
des raclements de roues et de semelles, des frôle-
ments d'étoffes, et contre le quai noir les clapotis,
les sucements et éclaboussures d'un univers entier,
le Bosphore. Un hiver précoce est tombé sur İstan-
bul, les visages se ferment pour se protéger du vent,
d'un fléau quelconque, un air de désastre annoncé
en provenance des Balkans.

Sa cigarette, une Birinci, se consume centimètre
par centimètre, lettre après lettre. Il n'en reste plus
que le chiffre un : *bir.*

Bir, iki, üç, dört, beş…

Les pièces d'un *tavla* claquent entre deux joueurs
assis sur des tabourets. Quand le perdant proteste,
le père s'esclaffe et expire le reste de la fumée par
les narines. Il projette le mégot sur les pavés où il
s'éparpille en éclaboussures incandescentes.

Nous sommes ici… en mission, dit-il sous l'horloge Zenith. Une sorte de secret, si tu me suis…

C'est un secret entre hommes, entre toi et moi. Quelque chose dont on aura besoin, tous les deux, plus tard…

Il se dirige vers la vitrine où l'on peut lire DEVLET DENİZ YOLLARI, les Lignes maritimes turques, écrit en lettres d'argent. La silhouette grise à chapeau du père s'y reflète avec la mienne et celles des fumeurs, des vendeurs et des bavards des quais de Karaköy.

Un homme en costume s'avance vers la porte vitrée et, après un coup d'œil vers les bureaux derrière lesquels sont installés des hommes et des femmes en costumes et tailleurs gris, sort de l'agence des Lignes maritimes. Il salue le père, cherche son paquet de cigarettes, lui en offre une qu'il refuse. L'autre proteste, insiste, le père prend la cigarette et la glisse dans la poche de son veston, avant de sortir son propre paquet, pour lui en offrir une à son tour. Ils font tous ça quand ils se rencontrent. Un jour, j'offrirai moi aussi, par courtoisie, mes cigarettes au premier venu.

L'homme tend son briquet au père et se met à parler, le nez sur ses chaussures. Je n'entends pas ce qu'il dit mais le père écoute avec attention. L'homme jette de temps à autre des regards à l'intérieur de l'agence en se lissant la moustache. Puis il extrait de sa veste un morceau de papier et le glisse dans la main du père. D'après l'horloge Zenith, la mission a duré moins de deux minutes. J'ai froid. L'homme s'appelle Göker Bey.

Le père est revenu vers moi.

Ça te dirait un sandwich au *palamut*?

Le pêcheur nous inspecte de son regard jaune. D'une calotte, il envoie un garçon dans une barque coincée entre d'autres barques noyées sous la fumée des grillades. Le ciel froid et les huiles de moteur rendent les eaux grises et lourdes. Le visage du pêcheur se plisse et il roule des yeux. Il s'adresse au père en lui disant *frère*, mais c'est juste une façon de s'exprimer.

Oui, *birader*, oui je sais ta faim et celle, plus grande et plus respectable encore, de ta progéniture, dit-il. Dieu soit loué, c'est vers moi que tu viens car tu tiens à portée de tes *lira* le meilleur poisson du Boğaz, tu n'as pas idée, frère, et je sais que tu sais que moi je connais ton goût pour les poissons à chair tendre, douce et sucrée de la mer Noire, c'est là que ce matin j'étais. N'ai-je pas raison, frère, en disant cela ? Écoute, j'avais un chien que j'aimais et ce matin il est mort…

Le garçon a les ongles noirs. Il est debout, campé dans la barque, nerveux, ses cheveux noirs plaqués sur son front. Une écharpe lui cache le bas du visage et il se tient sans savoir quoi faire, me dévisageant comme s'il fouillait un portefeuille. Le vieux pêcheur s'en aperçoit, il fait claquer ses lèvres et le garçon redescend dans la barque poser un morceau de poisson dans une écuelle. Il la tend au vieux qui place le filet entre deux tranches de pain blanc.

Sais-tu, *oncle*, demande le père au pêcheur, ce que notre plus grand poète a écrit sur eux ?

Le vieux pêcheur n'est pas vraiment son oncle non plus ; le père dit *oncle* pour signifier au pêcheur qu'il a bien vu qu'il était plus âgé que lui et qu'à ce titre il mérite son respect.

Sur qui, frère ?

Les chiens des pêcheurs.

Je l'ignore, frère.

Des passants se sont mêmes arrêtés pour écouter. Ils tendent l'oreille, les mains dans le dos.

Les chiens halètent, commence le père,

Vont au lac pour se baigner
Et laissent sur la rive la pesanteur de leur corps
Ils partageront le bonheur des poissons.

Quelques appréciations maladroites encombrent la gorge du pêcheur et le garçon applaudit en souriant. Le père les remercie et ajuste son chapeau puis salue le pêcheur d'un signe de la main et nous nous éloignons en mâchant nos sandwichs.

Vallahi ! s'exclame-t-il. Cet endroit me manque chaque fois que je m'apprête à le quitter.

OLYMPIA

Je me souvenais encore de sa fébrilité quand j'avais ouvert la porte de l'appartement que nous avions acheté ensemble à Olympia. Hannah avait fait quelques pas dans la lumière, sa longue silhouette avait glissé dans les pièces avant de revenir dans le salon pour tourner sur elle-même, un mouvement que je n'avais identifié qu'après coup comme un impardonnable cliché. Nous avions fait l'amour sur la moquette d'un quatre pièces sans meubles de l'Ouest londonien, deux mammifères doués d'une intelligence supérieure à la moyenne. C'est comme cela que tout avait commencé.

Pendant vingt ans, à Olympia, une femme m'avait consacré ses soirées. J'avais baisé sa bouche et goûté sa peau, je connaissais par cœur ses moindres zones érogènes, la chaleur idéale de son sexe, ses odeurs et ses réticences. Mais maintenant la vie se poursuivait ailleurs, avec un autre qu'on jugeait moins ceci ou cela, ou je ne sais quoi encore. Le matérialisme s'était emparé de nos rapports, comme du reste.

On disait :

Pourquoi es-tu restée si longtemps ?

On s'entendait répondre :

52

Nous l'avons fait pour Stephen.

Stephen avait grandi dans la Grande-Bretagne nouvelle, un pur produit du système éducatif à deux vitesses, de la libre circulation des personnes, du plein-emploi précaire, du mariage en voie d'effritement. Il ne s'intéressait pas au passé, je ne l'avais jamais encouragé à le faire. J'étais fier de l'absence de nostalgie chez mon propre fils, de son entêtement à ne pas se retourner sur ses pas. Le passé des autres était forcément intime et ne s'apprenait pas. Si Stephen ignorait ses grands-parents, s'il ne s'intéressait pas à eux ou ne leur trouvait qu'un intérêt limité, qu'est-ce que cela changeait ? Ils ne sortaient pas de leur appartement. Ils travaillaient encore malgré leur âge et n'aimaient pas voyager, sauf pour se rendre, tous les ans aux mêmes dates, dans leur modeste résidence secondaire de la Côte d'Azur. Leur existence était pour lui au mieux une bizarrerie, au pire un anachronisme.

Je lui disais :

Tu as du sang ottoman.

Il me faisait cette réponse contestable :

C'est moins compliqué d'être anglais.

Le lendemain du jour où Orhan m'avait appelé pour m'annoncer le décès de son frère, je l'avais invité à dîner avec sa mère en prétextant que j'avais besoin d'un auditoire pour répéter le discours qu'au final je ne prononcerais pas sur la tombe de Celal Tur. J'avais lu en cherchant à garder le ton le plus détaché possible, moins par retenue que par crainte de leur jugement à eux, les deux membres d'une famille aux yeux de qui je faisais désormais figure de patriarche déchu. Je m'éclaircis la gorge et commençai :

> Il vivait à Stoke Newington. Pour lui, ce qui comptait était d'être auprès de ses administrés. Pour d'autres, l'existence qu'il menait aurait été angoissante. Mais il n'aurait changé d'habitude ou de quartier pour rien au monde et en ce sens c'était un vrai Londonien. Chaque jour il oubliait Istanbul, c'était difficile, mais admirable. Même s'il les critiquait volontiers, il aimait les égarés aux côtés desquels il respirait. Sa fonction de Consul à l'envers, comme il l'appelait, était une marque. Il ne la portait ni sur son visage ni sur ses habits, mais sur son être tout entier, et cette marque faisait de lui un homme du peuple. « Ce que je suis se voit à l'ombre que je traîne », me dit-il un jour. Je crois que c'est ce qu'il aurait aimé, Mesdames, Messieurs, que l'on retienne de lui.

Hannah s'était levée sans prononcer un mot pour ramasser les assiettes et Stephen s'était raclé la gorge.

C'est un peu lacrymal, avait-il fait remarquer de ce ton snob qui lui donnait cet air d'appartenir au club des privilégiés de l'*upper middle class* conquérante. Je verrais bien quelque chose de plus enjoué.

Celal Tur est mort, Stephen, avais-je répondu.

Pas besoin d'être sinistre. Une nécrologie, après tout, c'est le compte rendu d'une vie.

Stephen savait ce qui s'était passé entre sa mère et moi et je sentais qu'il éprouvait du mépris pour ma faiblesse. Hannah avait agi avec préméditation. Elle avait attendu que notre fils vole de ses propres ailes et quitte définitivement notre foyer pour m'avouer sa liaison avec John, son amant. Ses agissements adultères étaient un motif de divorce et j'aurais pu la mettre dehors du jour au lendemain, mais je n'en avais rien fait, et Hannah était restée. Pour un jeune idéaliste qui découvrait le grand amour à la milanaise, c'était un fait impardonnable et son opinion de moi, pensai-je, s'était peu à peu durcie. Je regrettai de ne pas l'avoir emmené dans les rues sales de Stoke Newington quand je le pouvais encore, de n'avoir pas pensé à le corrompre un peu avant qu'il ne soit trop tard. Il n'apprendrait pas de moi la langue dans laquelle j'avais découvert le monde et nous ne partagerions plus entre hommes, à présent, les plats fumants des restaurants de tripes de l'ancien quartier de Celal Tur.

Ma fatigue, à l'époque, était plus avancée que je ne voulais l'admettre. Hannah et moi ne sortions plus ; les gens m'ennuyaient et je le leur rendais bien. Elle se passionnait alors pour la peinture contemporaine. On l'invitait aux vernissages des nouvelles galeries d'Islington et, les premières fois, nous étions allés ensemble à ces futiles réceptions où les artistes venaient saupoudrer de noms soi-disant célèbres leurs conversations triviales. Mais, dans ce domaine comme dans tant d'autres, le véritable philistin c'était moi. Hannah maîtrisait la question et était précise dans ses analyses ; quant à moi, je disais n'importe quoi. Nous formions un couple ingérable et incompatible avec la théâtralité du milieu. Je critiquais galeristes et artistes et les interrogeais avec agressivité sur leurs intentions véritables. À force de hausser le ton ou de m'indigner, je m'isolais et finis par fuir la sophistication du monde inerte où ma femme rayonnait, pour rejoindre la modestie crépusculaire d'un autre, la pinte de bière tiède du pub en face, écoutant d'une oreille les conversations de philistins comme moi et, de l'autre, les simplicités populaires du juke-box. Très vite, je ne passais même plus par la galerie. J'allais attendre Hannah au pub et, pour finir, je ne l'attendais même plus.

Je bayais aux corneilles, aux mouettes dans le ciel tourmenté et à tout ce qui passait à ma portée, créatures, objets volants, êtres humains, qu'ils soient distrayants ou rasoirs. Plus grand-chose ne m'amusait et je m'autorisais donc aussi à bâiller au visage de quiconque et quand ça me chantait. Bâiller était un signe, comme la pâleur de mon visage, mon manque d'appétit ou mes vertiges, un moyen de dire je ne suis pas là, oubliez-moi. Un moyen d'éprouver l'existence en retrait mais au plus près.

Mon laboratoire se trouvait dans le centre de Londres. Des lits avaient été installés à l'usage du personnel de nuit à la demande des syndicats. Ils occupaient des cellules qui dataient de la dernière guerre mondiale et qui se trouvaient dans les entrailles de l'immeuble, au sous-sol ; la lumière du jour n'y pénétrait jamais et l'isolement sonore y atteignait une quasi-perfection ; c'était le seul endroit au monde où, quand le rythme des relevés s'espaçait, je pouvais retrouver, sans l'aide de la course à pied ou des drogues, quelque chose qui approchait du repos. Comme un patient en milieu stérile, j'avais pris l'habitude de venir rattraper dans ce bunker les heures que je ne dormais plus ailleurs. Quelques mois avant qu'elle ne révèle le pot aux roses, j'avais suggéré à Hannah d'insonoriser notre chambre aux mêmes normes que les cellules du laboratoire. Pour toute réponse, elle avait prétendu être claustrophobe. Je l'aurais crue si je n'avais senti dans sa réponse une hostilité qui, je le découvrirais plus tard, avait moins à voir avec ma proposition qu'avec l'existence de John, avec qui elle partageait son bureau à King's College et qui était devenu son chevalier servant dans ces vernissages où nous n'allions plus ensemble.

Les mois avaient passé et ces créatures, ces choses et ces visages devant lesquels, au sens propre comme au figuré, je me décrochais la mâchoire avaient commencé à perdre leurs couleurs : ma vision était gagnée par l'achromatopsie — un effet secondaire bien connu de la privation de sommeil qui expliquait en partie pourquoi la peinture contemporaine m'ennuyait autant. Mes mains tremblaient et mes maladresses étaient fréquentes, mais dans le même temps, dans mon lobe pariétal au-dessus du front, cela s'emballait au point que, lorsqu'un objet basculait de son support, j'étais en mesure, monstre que j'étais, de le rattraper d'un geste involontaire quelques centimètres avant qu'il ne touche le sol. D'une certaine façon, l'épuisement subjuguait mes sens mais démultipliait mes réflexes et, si le manque de sommeil me rendait impatient et irritable, c'étaient là les qualités indispensables de notre époque effrénée avec laquelle j'étais autant en phase qu'un *gamer* s'affûtant la rétine à longueur de journées sur un écran plasma fourmillant d'animations vidéo.

Il m'arrivait de m'entrevoir autrement, débarrassé de ma gêne et de mon ennui comme si, sur un chemin de montagne, j'entendais l'écho d'une autre existence possible. Dans la rue, une femme passait en tailleur. Elle était la première étrangère que je croisais depuis des jours. La nuit, on ne voyait que des hommes affairés à leurs entreprises stériles — j'imaginais que les femmes au contraire rentraient parce qu'elles croyaient aux rêves et que, calfeutrées chez elles, elles s'abandonnaient à un univers onirique qu'elles étaient seules à connaître. L'inconnue que je croisais dans ma rue devenait l'incarnation d'une humanité fragile que j'entrevoyais à travers le voile de fatigue qui obscurcissait constamment mes sens. La rue était brièvement envahie de la fragrance de son parfum, l'odeur persistante de ses rêves encore frais, et j'oubliais alors l'amertume de ma vie intime. Les senteurs de chlorophylle, de gazon coupé, de macadam humide reprenaient peu à peu le dessus. J'entendais crisser les wagons de la station Olympia. Devant la maison d'en face, un chauffeur de taxi astiquait les ailes noires de sa voiture. Je lui adressais un signe et dans ses yeux je voyais du respect, une appréciation muette de mon expérience et de mon âge. Mais c'était là que se logeait le mensonge. Je n'aurais jamais pu justifier le calme que j'éprouvais alors devant un juge céleste, le dieu d'Olympia distribuant ses blâmes comme l'agent jamaïquain qui, tous les matins à la même heure, réglementait le stationnement dans notre rue. Face à mon dieu domestique, j'aurais dû tout nier en bloc. Je ne connaissais ni le calme ni la sérénité ; j'étais tout bonnement passif, en veille, à la manière d'un homme qui n'attend plus rien de la vie.

RUE MONGE

Avec ses clients qui parlaient à voix basse et ses nappes qui étouffaient les sons, le restaurant de la rue Monge était calme et dégageait cette atmosphère que possédaient encore les lieux discrètement prospères et désuets de Paris dans le millénaire finissant. Des notes s'échappaient d'enceintes fixées au mur près du plafond — une musique arabesque qui se logeait dans l'âme comme une réalité alternative déroulée loin de la civilisation parisienne. La voix était à la fois lointaine et intime, et à mes oreilles insoutenable. Elle s'élevait, majestueuse, couvrant un orchestre aux harmonies plaintives et affligées. Effet sans doute d'une neurasthénie subite provoquée par ces notes distendues, la musique me traversa sans me toucher, pour se répandre dans la salle et se résumer à un pis-aller de vide sonore. Des odeurs sophistiquées affluaient jusqu'à ma table, mélanges de viandes et piments grillés, riz revenu dans un beurre ranci, berbéris au jus. Un éclat de voix surgit des cuisines, une main poussa un battant de porte, un visage espiègle se matérialisa et, la seconde qui suivit, le regard bleu d'Orhan m'identifia parmi ses clients à la table où j'étais assis.

Orhan m'avait rejoint après le dernier service. Il parlait en jonglant avec les deux idiomes, tandis que j'injectais dans mes réponses tout le français que je pouvais pour saboter la proximité possible avec l'autre langue. La table était celle que mon père avait toujours choisie lorsqu'il avait ses habitudes chez lui, quand Orhan nous régalait à l'œil de *börek* à l'eau, d'œufs pochés aux oignons et de *sulu köfte*, un potage où flottaient des petites boulettes de viande et de riz au goût aigre qu'il disait être le seul à servir dans Paris. Suivaient des assiettes de minuscules raviolis de viande, ou *mantı*, et de *yörgemeç*, recette ottomane du XIe siècle qui était son plat favori, une andouillette de mouton présentée sur un lit de pilaf safrané. En dessert, un *şerbet* à la rose accompagnait une coupe de blanc-manger que mon père engloutissait la larme à l'œil.

Cinq ou six années d'un travail forcené dans les cuisines des hôtels-restaurants de France avaient fait d'Orhan un homme obstiné mais pudique. Son établissement, L'Orient Gouleyant, était un lieu respectable avec une étoile dans un guide quelconque. Orhan ignorait la concurrence. Les plats de la plupart des restaurateurs turcs de Paris étaient pour lui d'immondes *şiş* au goût standardisé et aux graisses malfaisantes. Ses compatriotes n'étaient bons selon lui qu'à vendre des sandwichs aux étudiants. Orhan ne plaisantait pas avec la cuisine, qui était pour lui une question d'honneur, de famille, de cohérence morale. Il survola la question de sa réussite en deux ou trois autres phrases amusées avant d'écarter le tout d'un revers de main. Le moment venu, il mettrait la clef sous la porte. Trouverait un acheteur pour L'Orient Gouleyant et rentrerait à Istanbul, exactement comme l'avaient prédit mes parents. Sa barbe courte et son costume affûtaient sa silhouette. Il portait une chemise blanche, épaisse comme les nappes de son restaurant, et une cravate rouge ajustée avec soin. Il approchait de la cinquantaine. Les deux dernières fois où nous nous étions croisés avaient été des occasions sans réjouissance, l'enterrement de mon père à Paris, puis celui de son frère à Londres.

Orhan connaissait mes parents et, en vertu de la procuration que j'avais signée, était mandaté pour gérer en mon nom toute question notariale ou administrative concernant mon père ou sa veuve, et dont le règlement n'exigeait pas ma présence physique à Paris. En échange, j'avais offert à Orhan, aux termes d'un arrangement similaire, de m'occuper du tri et de la liquidation des affaires de Celal, puis de la vente éventuelle de son appartement de Stoke Newington. Orhan était trop occupé dans ses cuisines pour voyager à Londres, ne serait-ce que pour un week-end, et j'étais donc venu lui rendre visite à L'Orient avec les documents légaux préparés par un avocat qui avait défendu devant les tribunaux d'immigration plusieurs dossiers de demande d'asile préparés par Celal. Orhan n'aurait qu'à les signer et nous serions quittes, lui et moi, de tâches dont l'un comme l'autre préférions nous décharger. Nous étions arrivés ensemble à la conclusion que ce jeu de chaises musicales des responsabilités et des devoirs familiaux nous épargnerait des déplacements et des souffrances inutiles.

La musique avait cessé. Il restait deux clients en salle, un couple qui chuchotait près de la porte vitrée ouverte sur la rue. L'air du soir glissa jusqu'à notre table. Orhan buvait un verre de yakut, un vin souple et nerveux comme le croisement d'un côtes-du-rhône et d'un chianti. Il tira longuement sur sa cigarette et le passage de la nicotine contracta les traits de son visage. Une minuscule tache de sauce carmin était imprimée au-dessus de son cœur. Ma serviette était posée sur la table et, lorsque j'y rangeai les documents signés, le passeport que j'avais reçu quelques jours plus tôt glissa sur la nappe blanc cassé. Sa couverture sombre ornée du croissant et de l'étoile dorés de la République turque lestait le document d'un poids qu'il n'avait pas, comme un sous-verre en ardoise aux armoiries suspectes. Orhan s'en empara et le feuilleta avant de m'interroger du regard. Ses yeux semblaient avoir changé de couleur.

Vraiment ? fit-il. Je ne savais pas… Quand iras-tu ?

Je lui demandai s'il connaissait le Lagrade & Bouchard. Il me répondit que non. Alors je lui expliquai que, contrairement à lui, j'avais, pendant mes années d'internat, étudié ce manuel scolaire avec un certain dévouement, voire avec zèle. Ce genre de lecture, lui confiai-je, avait le pouvoir de transformer une ville et un pays entier en anecdote ridicule. Le ton que j'employai n'était pas sans sarcasme, mais Orhan en était lui-même totalement dépourvu.

Quelle anecdote ? fit-il.

Ce que je veux dire, c'est que l'éducation qu'on t'inculque à l'école publique…

Inculque ?

Bref, dis-je, vaguement agacé, ce que je voulais dire, c'est que j'irai un jour mais pas maintenant.

Pas maintenant, ou pas envie ?

La vérité était qu'Orhan ne plaisantait pas avec la question du retour. À Londres, avant l'enterrement de son frère, malgré sa peine et l'égarement qui se lisait sur son visage, il m'avait pris à part pour me proposer le plus sérieusement du monde de nous rendre ensemble dans la ville où mon père et son frère avaient vécu jadis, notre ville de naissance, « notre mère à tous », pour une sorte de baroud d'honneur en hommage aux défunts. J'avais décliné. Je n'avais ni la force ni l'envie de voyager, et je ressentais plus d'embarras que de besoin à l'idée d'un hommage à ce père que je connaissais si peu. Je me voyais transportant mon philistinisme dans ces contrées oubliées, essayant d'expliquer aux inconditionnels du « grand homme » qui m'accosteraient dans la rue que j'ignorais absolument tout de ce qu'ils me disaient sur lui, que je n'avais rien lu de ce qu'il avait écrit et que je ne leur serais d'aucune aide dans leur recherche d'intimité avec l'auteur dont l'œuvre — cela allait sans dire — ne s'était pas prolongée en moi.

De toute façon, je ne peux pas rentrer à cause de la question militaire.

Il glissa la main dans sa poche de poitrine pour en extraire ses cigarettes, en fit coulisser une hors du paquet et en tapota, expectatif, l'extrémité contre le chrome de son briquet.

Lorsque j'ai enregistré le décès de mon père, je te l'ai dit, c'est un certain Fikret Kaimoğlu qui m'a reçu au consulat et m'a obtenu ce passeport…

Ils savent convaincre, dit Orhan en laissant échapper un rire. Comme quand tu vas au bazar t'acheter des patins de freins et que tu reviens avec un vélo neuf !

Un mois après, je reçois un autre courrier du consulat. Je l'ouvre, cette fois le ton est moins jovial. En me rendant ma nationalité, ils pouvaient m'accuser d'être un « déserteur de l'armée turque ». C'était là, écrit noir sur blanc dans un courrier officiel de l'administration. Car — cela va de soi — je n'ai jamais fait, et ne ferai jamais mon service militaire. Nulle part. Que ce soit ici ou là-bas.

« Voyez du pays. Faites votre armée en Anatolie », déclara Orhan. C'est un slogan bien connu des recruteurs de la Türk Kara Kuvvetleri, l'armée de terre.

Orhan, je suis devenu citoyen de la république à mon corps défendant, avant d'être jugé traître *in abstentia* par un tribunal militaire d'Ankara. Je n'ai jamais rien entendu de plus absurde ni de plus rétrograde. Si j'avais besoin d'une excuse, je n'aurais pas à chercher plus loin...

Donc tu as besoin d'une excuse.

C'est possible, dis-je, presque soulagé. J'en ai besoin pour continuer à vivre dans l'oubli de mon passé. C'est mon côté moderne dans cette époque résolument postmoderne. Quoi qu'il en soit, j'ai dit non. Pas d'aller simple en treillis au Kurdistan pour moi, merci. J'ai envoyé un courrier à M. Kaimoğlu pour le remercier de la sollicitude du gouvernement à mon égard, un courrier poli dans lequel je lui ai fait part de mon souhait d'être effectivement et officiellement considéré comme déserteur. Crois-moi, à force d'être déçu, le désir d'un pays peut disparaître totalement du cœur d'un homme.

Orhan s'était assombri. Une affliction se formait derrière son visage. J'imaginais que, comme mon père et d'autres que j'avais connus grâce à Celal à

Londres — ces émigrés, qui gardaient en eux le magnétisme des villes où ils avaient grandi —, Orhan vieillissait avec un peu plus de réticence qu'il n'en laissait paraître. Chaque semaine vécue dans ce Paris qui ne s'en approchait jamais l'éloignait un peu plus d'Istanbul. Son frère et lui avaient toujours étés sujets à cette maladie typiquement stambouliote, cette nostalgie affligée qui pouvait être agaçante pour ceux qui ne pouvaient en éprouver les pincements ou les tiraillements. Même si ce mot, *stambouliote*, n'avait guère de sens — il était fort possible qu'il ait été inventé par Lagrade ou Bouchard pour véhiculer auprès des collégiens un lieu commun de plus sur leur Orient de pacotille.

Dans mon souvenir, Istanbul, dit Orhan en détachant ses mots comme s'il sortait d'un songe, c'est circulation, chiens, eau qui s'écoule, des voix qui parlent tout le temps. Tous ces bruits, ces voix surtout, au-dessus du murmure, je ne sais pas si tu vois. Un peu comme à la plage, je crois, une chose comme ça. Ton père cherchait ce bruit. La ville de tous les sons, c'est ce qu'il disait.

Il se retourna vers la porte et ses yeux scrutèrent la nuit. Un cycliste se matérialisa dans la rue pour disparaître aussitôt dans un furtif cliquetis de pédalier.

Moi je fais des desserts parce que le sucre console, dit-il en refermant le poing sur son briquet.

Je souris et remplis nos deux verres. Il continua d'observer la pénombre, avant d'ajouter :

Malheureusement je ne suis pas le fonctionnaire consulaire Kaimoğlu. Je n'ai pas le pouvoir de changer ta situation, sinon je le ferais. Je te montrerais…

Il s'empara de son verre et avala d'une traite le yakut.

Tu sais qu'il y a des nuits où la voix du marchand de pastèques continue de me réveiller ?

Puis il me tendit une cigarette, de cette façon qu'ils avaient tous d'offrir de manière irrésistible une chose dérisoire.

KUAFÖR VİLLİ

Une histoire ? Tu veux la version courte ou longue ?

Longue.

Bon... Je ne l'ai jamais racontée et je ne sais pas si elle marche. Enfin, c'est l'histoire du *padişah*, de sa femme et de sa fille. La femme tombe malade et avant de mourir elle dit à son mari : « Prends ma bague en diamant et, quand je serai morte, épouse la première qui l'enfilera à son doigt... »

Le père est installé dans le siège noir à suspension du salon de coiffure Villi, 211 rue İstiklal. Son visage est couvert d'un léger film de mousse. Sur un plateau en étain, un garçon apporte deux parts de feuilleté, des *börek* encore chauds confectionnés chez Baylan Pastanesi, un peu plus haut au 148, avec un verre de thé et un autre d'*ayran*, une boisson fraîche au yaourt. Mon *börek* est au fromage, celui du père à la viande. Vehbi Gürsoy, dit « Villi, » s'active derrière le siège, en tenue blanche. Les autres écoutent religieusement le récit du client.

Et donc, après avoir enterré sa femme, le *padişah* se met à parcourir le pays en essayant la bague sur les femmes qui lui plaisent, mais la bague ne va à aucune. Un jour, par accident, la fille du *padişah* trouve la bague et l'enfile à son doigt, cette gourde !

Lütfen efendim, s'il vous plaît, dit Villi, la lame de son rasoir en arrêt sous la gorge du père. Je vais vous couper !

Vehbi Gürsoy lui retient le menton avec le pouce et dans la mousse fait crisser la lame. Mais on n'arrête pas le père quand il entame une histoire. Il poursuit mâchoires serrées, le mouvement de ses lèvres se distingue à peine dans le nuage de savon.

Le *padişah* dit à sa fille : « C'est toi que j'épouse, alors. » Et la fille se met à pleurer : « Mais enfin, ça ne se fait pas, etc. » Rien à faire, le *padişah* reste inflexible. « C'est la volonté de ta mère, c'est comme ça et on ne discute pas. »

Normal, dit Villi d'un air distrait.

La lame glisse jusqu'aux tempes du père qui continue de s'adresser au miroir.

Mais la fille, qui a quand même un peu de jugeote, demande quarante jours à son père pour réfléchir.

Pourquoi quarante ? dis-je en attaquant mon *börek*.

Il hausse les épaules d'un mouvement furtif.

Je ne sais pas, c'est comme ça qu'on me l'a racontée… La fille se tord les mains pendant trente-neuf jours et, le quarantième, elle annonce à son père : « Père, je t'épouse à une condition. Je veux être habillée de trois couches de vêtements, une première brodée de perles, une deuxième tissée de diamants et une troisième en fourrure, avec chapeau, gants et chaussettes fourrés. » Le *padişah* demande alors à ses couturiers de fabriquer les vêtements et, à minuit, sa fille enfile le tout, prie un coup pour faire bonne mesure, puis se tire en courant par la porte du jardin. Elle part dans les montagnes et se cache au creux d'un arbre.

Terrible destin, dit Villi en roulant des yeux.

Le lendemain matin, le fils du bey du coin est sorti chasser. Il se pointe devant l'arbre et voit un animal bizarre à l'intérieur. Peureux, poilu, qui ne ressemble à rien.

Şey ! Mais je connais cette histoire ! s'exclame Villi en se tournant vers les autres. Chaque fois qu'on la caresse, elle fait *bici bici*, pas vrai ? Ma grand-mère me la racontait quand j'étais petit…

Bici bici, oui c'est ça, poursuit le père. Mais peu importe. Le fils du bey apprivoise la bête, l'amène au palais et l'appelle Ütelek. On l'installe dans une chambre, et tout le monde l'aime bien.

Comment ça, peu importe ? l'interrompt Vehbi Gürsoy.

Bici bici, ça ne veut rien dire de toute façon.

C'est quand même comme ça qu'elle s'exprime.

Oui, mais c'est un détail… Vehbi Bey, comment vous expliquer ? — voyez, j'essaie de faire court et, si vous m'interrompez continuellement, je n'irai jamais jusqu'au bout !

Je ne dis plus rien, fait le coiffeur en essuyant la lame sur son torchon.

Bien… Où en étais-je ? Tous les ans dans ce pays, il y a une fête qui réunit les garçons et les filles en âge de se marier. Le fils du bey décide d'y aller pour se trouver une femme. Il en parle à Ütelek qui lui répond *bici bici*.

Riche conversation, fait remarquer Villi.

En partant, le fils du bey oublie son manteau. Il demande qu'on aille le lui chercher illico et, surprise, c'est Ütelek qui le lui rapporte. Il se fâche :

« J'ai tous ces serviteurs et c'est cet animal qui m'apporte mon manteau ? » Et crac, de colère, il déchire le manteau.

Pourquoi il déchire le manteau ? je demande.

C'est un idiot fini, explique le père. S'il avait eu un peu de jugeote, il aurait déjà compris. Au fond, tout ça c'est une histoire de manteaux.

Vehbi Bey fixe le père dans le miroir, soupesant chacun de ses mots. Peut-être qu'il compare avec la version de sa grand-mère.

Bon, en résumé, Ütelek est malheureuse, elle monte dans sa chambre, enfile son vêtement de diamants et se précipite à la fête. Elle s'installe près du fils du bey qui lui demande : « Tu es la fille de qui ? » et elle répond « la fille du bey N'Importe-Qui. — Et tu habites où ? — Dans le quartier de Déchire-Manteau. »

Tu vois ? Qu'est-ce qu'il disait ? Une histoire de manteaux…

… puis elle s'en va en disant que son père est un truand et qu'il l'attend à la maison avant une certaine heure, sinon il la trucide — tout ça, évidemment, pour rentrer au palais avant le fils du bey. Lui, quand il arrive, raconte à qui veut bien l'entendre qu'il veut épouser la fille de N'Importe-Qui et il envoie ses serviteurs à sa recherche dans le quartier de Déchire-Manteau. Évidemment, c'est un fiasco.

Après, c'est la même chose mais avec la montre, dit Villi en s'essuyant les mains.

Laisse-le finir, dit un autre barbier.

Donc l'année qui suit, rebelote, il part à la fête, oublie sa montre…

… elle la lui apporte en faisant *bici bici*…

Non, pas la deuxième fois !

Ce n'est pas ce que disait ma grand-mère…

… cette fois-ci, Ütelek met la robe de perles, va à la fête et raconte qu'elle vit dans le quartier de Casse-Montre. Le fils du bey, moins bête que la première fois, lui passe une bague de diamants au doigt. Mais quand il part à sa recherche dans le quartier de Casse-Montre, il ne trouve rien.

C'est curieux, j'étais persuadé qu'elle disait *bici bici* jusqu'à la fin.

Les barbiers du salon se sont arrêtés de travailler. Seul Villi poursuit l'ouvrage en silence. Sa paire de ciseaux fins, posée comme un insecte luisant en haut de ses doigts, volette autour des narines du père avant d'aller rafraîchir l'intérieur de ses oreilles.

Un an plus tard, jour de fête, le fils du bey se pointe en avance et attend le retour de la fille — rien ! Il rentre chez lui et déclare : « Ou je la trouve, ou je meurs » et, là-dessus, il tombe malade de chagrin. Quelques jours plus tard, convocation de toute la maisonnée : « Que chacun prépare son bol de soupe, je vais faire mes adieux. »

Avec de la soupe ? dit un employé.

Et pourquoi pas ? répond sèchement Villi. Un bon bol de soupe adoucit l'épreuve…

Tout le monde dans le pays prépare son bol et vient au chevet du fils du bey qui plonge sa cuillère et la tourne une fois dans la soupe puis fait la même chose pour le bol suivant. Tous les habitants du palais ont préparé leur bol, sauf Ütelek. « Et pourquoi ? râle le fils du bey. — Parce qu'on a peur qu'elle se brûle les poils, répondent-ils. — Laissez-la faire, dit-il. Et arrêtez de vous acharner sur cette bonne vieille Ütelek. » En cuisine, Ütelek se prépare donc un bol et, plouf, y balance la bague offerte par le fils du bey…

… c'est la bague de l'année d'avant, précise Villi en se tournant vers ses employés.

Dans sa chambre, le fils du bey s'empare du bol de soupe, fait tourner sa cuillère dedans et découvre la bague. Et alors, il comprend tout ! Les allusions au manteau déchiré, la montre cassée, tout !

Aha ! entonnent les employés.

Le fils du bey est furibard : « Amenez-moi Ütelek ! Je vais la couper en morceaux. » Sa mère s'inquiète : « De quoi, y avait des poils dans la soupe ? Ne fais pas de mal à la pauvre bête ! — Pas de mal ? Je vais la massacrer ! » Et, sur ce, on lui amène Ütelek, il s'empare d'un couteau et met son vêtement de fourrure en pièces. En dessous, il y a la fille aux vêtements de diamants. « Sans cœur, tu m'as fait souffrir ! hurle le fils du bey. — Et toi, tu m'as sacrément maltraitée ! » rétorque-t-elle. Bref, ils se pardonnent tout et le fils du bey guérit fissa. Ils font la fête pendant quarante jours et quarante nuits et montent au septième ciel, et nous sur l'estrade !

Pourquoi toujours quarante ?

Hein ?

Quarante jours et quarante nuits, tu dis. Et quarante jours au début, quand elle décide de s'enfuir dans la montagne…

Demande donc à ta femme, elle saura te répondre !

Et ça fait rire tout le monde dans le salon de coiffure.

Des fois, j'imagine que le père disparaît au beau milieu d'une histoire. Sa voix continue à articuler des mots toute seule, sans corps ni geste. C'est quelqu'un d'autre qui raconte Ütelek, mais c'est sa voix à lui qui continue de sortir, éraillée et comique, de la bouche inconnue.

ALI HERGÜN

Le jour de sa mort, le long poème auquel mon père travaillait depuis des années se trouvait en évidence sur son bureau, comme s'il avait souhaité que le premier venu s'en empare. Et selon son vieil ami Ferit Yüksel, c'était ce qui s'était produit. Yüksel affirmait s'être rendu sur-le-champ à leur appartement et, pénétrant dans le bureau pour y chercher un stylo, y avoir trouvé, sous la lampe éteinte, une quarantaine de pages tapées à la machine, rangées dans une chemise. Il avait emporté le manuscrit chez lui pour le lire et avait oublié de m'en parler.

Deux mois environ s'étaient écoulés depuis la publication de la notice nécrologique consacrée à mon père dans les pages d'un grand quotidien français, lorsque je reçus une lettre d'Orhan qui n'avait pas cru bon de me prévenir plus tôt, pensant que j'étais évidemment informé du contenu de l'enveloppe. Sa lettre, en effet, était accompagnée d'une page découpée du même journal et datée de la semaine précédente. Sur la page étaient imprimés dix couplets intitulés *Chaque Jour, Ali Hergün dans le grand tout du tout*, un poème de Naili B. « traduit du turc par Ferit Yüksel ». Au bas de la page, la courte biographie de l'auteur indiquait que le poème était extrait de « l'œuvre poétique inachevée du grand turcologue Naili B., décédé à Paris le 3 avril 1998 ».

Rempli d'appréhension, j'entamais fébrilement la lecture des premières strophes.

CHAQUE JOUR, ALI HERGÜN
DANS LE GRAND TOUT DU TOUT

Dans le grand tout du tout
Quelque part sous les ruines au-dehors
gisent dans la pourpre et l'or
des ossements d'empereur.

Dans le grand tout du tout
sous le vieux pied de vigne
gît l'empereur vaincu
par la flotte ennemie
descendue des collines.

J'interrompis immédiatement ma lecture, agacé.

Ferit Yüksel n'avait jamais rien écrit d'autre que des introductions pour les catalogues de ses amis peintres et des opinions maladroites publiées dans des ouvrages à diffusion confidentielle. Il dérogeait à la règle d'or qui établit qu'un bon traducteur traduit vers sa langue maternelle et non l'inverse. Même sans avoir accès au supposé original, il était aisé d'identifier ses approximations. C'était un travail gauche et bâclé. En outre, il était clair à mes yeux, d'après nos derniers échanges, que plusieurs mois avant sa mort mon père avait renoncé à achever — et en tout cas à publier — tout ou partie de ses travaux poétiques. Son erreur (un péché d'orgueil, ou une hésitation de dernière minute) avait été de ne pas détruire le manuscrit, ou d'omettre de le confier avec des consignes strictes à une personne de confiance.

Dans sa traduction ignorante, Yüksel oblitérait tout respect de la métrique ottomane classique, ou divan, à laquelle mon père m'avait expliqué avoir fait des références fréquentes quoique parfois complexes. À cette omission s'ajoutait l'usage qu'avait fait le « traducteur » d'une forme bâtarde de versification dont l'unique mérite, hautement contestable d'ailleurs, était d'appuyer le réalisme de l'évocation au détriment de l'allégorie, pourtant typique du style divan. Cette approche superficielle donnait à l'ensemble un ton naïf et complètement vain qui ne se rapprochait d'aucun style poétique reconnu, hormis peut-être celui dont mon père usait pour retranscrire les contes qu'il publiait dans des recueils en langue française. Il n'avait jamais été un historien très rigoureux, si bien que cette approche réaliste et par trop terre à terre du poème se révélait une erreur fondamentale. En écartant les formules nébuleuses dont mon père se servait pour surmonter l'inadéquation de ses images avec le canon historique, elle tournait l'œuvre en ridicule.

> Dans le grand tout du tout
> sous la tour des Génois en bas de Beyoğlu
> Il est un colporteur
> Ali Hergün de Konya.
> S'il n'avait pas de bouche
> son nez en babouche
> toucherait son menton.
>
> On ignore ce qu'il vend,
> colporte ou propage

> *chaussures, dattes séchées,*
> *rouge à lèvres ou hameçons rouillés,*
> *il y a de tout dans son bagage*
> *au camelot de Konya.*

Babouche ? Camelot ? L'infâme Ferit enfilait les perles ! À la première difficulté, il se prenait les pieds dans le texte ou, pire, l'enflait de désastreuses inadéquations ! Comble de turpitude, les couplets (ou *aruz*, pour reprendre le vocable du divan) étaient, sous la plume de ce traducteur du dimanche, systématiquement cassés pour doubler la métrique du poème. Le résultat était le gonflement artificiel des couplets, ou *gazel*, qui conférait à l'ensemble une telle lourdeur que je soupçonnais Yüksel, à ce stade, de s'être laissé aller à des libertés — voire, c'était possible, d'avoir jeté entre les lignes ses propres notions de poétique. De toute évidence, l'homme n'était pas poète. C'était tout juste s'il connaissait la grammaire et était incapable de retranscrire l'harmonie des voyelles. Dans les lignes qui suivaient, l'*aruz* des *gazel* n'était plus respecté, sans parler du choix des mots, rejetés en fin de vers aux seules fins de suggérer la rime.

> *Souvent il s'adosse, par le soleil accablé,*
> *à l'ombre de la fontaine à Tophane*
> *là où, comme des génisses apeurées,*
> *passent les vents du détroit*
> *agitant ses courants comme des bélougas.*

> *Devant lui passent mules, boiteux et invalides,*
> *enfants, chiens jaunes et automobiles,*
> *il observe sans voir les ruines du vaincu,*
> *l'éboulement d'une ville à l'effritement têtu*

> *dans l'ombre il pense à ses brebis,*
> *aux vergers bleus de la plaine de Konya ;*
> *un wagon de tramway passe dans un cri,*
> *rempli de passagers, sa carrosserie grenat.*

On pouvait certes discerner, en filigrane et dans ce fragment au moins, la tentation initiale de l'auteur qui ambitionnait de versifier la ville entière dans sa démesure historique, sa modernité poussive, sa décomposition. Mais mon père, exilé à des milliers de kilomètres d'Istanbul, n'était pas Abdülhak Şinasi Hisar, le Marcel Proust du Bosphore. La sonde mémorielle qu'il avait lancée dans les profondeurs de sa conscience n'avait rapporté que des échos affaiblis d'une ville devenue pour lui irréelle. Lorsqu'elle y retournait, son imagination la trouvait plus figée que la fois d'avant. C'était ce que démontrait, malheureusement, la larmoyante conclusion du poème.

> *Entouré de gravats*
> *vidé par les coliques de son estomac*
> *Ali Hergün de Konya*
> *dans une vitrine soudain se voit en songe ;*
>
> *Sa silhouette il aperçoit qui s'allonge,*
> *jeune et gaillard, Ali fort comme un Turc,*
> *les mains croisées derrière la nuque,*
> *dans une boutique à Beyoğlu ;*
>
> *Il s'imagine sans ses articles ou ses grasses brebis*
> *et le grand tout du tout lui tient lieu de village.*
> *Ses mains sentent la laine, le fromage et l'épice :*
> *les saveurs capiteuses de son dernier voyage.*

L'odieux Yüksel… J'imaginais que, non content d'avoir son nom dans un quotidien parisien, il capitaliserait à présent sur la renommée de son ami pour publier l'intégralité de ce qu'il avait sous la main. Et mon nom — ce nom qui était à peu près tout ce qui me restait en dehors de l'appartement d'Olympia et de mon salaire en livres sterling — figurerait en tête de chacune des tentatives de ce vieux pitre. Il me fallait mettre la main sur ce manuscrit et l'enfermer à double tour dans un sous-sol, avec le reste. La nostalgie n'appartenait qu'aux autres, les souvenirs étaient faussés et ne servaient plus à rien, les cartes postales étaient jaunies, et les voix disparaîtraient dans ce grand fourre-tout, le grand tout du tout.

EMİNÖNÜ

Je suis un İstanbullu, c'est-à-dire un Istanbuliote, et mon cousin Ömer un Ankaralı, un Ankariote. Deux villes nous séparent, différentes comme mouton et carpe, tambour et flûte, eau et poussière. Deux mondes qui s'ignorent, se tournent le dos et se jalousent. Deux entités séparées par la terre aride et de longues heures de train. Les commerçants, le cinéma, l'hôpital désaffecté en face de ma fenêtre, la maison de thé et les rues qui s'échappent en ravines vers le Bosphore, cet univers m'appartient et je ne le partage pas — pas avec l'Ankariote en tout cas, le garçon venu s'installer sans prévenir en république de Beyoğlu.

Beyoğlu, c'est mon quartier. Littéralement, le Fils du Bey. Le bey, celui qu'on appelle comme ça ici dans notre rue, la rue Erzurum, c'est le père, et ce père a un fils et ce fils c'est moi. Ce qui fait de moi l'unique fils du seul bey du quartier du Fils du Bey. C'est un signe. Un signe de quoi, je l'ignore, mais quand on est fils du bey dans le quartier du même nom, laissez-moi vous dire les égards auxquels vous avez droit.

Que fait-on, à İstanbul, d'un Ankaralı ? On fait visiter. L'Ankaralı s'entête à se plier aux règles, comme s'il y en avait. On lui explique que traverser sur les clous ou saluer les agents de police, toutes ces manières apprises à la capitale n'ont pas cours ici. Mais l'Ankaralı persiste. C'est comme si son existence en dépendait. Les priorités, les manières et le temps, tout ici est différent. Le seul temps qui compte est celui de la rumeur : -miş. Il est parti *à ce qu'on dit* (mais rien n'est moins sûr). *Gitmiş, ondan sonra, gelmiş*. Il est parti et, après, il se pourrait qu'il soit revenu. Par le même chemin ou par un autre. C'est comme ça qu'on conjugue, ici à Beyoğlu.

Qu'est-ce que je sais d'Ankara ? Rien. Les journaux en parlent, des voix à la radio parfois, les affiches sur la place de Taksim pendant les élections ou le jour de la Proclamation de la République. Ömer connaît le Premier ministre, Adnan Menderes, qu'il a vu, dit-on, remonter le boulevard Atatürk en costume, à Ankara. Le Premier ministre a le même prénom que l'oncle mais l'oncle, qui est docteur ès médecines, ne l'aime pas. Après son élection, Adnan Menderes a descendu les avenues d'İstanbul dans son automobile et a aussitôt décidé de les élargir en rasant les maisons et vergers du Fatih, le quartier de l'oncle Adnan. Ömer dit qu'il ne connaît pas Menderes, que voir quelqu'un remonter un boulevard en costume, cela ne veut pas dire qu'on le connaît. Ni lui ni personne à Ankara ne connaît le Premier ministre. Mais si ce qu'il dit est vrai, alors comment Menderes a-t-il été élu ?

J'explique à Ömer qu'İstanbul, vue de Beyoğlu, est une ville bleue avec du vert, du rose et des reflets gris quand le soleil se couche derrière Nakkaş Baba de l'Autre Côté. Sauf qu'il ne sait pas ce que c'est l'Autre Côté. Il ne connaît pas non plus tante Belma, ma *hala*, ni sa maison de Tarabya, ni les pêcheurs, ni le goût de l'esturgeon. Il dit qu'il a déjà mangé des moules et même des calamars, mais je ne le crois pas. On trouve ces choses exclusivement après le terminus du tramway, à l'extrême limite, là où İstanbul se transforme en port de pêche avec sa jetée, ses barques et ses villas. İstanbul, c'est le plus bel endroit du monde ! Ömer n'a pas choisi İstanbul, d'autres ont choisi à sa place, les adultes ont pris les décisions pour lui. Je lui dis : İstanbul, c'est comme un tableau abstrait. Soit tu sais à quoi les couleurs correspondent, soit tu l'ignores, et alors tu dois t'en remettre à l'İstanbullu. Tu ne peux pas faire autrement.

Des rumeurs circulent : par exemple, sa mère serait encore à Ankara et son père, un cousin du mien à ce qu'on dit (*miş*), serait monté dans un avion pour les États-Unis. Mais bon, on en dit des choses. Ou alors, l'autre version, c'est que sa mère est partie et qu'elle est très belle, et que son père est devenu fou. En tout cas, il se serait (*miş*) passé des choses. Lesquelles ? Pas censé savoir. À Beyoğlu, on répète, on épluche, on interprète ce qui vient du dehors et finalement on ne sait plus qui fait quoi, comment et pourquoi. L'appartement de la rue Erzurum, chez nous, est plein d'histoires comme ça.

Depuis qu'Ömer vit ici, je ne suis plus le seul de mon âge dans cet appartement. Ça ne me plaît pas trop mais il n'y est pour rien. Mon problème, c'est que j'aime bien être le centre du monde. Rien de plus, rien de moins. Je voudrais plaire à tous les gens qui m'entourent, et je préfère m'y prendre seul. À deux, c'est plus compliqué.

J'emmène Ömer là où c'est interdit, en prétextant l'autorisation d'adultes qui n'en savent rien. Du pont de Galata nous remontons jusqu'à Beyazıt derrière le Petit Bazar. Dans le tramway, un homme corpulent, sa ceinture sous la poitrine, explique à un autre, maigre et coiffé d'un béret, que la vie n'est plus ce qu'elle était et que dans sa jeunesse les choses étaient moins compliquées et les rues en meilleur état. Les gens disent souvent des choses comme ça à İstanbul. Ils ont mal partout, aux pieds, à l'âge, au cœur, ils se plaignent tout le temps, surtout quand ils n'ont rien à dire. Derrière le mur de l'université, dans un ciel jauni par la pollution — c'est ce qu'on dit — se dresse la tour de Beyazıt.

Le père travaille ici, dis-je.

La tour ?

La faculté des lettres, chèvre, pas la tour ! C'est pour ça qu'il connaît toutes ces histoires. La tour c'est pour les incendies. Les pompiers la montent et la descendent quand il y a le feu quelque part en ville.

Entre Beyazıt et le pont, en descendant Fuat Paşa, les quartiers d'Eminönü et de Tahtakale sont plongés dans la poussière des démolitions. C'est là que doit passer l'artère de Gümüşpala, entre l'embouchure de la Corne d'Or et la place d'Eminönü. C'est un chantier énorme, éparpillé dans le béton et les ruines des vieux quartiers. Toutes sortes de gens, de bêtes et de voitures circulent ou s'embourbent. Les *cemse*, les camions à benne des surplus américains, transportent la terre en faisant ronfler leurs radiateurs ; des hommes sont rassemblés par grappes, mains dans les poches, devant le baraquement en tôle d'un contremaître ; d'autres attendent un *dolmuş,* un taxi collectif ; d'autres encore marchent sans but dans les mètres cubes de terre pelletée, leur trajectoire détournée par un fossé, un tas de pierres, un empilement de tuyaux en ciment. Le paysage en lambeaux s'effrite sous nos yeux, un morceau d'İstanbul en plein effacement.

C'est ce que l'oncle appelle les « folies urbaines de Menderes ». Lui aussi, il se plaint tout le temps. Il n'aime pas quand ça change. Les travaux, les moteurs, les pelleteuses dans la colline, les morceaux de ville dans les bennes, ça ne l'excite pas beaucoup.

Demain, je t'emmène voir un incendie de *yalı,* dis-je à Ömer.

Du vendredi au dimanche, les *yalı* flambent comme des boîtes d'allumettes. Ce sont de vieilles maisons en bois dont on trouve les plus beaux spécimens sur la rive entre Arnavutköy et Tarabya. Le spectacle attire les foules, venues de tous les quartiers. Les vendeurs de grillades et de glaces font recette et, pour une somme modeste, un pêcheur vous emmène en barque contempler les incendies sur le Bosphore. En général, les pompiers continuent de monter et descendre leur tour à incendies et laissent brûler. Les gens pleurent dans le jardin en attendant que ça passe. C'est le genre d'affaires qui désole l'oncle Adnan.

À Eminönü, la poussière pique les yeux et dessèche la langue. Le terrain est troué de partout, et les trous sont remplis de détritus. Parfois les Tsiganes viennent fouiller dedans. L'oncle raconte que les promoteurs versent beaucoup de *lira* pour des terrains de ce côté-ci de la Corne d'Or. C'est pourquoi notre métropole est moderne et européenne. Notre père à tous, Mustafa Kemal dit Atatürk, a dit qu'il valait mieux marcher dans la foulée du progrès plutôt que de lui courir après. Ou quelque chose comme ça. Et en attendant Ömer sourit aux passants, bâille et ramasse une poignée de terre qu'il jette un peu plus loin. Les Ankariotes n'écoutent jamais ce qu'on leur dit.

De retour à Beyoğlu, le funiculaire nous dépose au bout de l'avenue İstiklal et je découvre que nos chaussures sont recouvertes d'une pellicule grise. Je raconte à la mère un bobard de plus et puis j'oublie. L'important est de ne déplaire à personne. J'ai remarqué une chose : peu de gens aiment entendre la vérité. Deux jours plus tard, Ömer tombe malade. Le docteur Kartal Baysal nous rend visite, se gratte le haut du nez et examine Ömer en posant son stéthoscope entre ses omoplates.

Un peu d'asthme, explique-t-il à la mère. Veillez à ce qu'il reste à l'intérieur.

Sur son papier gaufré, il rédige une dispense pour l'école, se lève et exécute un salut compliqué avant d'enfiler son pardessus et de disparaître dans l'escalier.

Pendant trois nuits, j'entends le souffle d'Ömer se décrocher dans sa poitrine. Le remords ne me lâche plus, comme une tique dans le pelage d'un chien errant. Le quatrième jour, on envoie le malade chez tante Belma à Tarabya. Et le samedi d'après, nous allons tous chez elle rendre visite au malade dans l'automobile de l'oncle Adnan. La mère apporte des sablés au sucre et au sésame, Babaanne, la grand-mère, un sac de pistaches achetées au bazar par Ayten, la bonne, et l'oncle une bouteille de *rakı* qu'il pose sur la table en annonçant : « Nous sommes venus boire ton *ayran* ! »

Comme l'*ayran* est une boisson au yaourt, à l'opposé du *rakı* qui est à l'alcool, ça ne manque jamais de les faire rire, lui et le père. Le père rit beaucoup de toute façon.

Dans l'auto, Babaanne prétend qu'Ömer a frôlé la mort. Mais quand Ömer ouvre la porte, chez tante Belma, il ne tousse plus et je dirais même qu'il est mieux habillé. J'essaie de deviner s'il a vendu la mèche, comme on dit. Nous allons sur le balcon. De là, on peut voir la baie, les bateaux qui se croisent dans le détroit, les palais de l'Autre Côté. J'entends la grand-mère qui commente :

Ces deux-là, s'ils ne sont pas frères...

C'est chic de ta part, de pas dénoncer pour l'autre jour, dis-je à l'oreille d'Ömer.

Pourquoi je dénoncerais ? demande-t-il.

L'Ankariote n'est pas très futé, mais il ne ment jamais et au final je l'aime bien. C'est un Ankaralı de parole d'honneur. Je crois que c'est comme ça qu'on dit.

ECSTASY

Les années qui avaient précédé mon divorce d'avec Hannah avaient été amères et exemplaires de l'immaturité dont peuvent faire preuve deux adultes lorsqu'ils perdent toute mesure des sentiments et instincts qui les rapprochent. On ne se voyait presque plus, elle et moi. Elle était rentrée de la faculté ce soir-là, et m'attendait au salon avec un sourire triste, signe d'un désagrément professionnel ou d'une migraine. Elle avait l'air froissée mais son humeur n'était pas combative et cela ne lui ressemblait pas. Récemment, elle s'était mise à surveiller ce qui sortait de sa bouche, elle disait qu'elle se censurait pour moi. J'étais désolé qu'elle s'empêchât de dire le fond de sa pensée, mais nous préférions cette approche aux fanfares de récriminations. L'alcool aidait à aplanir les différends mais une noirceur s'insinuait entre nous. L'oxygène se raréfiait, comme si nos corps, précipités dans un puits de silence, s'essoufflaient, sans réussir à s'agripper une dernière fois l'un à l'autre. Je n'avais rien vu venir.

Elle ne parvenait pas à prononcer les mots. Il faisait sombre au-dehors. Après m'être extrait du lit, je m'étais habillé pour aller travailler et j'étais venu m'asseoir auprès d'elle. J'avais posé ma main dans le bas de son dos qui était froid. Un verre était posé sur la table basse, un reste de gin-tonic. Combien de fois avait-il été rempli pendant que je cherchais le sommeil là-haut dans la chambre ?

J'avais dit : tu aurais dû me réveiller, mais cela faisait longtemps qu'elle ne venait plus me tirer de mon inexistant sommeil. Elle laissait cette mission au réveille-matin sans réaliser le pouvoir de la chaleur humaine et les désastres de son absence sur le noctambule. J'avais conclu avec alarme que son dos n'était pas froid mais raide d'une tension extrême qui produisait sous ma main l'effet qu'aurait un bloc de glace sculpté à la forme de ses hanches. Peu à peu sur ce canapé, j'avais réussi à lui faire dire ce qu'elle voulait me dire, qu'elle me quittait. Je n'avais ressenti aucune douleur particulière, juste un peu d'indignation d'avoir été floué.

Les choses entre nous ne s'étaient pas déroulées comme je l'avais imaginé. Nous avions eu Stephen, trois kilos six cents grammes de fragilité humaine auprès desquels j'aurais veillé ma vie entière dans la plus complète béatitude. Mais Stephen avait grandi, il était devenu adulte et, maintenant qu'il était en âge de comprendre et de pardonner (cette double tare de la maturité), Hannah me quittait pour un autre homme. L'âge, m'avait-elle soutenu, n'avait rien à voir avec sa décision.

Lui s'occupe de moi. Il me *regarde*, m'expliqua-t-elle. J'ai besoin qu'on me regarde.

Je ne le connaissais pas. Il s'appelait John. Autant dire que c'était n'importe qui. J'avais essayé de la convaincre par des gesticulations puis, d'un tiroir, j'avais extrait, comme si ce geste pouvait encore changer le cours des choses, des chansons écrites des années auparavant.

Tu m'as chanté des chansons à la guitare ? Toi ?

C'était vrai et à peine croyable. On était censés s'aimer, vieillir, s'enfermer dans notre routine, choper Alzheimer ensemble, et tout cela ne voulait plus rien dire au point que même nos souvenirs semblaient désuets rien que d'y penser.

J'étais sorti pour lui acheter des fleurs sur Kensington High Road. Je m'étais souvenu, une dernière fois, des couleurs qu'elle appréciait, le mauve et le blanc. En sortant de chez le fleuriste, un tressaillement de fatigue m'avait parcouru le corps. L'air était humide, l'avenue brillait dans la lumière glauque de milliers de phares. Devant moi, une poubelle en métal exhibait les restes d'un parapluie faussé qui tremblait dans le vent. J'y avais jeté le bouquet et j'avais hélé un taxi. Le lendemain matin à mon retour du travail, Hannah était partie.

Ce que je ressentis initialement fut un ennui profond tant notre séparation relevait de la caricature : ce besoin d'une seconde vie, ses « ne-m'en-veux-pas » et mes « je-ne-t'en-veux-pas » — la litanie des regrets. Puis, pendant les semaines suivantes, les accès de panique usuels. Comment n'avais-je rien vu venir ? Comment échouait-on à ce point ? Hannah se trompait ! Hannah se racontait des histoires… Mon regard était aimant — comment expliquer sinon que ses soupirs, quand elle était aux cabinets et pour ne prendre que cet exemple, eussent continué à m'émouvoir ? Le problème, comme elle disait, c'était mon regard. Il s'était usé. Sur la fin, il avait manqué d'acuité. Hannah avait voulu changer pour le modèle au-dessus, l'Homme 2.0 séduit et gaga. Nous nous étions mariés parce que nous avions cru, ou voulu croire, à ce que nous ressentions l'un pour l'autre. À l'époque, les résidus de sens d'un tel acte, le mariage, existaient encore. Nous nous quittions parce que, en cours de route, quelque part, ces résidus s'étaient éparpillés. À présent, il ne serait venu à l'idée de personne dans notre entourage ou dans la classe sociale à laquelle nous appartenions de défendre quelque chose d'aussi suranné que l'union légitime entre deux adultes, sanctionnée par la loi. Notre âge avait en réalité, et contrairement à ce qu'elle prétendait, tout à voir avec son geste.

Ma lucidité nouvelle fit place à de la colère, et la colère à de l'abattement. Je couvris ainsi tout le spectre des émotions qu'on ressent dans la défaite et, comme à mon habitude, je les étouffais par le travail. Ce fut donc dans un état d'engourdissement total que je signai, pour en finir, la paperasse notariale. Je soldai les comptes et m'enfilai un double whisky, en concluant que ce qui nous avait éloignés Hannah et moi était la fatigue. J'étais fatigué, et elle, pas encore.

J'étais resté ami avec Dale, que j'avais connu grâce à Hannah au début des années quatre-vingt-dix. C'était vraisemblablement à cause de la désagrégation de ma situation conjugale que Dale était revenu vers moi, alors que tous les autres (célibataires, couples, familles, tous professionnels, tous surmenés) avaient préféré l'ignorer en disparaissant comme des brebis dans les *moors* du Yorkshire. Pendant dix ans, Dale avait travaillé dans l'humanitaire loin de Londres. D'après la correspondance électronique irrégulière que je recevais et les photos postées sur son site web, je savais qu'il collectionnait les tapis et profitait du vivier quasi inépuisable des jeunes hommes de certaines friches sexuelles encore vierges du monde en développement.

Mais Dale se trouvait à Londres lorsque Hannah avait mis les voiles. Il était en attente d'une mission pour le haut-commissariat des Nations unies pour les réfugiés et c'était Hannah qui lui avait appris notre divorce. Il m'avait donné rendez-vous au Red Lion, un pub de Chinatown où, sur deux étages enfumés, trois générations d'homosexuels se regardaient en chiens de faïence devant des bières au goût de nouilles chinoises. Elles étaient servies par pintes graisseuses dans le bouge du sous-sol où j'avais exposé à Dale la nature de mes troubles du sommeil sans mentionner Julius Lenz, de peur d'entrer dans les détails avec quelqu'un que je connaissais trop peu. Mais Dale avait autre chose en tête. Il venait de lire dans les pages d'un magazine en vogue le récit véridique d'un bourgeois londonien de sexe mâle signé Anonymous et qui présentait à ses lecteurs, avec autant de minutie que de style, son expérience de l'ecstasy comme De Quincey l'avait fait pour l'opium. Anonymous avait cinquante-quatre ans, la moyenne de nos deux âges.

Tu veux mon avis ? Il n'est jamais trop tard pour commencer, conclut Dale en déposant dans ma main un granulé ovale.

J'avais glissé la pilule d'ecstasy dans mon portefeuille. Paul, un amant de Dale, nous avait rejoints pour nous emmener prolonger la soirée dans un club qui venait d'ouvrir sur Oxford Street. Nous avions traversé Londres en limousine pour passer devant les foules frigorifiées qui attendaient leur tour en tenues outrageuses ou soignées, emprunté les entrées VIP de plusieurs boîtes en vue, longé les couloirs vibrants des pulsations de la techno londonienne, d'*indie pulse*, de garage et de R&B et, après avoir ingéré d'autres granulés fournis par Paul, fini dans la multitude des corps et des attitudes. L'opération m'avait offert un répit inattendu : pas plus cette nuit que les nuits d'avant je n'avais dormi mais, au lieu d'en souffrir, pour la première fois depuis des lustres j'avais fait abstraction de mon insomnie, comme si d'un condensé de sommeil celle-ci s'était momentanément transformée en une légère narcose émulsionnée. C'était un oubli qui m'avait paru délicieux, reposant, intégral.

Jamais je n'avais envisagé de garder un travail, surtout pas celui que j'exerçais, l'idée paraissait grotesque. J'étais chercheur (la « recherche » était le nom qu'on donnait aux tâches dont j'étais chargé pendant la nuit) mais mon travail était surtout dicté par les machines et ces machines n'auraient bientôt plus besoin de nous. Les lignes budgétaires changeaient, la science se mécanisait, le recueil des données était effectué par des programmes en perpétuelle actualisation. J'avais calculé que mon obsolescence et mon remplacement éventuel étaient l'affaire de quatre ou cinq années, voire moins, et chaque fois que je me rendais au laboratoire, j'imaginais que c'était la dernière ou la pénultième fois, qu'on nous annoncerait le lendemain la fermeture de notre unité.

Quand Hannah était partie, je m'étais pourtant mis à tenir à ce travail comme à la prunelle de mes yeux. Quelque chose de physique me rattachait à cet endroit, le ronronnement des machines, l'immensité du monde souterrain où je passais mes nuits, les écrans, les tunnels, les interrupteurs, les cellules de repos insonorisées, j'y trouvais un réconfort organique, une paix pour ma fatigue hors limite. Je marchais des heures durant dans les couloirs, à m'occuper de besognes insignifiantes générées par le cycle des relevés, et les heures s'égrenaient dans un simulacre de sérénité. Une nuit, devant la zone d'accès restreint, je sortis ma carte magnétique de mon portefeuille et une petite bille ovale rebondit sur le sol, blanche avec la lettre N gravée dessus, la pilule d'ecstasy que Dale m'avait remise au Red Lion. Je retournai à la loge, remplis deux bouteilles d'eau et l'avalai avant de poursuivre ma tournée. Quelques minutes plus tard les couloirs flottaient et les écrans se remplirent de listes de calculs complexes et somptueux. Mon corps retrouvait l'anonymat qu'il avait traversé parmi les corps ondulants des fêtes londoniennes, j'appartenais moi-même au calcul, je m'infiltrais par les grilles d'aération, je ne ressentais plus la douleur, j'explosais de bien-être. Peu à peu, je crus participer au fonctionnement d'un univers neutre et infini de chiffres et de combinaisons. Mon rôle équivoque et solitaire était de fluidifier le passage des événements. D'être un vecteur de leurs apparitions et de leurs disparitions, et je m'assurais que rien n'était laissé au hasard, que seule une infinitésimale partie du tout échappait aux combinaisons et à l'analyse.

Je reproduisis l'expérience en demandant à Dale de me fournir les doses d'ectasy nécessaires en dissimulant que je consommais sur mon lieu de travail. Les heures passèrent plus vite encore et la fatigue se reporta sur la journée. Une fébrilité particulière s'emparait de moi parfois après ces bringues nocturnes et solitaires, mais ce n'était rien à côté de ce que j'expérimentais sous influence. Je m'extirpais de ma confusion, j'instillais du sens dans un monde de particules et devenais une partie de cet ensemble sans polarité, ni est, ni ouest, un corps myope, éclaté, flottant, libéré des contraintes de la langue et de la compagnie des autres. Je traversais ma propre expérience.

YENİKAPI, 1935

Là, dit tante Belma, c'est ton père quand il est rentré d'Allemagne. Près de la gare à Yenikapı, quelques années avant la guerre en Europe.

Ça veut dire quoi, Europe ?

Avrupa. Tout ce qu'il y a de ce côté-ci du Bosphore. Et l'autre côté ?

Asya.

Comment ça se peut qu'il y ait la guerre d'un côté mais pas de l'autre ?

Tante Belma prend mon visage entre ses mains.

La guerre était partout… Une guerre mondiale.

La photographie est jaunie, posée comme une feuille morte dans un album photo ouvert sur la table du salon.

Observe bien l'allure du père, mon sucre. Il était si élégant… À Berlin, les gens l'arrêtaient dans la rue. Ils le prenaient pour un acteur.

Mon sucre, *şekerim* — c'est comme ça qu'elle nous appelle, la tante, au lieu de dire nos prénoms. La mère n'emploie jamais ce diminutif et la grand-mère moins que jamais, car elle affirme que les sucreries, c'est juste bon pour les croyants. On se méfie des croyants dans cette famille.

Dans le coin de la photographie, quelqu'un a écrit à l'encre noire *Yenikapı, 1935*. Le père, version lisse et rajeunie, est assis sur un rocher. Ses lèvres épaisses ne sourient pas. Son chapeau est placé haut sur son front, son col de manteau est relevé derrière sa nuque.

Il fait nuit à Tarabya et la fenêtre du balcon est ouverte. On entend des chiens aboyer sous la lune et les voix des clients sur la terrasse de l'hôtel Konak. L'air est meilleur à Tarabya, tout le monde le dit, et c'est pour ça qu'on vient ici avec Ömer. La maison de tante Belma est au-dessus de celle de l'ambassadeur de France ou plutôt du consul, puisque les ambassadeurs asthmatiques n'existent plus à İstanbul depuis la fondation de la république. Ömer, on dirait que son asthme a disparu. La poussière de la ville est sortie de ses poumons.

La tante se lève et allume la radio. Il y a un poste à Tarabya et un autre à Fatih chez l'oncle Adnan. Celui d'ici a des moulures dorées autour du haut-parleur, mais celui de l'oncle a une meilleure réception. Ce soir, en plus des grésillements et des sifflets du poste de la tante, il y a un son de trompette, quand même assez rare pour ce poste décoratif. La tante est une femme moderne qui écoute du jazz. L'oncle aussi est moderne, il est abonné à *Supercomics*.

Sur la photo, assise à côté du père, il y a une femme que je ne connais pas. On dirait qu'elle a froid vu qu'elle est quand même blottie contre lui. Leurs vêtements se confondent. En tout, ils sont sept sur la photo, habillés comme pour une cérémonie. Les hommes portent des cravates, il y en a un qui tient son manteau sous le bras, un autre avec les mains dans les poches, un troisième en costume croisé, avec un mouchoir blanc qui dépasse de sa poche de poitrine.

Tante Belma est penchée sur l'album et on voit briller des gouttes de peinture sombre dans ses cils. C'est la seule femme que je connaisse qui porte du rouge à lèvres et du vernis à ongles.

Elle, c'est Nuran, explique la tante en désignant l'inconnue. C'était avant de rencontrer ta mère… Ah ! promettez-moi de ne rien dire, mes sucres…

Elle se tourne vers moi en souriant.

Si ta mère apprend que je t'ai montré cette photographie, je vais en entendre parler jusqu'à la fin de mes jours…

En fait, tante Belma ne nous demande pas *vraiment* de garder le secret, mais Ömer promet et moi aussi — comme je l'ai dit, les gens préfèrent ne pas entendre la vérité et s'ils l'entendent ils s'arrangent pour l'oublier. J'ai toujours trouvé ça bizarre, cette façon de penser à l'envers.

Nuran dirigeait la revue où ton père publiait à l'époque.

Une revue ?

Une sorte de journal. Comme les bandes dessinées de ton oncle mais sans les images. D'abord, on tape les articles à la machine. Puis on les envoie chez l'imprimeur…

Tante Belma tire la photographie des oreillettes et la pose sur la table pour mieux l'étudier.

Là, derrière ! C'est le dôme de la petite Ayasofya. Et là ?

C'est moi ! Ouh que j'ai l'air cloche !

Mais la tante n'a pas l'air cloche du tout, au contraire elle a rajeuni, coupé court ses cheveux et mis un chandail en laine. Mme Nuran, qui est assise entre elle et le père, est peut-être beaucoup moins belle. Ses cheveux sont coiffés en chignon et c'est étrange de voir le père assis comme ça près d'une femme qui n'est pas la mère. La tante se rapproche encore un peu de la photographie.

Le monsieur en costume rayé, c'est Yusuf. Il aidait ton père à trouver des postes pour les Juifs à İstanbul. C'est un Juif aussi je crois.

Yusuf Bey est juif ?

Tante Belma soupire comme lorsqu'elle pense à son mari. Mais on ne sait jamais avec elle, parce qu'elle ne dit jamais rien sur cette histoire.

À İstanbul, ça ne faisait pas de différence. Ton père et Yusuf savaient ce qui se passait en Allemagne. Ils avaient vu le mal en face et ils l'écrivaient dans leurs articles. Mais ça a fâché du monde, alors ils ont fermé la revue.

À quoi il ressemble ?

Qui ?

Le mal. Comment on reconnaît le mal dans la rue ?

Ses lèvres sentent le miel quand elle les pose sur ma joue.

On doit le savoir lorsqu'on le croise.

Elle désigne le monsieur à gauche sur la photographie.

En voilà un qui n'a jamais fait de mal à une mouche !

Il a des grosses joues et un costume noir. Il est debout sur un rocher, à l'écart. Ses cheveux ont pris la forme de son chapeau.

Son père possède un restaurant à Bebek. C'était le seul à avoir une voiture à cette époque.

À la radio le concert de trompette s'interrompt et une horloge se met à compter les secondes qui nous séparent de dix heures.

Qui veut un peu de blanc-manger avant d'aller se coucher ? demande la tante.

Elle repose la photographie à l'intérieur de l'album qu'elle referme et range sur l'étagère. C'est un peu comme de fermer les volets dans une chambre, en imaginant que le cerveau est une chambre.

Plus tard tante Belma vient m'embrasser sur le front et me border dans le lit. Je lui demande où est la mère et elle me répond toujours la même chose. Je lui demande où est la dame, maintenant, qui tient le bras du père sur la photographie et elle me regarde longtemps sans répondre.

Quand la revue a fermé elle a disparu. On n'a jamais su.

Encore une chose, je me dis, que Belma voudrait bien oublier, mais il y en a tellement que c'est impossible. Oublier, c'est très difficile. Moi par exemple je me souviens de tout. Si ma tête était une cruche et que les souvenirs étaient liquides, elle contiendrait tant d'ingrédients qu'à force le contenu n'aurait plus aucun goût et déborderait.

Cette nuit, sous un drap de coton, j'écoute la prière des croyants lancée depuis les minarets et je m'endors en rêvant que le père combat des ennemis sur les murs d'enceinte de la ville dans une armure futuriste de héros des *Supercomics*. Il y a des balles, des flèches, des boulets de canon qui fusent, je voudrais me battre avec lui mais des bras de femme m'arrachent au champ de bataille pour me plonger dans le Boğaz, ce Bosphore dans lequel je me mets à nager pour atteindre l'autre rive, d'Europe vers l'Asie, accroché à la fourrure détrempée d'une louve à grosses mamelles. La louve parle, connaît le nom de chacun des membres de la famille. L'oncle Adnan, l'air piteux, est agrippé lui aussi aux flancs de la louve et porte les vêtements d'Hacivat, le célèbre lettré du théâtre d'ombres. La louve à la voix de mère ne cesse de lui demander entre deux halètements rauques « s'il te plaît de ne pas fumer mes cigarettes au menthol » — LÜTFEN ADNAN SİGARALARIMI İÇME. La traversée du Bosphore est interminable. La louve s'égosillant toujours au sujet des cigarettes, Adnan protestant bruyamment dans sa langue alambiquée, un nuage de tabac mouillé au-dessus de la tête, ses bras chargés d'une plante d'intérieur, moi prenant conscience qu'à ce rythme l'issue de notre traversée ne saurait être autre que fatale. Des croyants nous observent depuis l'autre rive, la bouche ouverte, en nous adressant des signes paniqués. Enfin, quelque chose craque et nous aspire, et nous nous mettons à sombrer. Déjà il n'y a plus que le drap de coton qui ondule à la surface, seul avec le chapeau d'Hacivat comme une meringue ridicule chahutée par les vagues et, tandis que j'appelle au secours, l'eau noire s'engouffre dans la bouche grande ouverte des croyants et engloutit leurs paroles dans des ténèbres plus vastes encore que leur croyance, tandis que l'oncle se noie sous mes yeux dans ses habits d'Hacivat, sans prononcer un mot; s'abîme dans le Boğaz en ne laissant de lui que son chapeau flottant sur le sommet blanchi des vagues; le Bosphore engloutit l'oncle et le manteau de la louve, les croyants, la plante verte qui encombrait les bras de l'oncle, et moi-même, nous les derniers survivants du théâtre d'ombres du monde d'ici-bas. J'appelle la mère pour qu'elle me sorte de là, que vienne me sauver la louve qui m'a donné naissance comme j'ai découvert tantôt, mais la louve a disparu et la mère ne répond pas, et c'est la fin — la fin noire et glacée dans les bas-fonds du détroit. Dans mes cheveux alors passe la main de la tante, venue calmer mon effroi avant de ressortir en laissant traîner sa voix dans un filet de lumière. J'ai les yeux grands ouverts, il fait nuit. Les chiens se battent dans la colline. J'ai mouillé mon pyjama.

L'ORIENT

Je me tenais les yeux fermés dans la lumière matinale sur un trottoir de Kensington High Street. C'était un samedi à la fin de l'hiver, il était encore tôt, l'air était frais et piquant, pur, et le soleil réchauffait mon visage. Une odeur de café planait dans la rue. Quand j'ouvris les yeux, un petit garçon me regardait, les sourcils froncés, avec un étonnant sérieux. Sa main était logée dans celle d'une femme qui attendait le bus. Je le regardai à mon tour avec franchise. Il ne cilla pas. Un bref instant, chacun observa l'autre avec la même curiosité, moi penché sur lui, lui plongé dans l'examen scrupuleux de mon visage. Il ne devait pas avoir plus de six ans. Sur sa tête, ses cheveux formaient un œil parfait. Le numéro 9 déboula en grinçant et la femme l'entraîna sur la plate-forme d'où il me lança un dernier regard en tendant le cou.

Je traversai l'avenue en diagonale puis m'engageai sur Holland Walk. Je pensai à Stephen, dont les cheveux, à son âge et encore maintenant, étaient plantés de la même façon, et j'eus une envie subite, ridicule, de parler à l'homme qu'il était devenu, d'avoir avec lui une conversation qui aurait un autre résultat que cette gêne abrupte si caractéristique de notre relation.

L'envie me prit d'appeler Hannah. Je plongeai les mains dans mes poches et en sortis mon téléphone portable sur lequel je pianotai le numéro de l'appartement de John. Ce fut elle qui décrocha. Hannah était devenue l'agente spéciale de mon cocuage. Agente spéciale, votre mission, si vous l'acceptez, est désormais de cocufier John et… La conversation, comme souvent quand nous nous parlions au téléphone, commençait mal et n'irait nulle part. Elle me connaissait assez pour s'amuser de mes facéties béotiennes mais crut bon de me prévenir que, dans l'éventualité où je déciderais de rester à Londres pour mes congés, elle n'avait aucun désir de supporter les conséquences de mon désœuvrement et ne répondrait donc pas à mes appels téléphoniques.

Voyage un peu, choisis-toi une destination exotique pour une fois. C'est ce que font les gens de ton âge. Ne me dis pas que tu restes pour Stephen, c'est absurde… Istanbul est exotique, il y a des vols charters sans escale.

Hannah ignorait tout, bien entendu, de l'excursion exotique qui m'attendait si je remettais un orteil sur le sol de la patrie. *Si tu la délaissais, ô Müslüman, la patrie s'accrochait à toi.* Mais à quoi bon lui dire mes raisons ? Si cela la soulageait de penser que ma nouvelle vie était ailleurs alors qu'elle était ici sous son nez, avec une femme beaucoup plus jeune, ma nouvelle idylle, ma nymphe qui se prénommait Esther et qui était récemment entrée dans ma vie avec un naturel irrésistible — grand bien lui fasse, *inşallah*, qu'il en soit ainsi.

Avais-je même envie de quitter Londres ? me demandai-je après avoir raccroché. N'avais-je pas assez de choses à régler ici ? Une femme, Hannah, à oublier et une autre, Esther, à qui consacrer le temps qui restait ? La pelouse de Holland Park chatoyait dans les premiers rayons du soleil qui perçaient de derrière les immeubles d'Olympia. Je repérai un banc solitaire et frissonnai en m'installant. Changer d'air pour cette destination ? Quelle idée, bourgeoise à souhait et parfaitement ridicule. *Exotique.* Non, je n'irais nulle part et passerais mes congés chez moi les yeux grands ouverts à observer les failles de mon plafond préféré, à lire des biographies d'hommes célèbres et à écouter l'intégrale des enregistrements de Charlie Christian. Stephen… Mais je ne voulais plus penser à Stephen. À la limite, je prendrais l'Eurostar pour aller manger chez Orhan à Paris. Mais plus loin ? Plus loin ne ressemblait à rien d'exotique, à rien du tout.

Le soir même, pour esquiver la déprime qui me gagnait et comme l'avait suggéré Lenz, j'exhumai mon bulletin scolaire. Une composition jaunie glissa d'entre les pages. Je la dépliai après l'avoir ramassée sur le sol de la cuisine.

« Heureux les Turcs ! Ils reposent toujours dans le site de leur prédilection, à l'ombre de l'arbuste qu'ils ont aimé, au bord du courant dont le murmure les a charmés, visités par les colombes qu'ils nourrissaient de leur vivant, embaumés par les fleurs qu'ils ont plantées : s'ils ne possèdent pas la terre de leur vie, ils la possèdent après leur mort, et on ne relègue pas les restes de ceux qu'on a aimés dans ces voiries humaines d'où l'horreur repousse le culte et la piété des souvenirs. »

« C'était à Stamboul [...] devant la grande mosquée de Mehmet Fatih, qui est l'une des plus saintes. Après les ponts franchis, une montée et un long trajet encore pour arriver là, en pleine turquerie des vieux temps ; plus d'Européens, plus de chapeaux, plus de bâtisses modernes ; en approchant à travers des petits bazars restés comme à Bagdad, ou dans des rues bordées d'exquises fontaines, de kiosques funéraires, d'enclos grillés enfermant des tombes, on se sentait redescendre peu à peu l'échelle des âges, rétrograder vers les siècles révolus. »

Dans ces deux passages, l'un extrait du *Voyage en Orient* d'Alphonse de Lamartine (1835), l'autre du roman de Pierre Loti *Les Désenchantées* (1906), vous identifierez les termes qui, à votre sens, véhiculent une vision idyllique ou naïve de l'Orient. Vous définirez ce terme en vous aidant des textes d'autres orientalistes (Nerval, Gautier, etc.) Que cherchent à démontrer, selon vous, Lamartine et Loti au public français ? Quels adjectifs utilisent-ils pour traduire leurs extases constantinopolitaines ? Décelez-vous des traces d'ironie ? Commentez.

Suivait, agrafé au polycopié, un commentaire de texte — le mien — annoté par M. Personaz, mon professeur de français à l'internat. Ce jour-là, il y avait eu une interrogation orale. Le Lagrade & Bouchard était ouvert sur les pupitres, au chapitre « Voyageurs français du Levant ». M. Personaz observait la classe en silence et attendait des volontaires, qu'il se proposait « de désigner le cas échéant ». Mes oreilles étaient rouges. Ma couverture était menacée. Je cherchais, « le cas échéant », les mots qui me permettraient de répondre aux attentes « exotiques » de mon professeur. Je me souvenais que, « partout où se trouve le Turc, il fait son *kief* », en tenant « son chibouk d'une main et sa tasse de café de l'autre, perdu dans d'absorbantes rêveries »…

Vasteriaux ! avait tonné M. Personaz. Venez nous expliquer un peu l'indécrottable fascination de Lamartine pour les cimetières !

Vasteriaux était passé devant ma table en ricanant. Incroyables, ces impressions qui me revenaient, le Lagrade & Bouchard, ce livre honni avec ses éternelles vérités gravées dans la pierre scolaire, M. Personaz et son sourire de chat du Cheshire, Vasteriaux qui le regardait depuis l'estrade comme Alice devant le mur du chat perché, et ce mot, ORIENT, écrit à la craie sur le tableau noir, ce mot qui aurait tout aussi bien pu s'épeler WONDERLAND et qu'on effaçait d'un coup d'éponge à la fin du cours comme s'il s'agissait, précisément, du pays des merveilles, d'une simple hallucination. Un décor de ramadan, fait de pipes d'ambre, de fez et de burnous, de bazars construits en ogives et de tout ce bric-à-brac baudelairien illuminé par les projecteurs du délire lotiste, un fatras constantinopolitain entassé dans un coin de mon cerveau bilingue comme un fourbi de cocagne sur une friche hirsute. Incroyable, oui, ce qui me revenait. Il faudrait que j'en parle à Lenz.

ÖMER

Nos voix résonnent dans la salle de bains. La tante s'empare d'un gant de crin et d'une pierre ponce et se met à frotter. Elle passe entre les jambes, dans le dos et derrière les oreilles en soufflant des bénédictions. Le soir d'avant, le père m'a déposé à Tarabya, où habite Ömer, qui a dû quitter la rue Erzurum définitivement à cause de son asthme.

À Tarabya on nous peigne, on inspecte nos ongles, on nous met des habits qui sentent la lavande. La salle de bains est en marbre de Marmara, a dit un jour l'oncle Adnan dont les visites sont parfumées d'eau de Cologne. Le marbre renvoie *soğuk* qui veut dire froid, puis *sıcak* qui veut dire chaud, ce sont les mots par lesquels nous commandons la température de l'eau du robinet. Partout on entend des bruits de liquides précipités dans des récipients en fer-blanc dans la cuisine ou qui tombent dans les seaux sous les robinets mal fermés. L'eau clapote dans les quatre bidons que le *saka*, le porteur d'eau, remplit à la source de Çırçır, ils voyagent à dos d'âne jusqu'à Tarabya et, plus loin parfois, jusqu'aux hammams de Beşiktaş, Beyoğlu ou Fatih s'il le faut, car les İstanbullu n'aiment pas la crasse, et l'eau d'ici lave tout, la saleté comme les soucis.

Nous, on est propres comme des sous neufs avec autorisation de descendre au village avant l'heure du dîner. Maintenant Ömer raconte qu'un jour on l'a emmené au poste. Je ne le crois pas mais il me dit que c'est vrai et qu'il va me raconter comment ça s'est passé. Alors voyons voir ce que l'Ankaralı peut bien nous dire sur ses aventures avec les autorités.

Parce que, le plus souvent, les histoires qu'on se raconte entre nous quand personne d'autre n'écoute sont fausses. Il faut bien en inventer de nouvelles, sinon ce sont toujours les mêmes et on s'ennuie vite, mais il suffit que quelqu'un se mette à raconter une vraie histoire vraie pour que tout le monde soit jaloux, moi le premier. J'ignore pourquoi, mais c'est incontrôlable.

Donc, c'était du temps où il vivait à Ankara, une ville sans mer et sans île, sans barques entre ici et l'Autre Côté, puisque Ankara, c'est déjà l'autre côté. Pas d'eau, pas de *yalı*, pas de supertankers, pas de bateaux à vapeur avec les mouettes qui tournent au-dessus du pont. L'été, les Ankaralı empilent leurs parasols et leurs serviettes dans les coffres des autos et vont boire de l'*ayran* sur les bords d'un grand lac salé.

Mais ce jour-là, au lieu d'aller à la plage de sel, Ömer visite Anıt Kabir, le mausolée de Mustafa Kemal Atatürk, qui comme chacun sait est Père de tous les Turcs. Dans la salle des reliques, il apprend par cœur le nom et le contenu de chaque vitrine où sont posés les objets que le Gazi transportait dans ses coffres en acier à l'époque où il sillonnait le pays. Il y a un porte-cigarettes en argent, une édition originale des *Fleurs du Mal*, des boutons de manchettes en or incrustés de pierres rouges, un costume de tweed écossais, le fez en feutre banni de la tête des Turcs — tout un catalogue d'articles de mode qui sont les preuves de l'existence terrestre du créateur de la Turquie moderne. À l'hôtel Pera de Beyoğlu, il a même laissé son costume d'été fripé suspendu à un cintre en bois derrière une vitrine, avec une paire de chaussures cirées. C'est un peu comme s'il venait de sortir de la pièce pour aller se baigner à Florya, la plus célèbre des plages de la mer de Marmara.

Nous descendons la route qui mène jusqu'à l'anse de Tarabya en fourrant des cailloux dans nos poches. Puis nous arrivons au village où les pêcheurs font cuire leurs prises et où leurs femmes les vendent après les avoir posées entre des tranches de pain grillé comme à Karaköy. Il fait lourd mais, à Tarabya, le vent de la mer Noire souffle et rafraîchit les soirées sur la côte. Nous jetons nos cailloux dans le Bosphore. Le jeu consiste à identifier un point fixe à la surface de l'eau et à lancer son caillou le plus loin possible et à décider lequel des deux est le meilleur lanceur. Sauf que rien n'est fixe sur le Bosphore.

J'étais un peu à l'écart, raconte Ömer. Sous les immenses plafonds dorés qui surplombent les dalles de marbre d'Adana. Je me suis retourné, j'ai vu que j'étais seul. J'ai dit tout haut le nom de ma mère, mais rien. Ma voix montait et rebondissait sous les voûtes comme un ballon. Il n'y avait plus que moi et le Libérateur à Anıt Kabir. Puis j'ai entendu les pas du gardien et je me suis caché. Le gardien s'est arrêté, s'est raclé la gorge, s'est dirigé vers la salle suivante. C'est à ce moment que j'ai aperçu la vitrine entrouverte.

Ömer a épuisé sa réserve de cailloux et il n'y a plus que moi qui balance des pierres vers l'Anatolie.

Je me suis approché de la vitrine. Sur l'étagère, au-dessus d'une plaque, il y avait un objet qui brillait. Devant, une plaque avec le nom du modèle et la date de fabrication. C'était le colt de Mustafa Kemal.

Le caillou fait *plouf* plus loin dans le détroit. Les pêcheurs rangent leurs filets, dans le soir les fumées montent des boutiques posées sur la rive, on entend des rires d'hommes et de femmes. Une mouche se pose sur la joue d'Ömer puis repart à la conquête de l'espace. Sa voix ralentit, les mots se détachent comme avec une boîte à musique qui a besoin d'être remontée.

Ça n'a pas duré longtemps parce que, l'instant d'après, le garde se tenait devant moi en tremblant. Il tremblait de tout son corps mais ce qui m'impressionnait c'était ses lèvres. Elles étaient bleu pâle et il bredouillait en pointant du doigt l'arme que j'avais dans la main. Elle était lourde avec une crosse en ivoire et des motifs en nacre incrustée.

Le ciel rougit derrière la colline. L'Ankaralı est assis, les yeux posés sur le Bosphore qui tourne du rose au gris — le seul Turc vivant ou presque à avoir tenu le colt du Gazi, vainqueur de Gallipoli. Moi, l'İstanbullu, je suis assis comme lui, les yeux posés sur le Bosphore, écrasé soudain par le poids de l'Histoire. Ömer hausse les épaules.

C'est comme ça que je me suis retrouvé au poste. C'était le poste principal d'Anıt Kabir, un poste de l'armée tout confort où ils avaient la télévision. J'ai bu un verre de Coca-Cola et ma mère est venue me chercher. Elle était complètement affolée. Je n'avais jamais bu de Coca-Cola avant mais, à l'armée, ils en ont des caisses entières. C'est vrai, je les ai vues. Elle a parlé au garde et elle a disputé un officier, je crois, qui s'est excusé sans savoir pourquoi il se faisait réprimander par ma mère alors qu'il avait fait son devoir de soldat. Le soir, mon père est venu dans ma chambre. Il a fermé la porte et il s'est avancé dans le noir. Il avait les mains dans les poches et m'observait sans rien dire. Finalement il a demandé : c'est vrai ? J'ai dit oui. Il a dit : tu as vu les encoches sur la crosse ? Je n'ai rien répondu, je ne me souvenais pas des encoches. Il a dit : il y en a une pour chaque femme. Mais, comme souvent, mon père parlait d'une chose dont il ne savait rien.

LE JUMMY

Ma mère était rentrée à Istanbul. Après les obsèques de mon père, m'étant installé pour quelques
jours dans l'appartement de mes parents au dix-
septième étage de leur tour d'habitation dans la
banlieue grisâtre où ils avaient élu domicile, je
l'avais aidée à remettre de l'ordre dans ses affaires.
Plutôt que de l'apaiser, ma présence avait toutefois
provoqué chez elle un regain de lamentations. Elle
se plaignait de maux imaginaires, de machinations
inventées, de problèmes d'argent qui n'existaient
pas. Deux jours durant j'avais subi son courroux,
provoqué par les cartons que j'ouvrais sans permis-
sion, les objets démembrés que je jetais et les
médicaments dont je me débarrassais pour éviter
qu'elle ne se blesse ou ne s'empoisonne. Il était
clair qu'en procédant ainsi j'alimentais l'hystérie
d'une femme qui opérait à un niveau de conscience
inaccessible ; ni veuve ni mère, mais une vieille
femme libérée de toute attache — une sultane dé-
chue dont la colère n'avait plus d'objet. Je craignais qu'il n'arrive quelque chose lorsque je serais
parti et lui avais demandé d'envisager la possibilité
de venir s'installer à Olympia. Elle avait répondu

qu'elle ne mettrait jamais les pieds à Londres et que je viendrais bientôt la voir à Istanbul. Je n'avais prêté attention qu'à la première partie de sa cinglante réponse et dans l'Eurostar qui me ramenait à Londres, ignorant les conventions de la vie familiale moderne, je m'étais convaincu qu'accueillir ma mère chez moi serait un geste fort et qu'il était temps, pour elle comme pour moi, de nous dispenser bonté et réconfort. De sauver les meubles avant qu'il ne soit trop tard.

Sa réaction ne se fit pas attendre : du jour au lendemain, avec le même entêtement et la même férocité qu'elle employait pour tout ce qu'elle faisait, elle avait acheté un aller simple et quitté Paris, sa vie passée, sa tour d'habitation, ses affaires, les valises remplies de tissus, les vieilleries, pour s'installer à Cihangir au centre d'Istanbul, non loin de là où elle avait vécu avant de venir en France. Ma mère ingrate et égocentrique, malade de ne connaître qu'elle-même, son unique centre d'intérêt… Aurais-je pu anticiper cette fugue qui ressemblait à un pied de nez ? Tout le monde avait été pris de court. Orhan le premier, mon seul véritable point de contact avec elle et grâce à qui j'étais resté, les semaines qui suivirent les obsèques, au fait de ses agissements souvent imprévisibles. Orhan lui-même n'avait pas pu prévoir qu'elle quitterait sans un regard en arrière la ville où son mari avait fini ses jours.

Dépassé par les événements, j'interrogeai Ferit Yüksel. Malgré le mépris qu'il m'inspirait depuis le saccage en règle du fragment poétique publié sans mon accord sous le titre de *Chaque Jour, Ali Hergün dans le grand tout du tout*, Ferit était le seul, avec sa femme Harika, à avoir rendu visite à ma mère tous les jours depuis le décès de mon père. Ils prétendaient qu'ils n'avaient rien su des préparatifs et n'avaient appris son départ que le jour même, lorsque ma mère les avait appelés depuis une cabine téléphonique à l'aéroport. L'appartement était resté en ordre ; elle n'avait emporté que le strict nécessaire. Ferit avait fermé le gaz et fait le tour des lieux avant de téléphoner à Orhan. Je remerciai Ferit, lui suggérai de déposer les clefs chez le cousin Tur et lui demandai, en élevant légèrement la voix, de remettre le manuscrit de mon père là où il l'avait trouvé le jour de sa mort. Ferit commença à bredouiller une explication, chuchota quelques mots affolés à sa femme en obstruant le combiné, puis m'annonça d'un ton exagérément solennel que le manuscrit était entre les mains de la fugitive. Autant dire, dans les plus mauvaises mains… Dieu savait à présent que n'importe qui pouvait s'en emparer, et qu'elle entre toutes n'hésiterait pas face au premier escroc venu qui manifesterait son intérêt pour un tel document. J'imaginai que le silence plombé qui suivit l'annonce de cette information fâcheuse serait suffisant pour donner à ce vieil hypocrite de Ferit Yüksel la mesure exacte de la mésestime que m'inspiraient ses agissements.

Je n'eus de nouvelles de ma mère que trois semaines plus tard. Je viendrais bientôt la voir, m'assura-t-elle au téléphone lorsqu'elle m'appela pour me révéler son adresse. Pour elle, c'était une évidence. *Je* viendrais la voir et il n'en serait jamais autrement. En cela, ma mère avait un certain flair.

Elle n'avait jamais eu besoin de mon aide, d'un fils encore moins, et mis à part Stephen (qui se passait très bien de moi) je n'avais plus à me soucier d'une famille. Je m'occuperais donc de moi, pensai-je, sans me rendre compte du caractère individualiste d'une approche masquée par la platitude répandue selon laquelle tout homme à mi-parcours a droit à une seconde chance ; un discours qui était en contradiction avec mes intentions généreuses de faire le bien autour de moi. Mes affirmations péremptoires me faisaient ressembler à celle à qui je souhaitais le moins être comparé, celle dont je me félicitais tout haut de l'absence mais dont le spectre revenait danser dans mes paroles et dans mes actes comme ces personnalités qui n'existent qu'à l'opéra et font irruption dans la vie des personnages pour en influencer le cours avant de les envoyer droit vers une mort certaine.

Esther, pourtant, abondait dans mon sens. Elle m'encourageait à réinventer ma vie… Elle prétendait qu'avec de l'argent, dans la société dans laquelle nous vivions (mais surtout, l'entendais-je dire en sous-titre, en sa compagnie à elle), j'avais les moyens de faire table rase du passé. Elle m'assurait qu'un vent de liberté soufflait sur mon existence, je ne le sentais pas encore mais cela attendait d'éclore et d'exister, de renaître dans mon corps fatigué. Mes séances avec Julius Lenz validaient ce lieu commun selon lequel il était du devoir d'un adulte, quelle que soit la nature de ses échecs ou de sa déchéance, de se refaire. Et c'était vrai qu'au bout de ces trajectoires hasardeuses qu'étaient nos échanges, ou de ces notes que je consignais dans un simple cahier d'écolier, surgissaient parfois avec netteté un personnage secondaire, une saynète, une incongruité oubliés. Je remontais alors mon propre temps à l'affût de ce que j'avais été naguère de plus singulier, de plus unique et de plus précieux et ce guet incessant pouvait donner l'illusion d'un répit, voire d'un rajeunissement.

Mais à quoi bon ? demandai-je à Lenz. Ne finissait-on pas toujours par ressembler à ceux que l'on cherchait à fuir ? À ce dont on avait, sa vie durant, cherché à se distinguer ou à s'extraire avec l'énergie vitale que nous offrait la naissance — cette force fébrile et inépuisable qui nous permettait de devenir entiers et qui, à l'heure où l'être en avait le plus besoin pour échapper de manière définitive à son ascendance, pour être enfin libre, faisait défaut ? Cette énergie n'était plus, expliquai-je à Lenz. Elle avait disparu, elle ne serait plus jamais. Il ne restait que ce Moi exacerbé qui hurlait, concluai-je, terrassé par cette révélation et la réalisation que l'âge me ferait ressembler toujours davantage à ceux que j'avais choisi d'oublier. Au moment même où j'entrevoyais l'être pur et innocent que j'aurais pu rester s'il n'avait pas été corrompu par celle qui m'avait mis au monde et n'avait jamais voulu de moi, c'était vers elle que, comme l'asymptote, je me mettais à tendre.

Pourquoi ne pas accepter ce simple fait ? me répondit simplement Lenz.

Je le regardai, incrédule. Je secouai la tête. J'avais devant les yeux cette autre image de moi, invisible aux yeux du psychothérapeute — une image intense et révolue qui se dissipait déjà. J'aurais préféré ne pas m'en souvenir, elle me faisait mal, elle me faisait souffrir. Je cédai à la panique, siphonné par la douleur indéfinissable qui s'échappait de moi. Comment, en vérité, accepter ce simple fait ?

Savez-vous ce qu'est un Jummy ? me demanda Lenz en début de séance, la semaine qui suivit.

Lenz était pédopsychiatre et son sujet de prédilection était l'étude des troubles envahissants du développement de l'enfant, ce qu'on appelait les psychoses infantiles. Cette spécialité l'avait amené à développer une technique de fixation de ces psychoses qui passait par l'identification d'un « Jummy, » un référent commun au psychothérapeute et au patient, un « sujet objet » qu'ils évoquaient ensemble le temps que durait la thérapie et qui permettait à Lenz de rester détaché de la personne de l'enfant tout en abordant les questions qui le concernaient de près par l'intermédiaire de la tierce identité. Le Jummy servait de relais entre le patient et le monde. Il représentait l'équivalent psychothérapeutique d'un jeu de rôles et devait son nom à un jeu de mots qui associait le terme *chum* (camarade en français du Canada) et l'anglais *dummy* (tétine ou marionnette). Le Jummy pouvait être un animal, un ami imaginaire, un djinn, une fleur, un personnage de conte ou de bande dessinée — peu importait, plus vite on l'identifiait, moins on risquait la distorsion entre les psychoses de l'enfant et ce qu'il dévoilait à son thérapeute.

Je crois que nous y sommes, m'expliqua Lenz. Nous pouvons nous servir du Jummy comme d'un point de départ... Pensez-vous qu'il y ait chez vous la nostalgie d'une enfance inexistante, un développement sectionné à la racine ?

Mon attention était à cet instant focalisée sur le minaret de la mosquée et je trouvais étrange et même inconfortable d'être à cet endroit, assis dans le fauteuil de ce praticien qui avait autant à voir avec le quartier dans lequel il officiait qu'un colon dans la bande de Gaza, tentant de mettre le doigt sur l'impossible *point de départ* d'un patient à l'identité troublée à qui l'autorité étatique venait de décerner le titre de musulman déserteur — à la recherche de l'insaisissable Jummy, cette abstraction censée m'aider à trouver les raisons psychopathologiques de mon manque de sommeil. Je m'entendis répondre à la question de Lenz, tandis qu'une curieuse voix off (mon Moi exacerbé, sans aucun doute) délivrait en simultané un commentaire ironique sur ce que j'étais en train de formuler. Je savais, disais-je à Lenz, que la psychothérapie relevait d'une sorte de protocole, d'une méthode usitée pour malades en phase terminale consistant à ne pas voir ou à ne pas reconnaître un mal fondamentalement incurable, et que ce que l'on cherchait ici, c'était à gagner pour des raisons obscures un peu de temps. *Pourquoi te livres-tu ainsi ?* (chuchotait avec urgence le Moi exacerbé). *Tu voudrais qu'Esther, Lenz, Dale, ces êtres qui accompagnent le cours de ta piètre existence, te prennent par la main et te rassurent, alors que nous sommes seuls, l'ignores-tu ? profondément, intrinsèquement seuls, et que rien ni personne, pas plus ce psy qu'Esther ou je ne sais quel autre être vivant, imaginaire, ou fantasmé, ne viendra te dire, ni ne t'aidera à voir que les choses sont différentes de ce que tu viens de prononcer. Nous sommes seuls, souviens-toi !* répétait le Moi. *Comment oses-tu te lamenter dans ce fauteuil ? Si ce que tu penses est ce que tu énonces tout haut, personne ne te contredira. Tu voudrais avoir tort, tu voudrais que ta solitude ne relève pas d'un protocole, tu voudrais être sauvé ! Mais tu n'y as jamais cru ! Comment oses-tu compter dessus, maintenant...* Mais pourquoi ? poursuivis-je à haute voix pour le bénéfice de Julius Lenz, pourquoi chercherait-on, au final, à enrayer le cours de ce qui devait être ? Quelle importance cela avait-il vraiment ? En actionnant le remontoir de mon existence, je remporterais une manche de plus, mais ne devais-je pas reconnaître que la partie de pas chassés qui se jouait avec le Crabe était perdue ? La voix acerbe s'était tue et j'en profitai pour tenter d'exhumer mon Jummy, comme le proposait Lenz. C'était du temps où je rêvais encore, dis-je, bien avant le mal ; une créature m'était apparue en songe. Elle m'avait effleuré, j'avais senti son pelage frémir et je l'avais suivie. Elle galopait libre dans sa robe immaculée, sur la pente qui s'adossait aux remparts de la ville. Une licorne, expliquai-je à Lenz, la gorge nouée. La ville où je la croisai s'interrompait derrière des fortifications. Après la route se trouvaient des champs et des vergers, des cimetières à l'abandon et, au-delà, le ciel — un paysage d'où, je le pressentais, pouvaient surgir tant d'autres créatures identiques à celles que j'avais sous les yeux que l'idée m'en donnait le vertige. Mes jambes avaient descendu une rue en pente sous le soleil, une rue qui ne se trouvait pas à Marseille. J'avais traversé des avenues encombrées de voitures qui roulaient sur la droite, et cette ville n'était pas Londres. J'avais traversé un pont sous lequel passait une eau houleuse couverte d'écume, mais je n'étais pas à Paris. Et j'avais vu dans la brume teintée par le soleil couchant un dôme gris flanqué de tours élancées puis entendu une voix lançant un *adhan* dans l'autre langue, et j'avais compris que j'étais rentré… *Mais que racontes-tu enfin ? Cela s'est passé il y a des siècles !* tonna la voix, pleine de sarcasme — et le ton de mon

Moi exacerbé se fit alors si impérieux qu'il me glaça le sang. *Cela n'a rien à voir, tu cherches un détour, un raccord, une dérivation… Cela est contraire à tout ce que tu es ! Une licorne, dis-tu ? Tu affabules comme un mauvais prophète ! Cette créature, comme tu l'appelles, a bien existé, tu l'as vue sur les remparts de ta Constantinople, mais pas de tes propres yeux ; c'est quelqu'un d'autre, un photographe, qui l'a photographiée, qu'à présent tu plagies sans scrupule pour te sortir de ton mauvais pas. Veux-tu que je te donne le nom de cet artiste ? Un simple cheval blanc que son propriétaire tient par la bride sur ce talus adossé au mur d'enceinte ! Cette photo est chez toi, imbécile, sur l'étagère de ton salon, et tu t'en sers pour ficeler ton mensonge et tromper cet homme qui veut t'aider en t'écoutant sans rien dire. Tu inventes un rêve de toutes pièces pour te tirer d'affaire ! Si tu veux faire quelque chose de ta vie, brise le charme. Cesse de tergiverser. Finis-en avec les séances et va te rendre compte par toi-même, sans te chercher de raison, sans en avoir trouvé encore…* — mais ce rêve, dis-je alors au bord de l'épuisement, appartenait au passé, à mon adolescence. Lenz m'observait en silence sans soupçonner cette voix qui perturbait notre échange.

Le Jummy, répondit-il, est forcément distant, enfoui, caché dans une faille.

Eh bien, soupirai-je en conclusion. Il se peut aussi que j'aie vécu jusqu'ici et vive encore sans Jummy.

J'ajoutai, cédant à cette ironie qui me taraudait :

Pensez-vous, professeur, qu'il soit possible de vivre dans un monde sans Jummy ?

Et, en disant cela, je pensais de nouveau à ce que ma mère avait déclaré avec sa magnifique assurance, *je viendrais la voir*, et à ce que, quand cela se réaliserait, je ferais une fois sur place à Istanbul.

BABA

La lumière blanche, la lampe sur la table, la fenêtre sur la rue, il est au centre le dos voûté et la nuque tendue devant sa machine à écrire. Il s'interrompt, fait défiler les bristols dans une boîte rectangulaire placée sur sa gauche. Le mobilier gris se perd dans l'ombre autour de lui. La machine s'arrête. Son souffle est comme la respiration de quelqu'un qui dort.

Le bureau est à côté de la cuisine. Contre le mur à droite il y a un canapé recouvert d'un kilim. Je me tiens debout dans le cadre de la porte. J'attends de sa part un mouvement qui bousculera l'équilibre des formes solides qui l'environnent : machine à écrire, rayonnages en métal, bureau, lampe, coincés entre ombre et lumière. Mais c'est à peine si ses épaules bougent quand il actionne les touches de sa machine. Il écrit parmi ces objets comme s'il était absent, à cet instant figé dans une pose qui le fait ressembler aux personnages articulés du théâtre d'ombres. Je suis là à sa porte, debout, bras ballants, mains ouvertes, dans l'oubli de ce que je suis venu faire ici.

J'observe son dos qui ploie dans le contre-jour de la pièce. Je pense à Karagöz et Hacivat. Karagöz l'Espiègle et Hacivat le Lettré — les « deux versants de l'âme turque ».

Leurs deux silhouettes sont accrochées, face à face, dans le vestibule. Ces marionnettes sont un cadeau de l'oncle qui connaît tout du théâtre d'ombres, son immense savoir l'autorisant donc à prétendre que le père est, comme il dit, la *synthèse* de ces deux personnages emblématiques. Que le père est un chahuteur qui réfléchit, un intellectuel turbulent, qui dit tout ce qu'il pense et le dit plus fort que son père avant lui — ou que sa mère, la Nine, qui, elle, est encore là et qui, il est vrai, parle assez fort et même assez crûment.

Plus personne ne va au théâtre d'ombres, a dit la Nine le jour où Adnan a apporté les marionnettes. C'est dépassé, futile et sans intérêt.

Au contraire ! Mythes et symboles qu'ils sont tous deux, a expliqué le père. Et en cela, justement, très utiles.

Indestructibles même ! Immortels ! Comme Ulysse ou Icare, a ajouté l'oncle Adnan.

Ulysse et Icare sont grecs, et mon fils, Adnan, n'est pas une synthèse !

Mais le père et l'oncle ont entonné de plus belle :
Narcisse et Goldmund !
Bouvard et Pécuchet !
Et qui sont-ils, ceux-là ?

Que vos mains gardent la santé, Kadife Hanım ! s'est exclamée la mère pour finir. Vos aubergines sont un délice !

J'attends simplement parce que je suis là, à la porte du bureau du père, qui contient des dossiers remplis de coupures, des boîtes où s'entassent des notes écrites à la machine ou à la main, et des photographies dans des cahiers fermés par des lanières. Dedans, si je comprends bien, figurent les protagonistes de ses histoires, Ülis par exemple, ou İkar. Narsis, Goldmund, Buvar, le père écrit leurs aventures, répète leurs paroles, mime leurs faits et gestes, puis les enferme dans ses dossiers, des boîtes ou des cahiers, avec des numéros, en attendant qu'ils entrent en action, comme Ütelek l'autre jour chez le coiffeur Villi. Ils attendent leur heure, chacun son tour — ainsi je vois les choses —, à côté des livres en écriture latine et persane. Ils sont rangés dans le bureau dans un ordre particulier, que le père est le seul à comprendre. Il passe des heures à ouvrir, fermer, feuilleter, rouvrir, feuilleter à nouveau, puis refermer. Il met Ülis à la place de Peküşe, il glisse İkar entre Hacivat et Goldmund, un peu comme s'il jouait à un jeu de cartes aux règles qu'il est seul à connaître. Parmi ses protagonistes, il y en a un, quand même, que je connais. Tout le monde le connaît ici. C'est Nasrettin Hoca. Il est très vieux et c'est un professeur de religion qui se déplace sur son âne, d'où il descend pour répondre avec impertinence à Tamerlan et à tous les puissants de l'univers. Il n'aime pas la bêtise mais ses raisonnements défient le bon sens et la logique. Par exemple, il dit au *müezzin* qu'au lieu de brailler il n'a qu'à descendre de son perchoir s'il n'est pas content. Ce genre d'anecdotes, le père les connaît par cœur.

J'attends, c'est tout, et le père murmure un morceau de phrase avant de la taper sur sa machine. Une intimité s'est glissée depuis longtemps entre elle et lui. C'est ce qui me retient au seuil de son bureau, à la limite de ce lieu où il s'abandonne aux livres, à ses pensées et à sa machine. Dans les étages, les portes claquent, les gens s'appellent, passent en pantoufles d'une pièce à l'autre, les habitants du 12 rue Erzurum. Mais on ne tire pas le père de sa conversation avec ces fantômes que sont ses personnages — pas plus eux, là-haut avec leurs voix et leurs bruits, que moi par ma présence à la porte de son repaire.

La rue Erzurum se trouve entre la rue İstiklal et le Bosphore. Quand vous sortez de la maison, il vous arrive de vous demander si cette rue c'est bien İstanbul. Parfois c'est İstanbul, parfois c'est ailleurs. Parfois on se croirait dans un village d'Anatolie jusqu'où vos pas vous auraient mené, par hasard, un peu comme dans un conte. À la maison de thé par exemple, en bas de la rue, il y a une vigne avec ses grappes vertes minuscules qui grossissent et deviennent translucides puis dorées couvertes de taches brunes en été. En face, il y a des poules, comme à la campagne, les chiens dorment à l'ombre des immeubles ou au milieu de la rue. Les autos ne montent pas jusqu'ici ; les livraisons se font en charrettes à bras. Le soir, à la maison de thé, les vestes sur le dos des clients sont couvertes de poussière et on dirait que ceux qui les portent rentrent des champs. Ce n'est pas faux, il y a des champs à İstanbul, et des pâturages pour les moutons, et des vergers avec des figues, des abricots, des pommes et des coings dans les arbres, des piments accrochés sous les porches et la rue qui sent le feu de bois, le poisson et la viande grillée en fournaises de terre cuite. La maison de thé, elle, a ses habitués comme Osman qui a perdu un poumon en 1927. L'armée lui a appris à lire, et il répond mystérieusement aux grandes questions de l'existence. Les autres clients disent qu'il sait lire l'avenir dans le marc du café comme les vieilles femmes.

C'est pour bientôt ! dit-il.

Qu'est-ce qui est pour bientôt ? demandent-ils.

On dissimule ! On nous cache tout ! poursuit-il en hochant la tête.

Quoi, *tout* ? Où ça ? Qu'est-ce qu'on nous cache à la fin ? interrogent les buveurs de thé.

Il en est ainsi et pas autrement, conclut-il.

Il faut dire qu'Osman ne répond pas aux questions, ayant perdu son poumon, une partie de son ouïe, et même un morceau de sa tête en 1927 ; d'ailleurs, si on nous cache tout, alors je n'y comprends rien, car la rue Erzurum, moi je connais ses secrets jusqu'au nom des vieux qui n'ont plus d'âge. Et ses protagonistes sont bien réels, ne sont pas des Narsis, des Goldmund ou autres — parlent le bon alphabet, ne sortent pas de la tête du père ou de ses conversations avec sa machine, ou de je ne sais où encore. Le père dit pourtant qu'ils sont dans ses histoires, ces vieux, même Osman, et comme ils en ont tous eux aussi, des histoires à raconter, et même plus que lui n'en possède dans ses dossiers, ses boîtes et ses cahiers, c'est un morceau d'univers, à force, qu'on dirait contenu dans la rue Erzurum. Et il me suffit, à présent, de me tenir debout devant la porte du père, lui qui est la synthèse des deux versants de l'âme turque et fomentateur en chef d'histoires à coucher dehors, pour penser aux personnes qui habitent la rue suivante, et la rue d'après, et ainsi de suite, et imaginer pourquoi on dit, parfois, dans les revues spécialisées, que les galaxies et l'univers entier sont en expansion.

INFIDÈLE

Lenz m'avait prévenu que le traitement serait long. Mais les effets se faisaient déjà sentir, c'était indéniable. Le repos venait sous des formes diverses de somnolence, état pendant lequel j'entrevoyais des fragments de rêves ou de cauchemars terrifiants qui me réveillaient en sursaut, le corps baigné de sueur froide. Ma pathologie semblait entamer un nouveau cycle et j'imaginais mon inconscient, coulant jusqu'alors des jours paisibles, repoussant l'assaut qu'assisté de Lenz je lui lançais, portant le combat jusqu'à la moindre synapse, la moindre glande, le moindre pore de mon corps exténué.

Après Hannah et avant Esther, j'avais rencontré d'autres femmes mais, comme le jouisseur truffaldien de *L'homme qui aimait les femmes*, je ne leur avais jamais demandé de rester. Je les avais accompagnées le temps qu'il fallait pour qu'elles guérissent et oublient la déception qui les avait jetées dans mes bras, pour qu'elles s'amusent puis se lassent, pour que repoussent leurs ailes et qu'elles volent, réconfortées, vers d'autres hommes qui les blesseraient moins et les aimeraient enfin — ou, au contraire, qu'elles feraient souffrir à leur tour. Elles appréciaient toutes que je sache les écouter. Elles voyaient cette écoute comme un don, ignorant que, pour un homme qui ne dormait pas, écouter était aussi naturel qu'allumer la lumière dans une pièce obscure. J'expliquais que je n'avais jamais sommeil et que mon mal, ce Crabe tapi dans cette pièce qu'était ma psyché, me tenait continuellement éveillé, que leur conversation, au lieu de me fatiguer, m'apaisait. Mais je ne rencontrais le plus souvent que de l'incrédulité et, lorsque nous nous séparions, elles n'avaient toujours pas saisi comment il était possible que j'eusse pu écouter autant sans broncher, avec la patience d'un roi de la Bible.

Avec Esther, cela avait changé. Je l'avais rencontrée grâce à Paul, l'amant de Dale. Elle était jeune, si jeune que c'en était honteux, mais elle s'était attachée à moi, et bêtement, outrageusement, j'étais à mon tour tombé amoureux. Elle m'encourageait à poursuivre mes séances avec Lenz et à chasser le Crabe de là où il se terrait. Vu notre différence d'âge, j'ignorais d'où lui venaient la familiarité dont elle faisait preuve avec la fatigue qui m'accablait, ce sérieux, cet abandon avec lesquels elle s'occupait de moi et de mon mal. Une jeune femme n'était pas censée en savoir autant sur les hommes. Je la mettais en garde mais elle s'attachait chaque jour un peu plus et, malgré moi, je faisais de même.

Un samedi matin, le téléphone sonna. Je décrochai. C'était Orhan. Je reconnus immédiatement sa voix, engagée au beau milieu d'une phrase.

Orhan ? Est-ce à moi que tu t'adresses ?

La sonnerie m'avait tiré d'une veille superficielle dans laquelle j'étais plongé depuis plusieurs heures, affalé dans le canapé du salon. Esther n'était pas encore là, elle avait pris son vendredi soir, mais promis qu'elle viendrait déjeuner avec moi à Olympia et c'était elle que j'attendais. Et comme rien n'était meilleur que les heures qui précédaient les rendez-vous d'un satyre avec sa nymphe, je fus immédiatement agacé par les élucubrations de mon lointain cousin. Je m'apprêtais à lui rappeler qu'il était sept heures du matin et que je ne parlais jamais turc avant onze heures, mais Orhan poursuivait une tout autre conversation dans l'autre langue, comme s'il n'entendait rien.

Orhan, enfin ! dis-je. Est-ce à moi que tu parles ou à tes mirlitons ?

Il discutait sur un autre téléphone qui devait être son portable. Il avait dû composer mon numéro avant d'avoir fini avec son correspondant. J'eus un pressentiment qui me fit froid dans le dos.

Orhan ? Cela concerne-t-il ma mère ?

Imperturbable, il continuait son échange avec son invisible interlocuteur. J'attendis encore un peu, étudiant ses silences pour trouver de quoi il retournait, puis raccrochai en pestant contre ces temps qui nous mettaient, nous autres hommes simples si mal équipés pour cette époque multitâche, dans des situations aussi compliquées.

La sonnerie du téléphone retentit aussitôt.

On a été coupés, *kardeş*…

J'entendis les derniers mots de la tierce conversation qu'il menait dans son espéranto personnel.

Et cette loi… Non ! Yok, yok… Bien. Güzel, güzel ! Teşekkür, Edip…

Orhan ? As-tu des ennuis ?

… *merci teşekkür hadi Edip iyi günler*… Allô ? *Kardeş* ? C'est toi ? *Merhaba !* Quelles sont les nouvelles ? Comment vas-tu ?

Bien, merci, Orhan. Cela fait dix minutes que j'essaie de savoir la même chose sur toi.

Je ne te réveille pas ? Quelle heure est-il à Londres ? Écoute, j'ai demandé à Edip, qui mange ici et aime ma cuisine, je lui fais confiance. Je dis toujours, demande aux clients, il y en a un au moins qui connaît la réponse. Edip, il est un correspondant du journal *Hürriyet*. Et alors, bon il dit… la loi, il y a ce détail… j'aurais dû y réfléchir avant…

Quelle loi, Orhan ?

Quelle loi ? Mais la loi sur le service militaire ! Ta question de l'autre jour, le passeport. Le problème, vois-tu, c'est très simple… Passé l'âge de cinquante ans, c'est idiot, il y a cette nouvelle loi de progrès social, comme ils l'appellent. Le service militaire après un certain âge, on est exempté d'office. Comment n'y ai-je pas pensé plus tôt ?

Il y eut quelques secondes de pause pendant lesquelles il me sembla qu'Orhan reprenait son souffle avant d'expectorer sa conclusion.

BIRADER *!* Tu vas pouvoir aller chez Mado !

Ma quoi ?

MADO, meilleure *dondurma* du Bosphore. Glaces à l'agent élastique !

J'étais assez peu réceptif à un fait à ce point dérisoire mais j'évitai de dire quoi que ce fût qui puisse saper sa bonne humeur. Après tout, ces recherches, Orhan les avait entreprises pour moi, à la suite de la découverte qu'il avait faite lors de ma visite à son restaurant de la rue Monge, ma nouvelle identité symbolisée par ce passeport que m'avaient délivré les autorités, et qui avait glissé de ma sacoche à la fin du repas. Orhan voulait vivre à travers moi la possibilité d'un retour et je me devais de lui faire croire que ses efforts n'avaient pas été de pure perte, que j'irais effectivement manger des glaces à l'agent élastique sur les rives du Bosphore. La vérité était que je n'aimais plus contrarier les gens. Je voulais être un homme meilleur. L'enthousiasme de mon cousin m'émouvait comme m'émouvait la patience d'Esther. Il m'était possible, encore, de faire du bien aux autres. À Orhan, à Esther, à Dale — à tous ceux en somme qui voulaient que j'aille mieux, que je guérisse et que je les emmène avec moi sur une plage de mon enfance — et, un bref instant, ma jolie nymphe m'apparut en Vénus solaire sur une plage désertique, sortie des eaux de la mer Égée, le sel brillant dans ses poils blonds, ses mains remplies de coquillages.

Orhan, merci. Merci de tout cœur, m'entendis-je dire. J'irai vérifier et, si c'est vrai, je suppose…

Et alors je lui promis que j'irais. J'irai seul, dis-je, et choisirai le moment adéquat — ce qui était une manière de me ménager une porte de sortie. Mais au final j'avais pris la décision de rentrer. Si absurde que cela puisse paraître pour un philistin comme moi, un rationaliste usé qui ne croyait plus en rien, un pragmatique comme je l'étais, ce ne furent pourtant ni la nouvelle que venait de me communiquer Orhan, ni les exhortations de mon ex-femme, pas plus qu'Esther ou la thérapie qui me firent rentrer à Istanbul, mais autre chose, une chose à la fois intime et étrangère et plus clandestine encore que l'autre langue, qui avait pris forme devant mes yeux derrière la vision de ma nymphe courant nue sur la plage. Cette chose avait une forme, une couleur et un goût. Elle avait la même immanence à mes pensées que ces villes où je marchais éveillé, mais elle était le contraire d'une douleur. Non, cette chose n'était pas douloureuse mais doucereuse, ce goût qui — littéralement, à cet instant précis — me restait *sur le bout de la langue,* cette forme dans laquelle j'avais soudain un irrépressible besoin de mordre. Elle avait une âpreté, une astringence même, et l'instant d'après cette forme, ce goût, la couleur même avaient disparu. Cela s'était éteint et faufilé loin de moi, hors de ma portée.

Je n'en parlai pas à Orhan, pour qui l'annonce téléphonique de ma décision de partir pour Istanbul se suffisait à elle-même : ce faisant, j'avais pris sur moi de faire de lui le plus heureux des hommes.

Esther était magnifique dans le printemps qui commençait. Sa peau, d'ordinaire pâle et laiteuse, avait pris un teint cuivré et plus appétissant que jamais. L'hiver de Londres se terminait souvent dans ce genre d'apothéose si vous sortiez avec une Anglaise. Quelques jours suffisaient pour qu'allongée sur la pelouse d'un parc, façon Ascot ou Wimbledon, elle absorbe tout le soleil qu'elle pouvait en discutant avec ses amies des petites déceptions de sa profession, des défauts des hommes, ou d'envies de voyage. Chez Esther, les choses étaient si douces et si apaisées qu'à l'écouter, parfois, on pouvait se convaincre que la société dans laquelle nous vivions était, philosophiquement parlant, ce qui s'approchait le plus de l'hédonisme. Pour un homme comme moi, elle était l'aubaine que l'âge interdisait. Que pouvais-je souhaiter de plus qu'une nymphe dont la vision du monde était paradisiaque ? À mon sens, la situation ne pouvait durer. Le mensonge referait surface, c'était imminent, impossible autrement. Et alors ce serait la fin ; elle me quitterait, comme les autres avant, et plus tôt cela se produirait, moins douloureuse serait la séparation, pour l'un comme pour l'autre. Il me semblait même que nous nous y trouvions déjà, dans le mensonge, puisque je ne lui avouai pas immédiatement ma décision et puisque, de son côté, elle me cacha qu'elle sentait qu'une décision était prise sans toutefois oser me demander laquelle. Quand mon adorable nymphe bluffait, elle s'y prenait mieux que moi.

Ce soir-là donc, le jour même de ma conversation avec Orhan, Esther était restée dormir. Nous avions fait l'amour, tôt, avec l'ingénieuse perdition que lui autorisait sa jeunesse et que nécessitait mon âge. Plusieurs fois, elle m'avait regardé longtemps, plus longtemps que d'ordinaire. Et j'avais pensé, bienheureux que j'étais, en alerte comme pouvait l'être un homme qui n'assume plus la possibilité d'une descendance, qu'Esther avait arrêté de prendre ses contraceptifs. Elle en était capable, ne serait-ce qu'en vertu du principe selon lequel les nymphes ont un caractère insondable. Puis j'avais ouvert une bouteille, nous l'avions bue et nous avions ri, et nous avions été, pendant quelques heures, aussi heureux qu'il était possible. Nous nous étions couchés, elle avait sorti un livre de son sac et l'avait ouvert à l'endroit où était placé son marque-page.

« En amour, avait-elle lu à haute voix, nous n'avons qu'un seul partenaire. Des amis par milliers mais un seul amant. Pourquoi l'exclusivité de l'amour ? Les harems n'y sont pour rien : c'est de danse dont on parle ici, pas de gymnastique, à moins d'imaginer un formidable Turc qui aimerait aussi bien que je t'aime chacune de ses quatre cents femmes. Cela semble impossible, irréalisable. »

Elle avait refermé le livre. Était-ce un avertissement ? Je lui avais pris la main en essayant d'alléger le ton de la conversation.

Sais-tu que maintenant tu es pour moi ce qu'on appelle une infidèle ?

Elle avait fait une moue surprise.

Officiellement, je suis musulman, avais-je expliqué.

Je lui avais raconté l'histoire du passeport et de la religion qui m'avait été attribuée d'office, et je lui avais alors annoncé mon intention de retourner à Istanbul. Elle n'avait pas bronché. Elle s'était mise à rire et dans son ton j'avais cru entendre une note de défi.

Infidèle je suis déjà, avait-elle dit.

Je savais bien qu'elle voyait d'autres hommes. Comment aurait-il pu en être autrement ? Et cependant, pour l'accepter, je me persuadais que c'était moins sérieux qu'avec moi. Qu'il n'y en avait pas un pour m'arriver à la cheville. Elle m'aurait quitté sinon. Elle l'aurait fait depuis longtemps. Ma nymphe avait ses raisons, égoïstes à sa manière. Et, à ce moment-là, j'aurais très bien pu poursuivre cet argument ou invoquer des raisons pseudo-médicales, ou me servir des deux à la fois comme subterfuges pour me volatiliser de sa vie ou la laisser s'enfuir de la mienne. Mais Esther aimait se convaincre des choses par elle-même. Et elle se convainquit, à l'instant même où je lui en faisais part, que ma décision n'était pas un moyen de l'exclure de ma vie. C'était l'inverse. Ce voyage que j'envisageais seul nous rapprocherait. Elle entendait ce qu'elle voulait entendre, non ce que j'aurais voulu qu'elle entende. À présent, ses yeux étaient tristes. Elle s'était blottie contre moi et ses lèvres étaient venues se poser sur ma joue.

Et le Crabe, avait-elle dit. Qui s'occupera de lui ?

Voyons ce qu'il pense des folles nuits du Levant…

Tu m'écriras, m'avait-elle fait jurer. « Parle mieux d'une ville celui qui l'a perdue… »

Elle m'avait rappelé que c'était moi qui lui avais raconté ça pour la subtiliser au diplômé d'Oxford qui lui servait, lorsque je l'avais rencontrée, de placebo d'amant. Je ne me souvenais pas que j'eusse fait preuve jadis de tant d'esprit.

Avec toi, je n'étais plus seule comme avant, m'avait-elle confié subitement. Je me demande pourquoi.

Attendait-elle une réponse ?

J'étais piqué, soudain, par son emploi du passé. Elle *n'était* plus seule comme avant ? Et après ? Prenait-elle ses distances ? Était-il possible qu'elle me considère d'ores et déjà comme de l'histoire ancienne ?

Je sais que c'est une platitude, avais-je cru bon de répondre, mais vois-tu j'ai toujours pensé que… Nous sommes fondamentalement seuls. C'est une loi qui s'applique d'autant mieux aux couples libres comme toi et moi… Et même plus seuls encore qu'avant de nous connaître. Je ne sais pas si c'est très clair, mais en tout cas assez ironique si on y réfléchit.

Elle avait tressailli et m'avait tourné le dos ; j'étais parvenu à la blesser et la blessure était profonde. J'étais resté à fixer la pénombre, sans rien voir, car ce que j'observais n'était rien d'autre que la chape de plomb jetée sur cette pièce par ma remarque insensible. La chambre s'était teintée de mauve et, dans ma vanité, j'avais pensé à la chemise qu'il me faudrait emporter à Istanbul, la chemise bleue que nous avions achetée ensemble, elle et moi, à Paris. Je m'étais tourné vers elle pour embrasser son corps tremblant sans apprécier la chance que j'avais de l'enlacer ainsi. Derrière les rideaux tirés j'avais entendu les rotations cahoteuses d'une voiture à l'arrêt, en bas dans la rue. J'avais logé ma main sous ses bras soyeux, entre sa paire de seins chauds. Je ne m'étais pas aperçu qu'elle pleurait.

PİKASO

D'abord il y a eu l'histoire du mausolée d'Anıt Kabir, avec les encoches sur l'arme à feu du Père de tous les Turcs, et avant, celle du Grand Lac Salé où les Ankaralı flottent en plein été comme des bouées sur la mer plate. Et là-dessus, la séparation de ses parents dont on ne sait rien, et puis le fait que sa peau est plus foncée que la nôtre. Ces détails montrent bien qu'Ömer, qui vit ici depuis des mois maintenant, vient d'un endroit différent. Que cela se passe autrement, là d'où il vient, et les histoires qu'il raconte aussi. Souvent on croit qu'il exagère et il lui arrive de trébucher sur un mot. Mais il fait quand même impression, parce que ce qu'il raconte vient d'ailleurs et ne ressemble pas à ce qu'on raconte communément rue Erzurum. C'est même plus rugueux que ce que disent les vieux de la maison de thé, ce qui laisse croire qu'Ömer a vécu trois vies avant d'arriver chez nous. Là d'où il vient, la famille de son père, aller à la poste ça leur prend la journée dans la plaine sèche et rocailleuse. Une journée pour atteindre la boîte aux lettres — vers le nord ou le sud, c'est la même chose, où qu'on aille, alors que rien qu'à Beyoğlu il y en a une, de boîte aux lettres, face à la maison de thé de la rue Erzurum, et trois autres au moins rue İstiklal, une autre à Tünel et deux à Karaköy, à croire que les boîtes aux lettres sont mal réparties dans ce pays. Ou alors, pour en revenir aux difficultés de la famille d'Ömer quand il s'agit de poster des lettres, on charge quelqu'un d'autre d'y aller à sa place, en échange de quoi quand on égorge un mouton on offre au messager des morceaux de choix comme la tête ou les entrailles. On égorge les moutons chez soi — ici, c'est interdit —, dans son jardin par exemple, on aiguise les couteaux en appelant le nom des morts, on pend l'animal par une patte et, ni une ni deux, on plonge un couteau dans sa gorge frémissante et on regarde l'animal tressaillir jusqu'à ce que la vie l'ait quitté. Puis on jette ses organes dans un trou et on fait des *kebap*, des boulettes et des tripes avec le reste, tout ça le même jour, au même endroit dans son jardin. Je ne sais pas si vous vous représentez la chose, mais rue Erzurum on avait oublié le sacrifice du mouton et ce genre de trouvailles, et le père estime qu'avec ça Ömer est un conteur-né qui en connaît un rayon.

Le père, il faut dire, est spécialiste en matière d'histoires naturelles. Au printemps, quand les arbres de Judée se mettent à fleurir, il parcourt le pays en train, en voiture, à dos de mule ou de chameau. Il est armé d'un stylo plume et d'un cahier, et recueille tout ce qu'on dit sous le soleil d'Anatolie. Parfois des messieurs étrangers l'accompagnent, des *Fransızlar* ou des *Ingilizler*, des *Amerikalılar*, et comme ces messieurs ne comprennent rien à ce que disent les gens des montagnes ou ceux qui vivent près de la mer Noire, comme ils ne comprennent rien de manière générale, c'est lui qui leur explique et, en échange, il gagne leur argent et surtout leur *respect* — c'est comme ça que le raconte la mère en tout cas. Le père a été récompensé par le ministre à propos de son travail crucial pour la mémoire et la culture de la nation. Il rencontre les conteurs officiels chez eux, officiels c'est-à-dire ceux qu'on écoute au village, et les conteurs dissidents, ceux qu'on écoute moins ou en cachette, et qui vivent deux rues plus loin ; il parle aux vantards dans les champs, et aux timides dans les bois ; aux médisants, aux bonimenteurs et aux bègues. Ils ont tous une histoire à raconter que leur grand-père racontait déjà. Puis le père passe au village suivant, et ainsi de suite. Et quand il rentre, son cahier jauni par le soleil est rempli de croquis, de notes et d'histoires de bûcherons du Toros, de charades que les nomades ont récitées à propos des caillasses de Sungurlu, de chansons apprises auprès d'un photographe à İzmir et même de blagues salaces que les joueurs de *tavla* échangent à Birecik, sur l'Euphrate. Le père dit qu'Ömer vient du fond du pays, et que là-bas un âne, plus un *hoca*, plus un arbre, c'est suffisant pour écrire un *tekerleme*, qui est une sorte de poème folklorique — un compliment de plus pour Ömer, ce qui, au passage, a le don de m'énerver comme cela énerverait n'importe quel fils du père. Le père pense qu'Ömer sait raconter des histoires parce que son père à lui est croyant, et parce que sa grand-mère et son arrière-grand-père croyaient en Dieu tout-puissant. Le père a écrit dans une de ces revues qu'il publie avec ses collègues de l'université que la crainte de Dieu et les superstitions alimentent l'imaginaire des gens, ou quelque chose de ce goût-là.

Comment, j'aimerais bien le savoir, l'imaginaire des gens peut-il être alimenté, et surtout par la crainte de Dieu — c'est une question que je me suis souvent posée… C'est difficile de répondre à des questions comme celle-ci, vu que chez nous on n'a jamais été croyants. Toujours est-il que le père a fait beaucoup parler de lui après avoir écrit sur la superstition et sur Dieu, dans les journaux et à la radio, et pas seulement en bien. Il vaut mieux être prudent ici quand on parle de Dieu tout-puissant, ça vaut dans les deux sens, en particulier si on explique que Dieu, et surtout Allah, a un quelconque effet positif sur la vie des gens. Mieux vaut rester discret sur ce sujet et, en général, c'est mieux de dire qu'Allah n'a aucun effet. C'est vrai d'ailleurs, objectivement, du moins en ce qui nous concerne, dans la famille. Si le père a un effet, et la mère parfois quand elle pique une colère, ou Adnan, quand il va dire ce qu'il pense au café chez Refik et que les autres protestent ou qu'ils sont d'accord avec lui, je ne vois pas comment Allah, lui, concrètement, pourrait en avoir un — ou alors, pour stopper l'expansion de l'univers, ou d'autres choses lointaines de cette envergure.

En ce qui concerne l'allure générale d'Ömer, sa peau, je l'ai dit, est plus foncée que la nôtre. Il ressemble à ceux que les gens d'İstanbul appellent les Turcs noirs, qui débarquent de l'est du pays à la gare d'Haydarpaşa en pantalons bouffants, avec leurs balles de vêtements sur les épaules et leurs coiffes de feutre sur le haut du crâne, et des épouses qui sont à peine plus âgées qu'Ömer ou moi. Les journaux d'İstanbul disent que les Turcs noirs colonisent les pentes d'Eyüp, de Şişli et d'Arnavutköy, et qu'ils sont un danger pour l'hygiène publique et les bonnes mœurs. C'est vrai qu'avec ses cheveux épais et ses lèvres épaisses Ömer peut donner l'impression qu'il représente un danger pour les bonnes mœurs, même si je ne suis pas sûr de ce que ces mœurs sont à proprement parler. Quand le père, la mère ou la grand-mère lui disent mon sucre ou mon petit lionceau, Ömer pique un fard monumental et ne répond rien, mais quand on est ensemble, lui et moi, il arrive toujours à trouver le proverbe adapté à une situation donnée, et il fait moins le timide. Il a le flair pour les plaisanteries. Un jour, on était en train d'observer les pêcheurs qui déchargeaient leurs prises sur le quai de Galata. Il m'expliquait que, chaque fois que ses parents se disputaient, il leur volait un peu d'argent pour réparer le « préjudice causé ». Ömer parle toujours de ses parents comme s'ils allaient revenir, alors que bon. Et il a remis ça avec un autre proverbe : « Si tu dois te faire prendre, évite d'avoir le doigt dans l'encrier. » Alors, il s'est passé un incident désagréable. Un pêcheur nous a aperçus et nous a lancé hé petit, tu connais l'goût d'la crevette ? Je n'apprécie guère qu'on s'adresse à moi dans des termes aussi familiers, mais ça n'était rien par rapport au sans-gêne dont il a fait preuve ensuite. C'était une blague classique, il faut dire, et j'ose imaginer qu'Ömer la connaissait, sinon comment se fait-il que c'est tombé sur moi. De toute façon, à ce moment, je ne connaissais pas cette blague et on s'est approchés, Ömer et moi, des caisses de poisson frais de l'homme aux yeux bleus. Ses dents étaient pleines de caries et il avait une cicatrice qui disparaissait sous ses cheveux, et Ömer lui a fait un signe de la tête en lui disant que lui, il connaissait bien le goût de la crevette, mais que son frère, non. Il parlait de moi quand il disait « frère », j'ai été un peu surpris, ce qui explique pourquoi je n'ai pas vu le pêcheur décortiquer la crevette rose à pois bruns qu'il avait dans la main et pas vu non plus sa main s'approcher pour me la fourrer dans la bouche. Littéralement, il a fourré ses gros doigts sales dans ma bouche ainsi que la crevette, ce qui fait que je me souviens autant du goût de ses doigts que du goût de la crevette. Quand il a vu ma tête, il a éclaté de rire, et Ömer s'est mis à rire lui aussi et le pêcheur a dit une chose que je n'oublierai jamais, même si je n'ai pas vraiment saisi le sens profond de ses vulgaires paroles.

La crevette du Bosphore, a-t-il dit, est meilleure que tout c'que tu goûteras jusqu'à ta première femme !

Naturellement tous les pêcheurs du quartier se sont fendu la pipe pendant que la chose douceâtre, odorante et visqueuse faisait son chemin dans mon estomac avec une lenteur terrifiante digne d'un poison des plus mortels.

À l'école, avant qu'il n'en soit dispensé à cause de son asthme, on a d'abord pris Ömer pour un pauvre. Après, on disait qu'il était riche. Puis la rumeur (celle qui se conjugue toujours avec *miş*) a circulé qu'il venait d'Ankara, ce qui pour une fois était vrai. Un jour, Halim, un grand gars sec qui croyait tout savoir, a dit qu'il connaissait Ankara, et que ce qu'il préférait, là-bas, c'était de rentrer à İstanbul. C'était censé être drôle, mais aussitôt la rumeur a changé, et on a dit qu'Ömer était orphelin et même grec. C'est ce que je voulais expliquer quand je disais qu'il donnait l'impression d'avoir vécu plusieurs vies, en tout cas plus que les autres, et c'est pour ça je crois qu'ils disent tant de choses sur lui, son visage est comme recouvert d'un voile de mystère, bien qu'il soit impossible d'avoir vécu plusieurs vies à son âge.

Ömer dit que plus tard il sera écrivain. Il sait qu'il ne quittera plus sa chambre à cause de son asthme, qu'il tombera malade et décrira ce qu'il verra passer sous ses fenêtres, qu'il s'inspirera des choses qu'il entendra dans la rue ou qui passeront par le détroit, les oiseaux migrateurs, les vapeurs et les gros navires, etc., puis, à mesure que sa santé se dégradera, du souvenir de ces choses.

À Tarabya, il y a un pli dans la colline. Et dans ce pli, quelques mètres au-dessous du balcon de la tante Belma, vit un homme protégé par quatre murs de planches et de torchis, un toit de tuiles rouges et un immense rhododendron. Pour apercevoir sa maison derrière le rhododendron, il faut marcher jusqu'à l'extrémité du balcon et passer derrière les pots de fleurs que la tante a posés là, ce qui fait que — au début au moins — Ömer et moi seulement connaissons *cet homme*. On l'appelle comme ça, *bu adam*.

Dès les premiers beaux jours, il sort de son abri habillé d'un simple pantalon, en bretelles et en débardeur. Il est souvent pieds nus, ses gros orteils emmêlés devant lui, ses chaussures, quand il en porte, n'ont jamais de lacets, sauf le dimanche. Il est chauve, il porte une grosse paire de lunettes, son nez pointé en permanence vers le sol, comme s'il s'interrogeait sur la manière dont l'herbe peut bien pousser. Cet hiver, il avait disparu et on le croyait mort, jusqu'à ce que la fumée s'élève de son abri au-dessus de la végétation. Au printemps, il est ressorti pour inspecter les fourrés.

Il a des poules et des clapiers avec des lapins dedans. Il vient peut-être du Toros, là où les gens vivent modestement. Ou d'Adana, comme le laisse penser son teint cuivré. Ou alors, c'est un Turc noir. Ces derniers temps, il a sorti une chaise pliante. C'est comme ça que les autres, les adultes, se sont aperçus de sa présence. Ce jour-là, il s'était installé de l'autre côté du rhododendron pour profiter de la vue comme tout le monde, les yeux fixés sur la ligne invisible qui sépare le ciel de l'eau du détroit, et vice versa. Il ignorait notre existence, mais nous ne pouvions plus ignorer la sienne et, depuis cette date, les visiteurs de la maison de Tarabya défilent au balcon pour s'indigner de sa présence.

Cet homme, mais c'est le double de Picasso! dit le père.

Cet homme, comme tu dis, n'a ni chevalet ni pinceau. Il ne fait rien de bien qui vaille, je te le garantis! répond tante Belma.

Pas très habillé non plus, ajoute l'oncle.

Les adultes se lassant vite des choses, ils quittent un à un le balcon comme si rien ne s'était passé et comme si l'homme n'existait plus. En bas, Pikaso scrute les collines, hume l'air qui circule, paraît écouter le bruit de l'eau — à moins qu'il ne s'intéresse à l'écho des rumeurs qui circulent sur son cas. Mais je ne crois pas. Je crois qu'il se moque des rumeurs, qu'il se moque de tout, sauf des femmes. Il en a beaucoup, semble-t-il. Et ce sont elles qui lui rendent visite, modernes et élégantes, et différentes chaque fois. Il enfile sa veste noire, chausse ses mocassins cirés et fait rentrer ses poules dans un clapier et, quand elles sont là, des enfants jouent parfois près de la maison comme s'ils venaient de naître dans la terre battue. Personne ne sait à qui est ce bout de sol, si Pikaso se l'est octroyé de plein droit ou s'il l'a acheté avec l'argent de la loterie. Son abri est un avant-poste de campagne à la ville — à moins que ce ne soit le contraire, puisque à Tarabya on est à İstanbul sans l'être vraiment.

Ce qui est sûr, c'est que Pikaso est le premier colon de Tarabya, comme dit l'oncle, et qu'il vit d'amour et d'eau plus ou moins fraîche. Et « de la charité de son harem », c'est-à-dire de l'argent que lui donnent ces femmes avec qui il n'habite pas vraiment et qui cependant continuent de lui rendre visite comme s'il était l'homme le plus important du monde, le premier et le dernier, à l'image de ce qui l'entoure et ne lui appartient pas, mais qu'il donne pourtant l'air de posséder dans son entier avec plus de certitude que les autres, pour son profit unique et solitaire. Et quand on observe Pikaso, on pourrait imaginer à quoi ressemblait la première maison d'İstanbul, la première poule, le premier rhododendron, avant que d'autres n'apparaissent et fassent de la ville, à force de se multiplier, ce qu'elle est aujourd'hui.

LES VIVANTS

Parfois, j'aurais voulu être l'un de ces disparus dont on ne retrouve jamais le corps, de ceux qui changent d'identité ou simulent leur propre décès pour disparaître d'une vie qui leur pèse trop. J'avais déjà disparu une fois et j'étais mort pour ceux qui vivaient ici, à Istanbul. Et les hommes morts, c'était bien connu, obtenaient le droit au retour vers la terre de leurs ancêtres, celle d'où ils avaient été bannis jadis. À cette terre, ils revenaient sous forme d'ombres et leur récompense était double : ayant gagné le droit de rentrer, ils gardaient l'anonymat. Les premiers jours en effet, personne n'avait paru se rendre compte de ma présence en ville. Personne n'avait su et personne ne pouvait savoir. La question n'était même pas là. La question était plutôt : *Qui* aurait su que j'étais rentré ? Ma mère. C'était la somme, à peu près, de ce qu'il restait à mes yeux de vivants dans cette ville du passé.

Je pensais que personne ne saurait ou ne voudrait savoir. Le jour de mon arrivée, j'avais erré dans la fin du jour, fils de monsieur mon père, un soir d'avril qui rougeoyait à Beyoğlu. Les constructions se chevauchaient sans logique et, derrière le filtre de la lumière solaire, c'était le gris qui dominait, avec des touches de couleur occasionnelles accrochées aux balcons, un drapeau, un torchon, un foulard de jeune fille. Une femme disparaissait dans l'entrée d'un immeuble, un homme sortait d'une boutique éclairée par un néon, et je ne retrouvais l'Istanbul d'avant qu'en fermant les yeux et en écoutant les bruits comme dans les souvenirs d'Orhan, les klaxons, les chiens, les enfants, la voix monocorde d'un quincaillier ambulant. Je décidai que je ne toucherais pas à la ville qui était enfermée dans ma tête.

Mes difficultés pratiques avaient commencé dès mon arrivée. J'avais pioché dans mes notions de grammaire et prononcé quelques phrases usuelles pour me rendre compte à l'effet qu'elles produisaient sur mes interlocuteurs qu'elles étaient hésitantes et maladroites. Très vite, le flot des phrases s'était tari et les mots s'étaient épuisés. Ils ne s'étaient pas volatilisés, mais me restaient sur la langue, terrés derrière mes lèvres qu'ils n'effleuraient plus. À Beyoğlu, où tout est appels, invectives et chuchotements, j'avais été frappé de mutisme et, pour éviter de mimer mes besoins et de me répandre en gestuelles cocasses, je choisis — le temps que dura mon état — de me priver de tout ce que je ne pouvais obtenir par geste. Moi, l'enfant du pays, n'achetais que ce qui pouvait être désigné du doigt ou d'un signe de tête ; à table, je commandais le minimum et le familier, et lorsqu'un serveur avide m'interrogeait dans un anglais de roman de gare, j'acquiesçais mais je restais coi. Au risque de me perdre dans cette ville redevenue étrangère, je ne demandais pas mon chemin ; dans les salons de thé où je m'arrêtais pour me reposer, je passais l'heure à boire des verres du breuvage lourdement infusé, le nez plongé dans un journal dont je marmottais des passages à voix basse comme pour me rassurer, levant les yeux et l'index par intermittence pour indiquer mon désir — un désir simple, aussitôt exaucé et comme inépuisable — d'obtenir un autre verre de thé. Je ressortais le ventre nauséeux des effets de la théine. Qui saurait que j'étais rentré ? À sa manière caractéristique, ma mère avait choisi la semaine de mon arrivée pour aller se reposer sur la côte égéenne. Je n'étais pas pressé de la revoir et, pour l'heure, je n'étais personne pour personne, il n'y avait que moi et cette ville qui me glissait dessus, et c'était mieux ainsi.

Istanbul avait changé. Au lieu de sombrer dans la ruine, la ville avait rajeuni. La place de Taksim était remplie d'une foule avide et déterminée, animée de besoins immédiats. Les plus riches quêtaient la futilité, les plus pauvres organisaient leur survie et, dans l'entre-deux, une immense majorité vaquait aux tâches utilitaires requises par n'importe quelle ville de taille identique et à croissance exponentielle. Des nuées de véhicules jaunes fonctionnant au gaz naturel s'amassaient par grappes en plusieurs points de l'imposante place, bloqués aux feux rouges ou par les trajectoires erratiques de centaines de destinées individuelles, oisives ou marchandes, indifférentes ou malhonnêtes, et par une force plus large, indéfinissable, qui se nourrissait de ce mélange de congestion et de vélocité en surchauffe, vibrant au moindre carrefour et dans la moindre ruelle. C'était un chaos vivifiant, une drôle de bringue urbaine.

Dans la poche droite de mon pantalon, ma main jouait avec un œil de verre bleu, un cadeau d'Orhan, reçu avant mon départ. Il ne croyait pas aux fantômes, mais m'assurait qu'à Istanbul les ombres surgissaient du passé et qu'il était facile de les croiser sans les voir. Le talisman prémunissait contre le mauvais œil mais forçait aussi, disait-il, à « ouvrir l'œil ». C'était l'œil turc dont me parlait déjà son frère, celui qui fixe, scrute, fouille l'âme du passant, du client, de l'étranger, du semblable. Orhan disait que je ne passerais pas deux semaines à Beyoğlu sans qu'un de ces regards ne se visse sur mon visage et me reconnaisse. Je m'étais moqué de lui, en spéculant que ceux qui pouvaient identifier l'enfant que j'avais été derrière un visage qui avait, au bas mot, quarante de plus devaient être plusieurs pieds sous terre, « à l'ombre de l'arbuste qu'ils avaient aimé, au bord du courant dont le murmure les avait charmés ».

Maintenant que j'étais sur place, il était évident que personne ne reconnaissait plus personne ici, que les rues étaient plus peuplées et plus bruyantes, plus sales, plus confuses qu'avant. Je m'y promenais comme un propriétaire outré dans un vieil immeuble éviscéré dont seule demeurerait la façade. Les règles avaient changé. Les habitants étaient mus par une détermination nouvelle, par la conscience d'un monde qui n'attendait pas, et une secousse parcourait ces corps libérés de l'apathie d'antan. Un besoin de vivre, et de sur-vivre, d'appartenir au camp du plus fort, de se frotter à la brutale indifférence du capitalisme — une ardeur qui rejetait toutes les lois entendues de la nostalgie. Ils poussaient leurs fourneaux et vendaient leurs poissons et triaient leurs pains circulaires en criant *simiiiiiiiiiitçiiii !* et réparaient leurs moteurs en pleine rue, ou rempotaient les arbres municipaux, ou offraient du cuivre, des balayettes et des mouchoirs et racontaient, racontaient ; ils propageaient des rumeurs sur la municipalité, les transports et les prix ; ils discutaient tout bas des maquereaux de leur quartier, qui attendaient la nuit dans leurs costumes fripés de la veille, pendant que des jeunes drogués fumaient leur dose rue Istiklal en scannant les passants de leur regard fou ; des jeunes gens à l'apparence soignée se précipitaient pour toucher, s'enivrer, acheter des biens de consommation identiques à ceux que l'on trouvait à Paris, Londres, Berlin ou Bangkok. Des masseurs goûtaient l'air du soir printanier devant le hammam de la rue Suterazi et claquaient machinalement des doigts pour attirer l'attention tandis que, deux rues plus bas, *simiiiiiiiiitçiiii !* retentissait encore, signal que les prostituées étaient à leur tour ravitaillées en pains *simit,* dans leurs cages d'où elles lançaient leurs railleries, insultes et obscénités que la population bien-pensante, dans son hypocrisie légendaire, faisait mine de ne pas entendre. Dans la lumière glauque de la station Osmanbey, des travestis se déhanchaient, la main dans leur chevelure épaisse, le dos tourné à l'incessante circulation des hommes et des véhicules.

S'il restait des vestiges dans cette néomégalopole — des jardins cachés derrière les murs d'enceinte, des vapeurs traçant leur fil d'écume sur le plan bleu du détroit, et des maisons de bois noirci écrasées entre les immeubles de pierre —, ces souvenirs n'étaient pas les miens. Ils appartenaient aux autres — à Orhan, à mes parents, à Celal, aux morts, à tous ceux qui s'étaient figuré cet endroit de loin et s'étaient raconté Istanbul pour la regretter — mais pas à moi. Comment pouvais-je regretter ce qu'on avait exigé que j'oublie ? Il n'y avait rien, pas une pierre, pas une vue, pas un son ou une odeur, que j'eusse à regretter. Et lorsque, après avoir marché pendant des heures dans la ville, je constatai qu'il en était ainsi, que les paroles qui avaient surgi de mon Moi exacerbé lors de ma dernière séance avec Lenz avaient un sens et que ce sens était, fort simplement, qu'il me faudrait tout réapprendre de cet endroit qu'on m'avait forcé à désapprendre, alors seulement, graduellement, les mots de l'autre idiome resurgirent de leur immersion forcée pour actionner l'organe de la parole, et ma langue se mit à les dire, et à les énoncer avec un naturel qui défiait l'entendement, mais qui n'était rien d'autre qu'un naturel d'enfant. Et s'il était vrai que je ne retrouvais plus mon chemin dans la ville physique, la ville étrangère, j'en prenais un autre qui n'avait rien de matériel, un cheminement qui s'orientait selon une trajectoire que j'étais le seul à connaître et à suivre — des habitudes, une cartographie langagières.

Mon anonymat dura cependant moins de quarante-huit heures et, le surlendemain, je reçus une invitation à dîner chez Hasan Yeniadam. Yeniadam était un homme d'affaires — l'Homme d'affaires, disait-on — d'Istanbul. Il portait bien son nom, *adam* voulant dire « homme » et *yeni* « nouveau », littéralement « nouvel homme » — un nom qui s'entendait strictement, sa famille ayant, comme des millions d'autres, choisi le patronyme en 1923, à la demande du pouvoir kémaliste, afin d'entrer en Turcs modernes dans l'ère de la Turquie républicaine.

Le nouvel homme turc souhaitait donc une audience avec le fils de Naili Bey, ou plutôt, à ce qu'il semblait, avec l'exécuteur testamentaire de ce que Naili Bey n'avait pas légué aux Archives nationales en France, son pays d'accueil. Yeniadam Vakfı, la fondation de Hasan Yeniadam, s'intéressait à ses travaux. Moins de deux mois après sa mort, ils faisaient déjà partie intégrante du patrimoine national.

La marque de Hasan Yeniadam, elle, se retrouvait partout à Istanbul. Grâce à son argent, un étage entier du nouveau musée d'Art moderne était dédié à l'art contemporain, et une université d'une capacité de quatre mille étudiants s'était ouverte sur un terrain de quelque cent vingt hectares sur les hauteurs de Sarıyer, au nord-est de la ville. Elle permettait aux étudiants dont les parents pouvaient s'acquitter des droits d'inscription prohibitifs de suivre des cours en anglais et en turc ; d'accéder, une fois diplômés, aux postes de responsabilités d'une des entreprises du conglomérat Yeniadam ; et de bénéficier de la gamme étendue d'opportunités de promotion sociale et d'émigration qu'offraient les carrières au sein du groupe. Rien de tout cela ne m'était inconnu, puisque l'homme et son empire faisaient l'objet d'une attention soutenue des journaux de tous bords, attention attisée par Yeniadam lui-même qui ne pouvait vivre sans avoir la presse à ses talons et les reporters à sa botte. Il n'était donc pas étonnant que Yeniadam me retrouve sans difficulté par le truchement d'une connaissance de ma mère qui, je le constatai, et conformément à mes prédictions, s'était entourée d'alliés de poids pour s'assurer une retraite dorée, en partie grâce au nom de son mari. Je n'étais évidemment pas dupe et, en me préparant à l'entrevue avec l'entrepreneur, une question avait immédiatement germé dans mon esprit : l'intérêt que suscitait l'œuvre de mon père chez un homme de cette envergure, aveuglé ou non par ses ambitions de mécène, pouvait-il cacher *autre chose* ? Oui, dès le début, il me parut naturel de me méfier de lui. Ce que je ne comprenais pas encore, c'était que dans cette ville l'on n'échappait pas aisément à un homme aussi puissant, que c'était seulement lorsque ma présence sur son territoire aurait servi des intérêts encore obscurs qu'il me laisserait retourner à l'anonymat d'où je venais.

Devant la porte de mon immeuble, je sortis le carton d'invitation où se trouvait l'adresse de Hasan Yeniadam et hélai un taxi. Je montrai l'adresse au chauffeur qui marmonna son ignorance. Je lui fis signe de démarrer en répétant les indications qu'on m'avait fournies. L'immeuble, précisai-je à l'homme, se trouvait à Beşiktaş, en face d'une école de filles, et jouxtait un poste de police. Ces informations, s'il les comprit, ne modifièrent rien à son humeur maussade. Il engagea son véhicule dans une rue en pente et sans nom, puis dans une autre encore plus raide et sans le moindre commerce. Je lui demandai s'il savait où il allait, mais l'homme n'était pas bavard et, pour toute réponse, il m'observa dans son rétroviseur d'un air bourru. Je ne comprenais pas si son silence et ses œillades signifiaient l'hostilité ou la gêne. J'optai pour cette dernière solution et, pour le mettre à l'aise, l'interrogeai sur l'endroit d'où il était originaire, pensant que ma question pourrait déclencher quelques paroles nostalgiques, voire un peu de sympathie. Au lieu de quoi, il me dévisagea de nouveau dans son rétroviseur, comme si après une minutieuse étude il reconnaissait, assis à l'arrière de son véhicule, un voisin honni de son village natal.

Kars, dit-il.

Sans rien ajouter, il poursuivit ses manœuvres dans les rues sombres de Beşiktaş. Son attitude n'était guère rassurante et, à ce stade de notre entretien, deux options se présentaient à moi. Soit lui demander d'arrêter la voiture, de payer et de descendre. Soit poursuivre sans céder à l'énervement, et l'interroger sur sa famille. Cela serait un gage, pensai-je, que j'appréciais son hospitalité à bord du véhicule. Je choisis la seconde option et, après avoir retourné plusieurs fois la question dans ma tête pour m'assurer que je ne commettais pas d'impolitesse, lui demandai s'il avait des enfants, autre généralité que j'imaginais appartenir au catalogue des bienséances culturelles.

J'en ai, dit-il. Trois filles, un garçon.

Il prit à droite au bas d'une rue étroite. Une autre rue, pavée et plus étriquée encore que la précédente, montait, éclairée par la lumière blafarde d'une unique épicerie. Je lui demandai alors d'arrêter la voiture et de m'attendre. Je sortis, pénétrai dans la boutique où je m'emparai d'une bouteille de vin, tendis mon argent au garçon qui se trouvait derrière la caisse enregistreuse, et lui demandai s'il savait où se situaient le poste de police du quartier et l'école de filles qui se trouvait devant. Il m'indiqua le chemin et, à mon retour sur le siège arrière, je répétai les indications au chauffeur.

Son irritation était maintenant évidente. Il démarra sans un mot, son visage fermé collé au pare-brise, sa nuque couverte de boucles noires tendue pour repérer une rue qui partait en épingle sur la gauche. Au moins suivait-il les indications que je lui avais fournies, et je décidai donc de le laisser en paix. Mais après quelques minutes de silence, il prit la parole en révélant du même coup la raison de son antipathie.

La bouteille, c'est pour quoi, demanda-t-il.

Un cadeau pour mon hôte, dis-je.

Ses yeux brillaient dans le miroir sale au-dessus de son front et je m'aperçus que ce n'était ni sa Némésis de Kars ni je ne sais quelle autre réminiscence qu'il auscultait ainsi dans son rétroviseur, mais une facette de la ville, pour lui plus étrangère encore que pour moi, et à laquelle, à cet instant, j'appartenais de manière indissociable. Je faisais corps avec Istanbul, une cité qu'il détestait parce qu'il n'y percevait que vice et débauche, toutes ces imperfections dont j'étais un nouvel exemple, moi son énième client de la journée, qui pour la énième fois s'en allait, à bord de son véhicule, rejoindre d'autres débauchés dans une fête où il apportait de quoi s'enivrer en contravention des lois morales qui s'appliquaient chez lui et qu'il aurait aimé voir respectées de manière stricte à l'intérieur de son taxi, sur le siège avant comme sur le siège arrière. Alors que, en me conduisant, moi et ma bouteille de vin, à cette adresse où vivait un personnage lui-même bourré de vices, il participait à cette débauche, et il suffisait de regarder ses yeux pour voir le dégoût et la révulsion que cet acte de complicité exécuté à son corps défendant lui inspirait. Son hostilité ne provenait pas du fait que j'étais un étranger, un fait qu'il n'avait même pas remarqué ; elle provenait plutôt d'un ressentiment à l'égard d'une ville dont les excès étaient partout visibles, une cité menaçante, dans ses dimensions et surtout dans ses possibilités, pour lui et pour sa famille. De cette cité, il ne parvenait pas mieux que moi à saisir la mesure. Et il n'y parviendrait jamais. Il ne le voulait pas, trop inquiet d'être à son tour, et après lui ses enfants, corrompu par elle.

Je ne bois pas, lâcha-t-il comme pour confirmer mes pensées.

Le véhicule était bloqué dans l'un de ces embouteillages caractéristiques, formés sans raison apparente dans les parties les plus inattendues de la ville. Rien ne paraissait bloquer le passage si ce n'était l'étroitesse de la rue que nous avions empruntée. C'est le moment qu'il choisit pour me demander si j'avais entendu parler du complot.

Quel complot ? dis-je.

À l'heure où je vous parle…, commença-t-il.

Il se lança dans une explication dont je n'écoutai que des bribes. Son histoire était compliquée par le caractère confus de son analyse, où se mêlaient, pêle-mêle, les actes répréhensibles d'une coalition de politiciens laïcs, une alliance avec les forces de l'Occident, des pressions sur un ministre et une polémique sur le contenu des livres scolaires… Il agitait ses mains devant lui, le visage soucieux, mais comme libéré des opinions qui l'avaient assombri jusqu'alors. Il sortit une cigarette de sa poche.

Ils veulent apprendre Dar-Uhin aux enfants…

Qui ?

Il me regarda, mi-soupçonneux, mi-amusé, en tirant sur le tabac.

Oh, *Darwin*, fis-je, connectant son affirmation avec les autres fragments de sa déclaration. Mais Charles Darwin est enseigné en Turquie, ajoutai-je. Il est enseigné dans tout le pays…

Au lieu de l'apaiser, ma réponse le jeta dans une agitation plus grande encore. Il se lança dans une nouvelle explication ayant cette fois trait à l'origine des espèces. Il égrenait les poncifs et les imprécisions, mais il m'aurait fallu les mots d'un adulte pour lui répondre, les mots dont les hommes se servaient dans les salons de thé, là où on parlait de politique, où on débattait de l'interdiction du port du foulard dans les lieux publics, ou des réformes engagées dans le reste du pays par l'AKP, le nouveau parti islamiste modéré, et ces mots me manquaient. Mon vocabulaire restait celui d'un enfant. Comme un enfant je comprenais la gravité des mots qu'il prononçait, chaque nuance ou inflexion de langage, mais je n'avais pas d'outils pour lui répondre. Je lui laissai donc prendre mes silences pour une approbation, au pire pour une forme de neutralité. Peu à peu, il parut se convaincre que j'appartenais à la frange indécise de l'opinion, et il se mit à me parler de Dieu. Nous n'avancions toujours pas et, derrière la vitre embuée, la rue avait l'aspect d'un boyau évidé, un morceau d'organe d'une vieille métropole fatiguée dont les habitants perdus et influençables étaient comme des enfants qui auraient mal grandi, à l'image de cet homme déraciné qui sermonnait à l'aveuglette. Une autre ville m'apparut alors, celle où la rumeur, livrée aux petites gens, se propageait comme une traînée de gas-oil, celle où suspicion et peur d'une modernité galopante s'alimentaient d'elles-mêmes, et où les journaux, les politiciens, les imams et tous ceux qui vivaient du verbe et du mensonge en récoltaient les fruits. La ville s'était transformée en cité de discoureurs, tenue par cette poignée d'adultes sans scrupule qui aimaient entretenir, comme dans toutes les démocraties du monde, les peurs de ceux dont ils avaient la charge. Et ces peurs, ces rumeurs, ces discours infondés étaient offerts en pâture aux désœuvrés d'Eyüp, de Taksim ou Şişli, des os qu'ils rongeaient en attendant les jours meilleurs de leur trop jeune république, comme mon chauffeur à cet instant. D'un geste bref, je lui tendis un billet de dix millions de livres turques et descendis de voiture, prenant l'embouteillage pour excuse.

SELMİN SEVENGÜL

Des regards sont posés sur l'écran où les yeux des
acteurs fixent une scène encore invisible. À cet instant
précis, dans ce cinéma de quartier lui-même éclairé
par les images qui s'animent dans la lumière du pro-
jecteur, chacun, du premier au dernier rang, dans la
salle et jusqu'aux personnages à l'écran, regarde dans
la direction unique de l'attente. Sur l'écran, les yeux
sont graves et concentrés, plantés dans cinq visages
impassibles et fermés qui observent sans bouger, cinq
hommes avec la même expression figée, dix yeux
avides serrés dans un plan noir et blanc. Les têtes se
tournent et se regardent, exactement comme font les
gens en vrai, dans la rue quand ils observent le dérou-
lement d'une bagarre, lorsqu'ils sont témoins d'une
arrestation, ou lorsqu'ils assistent au délire incompréhensible d'une vieille folle. Dans le plan suivant, on
découvre une femme affalée sur le sol. Elle pleure, la
tête cachée dans ses bras. Ils la regardent. Elle, objet
et sujet du mélodrame, celle qui pleure et fait pleurer
la moitié de la salle du cinéma de quartier, c'est Selmin Sevengül, reine du grand écran d'İstanbul.

La Sevengül est une star. Silhouette envoûtante,
corps magnétique, visage pâle et allongé, on espère

la croiser à chaque tournage dans le quartier de Beyoğlu. Les films, ici, sont tournés en temps réel, en plein jour, dans les mêmes rues que là où ils sont projetés. Les acteurs sont dirigés par un réalisateur, un homme qu'on ne voit jamais à l'écran sauf quand il est lui-même acteur, mais c'est plutôt rare, parce qu'il a pas mal à faire sur le plateau, à tourner des plans mélodramatiques comme celui-ci, et à les mettre bout à bout. À part jouer, ce qui est leur métier, les acteurs préparent le thé, tirent des câbles, courent à droite à gauche, répètent leurs dialogues à l'occasion. Quand vous marchez dans la rue, il arrive de les voir un peu à l'écart, le nez en l'air, comme s'ils se demandaient ce qu'ils pourraient bien inventer aujourd'hui, alors que c'est écrit dans leur script. Et si vous passez par là, en faisant croire que c'est votre trajet habituel, l'air de rien comme font les vrais passants, et si le réalisateur, derrière sa caméra, ne s'en aperçoit pas, s'il ne dit pas « coupez ! » ou un mot comme ça, vous avez une chance infime de vous retrouver dans le film qui sortira d'ici deux ou trois mois, car ce que vous venez de faire, *l'air de rien*, c'est entrer dans le champ de la caméra, rien de moins que de vous retrouver sur la pellicule, en noir et blanc. C'est pour ça que, au moment de la sortie du film en salle, vous vous précipitez au cinéma du quartier, l'ancienne mosquée à l'angle de la rue Erzurum et de l'avenue İstiklal, et vous achetez votre billet dans l'espoir que vous ferez une apparition remarquée à l'écran. Ce n'est pas le premier rôle, ni même le second, mais vous y êtes, dans le même film que Selmin Sevengül, Cahide Sonku ou Nilüfer Aydan, toutes les grandes stars du cinéma turc.

Pour un billet, vous avez droit à deux films. Le premier est en turc avec acteurs turcs, le second en turc avec acteurs américains, *Bette Davis* et *Douglas Fairbanks* dans **DAMGALI KADIN**. La salle de projection est à peine plus grande qu'une salle de classe ; on regarde en silence, serrés les uns contre les autres ; les odeurs de pied rivalisent avec celles des aisselles ou du tabac ; tous les garçons du quartier sont là, cigarette aux doigts, bras sur l'épaule du voisin, têtes allongées obstruant chacune un morceau d'écran. Les filles aussi, pas beaucoup, toujours accompagnées d'un frère ou d'une sœur plus âgée, parfois d'un cousin et qui pouffent à répétition pour des raisons sans rapport avec le film. Au premier rang, toujours les mêmes, Kadir, Ekrem, Nevzat, Ömer, moi et deux ou trois autres. Ensemble, on voit tous les films. On forme une secte nouvelle, les Adorateurs d'images — c'est le nom qu'on a choisi, le jour où on nous a demandé ce qu'on faisait là-dedans tous les vendredis.

Mon rêve, c'est de jouer vraiment dans un film *starring Selmin Sevengül*, le genre de choses qui couperait le souffle à pas mal de gens du quartier. Je serais celui qui à la fin abandonne son existence passée sur un pas de porte et ne se retourne jamais, même quand Selmin implore, et ça serait du meilleur effet. J'écraserais une casquette grise sur ma tête avant de me mettre à marcher sans hésiter sur une route interminable pour disparaître comme un point dans le lointain.

Il y en a qui disent que Beyoğlu n'est quand même pas Hollywood, que ça ne brille pas autant. Mais ils oublient qu'il y a le Bosphore, pas loin. Imaginez le crépitement des flashs devant le palais de Dolmabahçe, les limousines, Selmin Sevengül à mon bras avec rouge à lèvres et robe de soirée, et le Bosphore miroitant dans la lumière des lustres... Pas besoin de vous faire un dessin. Ici, on fait du cinéma aussi bien qu'ailleurs. Ce n'est pas pour rien qu'on parle de Beyoğliwood, ni pour plaisanter. Chez nous on plaisante rarement avec les motifs de fierté nationale.

Après la projection, en général, les membres du comité des Adorateurs d'images vont commenter le film à une terrasse de la rue İstiklal. C'est une tradition bien établie que même le patron du salon de thé est obligé de tolérer. Ekrem et Nevzat, leur spécialité, c'est les tourments de la misère et les miracles de la vertu, ce genre de sujets qu'ils commentent avec de grands gestes et des phrases à rallonge bien rébarbatives. Comme dirait l'oncle, ils se prennent pour des intellectuels du Marché aux livres. C'est l'heure mélancolique où le soleil se couche entre Ayasofya et l'Hippodrome, là-bas de l'autre côté de la Corne d'Or. Sur l'avenue İstiklal, les lampadaires rosissent et le tram se fraie un passage dans la foule en faisant tinter sa cloche. Le salon de thé se remplit d'hommes aux pantalons froissés qui commandent verre après verre de thé noir, d'un imperceptible mouvement de tête. L'autre soir, un vendeur a posé devant nous une valise remplie d'articles de soins et de talismans. On lui a demandé le prix des parfums et l'homme nous les a donnés pour chaque bouteille, du moins cher au plus coûteux, et puis il m'en a tendu une. Il a dit « Parfum de star », en clignant de l'œil, et c'est comme ça que j'ai trouvé le terme exact pour expliquer ce que je ressentais à l'égard de Selmin Sevengül. Pour moi, c'est une star au parfum naturellement coûteux et il est impossible qu'il en soit autrement. Puis le vendeur a demandé du feu et Nevzat lui en a donné en regardant les bouteilles bien rangées dans sa valise et en disant c'est pas donné. L'homme a haussé les épaules et s'est mis à démarcher les passantes.

À la terrasse, les plus âgés, Nevzat et Kadir surtout, sont toujours en train de s'esclaffer comme des chèvres qu'ils sont à parler tous les deux en même temps de filles et de baignades et de courses en voiture sur la route du détroit. Les miracles de la vertu, il faut dire, est un sujet vite épuisé. Nevzat raconte comment il chasse la perdrix avec son oncle dans les bois au-dessus de Sarıyer, avec une vraie carabine 22 long rifle. Kadir imite la voix d'un chanteur américain de la radio, ce qui est plus divertissant, surtout quand le patron vient se moquer de lui en lui disant tu es fait pour le music-hall, qui est un peu comme Beyoğliwood mais dans une ville qui s'appelle Broadway.

Quand elle est à l'affiche comme aujourd'hui, on passerait des heures à commenter le poster où Selmin Sevengül se tient à demi tournée, un peu plus grande que nature, ses dents étincelantes comme des articles électroménagers d'une vitrine du vieux Pera, avec sa chevelure noire de légende qui cascade sur ses épaules découvertes. Je serais debout contre la porte, et le plan d'après sur la route, mais je ne me retournerais pas, sauf à la fin lorsque j'aurais marché assez loin pour qu'elle n'en sache rien, et alors je pivoterais sur mes talons pour regarder mais elle aurait disparu, et j'aurais le cœur lourd comme un héros de film turc, un vrai héros en noir et blanc, à la vie comme à l'écran.

CATCH ME IF YOU CAN

L'incident s'était produit le lendemain de mon arrivée, et je l'attribuai d'abord à la fatigue — cette fatigue qui ne me quittait jamais, ce phénomène si bien identifié par le poème *zahir*, ce trop lourd condensé de quelque chose, sommeil ou absence de celui-ci, dont s'alimentait celui que j'appelais simplement le Crabe. Oui, la petite musique de l'inélégant arthropode que j'imaginais bien calé au fond de moi, au niveau du plexus solaire, continuait de me bourdonner dans les oreilles et c'était à cause de lui, ce locataire indésirable, que je ne disposais plus (c'était peu dire) du quota suffisant d'heures de sommeil pour me sentir en possession de mes moyens. Ce n'était pas un déplacement de quelques milliers de kilomètres vers le Levant du Lagrade & Bouchard, ni mon déploiement vers l'exotique destination envisagée par mon ex-femme (et que faisais-je, au juste, dans la même ville que ma mère ? Avais-je perdu la tête ?) — ce n'étaient pas les raisons artificielles de mon voyage qui allaient me débarrasser de la gêne persistante inoculée à mon être par ce mal dont on ne guérissait pas. Je n'étais pas différent des autres et, en vérité, je constatais que, l'âge aidant, j'aimais de moins en moins *partir*, m'arracher de manière arbitraire à mes habitudes. Si inintéressante qu'ait pu être la vie à Londres, j'y régnais sur mon Olympe, solitaire certes mais omnipotent. Partout ailleurs, en voyage, je redevenais, à cause de mon handicap, un vulnérable mortel, en proie aux moindres superstitions. Rétrospectivement donc, je donnais à l'incident de cette journée une nature prémonitoire : la réplique inversée, en quelque sorte, d'un phénomène qui se produirait à une échelle dévastatrice quelques jours plus tard, le point de déviation vers le chaos d'un voyage que j'avais justement voulu sans encombre.

Cet incident se produisit moins de douze heures après que j'eus posé mes bagages dans l'appartement de la famille Tur. C'était mon premier matin à Istanbul depuis très longtemps — à vrai dire, depuis une vie entière. Je n'avais pas dormi, pas à proprement parler, et rêvé encore moins ; toute la nuit j'avais agité les pensées usuelles, mes rancunes contre Hannah, mon désir d'Esther, cette drôle de théorie sur la fixation des psychoses dont Julius Lenz, mon psychothérapeute, m'avait livré l'essence pendant notre dernière séance, avant mon départ. Puis, tôt le matin, Stephen s'était adressé à moi, sa voix perchée au-dessus du brouhaha formé par mes réflexions pendant la phase de légère inconscience de ma veille superficielle. Sa voix inaudible mais pressante finit de me sortir de ma somnolence et, l'esprit inquiet, je me dirigeai vers la fenêtre. J'y suivis, de sa genèse grise jusqu'à son explosion dorée, le lever du jour, avant de m'habiller et de descendre faire mes premiers pas dans le quartier encore assoupi.

Un soleil radieux baignait le trottoir d'en face et, mis à part un chien qui se prélassait sous l'enseigne d'une épicerie, il n'y avait personne dans la rue. La nuit avait été fraîche et j'avais réussi à me convaincre qu'elle avait été reposante. J'avais faim et décidai de chercher un lieu où me restaurer en prenant une petite rue en pente qui descendait dans l'ombre d'un vieil immeuble. Plus bas, la rue faisait un coude qui menait à un dégagement où la municipalité avait assemblé à la va-vite une sorte de balustrade. De là, une vue s'ouvrait, majestueuse, sur le Bosphore. J'y contemplai la ville dans la lumière qui s'intensifiait. Une nouvelle ligne de tramway ; derrière, le musée d'Art moderne ; derrière encore, la mer de Marmara, puis un bout de l'isthme de la Corne d'Or ; enfin l'immensité du ciel purifié par la pluie nocturne.

Je fis quelques pas le long de la rampe puis, laissant la vue du détroit sur ma gauche, me dirigeai vers une mosquée aux plâtres craquelés, engoncée dans le quartier avec ses treilles, ses vieux murs et ses fidèles qui sirotaient leur thé en lisant le journal. Je fus saisi par le contraste entre cette bâtisse villageoise et sereine qui abritait des buveurs de thé et la seule autre mosquée connue de moi, en face du cabinet de Lenz à Finsbury Park. L'une exposait sa décrépitude avec une sorte de fierté bienveillante, l'autre dissimulait jusqu'à son entrée dans le béton sale, une porte sans inscription qui se refermait brutalement sur les passants. Je me souvins de la géographie de l'exil telle que la concevait Celal : la vie réelle à Londres ; l'au-delà à Istanbul. J'étais venu ici, me dis-je, pour expérimenter l'au-delà, comme ils le faisaient eux-mêmes, ces musulmans. Peut-être m'attendaient-ils, ces habitués de la terrasse, propriétaires d'une parcelle de cette terre que dans la vie réelle on leur avait refusée, à l'ombre de leur arbuste préféré avec à leurs pieds les pigeons affamés qu'ils continuaient à nourrir, comme de leur vivant, dans ce paisible paradis.

J'avais décrit un cercle et rejoint la rue de mon immeuble lorsqu'une sensation étrange me parcourut le corps, comme un bref tournis, un vertige que je ne réussis d'abord pas à identifier de façon formelle. L'impression ne dura que deux ou trois secondes, mais elle était suffisamment troublante pour que j'interrompe ma marche et tente de comprendre ce qui s'était produit. Je jetai un regard circulaire à ce qui m'entourait. À la terrasse de la mosquée, les buveurs du salon de thé poursuivaient leur rituel avec des gestes précis. Un peu plus bas sur ma droite un chien au pelage gris, le même chien que tout à l'heure, restait calfeutré contre son mur. Je restai aux aguets, guettant en moi-même la moindre réaction physique qui me signalerait que j'étais en train de faire un malaise, mais rien ne se produisit. Commence par te nourrir, me dis-je alors. Ce n'est pas le moment de t'effondrer dans la rue.

Je m'avançai donc vers la mosquée, pensant que j'y trouverais bien quelque chose à me mettre sous la dent. Un détail qui m'avait échappé, cependant, interrompit aussitôt ma marche. Je tournai sur mes talons pour jeter un coup d'œil en arrière, dans la direction du chien assoupi. Sur le trottoir de droite, le long de l'immeuble qui faisait face au mien, se trouvaient, garées en enfilade, des voitures anciennes. Leurs carrosseries noires et les chromes des pare-chocs brillaient sous le soleil. J'étais surpris de ne pas les avoir remarquées en sortant, lorsque je m'étais engagé dans la ruelle qui menait jusqu'à la vue du détroit. Il n'y avait bien sûr rien d'extraordinaire à la présence de ces vieilles cylindrées dans une rue d'Istanbul, mais leur apparition fortuite et leur alignement précis, ajoutés aux bruits étouffés du quartier et à la propreté suspecte de la rue, m'intriguèrent. C'était comme si, entre le moment où j'avais passé le pas de la porte et celui où j'étais remonté à l'autre bout de la rue, le décor avait été remodelé pour un photomontage. Il était tôt et je ne connaissais rien des habitudes du quartier ; il était possible qu'il s'agît d'un jour férié, ou des préparatifs en vue d'une célébration quelconque, mais quelque chose dans cet arrangement ne collait pas. Je ne pouvais faire autrement que de me demander si le phénomène qui se produisait sous mes yeux, ces détails qui m'environnaient, ces immeubles, ces voitures et jusqu'à ce chien inerte dont je doutais maintenant de l'existence (était-il mort ?) étaient vraiment à leur place, ou si j'avais ma place parmi eux. Se pouvait-il que la fatigue ait fait de moi le sujet d'une soudaine psychose hallucinatoire ?

J'entendis alors des pas qui se rapprochaient, pas dont l'inhabituel silence de la rue renforçait la solennité. Je tournai la tête et vis un petit homme en costume qui traversait et s'approchait en balançant sa canne devant lui. Ayant atteint la porte de l'immeuble, il sonna. Je le reconnus, c'était Julius Lenz. Le petit homme, en tout cas, lui ressemblait de manière troublante. Son visage d'abord, avec le même front soucieux, les mêmes cernes, les mêmes lunettes de plastique moulé. Ses gestes ensuite : si j'avais croisé Lenz devant chez lui, un dimanche, il aurait pu être habillé ainsi, marcher de la sorte, sonner comme il venait de le faire. Ce furent là les réflexions étonnantes qui traversèrent mon esprit pendant qu'il attendait devant la porte sans prêter aucune attention à moi, levant à deux reprises sa montre jusqu'à ses yeux, comme s'il était en retard à un rendez-vous. Dans l'immeuble quelqu'un enfin décrocha l'interphone. Lenz poussa la porte au moment où la gâche électrique se déclenchait, et disparut à l'intérieur.

La conscience de mon état général me rendait crédule, et surtout prompt à me considérer comme la proie idéale de toutes sortes d'illusions. C'était peut-être une nouvelle crise d'achromatopsie : les couleurs glissaient de mon champ de vision, les objets tournaient au gris. Le phénomène ne durait jamais plus d'une minute ou deux et ne créait pas de risque permanent pour la vision. Aussi étais-je prêt à oublier le sosie de Lenz et, lorsque le gris se mit à envahir ma vision, je crus avoir confirmation que j'étais bien en train d'halluciner et que la fatigue me faisait voir des choses qui n'existaient pas. Les vieilles cylindrées brillaient toujours sous le soleil, et à l'avant du premier véhicule une plaque d'immatriculation attira mon regard. J'eus la certitude que j'en connaissais la combinaison. Puis ce fut la rue, ou plutôt le dispositif en place dans cette rue, les trois voitures et leurs pare-chocs en chrome, la plaque minéralogique, la forme de la porte par laquelle le petit homme à la canne s'était faufilé, cet homme lui-même, ainsi que le cadre de la fenêtre au premier étage qui me parurent familiers d'une

manière presque insoutenable. Mes pensées bre-
douillaient. Se pouvait-il… que je reconnaisse…
c'étaient là les détails d'une rue… que je ne connaissais pas… cette scène… que je connaisse tout de
cette scène… jusqu'à cet homme… bien que je ne
l'eusse jamais vu… bien que je n'eusse jamais
vécu… Mais l'impression se dispersait plus rapidement qu'elle s'était formée et les couleurs réinté-
graient déjà mon champ de vision. Je me remis à
marcher comme si j'avais traversé un mirage, en
cherchant mentalement, dans un dernier effort, à
faire le tri parmi les images familières qui s'épar-
pillaient dans mon cerveau. Et, pour la deuxième
fois, je fus alors pris de vertige, un vertige plus puissant que le précédent : devant mes yeux, plus haut
dans la rue, la mosquée se mit à osciller et le sol se
déroba.

La terre se déplaçait mais c'était loin d'être une
hallucination. Dans la mer de Marmara, quelque
part dans le détroit, sous mes pieds, une secousse
sismique était en train de se produire. Je perdis
l'équilibre ; mon bras chercha appui sur un lampa-
daire qui ploya sous mon poids à la manière d'un
jouet mou et je fus projeté dans l'entrée de l'immeuble ; alors que je me préparais au choc, la porte
s'ouvrit d'elle-même et je terminai ma trajectoire
dans une pénombre soudaine. Je fus immédiatement conscient de mon erreur puisque, en aucun
cas, il ne fallait chercher le couvert d'un toit, quel
qu'il soit, pendant un séisme. Je le savais moi-
même pour l'avoir appris lorsque j'étais enfant, il
fallait au contraire s'éloigner des immeubles, des
tours et des murs, et attendre que la secousse
prenne fin. À cet instant précis pourtant, j'étais

entraîné par ma propre masse et par le choc de la secousse, catapulté vers l'intérieur de cette porte cochère qui allait s'effondrer derrière moi. Mes pieds se prirent dans un fouillis de fils électriques et je fermai les yeux; mon corps entraîna dans sa chute un trépied, une chaise, et d'autres objets que je ne sus identifier, avant d'heurter lourdement le sol. Je gardai les yeux fermés, mais la secousse avait cessé. Une grande confusion s'ensuivit, j'entendis des bribes de conversation, puis une main s'empara de mon bras pendant qu'une voix tonnait en turc dans un mégaphone.

IL VA BIEN? EST-CE QU'IL VA BIEN?

J'ignorais si j'allais bien. Pourquoi cette voix posait-elle cette question? Se pouvait-il que je fusse à la fois l'unique témoin et la seule vraie victime du tremblement de terre qui venait de se produire? Je desserrai les paupières, une dizaine de paires d'yeux grands ouverts étaient posés sur moi. La cour était baignée de lumière blanche et le sol couvert d'épais câbles noirs.

VOUS ALLEZ BIEN? dit la voix.

Les personnes qui se tenaient autour de moi portaient toutes des tenues vieillottes. Je reconnus l'homme qui avait pénétré dans l'immeuble avant moi. Il souriait comme un Lenz enjoué. Des projecteurs éclairaient le fond de la cour. Je me levai en clignant des yeux et bredouillai une excuse. Un individu sortit d'une forêt de lampes et d'ustensiles divers, caméras, écrans, chevalets perchés sur différents supports, un mégaphone à la main. Il était jeune et portait un tee-shirt avec deux flèches qui pointaient dans des directions opposées, où on pouvait lire la phrase Catch Me If You Can.

170

Le séisme, dis-je. J'ai été projeté contre la porte. Je ne voulais pas…

Pas grave…, fit-il. On la refera. C'est une petite secousse de rien, *business as usual.* Les enfants, on reprend cette scène, s'il vous plaît !

Il frappa dans ses mains, et les acteurs, les techniciens et les assistants qui observaient la scène se remirent au travail, redressant les trépieds et chaises renversés, arrangeant un morceau de décor, plongeant le nez dans des documents mal agrafés. Le jeune homme se présenta. Son nom était Nedim Gazan. Il m'offrit du thé. Je refusai mais il insista. Il alluma une cigarette.

Je ne vous laisse pas repartir dans cet état, fit-il.

Cela se produit souvent ?

Les secousses ? De temps à autre… La deuxième est toujours plus forte que la première. On s'habitue…

Vous tournez quoi ?

Comédie, dit-il. Pour la télévision. Du sitcom, très populaire ici. Vous n'êtes pas d'ici, vous… Vous venez d'Europe ? Londres ? Frank Capra est mon maître à penser. Portes qui s'ouvrent, qui se ferment. Pas de gros moyens, c'est la porte qui fait tout. Très adapté à l'humour sauce turque.

J'observai le plateau de tournage. À nouveau je distinguais les couleurs, celles du décor, les flanelles des costumes, le maquillage. Cette scène… Elle se passait dans les années cinquante. Il y avait des voitures dans la rue, les voitures et leurs chromes ; une fête dans l'immeuble. Un mariage ou un anniversaire dans une cour d'immeuble. Les hommes portaient des vestes en tweed, à la mode de l'époque, des pantalons à pinces. C'était le printemps, il faisait encore frais. Les voix s'élevaient dans la cour. Des voisines aux fenêtres faisaient descendre des paniers remplis de victuailles. Des portes s'ouvraient et se refermaient. Une comédie, une comédie bourgeoise… Capra, Frank Capra oui, certainement.

Je ressortis de l'immeuble et me dirigeai d'un pas décidé vers la mosquée. J'avais le ventre creux et l'air était pur. Quelques personnes se tenaient aux fenêtres, un semblant d'agitation régnait dans la rue. Les vieilles voitures luisaient dans le soleil, prêtes pour la scène qui suivrait, leurs coffres remplis de cadeaux, les rires, la montée dans les autos, le claquement des portes, les vitres descendues, les mains tendues et les adieux. Devant la mosquée, quelques chaises étaient renversées, mais les clients lisaient, imperturbables, les nouvelles du jour, buvant leur thé d'un air absent en mordant dans des parts de feuilleté au fromage et aux herbes. Je pris place parmi eux et commandai la même chose.

GALATA

Le père écrit, penché sur son bureau dans la pièce du fond. Cette scène de tous les jours que je connais par cœur. D'autres vont à la prière ou s'installent derrière un guichet, mais lui, le père, est penché sur son bureau et enfonce les touches d'une machine à écrire. Il lui parle parfois, et il est presque affalé dessus. Il est encore tôt, le cliquetis des touches remplit l'appartement, même si la machine est cantonnée à cette pièce obscure. Il y a moi, la grand-mère, la mère et le père, Ömer et Ayten, la bonne aux ordres de la grand-mère, et la machine à écrire, comme un gros insecte, un scarabée mange-papier.

J'attends à la porte mais écrire ne finit jamais. Une page, une autre, la suivante, qui s'empilent proprement sur un coin du bureau. Des manuscrits entiers, qui sont repris, raturés, corrigés. Des centaines de feuilles passées les unes après les autres dans les mandibules de l'insecte mécanique. Le père arc-bouté dessus, qui frappe avec urgence, les mots qui occupent l'espace en rafales sonores, voilà des gestes et bruits que je connais bien. Là, il s'interrompt pour tirer sur sa Birinci et souffler la fumée en direction de la fenêtre. Après, il la repose dans le cendrier de verre, où elle se consume jusqu'à ce qu'il la reprenne pour tirer d'elle une autre bouffée qu'il exhalera par les narines.

J'attends quoi ? Que l'éternité prenne fin dans cette pièce enfumée. Il y a des choses que j'ignore encore, sur l'univers et les êtres humains, cela je le sais depuis un moment. Quand on s'est rendus ensemble, le père et moi, sur les quais à Karaköy, en mission comme il a dit ce jour-là, pour parler à Göker Bey des Lignes maritimes, je n'ai pas vraiment compris ce qui se passait, ce n'est pourtant pas interdit de partir en voyage, que je sache, ou de prendre un bateau. Alors pourquoi est-ce que j'avais l'impression que tout cela était un peu confidentiel et un peu interdit, qu'il fallait comme qui dirait rester discret ? On nous cache tout, aurait dit Osman, on nous cache tout et c'est pour bientôt !

Quand le père atteint le rebord de la page, ça sonne, un tintement clair qui prévient que les mots s'apprêtent à déborder sur le rouleau. L'une des raisons pour lesquelles j'aime bien attendre à la porte, c'est cette clochette dont le son n'est pas sans rappeler le carillon du conducteur de tramway lorsqu'il se fraie un passage parmi les passants de l'avenue İstiklal. Écrire à la machine ressemble à un voyage en tramway qui ne dévie jamais de sa trajectoire, Taksim-Tünel TING ! Tünel-Taksim TING ! — comme ces allers-retours incessants du chariot d'un bord à l'autre de la feuille, Tacha tacha-tacha tacha et hop ! İkar, Ülis, Goldmund grimpent dans le tram en route, hop ! Buvar et Peküşe s'apprêtent à descendre en se balançant sur le marche-pied, hop ! Narsis lui court après Tacha tacha-tacha

174

se hisse sur la plate-forme comme font tous les quidams de Beyoğlu. Tacha tacha-tacha tacha TING ! Attention le père, tu vas déborder ! Tu vas abîmer ton ruban !

Sa chaise grince ; le père se retourne, porte ses rides haut sur son front. Il fixe l'ombre avec dureté mais, dès qu'il me reconnaît, son visage se relâche.

Tu sors ?

ZZZ ZZZZ ZZZAK ! Il extrait la page des mâchoires mécaniques.

Tu posteras cette lettre.

Il la relit, murmure une phrase, signe la feuille imprimée et la glisse dans une enveloppe sur laquelle il écrit l'adresse, puis me tend la lettre avec cette grimace qu'il fait toujours par-dessus ses lunettes. Je m'avance, fais quelques pas dans la pièce, m'empare de l'enveloppe et ressors. Mes vêtements sentent le tabac mélangé à cette odeur inidentifiable, celle de l'encre ou du ruban de sa machine. Il se remet à écrire dès que je lui tourne le dos.

À Galata, de l'autre côté du pont, les dômes de la Süleymaniye ont la couleur de l'eau verte avec des reflets gris. Un chalutier avance parmi les barques et les vapeurs. Il est noyé dans un nuage noir. Pour remonter la Corne d'Or, il lui faut passer sous les arches du pont de Galata. Il dispose d'une cheminée amovible qui, au moment de s'engager sous l'arche, s'incline à angle droit et ressemble alors au genre de cigarette que les ivrognes fument quand ils ne sont plus en état, une cigarette cassée en deux qui continue de se consumer avec profusion par son milieu.

La lettre est dans ma poche ; la poste, plus loin sur la place, à Karaköy. C'est un jour de marché et je marche dans les odeurs de moteurs, de cirage, de coriandre, d'entrailles de poissons. Puis mes yeux tombent sur un fruit posé sur l'étal d'un pêcheur, un coing énorme, massif, un fruit charnu et brillant posé sur la glace pilée. Il est couvert de gouttes, je le prends, le soupèse, sens son poids dans ma main. J'inspecte sa forme curieuse, son allure bossue et abstraite. Puis je me mets à courir. J'entends immédiatement la voix rugueuse, offusquée et stridente du pêcheur mais je suis déjà loin. *Hırsız var!* fait la voix. Au voleur !

Rıhtım caddesi, rue des Quais. Cagettes, planches, bois pourri, toiles trouées, pierres et poutres qui pointent des maisons de bois aveugles, capharnaüm magnifique, quartier de Galata, entassement de fibres et métaux, particules de poussière, eau en suspension et émulsions, milliers de reflets dans la lumière. Le coing fait une bosse dans la poche de mon pantalon. Un rue remonte entre les ateliers de ferronnerie jusqu'à Tepebaşı, pleine d'hommes occupés à tout et à rien. Les doigts des vieux jouent avec les billes de leurs chapelets, les bras des jeunes portent des plateaux chargés de verres et de croûtes de friandises, des apprentis à demi nus portent des cargaisons, des contremaîtres donnent des ordres que personne n'entend ; les bruit de la ferraille, le crissement des tours, les enclumes qui résonnent — la voix du poissonnier est couverte depuis longtemps par celles qui disent les prix du cuivre, qui marchandent le fer, cèdent l'aluminium au rabais. Je hausse les épaules et tourne dans l'avenue, qu'a-t-il à faire d'un coing ? L'aurait jeté, de toute façon. Ici, une autre marée humaine. La faute disparaît dans l'effréné bazar. La ville est mon royaume.

Une ruelle part de l'avenue Tersane et grimpe en direction de Tünel, d'où on peut voir, en se retournant, la Corne d'Or qui flamboie dans la lumière matinale. Un escalier de pierre est taillé dans la colline. Une vieille est accoudée à son balcon, le cou tendu, toujours la même vieille femme à ce même vieux balcon et le même vieux cou tordu par une existence entière consacrée à l'observation du même vieux coin de rue. Un enfant joue dans la poussière. C'est un petit, il ne sait rien, n'a jamais rien volé. Il ne connaît pas l'ombre et si par hasard il regarde vers là où c'est sombre, il est tellement habitué à la lumière, au soleil dans lequel il joue, qu'il ne peut rien voir. Voir dans la nuit, voir ce que j'ai fait. C'est à moi seul à présent que cette nuit appartient. Cette chose très simple nous sépare, lui et moi.

Ömer attend sous la tour de Galata avec le gros Ekrem, qui observe la rue de son air bonasse. Je m'approche d'eux, les mains dans les poches. L'une serre le coing, l'autre rien. *Rien.*

Selam Ömer. *Selam* Ekrem.

Selamünaleyküm.

Rien dans l'autre poche. C'est là que je me rends compte que je l'ai perdue, en un éclair. J'ai perdu la lettre du père. Âne fils d'âne que je suis. Ne dis rien, ne leur dis surtout pas. Reviens sur tes pas et regarde dans l'escalier — rien.

Quelles nouvelles ?

Ömer remarque la bosse dans ma poche et m'interroge, et je dis un coing en le sortant et en faisant mine que ce n'est rien, l'un de ces coings qu'on vend un peu partout chez les marchands, bien jaune comme ceux dont tous les cognassiers sont chargés à la bonne saison. Ne rien dire de la part d'ombre de ce coing, du vol à l'étalage, de la lettre perdue. Ekrem, qui n'aime ni le coing ni ma compagnie, s'en va en shootant dans des cailloux, sous prétexte d'aller aider son père dans sa boutique, une excuse dans ce genre. Ömer et moi, on retourne rue Erzurum pour discuter un moment devant chez Yani, préoccupés tous deux par des problèmes différents, Ömer par ce que lui a dit Ekrem, moi par quel fils d'âne je suis d'avoir perdu cette lettre, d'avoir failli dans ma mission. Et c'est là, devant chez Yani, qu'on mange le coing volé, perdus dans nos pensées lui et moi — en tranches le coing, comme il se doit avec un peu de sel sur la chair du fruit. On le mange à deux ce fruit qui prétend être ce qu'il n'est pas, un fruit sucré et juteux, le croisement d'une pomme et d'une poire, tout en étant le fruit bossu, lourd et âpre qu'il est vraiment, ce fruit au goût inimitable — l'indiscutable, l'incorruptible fruit du cognassier.

SERENCEBEY

Orhan lui-même ne l'aurait pas cru si je lui avais dit qu'au moment où je pénétrais dans l'appartement de Hasan Yeniadam, moins de trois jours après mon arrivée à Istanbul, j'avais mon lot — plus que mon lot en vérité — d'expériences fortes à la sauce turque. J'avais quitté le taxi au milieu d'un embouteillage et fait le reste du chemin à pied. J'avais aisément retrouvé le poste de police du quartier de Serencebey, où un fonctionnaire solitaire travaillait derrière une réception éclairée au néon. J'avais sonné à la porte de l'immeuble voisin, là où une simple plaque disait : Yeniadam Apartman. Un molosse équipé d'une oreillette dont le fil disparaissait sous son costume m'avait ouvert la porte et soumis à une fouille rapide avant de m'accompagner dans l'ascenseur où il avait pianoté le code d'accès aux étages privés. C'était un vieil immeuble de famille sur les hauteurs de Beşiktaş et dont Yeniadam occupait les deux derniers étages. Le reste abritait les locaux de sa fondation.

L'industriel Yeniadam s'était bien tiré de la dernière crise financière, et sa fortune, à ce qu'en disaient les journaux, était immense. Elle faisait l'objet de folles spéculations, aux deux sens du terme. Il investissait beaucoup et ramassait plus encore, et dans cette cité en renaissance qu'il contribuait lui-même à enrichir, la richesse des autres était le sujet en vogue. Forts d'un naturel fataliste, voyant couler l'argent sous leurs fenêtres sans le moindre espoir d'en obtenir une miette, les habitants d'Istanbul se satisfaisaient de pouvoir évoquer, les yeux brillants, ce motif de fierté abstrait, l'argent des puissants et celui de Yeniadam en particulier, comme si les richesses de cet enfant du cru pouvaient un jour les atteindre, comme s'ils en profitaient de manière latente. Hasan Yeniadam était un paradoxe vivant, un homme immensément riche et éminemment populaire. Outre l'université flambant neuve qu'il avait construite sur les sommets de Sarıyer, il possédait une dizaine d'immeubles dans les quartiers de Cihangir et de Nişantaşı, deux maisons sur l'île de Büyük Ada dans la mer de Marmara, plusieurs hôtels de luxe en Cappadoce et sur la côte égéenne, un vignoble en Toscane et un paquebot, *The Bride of Istanbul*, qu'il projetait de revendre à un opérateur norvégien. Le navire, disait-il, lui coûtait trop cher et, selon un bruit qui courait que l'intéressé démentait formellement, « fuyait de partout ». Son empire s'étendait à tous les secteurs, du textile aux chantiers navals, en passant par l'immobilier et l'industrie musicale. Il avait coutume de dire qu'il investissait « dans la Turquie donc dans l'avenir ». Que les richesses qu'il produisait créaient de l'emploi, et que l'emploi créé occupait des forces vives qui autrement seraient restées dangereusement oisives. L'emploi des jeunes, disait-il encore, était une urgence, une œuvre nationale à laquelle le pays entier devait s'atteler.

C'était là la substance de ce qu'on lisait sur Yeniadam dans cette presse qu'il affectionnait tant : le discours d'un capitaliste affairé, soucieux des apparences. Sa méthode comportait une dose suffisante de populisme pour susciter l'émerveillement du plus grand nombre, tenir les intellectuels à distance, et s'attirer l'admiration et les faveurs de la classe politique. On retrouvait la marque de fabrique de son « capitalisme national à visage humain » dans les projets de mécénat de sa fondation, Yeniadam Vakfı, qui s'occupait de culture, d'environnement, de liberté de la presse, d'urbanisme — en somme de tout ce qui touchait de près ou de loin aux arguments de ses détracteurs. Si on l'attaquait sur son patrimoine immobilier, il répondait que ce qu'il construisait respectait les normes sismiques internationales, contrairement aux usages répandus dans le bâtiment en Turquie. Il lui suffisait d'invoquer son soutien caritatif aux travaux d'assainissement de l'eau de trente municipalités à travers le pays, ou ses projets pilotes de traitement des déchets dans plusieurs bidonvilles d'Istanbul pour faire taire ce qui lui restait de critiques, toutes tendances politiques confondues. Son argent alimentait des causes émergentes, portées par des entrepreneurs de la bulle Internet, artistes, agitateurs du village global, la nouvelle caste des netocrates. Lorsqu'un sujet s'épuisait faute d'arguments ou de combattants, il en surgissait un autre qui révélait son ardeur d'homme providentiel — un homme qui, bien qu'appartenant à la vieille famille des capitalistes, était avant tout un joueur.

Yeniadam s'intéressait à l'art, ou plutôt à ce que l'art pouvait lui apporter sous forme de reconnaissance et d'amour chez ses pairs. Il venait ainsi de signer un chèque d'une somme inconnue au profit d'Istanbul Modern, et les qu'en-dira-t-on du moment concernaient cette somme jusqu'ici tenue secrète. Yeniadam était célibataire et décidé à le rester mais l'on parlait beaucoup, photos de presse people à l'appui, d'une jeune conservatrice de musée américaine qui l'aurait convaincu du contraire par des arguments « autres que culturels ». En ce 19 mai, jour de fête dans tout le pays, Hasan Yeniadam avait décidé d'organiser des enchères silencieuses de montres rares. Il collectionnait les montres et tout ce qui avait trait à l'horlogerie — une marotte qui avait amené un journaliste à lui coller le titre de *Boğaz'ın Saatchisi*, littéralement « l'horloger du Bosphore », un jeu de mots habile sur le nom d'un célèbre collectionneur d'art londonien. C'est à ces enchères que je me rendais à présent, au septième étage des Yeniadam Apartman. Le carton d'invitation expliquait que la vente se ferait au bénéfice de jeunes artistes turcs dont les œuvres pouvaient être vues dans une galerie qui venait d'ouvrir dans le quartier de Nişantaşı. Si Hannah avait su… Trois jours que j'étais ici et je prenais déjà part à ce que l'Ailleurs avait de plus lustré, futile et antiexotique. Cet appartement où je me rendais aurait pu être à Londres ou à New York. C'était un partout cotonneux, anglophone et aseptisé.

Prévenu de mon arrivée, Yeniadam me reçut à la porte de l'ascenseur. Il portait un costume crème et parlait anglais en arrondissant les consonnes. Affable, sa conversation ponctuée de politesses ferventes à ses invités, il m'entraîna par le coude pour un tour du propriétaire. Par les fenêtres de ses cent cinquante mètres carrés reconvertis, on apercevait l'enceinte illuminée du palais de Dolmabahçe et la constellation miroitante de la rive asiatique. Une légère brume recouvrait la ville, lui donnant l'aspect d'un gros visage béat voilé d'or. La sirène d'un bateau retentit au moment où nous observions la vue et je vis un sourire satisfait s'étaler sur ses lèvres.

Il m'offrit une cigarette. Ses manières étaient courtoises, délicates, attentionnées même. Lorsqu'il parlait, sa main se posait continuellement sur l'épaule de son interlocuteur et, dans un même mouvement, ses lèvres lui effleuraient presque la joue, comme si tout ce qu'il prononçait était personnel, tendre ou relevant d'une confidence intime. Je pris d'abord son attitude pour une manifestation de cette complaisance forcée qu'ont, à l'égard de leurs hôtes étrangers, les Turcs éduqués à l'occidentale — cet insatiable besoin de reconnaissance de la haute société par le moindre émissaire venu d'Europe. Mais je constatai vite qu'il fredonnait ses phrases de miel à l'oreille de n'importe qui, que ce soit son domestique qui servait les alcools, le journaliste avec qui il plaisantait, son garde du corps, un député, ou la fameuse conservatrice du musée de Cleveland, une créature magnétique versée dans des méthodes de séduction un peu élémentaires mais dont les lèvres pleines, les sourcils finement tracés, la fougue oculaire et la triomphante poitrine avaient quelque chose de compulsivement irrésistible. Elle parlait turc, de surcroît, avec une perfection décourageante.

Yeniadam avait besoin de mon accord (une simple signature en vérité) pour le transfert d'une partie des archives personnelles de mon père auprès du fonds créé par sa fondation pour les recueillir. Je l'interrogeai en toute bonne foi sur ce que ces archives recelaient de pertinent, et il ne chercha pas à dissimuler qu'il s'y intéressait pour les mêmes raisons qu'au reste — à savoir par orgueil national et souci de reconnaissance. L'œuvre des exilés turcs, me dit-il, devait être réhabilitée par devoir de mémoire, quelles qu'aient été les raisons de leur exil, fuite ou désaccord avec les autorités. Ces temps de désaveux et d'humiliation publique étaient révolus. Tout en se situant à la marge, le point de vue des poètes, ethnologues, écrivains ou artistes était informé, pertinent, transversal, donc essentiel. Il s'intéressait à l'histoire, me dit-il, pas aux vieilles rancunes. Je lui fis remarquer que les deux choses allaient souvent de pair mais il éluda.

J'ai besoin, dit-il, d'autre chose que de votre signature.

D'autre chose ?

Il me faut le manuscrit sur lequel Naili Bey travaillait à sa mort, ce poème dont est tiré l'extrait qu'a publié ce journal français. Sans cette pièce, le reste est sans valeur, expliqua Yeniadam. Les Archives nationales à Paris possèdent tout ce que le fonds recèle de documents précieux. Ce que je veux, moi, c'est ce fragment — l'*empreinte artistique* de l'œuvre.

Mon estomac se contracta tandis que me revenait malgré moi l'incise catastrophique de la huitième strophe de la traduction de Ferit Yüksel : Ali Hergün « entouré de gravats / vidé par les coliques de son estomac ».

J'ai peur que vous ne soyez très déçu…, expliquai-je. Quoi qu'il en soit, le manuscrit n'est pas en ma possession. Apparemment, l'auteur de l'exécrable traduction à laquelle vous faites référence l'a remis à ma mère et je ne serais pas surpris qu'elle l'ait égaré. Il y a un mois environ, elle a quitté son appartement parisien pour venir s'installer à Istanbul et, pour tout vous dire, je cherche moi aussi à mettre la main sur ce manuscrit.

Je crus surprendre dans ses yeux un éclair de surprise décontenancée. Yeniadam se faisait, c'était certain, une montagne de l'intérêt que je portais à l'œuvre de mon père ou des raisons profondes de ma présence à Istanbul, mais cela m'était parfaitement égal.

Dans ce cas, il nous reste un espoir, fit-il.

Nous ?

Vous allez m'aider.

Je ne vois pas comment.

Interrogez votre mère. Demandez-lui ce qu'elle a fait, à son départ ou à son arrivée ici, du travail de Naili Bey. Vous dites vous-même qu'il n'est pas exclu que ce dossier soit dans ses bagages.

Mes relations avec elle sont au point mort depuis des années.

Je m'en doutais. Mais c'est à moi que vous rendez service, et à votre père. Dans *Malone meurt* Samuel Beckett a écrit : « Il ne tenait à son espèce que du côté de ses ascendants, qui tous étaient morts, en croyant s'être perpétués. » J'aime beaucoup cette phrase, son caractère circulaire… Nous tenons tous à la survie de notre espèce, nous voulons tous nous perpétuer, et c'est pour cette raison que vous allez m'aider.

En fait, ma mère n'est pas à Istanbul en ce moment, elle…

… elle est sur la côte, coupa-t-il. Oui, je suis au courant — à Türkbükü pour être précis. Je vous donnerai les coordonnées de celui chez qui elle est hébergée, Leon Pinaski. C'est lui qui s'est occupé de votre mère à son arrivée ici.

Comment, mais vous saviez ? Vous connaissez ce… ?

Pinaski ? Oui bien sûr. Tout le monde se connaît à Türkbükü. Pinaski et moi sommes voisins.

Dans ce cas, pourquoi ne pas lui demander directement ? Vous êtes plus qualifié que moi pour l'interroger sur les écrits de mon père.

Certes, mais vous êtes son ayant droit. Et je préfère ne pas éveiller les soupçons. Qui sait ce que ferait Pinaski s'il savait que je suis à la recherche d'un tel document ?

Yeniadam raisonnait en collectionneur : la chose qu'il ne possédait pas était forcément la plus précieuse. Je lui aurais volontiers exposé pourquoi je pensais que la poésie de mon père ne valait pas un clou et pourquoi la perte de la pièce qu'il convoitait était sans importance, mais je me ravisai. Car Yeniadam disait aussi que nous avions un intérêt partagé à retrouver le manuscrit. Ce qui s'était produit à Paris quand l'extrait d'*Ali Hergün* avait été publié pouvait fort bien se reproduire ici à Istanbul, et cette affaire de manuscrit continuer de me gâcher la vie. Ce n'était ni pour ma mère ni pour mon père que j'étais revenu, mais à cause de cette traduction ridicule. Je détestais le ridicule. Mon amour-propre était l'une des raisons impérieuses de ma présence ici. À supposer qu'il n'ait pas fini dans une poubelle devant leur immeuble parisien, il était donc dans mon intérêt de mettre la main sur le manuscrit de mon père. Je serais bientôt l'unique exécuteur testamentaire de son œuvre et mon nom restait attaché au sien. Si j'arrivais à retrouver la vieille chemise cartonnée avec la vingtaine de feuilles tapées à la machine qu'elle contenait, je la donnerais à Yeniadam pour qu'il l'enferme dans un coffre. Je lui ferais signer un papier pour qu'elles ne soient jamais publiées. Ou, mieux encore, je les détruirais. Je les détruirais pour avoir la paix, comme mon père l'aurait voulu lui-même. Yeniadam ignorait tout de mes desseins mais sur ce point au moins il avait raison : je croyais à la perpétuation de mon espèce, et je devenais superstitieux. Si je me perpétuais, ce serait dans le respect de la dignité du nom que je portais et dont j'étais l'un des derniers dépositaires.

J'interrogerai ma mère, dis-je. Et je parlerai à Pinaski.

Méfiez-vous de lui, suggéra Yeniadam en allumant sa Silk Cut. C'est un parvenu.

La nuit tombait. Par groupes compacts, les invités faisaient monter les enchères sur les montres, posées sur des étagères effilées et identifiées par des gommettes de couleurs différentes selon qu'elles étaient vendues ou en attente d'enchères supérieures. D'autres discutaient devant la baie vitrée, au sommet d'une cosmopolis lambda à la beauté figée par l'argent, où seul se distinguait l'immobile Bosphore. Sa sinueuse présence en contrebas donnait à la vue une fragilité inattendue, un paysage de cristal parcouru de coulées de lave brune. L'abysse paraissait déteindre sur la rive là où faiblissait l'éclairage public, et on pouvait suivre comment les venelles progres-

saient, ininterrompues, vers le nord où elles s'agré-
geaient alors en quartiers entiers contaminés par
l'obscurité. Mais le Bosphore ne figurait pas dans les
conversations des invités de Yeniadam. Ils préfé-
raient tomber en niaises admirations devant le passage d'un paquebot sur ses eaux calmes, en se
demandant *d'où venaient ces gens* et *où ils se rendaient*.
En éclairant la surface des eaux, le navire leur rappelait un instant l'existence de la ligne de faille et du
bras de mer qui la recouvrait, mais ils l'oubliaient
aussitôt. Une jeune femme pointa du doigt l'endroit
distant où se trouvait en théorie son appartement;
une autre, ayant surpris son reflet dans la vitre, ajustait une mèche sur le haut de son front.

Ce luxe, cette abondance, n'est-ce pas? me chuchota Yeniadam.

La jeune femme nous lança à travers sa mèche
une œillade lascive.

Le problème, vous voulez savoir? reprit-il à mon
intention, et une fois encore il s'empara de mon
bras, m'attirant vers la table à cocktails en me susur-
rant ses commentaires à l'oreille : ... ces gens que
vous voyez ici, mes invités... Cette jeune garde...
Tous veulent du neuf ! Du neuf et du clinquant.
Sauf que, je vais vous dire... L'originalité, ils n'en
ont pas un gramme ! Rien, nada, *yok !* Ce sont des
végétaux. Aucune idée, aucune initiative, aucune
personnalité. Toute cette abondance les fige. Les
gangrène et les maintient dans leur affreux mimé-
tisme de l'Occident.

Il s'interrompit pour aller saluer un homme qui
aurait tout aussi bien pu être le maire d'Istanbul
que le directeur des programmes d'une chaîne de

télévision privée. Il lui présenta la conservatrice du musée de Cleveland avant de revenir sur ses pas.

Vous savez, poursuivit-il alors en exécutant un geste circulaire, *tous ces gens* me détestent. Si, si, je vous assure. Ils ne peuvent pas me supporter et c'est normal. Mais entre eux, voyez, ils se détestent encore plus et, au final, j'y gagne ! En les invitant ici, chez moi, je les neutralise ! Ils s'observent et, dès que je parle avec l'un d'entre eux, le reste passe toute la soirée à s'interroger sur ce que j'ai bien pu lui dire. Alors ils oublient pourquoi ils sont ici, pour m'espionner, soutirer des informations sur ma vie privée, trouver ce qui fera tomber le grand Yeniadam…

De sa main libre, il s'empara du bras d'un personnage au visage émacié, qui se tenait immobile, l'air absent, à côté de nous. Ses ongles négligés tapotaient la paroi d'un petit verre cylindrique rempli aux deux tiers de *raki*. À la vue de Yeniadam, son visage se crispa et il me jeta un coup d'œil soupçonneux.

En voilà un qui fait du neuf ! dit Yeniadam. Un vrai artiste, l'un de mes peintres. Enfin, il est libre, hein… Ha, ha ! Mais il expose chez moi. Je vous présente Kubilay Han, qui vous montrera sa vraie Istanbul. Veuillez m'excuser mais j'ai à faire. Quelques foyers de tension supplémentaires à désamorcer…

Le peintre continuait de me dévisager.

Votre patron est obsédé par un mot qui ne veut rien dire, le neuf, dis-je en pointant du pouce la direction dans laquelle l'entrepreneur venait de disparaître.

Il renversa la tête et vida le reste de son verre. Il était maigre, le nez crochu, une allure générale d'oiseau rapace à l'affût. Derrière lui, une femme éclata d'un rire surnaturel. Il l'observa avec mépris puis posa de nouveau sur moi ses yeux fixes, sans répondre. Yeniadam ne semblait pas l'intéresser et je lui parlai du seul sujet qui me vint à l'esprit, la peinture. Que peignait-on ici ? Il me répondit avec une fébrilité qui tranchait avec la superficialité environnante, en reprenant des arguments proches de ceux de son protecteur. On ne peignait rien d'original, dit-il. On représentait des mythes inventés par d'autres.

Istanbul a été mise à sac plus que toute autre ville dans l'histoire de l'humanité, m'expliqua-t-il. Les pillages rythment les cycles de son existence. Pillée par les Ottomans, pillée par les chrétiens, partagée entre les vainqueurs et à nouveau pillée de ses richesses et de ses symboles et, à force de pillages, de son essence… Ceux qui l'ont décrite, rêvée, fantasmée, usée jusqu'à la corde, sont ceux qui venaient d'ailleurs. Peu à peu, la ville a perdu son identité. Pendant deux générations, celles de mon grand-père et de mon père, l'Occident a fini de déconstruire cette ville plongée dans l'oubli en dévoyant ce qui lui restait d'authenticité. Il l'a éviscérée, vidée de son sens et, plus tard, quand ses habitants se sont remis à l'écrire, à la peindre ou à l'imaginer, il n'était plus possible de se passer des images factices colportées par les Occidentaux. Impossible de représenter cette cité sans passer par les orientalistes et leurs clichés sur le Levant. Les impressionnistes turcs, la génération de 1914, sont des imitateurs. Ils ont peint le Bosphore à la Sisley, et les grandes mosquées comme Monet la cathédrale de Rouen. Mais qu'ont-ils produit de distinctif ? De définitif ?

De proprement turc ? Rien. Ils ont fait plus de mal à la ville et à la peinture turque que les romantiques avec leurs harems, leurs sérails et leurs derviches tourneurs.

Je ne suis pas un grand adepte du romantisme non plus, dis-je.

C'est ce tort que je veux redresser, poursuivit-il. Questionner de fond en comble les images inspirées par cette ville où je suis né… Tout le monde devrait en faire autant, la tâche est immense. De Melling à Le Corbusier, deux siècles et demi de figuration, tout est à refaire ! Tout doit être repensé dans ce jardin souillé. Pierre par pierre.

Il descendit un autre verre et sembla s'éteindre. Je m'excusai et me mis à la recherche des toilettes. Quel étrange artiste que ce Kubilay Han, me dis-je en me frayant un passage parmi les invités. Reprendre la peinture d'un lieu comme on referait les plâtres et la tapisserie d'une chambre. Si le ton de cet homme n'avait pas été si sérieux, je l'aurais pris pour un frustré ou un excentrique.

Dans la salle de bains des Yeniadam Apartman, une pièce aux allures de vieux hammam, les sols de marbre rose, la baignoire double en forme d'olive et la robinetterie neuve ne parvenaient pas à dissimuler l'attaque de calcaire subie par les émaux et les inox. Tout en urinant, j'imaginai une loi naturelle par laquelle l'argent ne faisait qu'aggraver les problèmes qu'il est censé résoudre et je me fis la réflexion que, si cette loi se vérifiait pour des installations sanitaires, elle s'appliquait aussi à l'art. Un peintre pouvait-il réaliser ce qu'il projetait s'il était encouragé et soutenu par l'argent d'un homme puissant comme Yeniadam ? Je m'emparai d'un pot de Gomina sur le bord de la baignoire, l'ouvris, appliquai deux noix graisseuses de son contenu dans mes cheveux, me lavai les mains à l'eau de Cologne, puis retournai au salon. Kubilay Han avait raison, pensais-je en revenant sur mes pas. Avec du temps, des moyens et un mécène, ne pouvait-on pas tout reprendre depuis le début ? L'art, l'époque, voire la philosophie de cette époque — c'était ce qu'on appelait une révolution, et c'était ce langage que parlait le peintre tout en méprisant celui qui le faisait vivre. On pouvait tout reprendre, sa vie par exemple, ou une ville entière comme Istanbul. Depuis le début. Depuis la nuit des temps. Il suffisait de changer le centre de gravité, le poids, le cœur, de retrouver un objet radicalement neuf. Pourquoi pas ? Je le cherchai des yeux parmi les corps électrisés qui scintillaient devant la vue luxueuse, mais il avait disparu. À sa place, près des petits-fours éparpillés, Yeniadam se tenait dans son costume crème, bras grands ouverts, pour une nouvelle accolade.

BELMA

Dans les mains de la tante, un trente-trois tours.
Un disque noir et brillant qui reflète les rayons du
soleil tombés par la fenêtre du salon et qui glissent
sur les microsillons en faisant comme la lumière à
la surface des vagues. Tante Belma place le trente-
trois tours sur la platine. La pochette posée contre
un pied du meuble présente une femme aux ongles
peints en rouge, appuyée à un guéridon. Avec la
forme de son corps, dans cette robe et à ce guéridon, elle ressemble à tante Belma, qui porte une
robe et une coiffure à l'américaine et possède un
guéridon en marbre rose de Marmara, sur lequel
elle s'assied, sur le balcon par beau temps, pour
boire son thé bien noir. La dame de la pochette est
une chanteuse *amerikalı* du nom d'Anita O'Day. Sa
robe cintrée laisse voir ses chevilles comme dans les
réclames des magazines qui disent aux dames : fais-
les danser, tes chevilles, fais-les danser au rythme de
la musique d'Anita O'Day ! Une fois le vinyle noir
posé sur le tourne-disque, quand l'appareil se met à
crépiter et que les accords d'un piano retentissent
au milieu d'un tapis de violons jouant à l'unisson, la
voix d'Anita O'Day se met à chanter gaiement une

mélodie en anglais qui parle des *lovers* dans la langue enjouée du swing.

Les yeux de tante Belma se ferment, elle sourit et lève lentement les bras. Ses mains tournent au-dessus de sa tête, avec un mouvement du poignet qui se transmet le long de son corps souple et fait bouger ses hanches serrées dans sa robe. Sa voix éclipse un peu celle d'Anita O'Day quand de sa gorge, à son tour, sort un ʔədi-də tədə-di-də-də qui suit plus ou moins la mélodie du tourne-disque. Puis ce sont ses épaules qui s'animent au rythme des balais sur la caisse claire, au rythme du swing d'Anita O'Day.

Les yeux de la tante, fermés quand elle danse et écoute la musique — cette musique surtout —, Belma plongée dans un rêve éveillé qu'elle ferait debout en tournant sur elle-même à la manière des *Mevlevi*. Si, dans la hiérarchie des femmes, la Sevengül est la plus belle, juste après c'est bien tante Belma, surtout quand elle danse. Du fait de ses hanches qu'elle balance ou de ses pieds dé-chaussés, on la croirait passée dans un univers où les choses ont un autre poids. À force de regar-der ces pieds, on est gagné par l'impression bi-zarre qu'ils dansent de leur propre chef, avec les chevilles tendues, les talons qui tournent, les doigts de pied peints en rouge — à observer trop longtemps une chose on oublie à quel ensemble elle appartient et cette chose devient indépen-dante, des pieds possédés qui dansent seuls sur des notes de musique.

Le swing d'Anita O'Day remplit la pièce et la voix maintenant imprime sa cadence. Projetant ses talons vers l'arrière pendant que ses coudes ci-

194

saillent l'air pour se frayer un chemin dans une foule invisible, la tante s'approche et me prend le visage dans ses mains. Je pose ma tête dans le creux des jambes qui remuent sous la robe et le rythme de son corps se transmet au mien. Mes mains agrippent alors son considérable derrière, ferme et qui roule sous l'étoffe parfumée. Les fenêtres sont ouvertes sur un morceau de vallée et laissent entrer l'air frais qui vient de la mer Noire. J'imagine Pikaso sous le balcon dans sa bicoque — son abri de planches, de tôle et de tuiles —, écoutant le swing qui vient de chez la tante. À quoi pense-t-il, alors ? À ses femmes ? Celles avec qui il aimerait être à cet instant précis, celles qu'il aimerait serrer contre lui pour les faire danser sur la terre battue de son terrain de fortune, pendant que les titres du disque se succèdent et donnent à la lumière une couleur différente ? À quoi pense Pikaso quand, l'instant d'après, on entend les craquements du haut-parleur en haut du minaret de la mosquée de Tarabya et que la voix du *müezzin* s'élève, lancinante et nasillarde ? Pikaso prie-t-il, seul dans son abri, quand résonne dans les collines boisées où coulent les eaux de source la prière de midi, ou pense-t-il à tante Belma, avec qui il partagerait bien quelques pas de danse avec en fond sonore le swing d'Anita O'Day ?

PINASKI (I)

Une quiétude propre à Istanbul régnait dans l'appartement qu'Orhan m'avait prêté le temps de mon séjour. Par intermittence, la tranquillité de l'endroit était perturbée par les bruits usuels d'une ville faisant le grand écart entre les époques, à cheval sur un bras de mer. Ainsi, selon la direction que prenait le vent, le calme de l'endroit pouvait être rompu par le cri d'une mouette, ou l'agitation soudaine de l'embarcadère, plus bas sur les quais de Karaköy, ou la circulation qui rayonnait depuis le rond-point de Taksim, la progression d'un artisan poussant sa charrette à bras en répétant sa lamentation codée pour moi incompréhensible, ou le passage d'un avion de ligne dans le ciel de la ville.

L'immeuble et ses environs immédiats ressemblaient à un bout de vieux Paris transporté sur un extraordinaire promontoire. La porte donnait sur une cour où l'on entendait, sans les voir, roucouler des tourterelles ; d'une fenêtre ouverte au premier étage provenaient les grésillements d'un transistor qui semblait en permanence allumé. Des fils électriques pendaient dans l'escalier de pierre aux murs fissurés et, à chaque palier, deux portes grises à chaque étage, on trouvait un compteur désossé. L'appartement de la famille Tur était au dernier étage. L'endroit avait servi de pied-à-terre à Nihat, le père d'Orhan et de Celal, lorsqu'il venait pour affaires à Beyoğlu dans les années cinquante. Orhan n'y était pas revenu depuis la mort de son frère et m'avait donné les clefs pour l'occuper le temps que je voudrais. C'était un trois pièces confortable et lumineux, avec des boiseries, une porte coulissante entre la chambre et le salon, une grande quantité de tapis et d'objets d'artisanat, et d'autres photographies jaunies de Nihat et de Nilüfer, de l'auberge et du *S.S. Tarsus*. La cuisine, équipée d'une vieille robinetterie et d'une cuisinière à gaz, contenait une collection impressionnante d'ustensiles, ainsi que la liste des prix, récompenses et distinctions décernés à L'Orient Gouleyant — ce nom, les documents frappés des sigles du ministère du Tourisme et de l'Association des hôtels et restaurants de France, ainsi que leur méticuleux accrochage, sur ces murs à cet endroit du monde, auraient pu laisser croire, pour ceux qui ignoraient l'existence du restaurant de la rue Monge, à un insolite canular. En journée, depuis la fenêtre du salon, j'apercevais l'amas confus des toits, le linge aux balcons, des débuts de rue qui se perdaient dans l'infinie variation de grisaille des murs superposés. Des plages plus claires complétaient ce tableau fragmentaire où, avec le Bosphore visible jusqu'à Üsküdar sur la côte asiatique, le bleu servait de dominante.

Beyoğlu gardait un charme suranné, même si ce quartier de vieux immeubles accrochés comme des clams sur un rocher exondé ressemblait déjà au secret le moins bien gardé de la ville. Par une sorte de collusion tacite, Beyoğlu était en effet prisé par la nouvelle bourgeoisie intellectuelle — artistes et journalistes, designers, chargés de relations publiques, enrichis grâce aux retombées du même boom économique qui avait fait de Hasan Yeniadam un milliardaire — et par une importante communauté d'expatriés venue respirer le pittoresque villageois d'un endroit rassurant, baigné en soirée par l'éclairage des vitrines des grands magasins de l'avenue Istiklal. Les deux castes se complétaient, comme si la présence des uns avait le pouvoir de valider l'existence des autres. Les Turcs voyaient la fréquentation du quartier par les expatriés comme une validation de leurs choix esthétiques et sociaux ; les expatriés trouvaient dans celle des Turcs la confirmation qu'ils ne déparaient pas trop dans toute cette turquerie, car *ces Turcs leur ressemblaient* (notion a priori inenvisageable) et appréciaient à leur manière nonchalante les lieux propres et lisses où Américains et Européens aimaient se retrouver. Il n'était pas rare d'entendre parler anglais à une terrasse de café, de préférence sur un téléphone portable. Parfois c'était un expatrié qui pérorait, et parfois un Turc, avec suffisamment de force pour que l'étranger présent, ou qui viendrait à passer, puisse juger sur pièces de son niveau d'éducation. Une fois l'appel — réel ou fictif — terminé, il poursuivait en turc, dans une sorte d'ennui blasé, en baissant d'un ton comme pour faire perdurer l'ambiguïté identitaire.

Avant mon arrivée, je m'étais représenté cette population changeante, les bruits de ces rues, leurs couleurs, les odeurs même par une vue de l'esprit et, au lieu de mettre en échec ces prévisions, mon expérience d'Istanbul les prolongeait. La ville était là, devant moi — mais pas dans ces murs, ni dans ces morceaux de rues qui sinuaient jusqu'aux quais ou sur les visages qu'on y croisait. Elle se trouvait plutôt dans cette majesté bleue que j'observais, perplexe, depuis ma fenêtre — dans ces morceaux de puzzle visuel et sonore, réarrangés pendant mon absence en une sorte de tableau cubiste. Le bleu dominait toujours, les bruits s'étaient amplifiés, les voix étaient différentes. C'était la même ville, mais dans un ordre différent.

L'insomnie pouvait brouiller mon jugement et la ville m'être devenue étrangère, dans cet intérieur qui n'était pas le mien, je me sentais pourtant chez moi. Le sommeil me manquait toujours mais, là où, à Londres, la fatigue me transformait en être vulnérable, recroquevillé et paranoïaque, dans ce logement je ne ressentais rien des faiblesses qui m'accablaient en temps normal. Je commençais même à percevoir qu'il me serait aisé, si j'insistais un peu, de me fondre dans ces murs. Je pourrais m'installer, pensai-je, dans la solitude de ce meublé où j'étais parfois saisi par un étrange sentiment d'omniscience, comme si depuis cette cellule j'avais pu voir sans être vu, par un œil-de-bœuf perché très haut dans la ville, une lucarne qui se serait ouverte directement sur un pan oublié de ma mémoire.

Me fondre dans ces murs. En théorie, une telle existence aurait été possible. À condition toutefois que la fréquentation de Hasan Yeniadam et de son entourage ne se prolonge pas et que, une fois expédiée la petite affaire que nous devions régler ensemble, je retourne à mon précieux anonymat. Mes premiers pas en ville m'avaient confirmé ce qu'Orhan ne pouvait pas envisager, à savoir qu'ici je pouvais n'être personne pour personne. Si la ville pouvait m'apporter quoi que ce soit, me disais-je, cela résiderait peut-être dans ma capacité à y disparaître entièrement et à dissoudre dans son chaos vivifiant mon *trop lourd condensé de sommeil*. À me noyer, en quelque sorte, dans cette nature fragmentaire que je lui découvrais. Le Moi exacerbé qui m'avait poursuivi de sa voix sarcastique chez le docteur Lenz s'était éteint. Il ne s'exprimait pas, il n'en avait pas les moyens ici, ou alors je ne l'entendais plus. Il n'avait rien à dire et je ne m'en portais que mieux.

Elles étaient certes de pure forme, mais il me fallait pourtant entretenir un certain nombre de relations sociales. Même ici, je devais voir des gens, que je le veuille ou non. Ainsi, il me faudrait rencontrer Leon Pinaski. Hasan Yeniadam ne l'appréciait pas mais, parvenu ou allié de circonstance, Pinaski pouvait m'aider à retrouver *Ali Hergün*. Je m'étais convaincu que si quelqu'un avait entendu parler du poème, ce serait lui. S'étant occupé de ma mère dès son arrivée, l'ayant installée dans son studio privatif de l'aile gériatrique de l'hôpital allemand de Cihangir, à deux pas de Beyoğlu, et lui ayant prêté sa villa sur la côte, il était probablement le seul à en savoir assez sur elle pour faire la lumière sur le dossier qui me préoccupait et obsédait Yeniadam. La moindre des politesses était de le remercier pour ce qu'il avait fait, la moindre des prudences de vérifier que ses gestes étaient désintéressés. Je l'appelai pour convenir d'un dîner. Au téléphone, je distinguai son fort accent américain et son ton affecté mais la conversation fut brève et courtoise. Je décidai d'attendre notre entrevue pour l'interroger sur le manuscrit.

Leon Pinaski avait choisi une sorte de bar à vins à quelques pas du consulat de Grande-Bretagne. C'était un homme bavard et sans pudeur qui composait des phrases inutilement compliquées et paraissait enchanté de s'adresser à un visiteur du « monde extérieur », comme il désignait ce qui se trouvait au-delà des remparts de la vieille ville. Il m'expliqua qu'il trouvait Istanbul provinciale et étouffante, y ayant passé dix ans à enseigner les langues et sachant fort bien de quoi il parlait. Oh, ce n'était pas ça, me dit-il en croyant lire un air de désaveu sur mon visage, non, la ville l'avait bien traité, c'est-à-dire, à la hauteur de ses attentes, et l'école privée où il enseignait aussi. Dans ce pays rétrograde, il n'aurait pas vécu ailleurs qu'à Istanbul — il n'y avait qu'à lire les journaux pour s'en convaincre. Il ne voyageait pas, sauf dans son « petit bout de paradis sur terre », son « sérail de Türkbükü » dans la baie de Bodrum. Il avait passé, me dit-il, son enfance dans une banlieue du Maryland, et l'ennui il savait ce que c'était, il le savait si bien qu'on ne l'y reprendrait plus. Avec une soudaineté un peu brusque, il inséra dans sa conversation monomaniaque un détail rebutant, quoique sincère, en me confiant — et en s'interrogeant d'emblée sur l'à-propos d'une telle confidence — qu'à quatorze ans, dans le Maryland, il était devenu l'amant d'une amie de sa mère et que cette expérience avait été le point de départ d'un « changement radical de trajectoire dans son orientation sexuelle ». N'ayant aucune envie d'en savoir plus, je ne relançai pas la conversation sur cette voie.

Il dénigrait sa terre natale avec un excès bruyant et factice en expliquant que la politique ne l'intéressait pas, il n'y avait qu'à voir. Voir quoi ? Je ne le relançai pas non plus sur ce point. L'Amérique était une terre mystique, un endroit « pratique si on y disposait d'un solide compte en banque ». Sur « la question de l'argent » Pinaski m'expliqua que pour éviter les malentendus de tous ordres, pécuniaires et autres, il tenait un autre discours en présence des « Turcs ». Pour simplifier, il évitait que « les gens » voient ce qu'il était vraiment, un bon vivant, et surtout « plein aux as ». Il disait à ceux qu'il soupçonnait de rechercher son amitié pour les mauvaises raisons qu'il était à Istanbul par nécessité, un peu comme un joueur qui se referait après avoir perdu gros jeu à la roulette. S'il pouvait choisir, disait-il aux gens d'ici, il vivrait « au Danemark ou dans un État balte ». Pour être franc, conclut-il en attaquant les *meze*, le cosmopolitisme de l'endroit l'ennuyait vivement, les femmes voilées, les *müezzin*, la saleté. Dans quelques années, il retournerait vivre dans le Maryland. C'était écrit, arrêté d'avance, à pêcher le crabe dans les vases du Potomac — c'était comme ça qu'il finirait sa vie ; là ou ailleurs, on n'échappait pas à son destin, à l'appel du mysticisme, à l'Amérique. Mais pour l'heure, il profitait de la vie. Convaincu que l'être humain avait un droit inné à la jouissance et qu'il était de son devoir d'exercer ce droit lorsqu'il en avait les moyens. Ce qui, de toute évidence, était son cas. C'était un mondain, il ne s'en cachait pas, et, à Istanbul, il avait trouvé son monde et son siècle.

Profitant d'une pause dans son exposé, je l'interrogeai sur ma mère.

Une *chère amie* ! répondit-il en gloussant avec préciosité. Nous sommes inséparables !

Je lui demandai s'il pensait qu'elle avait besoin de quoi que ce soit et si une visite serait éventuellement opportune, à Türkbükü, là où elle se trouvait.

Surtout pas ! Elle fait son *kız kıza* !

Son quoi ?

Kız kıza, la nouba entre filles. Ça lui a manqué je crois, dans sa jeunesse, ce petit vent de folie… Elle rattrape à présent les années dorées ! Il n'est jamais trop tard et la maison est là pour ça… Elle vous est ouverte, bien entendu, mais ne vous en faites pas pour votre mère. Chez moi, elle est traitée comme la reine de Saba.

Je m'apprêtais à l'interroger sur le poème quand deux de ses collègues, des Anglais, et une journaliste allemande nous rejoignirent pour se mettre à picorer dans les assiettes en suçant des bouteilles de bière locale. Les deux Anglais m'ignoraient, soignant leur air blasé en se décochant des sourires en biais, et l'Allemande se mit à rire convulsivement aux plaisanteries grasses de Pinaski qui finit par se lever, payer la note et proposer, une fois sortis, d'aller boire un verre au Crystal, un club d'Ortaköy qui se trouvait sous le premier pont sur le Bosphore. La rue était remplie de restaurants ; de boîtes de nuit surveillées par des videurs d'où montait l'écho de fêtes pleines de jeune frénésie ; de terrasses bruyantes d'où s'élevaient, sous forme de sifflements, syllabes et onomatopées, les sollicitations de serveurs aux mains croisées dans le dos. Pinaski et consorts n'étaient pas l'idée que je me faisais d'une soirée en agréable compagnie mais je n'en avais pas fini avec lui, et je savais que je ne trouverais pas plus le sommeil que le soir d'avant. Par désarroi, je choisis donc de les suivre, pensant qu'au Crystal je trouverais un marchand de sable — un fournisseur de stupéfiants quelconques ayant le pouvoir de m'accorder un peu de ce repos si difficile à trouver.

Pinaski s'empara du bras de la journaliste et fit quelques pas sur le trottoir à la recherche d'un taxi. La rue était très animée et la foule compacte ; la musique s'échappait des autoradios, des épiceries, des clubs, des restaurants enfumés où suintaient les grillades. En face de l'endroit où nous nous tenions, j'aperçus une jeune fille appuyée contre un mur sombre derrière une petite table de camping. Devant elle étaient exposées des peluches qu'elle vendait pour quelques millions de livres turques. Je remarquai son visage anxieux, serré dans un châle qui semblait le bouffir — une anxiété mêlée à ce que je crus être de l'incrédulité, comme si, par une manipulation erronée sur laquelle elle s'interrogeait encore, la jeune femme avait été téléportée dans cette rue trépidante où elle ne bougeait plus de peur d'être identifiée puis expulsée comme un corps étranger. Tant qu'elle resterait figée dans cette pose derrière ses peluches, me dis-je en observant son corps emprunté, elle serait invisible — j'espérais qu'il en serait ainsi, que personne d'autre ne poserait les yeux sur cette jeune fille appuyée contre ce mur sale, cette anomalie, cet accroc à la réjouissante vacuité du monde qui s'agitait autour. Pour la première fois depuis mon arrivée, j'étais ému par un visage, un visage secret, illisible, mais ouvert. Ouvert comme un livre. Je me souvenais de ces mots lus quelque part, sur un autre pays, à une autre époque. Du moment qu'on n'a rien à perdre, on n'a rien non plus à cacher.

Je me demande à quoi elle peut penser, dit la journaliste en avisant la jeune femme. Elle n'a tellement pas sa place ici…

Penser, mais comment ça, éructa Pinaski d'un ton faussement indigné. Cette femme aurait-elle un cerveau ?

Les deux Anglais laissèrent fuser leurs rires enflés et satisfaits tandis que, de l'autre côté de la rue, la jeune fille levait les yeux sans entendre. Un faible sourire apparut sur ses lèvres et il me sembla qu'elle se mit alors à fixer un point de la rue qui ne dérangeait personne, jugeant peut-être que c'était là le meilleur moyen de rester debout dans ses habits stricts au milieu de l'hystérie nocturne qui gagnait la rue. Elle ne parlait pas l'anglais, pas assez pour déchiffrer les exclamations éthyliques de Pinaski. Ainsi pouvait-il exprimer ses opinions sans espoir ni intention de la froisser, dans l'impunité et l'indifférence la plus totale. Elle me rappelait ce chauffeur de taxi qui m'avait conduit chez Yeniadam, pour qui ce monde était indéchiffrable. La jeune femme n'était qu'une apparition, un reflet, et la civilisation du plaisir qui s'épanchait autour de sa silhouette atone ne l'atteignait pas, l'éclaboussant sans que les gouttes ne pénètrent sous son vêtement austère. Deux mondes se frôlaient ainsi sans se toucher, incompatibles dans la nuit encore jeune.

Savez-vous comment je les appelle ? dit alors Pinaski.

Il s'était tourné vers moi, l'air agacé.

Sa question me prit de court. Je n'étais pas sûr de vouloir connaître la réponse.

Des corbeaux ! fit-il en jetant ses mains en l'air. Tous noirs, avec leurs grandes tuniques et leur cou tordu, qui vous regardent de biais. Brrr, c'est terrifiant cette résurgence du... du religieux. Est-il possible d'avoir une telle *allure* dans une ville comme celle-ci ?

Il garda pour lui le reste de sa pensée en se satisfaisant de ce que le monde, à l'instant où il tourna la tête pour chercher l'approbation de ses confrères, fût de son côté et plus ou moins rallié à sa cause. En voyant Leon Pinaski s'agiter ainsi sur son bout de trottoir, je me souvins d'une illustration du Lagrade & Bouchard. C'était la reproduction d'un autoportrait de Rembrandt, qui illustrait le chapitre du manuel scolaire dédié aux artistes français et européens du Levant. Le Hollandais s'était représenté en costume oriental dans une posture mi-satisfaite mi-clownesque. Il portait un turban où se dressait une plume de faisan, son ventre était enflé sous une robe de chambre en soie et un caniche stupéfait était assis à ses pieds. Rembrandt se moquait, nous avait expliqué M. Personaz notre professeur, il se moquait de ses contemporains et vraisemblablement aussi de lui-même. Il voyait qu'autour de lui les gens copiaient l'Orient avec les images qu'ils avaient sous la main — gravures de voyage, histoires de marchands, étoffes convoyées par bateau avec les épices... Le comble de l'exotisme. Les bourgeois de l'époque arrivaient en soirée, très dignes, déguisés en calife, en Grand Turc, en Mamamouchi, croyant annoncer par leur apparence le monde de demain. Mais Rembrandt, ce grand artiste, voyait. Il voyait dans la fascination de ces bourgeois pour cet Ailleurs une vacuité immense, leur manque absolu d'originalité. La question qu'il fallait se poser n'était pas si Rembrandt avait vu, ou s'il plaisantait, mais pourquoi il tenait tant à s'appliquer la plaisanterie à lui-même.

Il y avait des milliers de Pinaski à Istanbul, me dis-je en le laissant monter dans son taxi et en le regardant agiter les bras à l'annonce de ma défection, que je justifiai en prétextant un embarras gastrique. Il y en aurait toujours, de ces ridicules voyageurs du Levant, de ces expatriés de pacotille, comme il y en avait toujours eu depuis que, bien avant la fondation de l'État du Maryland, l'idée d'Orient avait été plantée dans les esprits européens. Cette idée, ce doux fantasme leur avait fait découvrir le monde, avant qu'en enfants aveugles à qui tout était dû ils ne se mettent à le corrompre.

ADNAN

Moi je pense, dit l'oncle Adnan, qu'aucun d'entre nous ne mérite la punition que la vie lui réserve. Non, vraiment, car Dieu, il me semble, ne nous a pas mis sur terre pour souffrir. Au contraire. Mais qui suis-je pour en parler ? Dieu, même ton père, ce mécréant de la première heure, en sait plus que moi sur Lui. Enfin bon, et cette terre à son tour, comme je disais, et tu le vois bien toi-même, c'est l'une des choses les plus délicieuses de l'univers ! Un joyau unique en son genre ! Nous n'avons qu'elle, souviens-toi de cela, car en comparaison — on le sait aujourd'hui — les autres planètes manquent du confort nécessaire…

Nous marchons, l'oncle et moi, dans les rues de Fatih, son quartier de l'autre côté de la Corne d'Or. L'oncle réfléchit tout haut et, quand ça commence, il vaut mieux s'accrocher, car il dispose d'un riche vocabulaire et utilise des expressions compliquées qui donnent à ses remarques l'air d'être sorties de trois encyclopédies à la fois.

Autre chose, poursuit-il, dans l'existence personne n'a le droit de s'interposer entre toi et le bonheur. Principe du bien-être individuel, philosophie des Lumières et première loi de l'Occident. La seconde loi, garante de l'équilibre social, s'énonce comme suit : égalité, protection des plus faibles, etc. Mais attends ! Ne crois pas que ce soit si simple ! Vois-tu l'ambiguïté ? L'ambiguïté fondamentale ? Le dilemme que l'Occident, qui invente tous ces magnifiques principes, n'a pas su résoudre ? Une machine qu'il a mise en route sans savoir comment l'arrêter, car l'homme, par nature égoïste et destructeur, doit, selon ces lois, non seulement vouloir son bonheur propre mais aussi celui des autres ! Voilà que ça se complique ! Dans la vie, mon sucre, les choses ne sont jamais simples. Toute cette bêtise amassée qui enfante des séries infinies de catastrophes, cycliques, individuelles ou collectives... La bêtise, ne néglige pas ce point ! Mais ne te rends pas malheureux pour autant... Comment faire ? Leçon numéro un : savoir d'où l'on vient. Leçon numéro deux : s'en souvenir. Les lumières d'İstanbul restent toujours allumées pour ses enfants...

Et l'air passe et repasse dans les narines de l'oncle comme pour distiller l'idée qui s'est formée dans son crâne. L'oncle est un grand homme de principes à plusieurs titres. Vous le reconnaîtrez à ses mains fébriles toujours occupées avec pipe et tabac. Ses cheveux gris sont dégagés sur les tempes, lissés vers la droite, un homme de style et de goût avec un front qui, par sa largeur, témoigne de l'intensité de ses pensées. Sauf que lui, l'oncle, n'enferme pas les mots dans des pages, sur des feuilles qu'il tape à la machine. Il les dit tout haut et à tout moment, si bien qu'on le considère comme une espèce rare, un libre-penseur, le genre de type en voie de disparition. Certains trouvent même qu'il parle trop.

Tout le monde dans le quartier de Fatih le respecte parce qu'il est médecin. On le respecte plus encore depuis qu'il a écrit dans le journal que si Lefter Küçükandonyadis, qui joue au club de Fenerbahçe cette saison encore, est le plus grand joueur de football de tous les temps — ce dont personne ne doute — la raison et la logique exigent que le respect dû à Lefter s'étende à tous ses compatriotes grecs, ainsi qu'à tous les Arméniens, Juifs, membres du Parti communiste, Gitans et Kurdes du pays et que penser autrement *est pure schizophrénie,* ce sont ses mots. C'est *Embros,* un petit journal de Beyoğlu, qui a publié les déclarations de l'oncle, mais après ça il a fermé pendant trois semaines, parce que ces propos n'ont pas plu à tout le monde. Je ne sais pas pourquoi mais, quand il parle, on dit que l'oncle ne mâche pas ses mots.

L'autre dada de l'oncle Adnan, c'est son quartier. Il le surveille avec la même attention que n'importe quel patient dans son hôpital. Il suffit qu'un monument disparaisse ou qu'une pierre se déplace pour qu'il établisse son diagnostic. À Karaköy, quand les ouvriers ont enlevé la mosquée pour agrandir la place, il en a fait une tête. Pour tout dire, je m'en souviens bien, c'était une mosquée bizarre et tordue avec de vilaines fenêtres grises, construite par d'Aranco, un Italien, sous le règne du dernier sultan. Elle était juste à côté de la poste et ils avaient numéroté chaque pierre pour la reconstruire ailleurs à l'identique. Mais ensuite, ils ont tout perdu, les pierres, le toit, les fenêtres, le minaret. Maintenant, on ne sait plus où elle est. C'est vrai que ça peut paraître étrange, de démonter une mosquée et d'oublier où on a mis les pièces, mais ça arrive ici. L'oncle, ça le met hors de lui. Il pense que c'est de la politique et du « mauvais foie » (une expression qu'il utilise souvent) et que la maladie du peuple turc, c'est la superstition, qui rend tout le monde paresseux. Et comme je ne sais pas ce que superstition veut dire et que l'oncle aime bien les travaux pratiques, il m'emmène du côté de la mosquée de Fatih.

Les barbus se lavent les mains dans les fontaines et marchent à pas pressés pour aller prier — jusque-là, rien à signaler, je ne vois pas de quelle maladie du peuple turc il veut parler, vu que ces choses on les voit tous les jours et qu'elles sont aussi banales que la nuée de pigeons affamés posée sur la place toujours au même endroit, qu'il faut traverser pour rejoindre le marché kurde vers l'aqueduc. Sur le marché, les piments flottent dans des bocaux de vinaigre ou sèchent enfilés sur des cordelettes de cuir ; il y a des sacs de graines, des sacs de poudres et des sacs de plantes alignés sur le trottoir, des poules dans des cagettes, des morceaux de viande grasse dans des marmites avec des légumes, des bouts de mouton grillés sur des tisons que les Kurdes vendent en interpellant les passants avec leurs voix rondes et sifflantes.

La religion, reprend l'oncle en agitant sa main, celle qui tient la pipe. La religion, c'est la partie présentable, la version collective, *respectable*... Mais la face cachée, le petit péché individuel qu'on dissimule, c'est la superstition. Accrocher un pendentif à sa porte pour écarter le mauvais œil, comme fait ta grand-mère par exemple, c'est une façon d'accepter, n'est-ce pas, que rien ne change ! Ce sont ces petites choses qui, lorsqu'elles s'accumulent, s'empilent les unes sur les autres, forgent une *attitude intellectuelle.* Sais-tu ce que cela veut dire ? Eh bien voilà, c'est comme une espèce de fatalisme pieux qui se dessine aux coins des rues et qui gangrène les esprits. L'ancienne capitale ottomane, une ville autrefois géniale, éclairée, le siège du sultanat, de l'empire, désertée pendant des siècles… De métropole impériale elle se transforme en bourgade pleine d'agitateurs de grelots qui se rassurent en balançant des pincées de sel dans le vent à qui mieux mieux. Pour l'historien ou l'ethnologue, c'est pain bénit, comme disent les chrétiens. Mais politiquement, vois-tu, *électoralement,* c'est un désastre !

Au bout du marché kurde, l'oncle bifurque et nous suivons ensemble les voies du tramway jusqu'au boulevard Atatürk.

Sais-tu pourquoi ils l'appellent la colonne de la Vierge ? dit-il soudain en désignant de sa pipe le monument qui s'élève à l'angle de l'avenue Kıztaşı. *Quelqu'un,* n'est-ce pas, un groupuscule de ce genre, a décidé pour des raisons qui m'échappent de donner à cette statue perchée là-haut l'insignifiant pouvoir d'incliner la tête lorsqu'une jeune fille, soi-disant *vierge,* vient à passer dessous. Combien de jeunes benêts sans culture ai-je vu s'installer au pied de cette colonne ridicule à attendre en rêvassant que le destin désigne d'un signe du menton leur future épouse ? Quelle bêtise ! Quelle paresse ! D'ailleurs qui a vérifié ? Personne. Car on est fainéant et *on ne lit pas le latin* ! En effet, qu'est-il écrit à la base de la colonne ? Hein ? Et ici, ajoute-t-il en pointant son front, c'est marqué quoi… Aphrodite ?

C'est une expression que l'oncle utilise parfois mais, bien entendu, il n'y a pas marqué *Afrodit* sur son front, ni *Adnan* ou *İnşallah.*

Frère, la place est libre ! dit quelqu'un.

Un taxi s'est arrêté devant la colonne. La vitre est baissée et le chauffeur est appuyé à l'extérieur, cherchant à son tour à visualiser l'apparition aphrodisiaque qui d'un signe de la tête lui trouvera une épouse. Mais Adnan ne lui en laisse pas le temps. Il m'entraîne à l'intérieur et demande au conducteur de nous emmener sous les remparts, porte de Silivri.

Cette colonne, mon sucre, c'est la colonne de Marcien, dit-il tandis que nous nous éloignons sur l'avenue Kıztaşı, mais dans ce pays on préfère ces superstitions aux vérités, les histoires de vierges aux empereurs byzantins. C'est ce qui fait de nous le peuple le plus retardé et le plus infantile de l'univers…

L'air du printemps s'engouffre par la fenêtre baissée. L'oncle expose au conducteur sa théorie bien connue sur la destruction d'İstanbul et par la vitre arrière je vois la colonne avec son martien posé au sommet et, en la regardant s'éloigner, je me dis que si c'était la colonne qui penchait plutôt que la tête, eh bien cela ne m'étonnerait pas non plus.

TARABYA

Tarabya était l'ancien quartier d'été des ambassades, réputé pour son air pur et ses eaux de source. Je m'y rendis le jour suivant en empruntant l'un des *minibüs* qui sillonnaient la côte, ces taxis collectifs qui s'arrêtaient à un signe de la main et à bord desquels le règlement tacite voulait que les hommes se lèvent pour laisser leur siège aux femmes, et où les derniers entrés faisaient passer au conducteur le prix de la course en confiant leur argent au passager qui se trouvait devant eux. La journée était chaude, grise et vaporeuse. Le ciel plombé donnait au Bosphore la couleur du mercure. Le soleil n'était pas loin derrière les nuages et les passagers de la camionnette plissaient des yeux comme si leurs pensées étaient toutes dirigées vers un identique sujet d'inquiétude. Le véhicule progressait avec facilité sur la route blanche. Par la vitre, j'observais le paysage escarpé qui surplombait le Bosphore et où s'incrustaient à intervalles réguliers des morceaux de bidonville construits par les migrants de l'est du pays.

Tarabya n'était plus le village de pêcheurs où l'on venait autrefois pique-niquer pendant les grosses chaleurs, mais un quartier à part entière de la conurbation d'Istanbul. Sur les hauteurs s'élevaient plusieurs cités de béton et le sommet de la colline était occupé par une structure inachevée d'une vingtaine d'étages, visible depuis la rive, un futur hôtel qui dominait la baie de ses fenêtres aveugles. Le *minibüs* fit un arrêt devant une marina où mouillaient ensemble bateaux de plaisance et embarcations de pêche. Je descendis et observai un moment le ruban vert de la côte asiatique avant d'emprunter la route nouvellement goudronnée qui montait vers les hauteurs, bordée d'un espace d'exposition de concessionnaire automobile, de marchands de fleurs, d'un cabinet vétérinaire et de plusieurs salles de remise en forme.

Des deux côtés de la route, la colline avait été creusée au bulldozer pour permettre la construction de blocs d'appartements qui s'accrochaient sans élégance à la pente, comme des gros tire-bouchons en ciment plantés face à la vallée, tachetée de maisons aux façades grises, brunes, vertes, ou ocre. En différents points du paysage, des mosquées faisaient le dos rond comme de gros coléoptères figés dans des morceaux de gazon hirsute. Les rares parcelles de terre encore vierge semblaient à l'abandon et le terrain donnait l'impression générale d'avoir été pioché et retourné avant d'être mis en jachère. Le Bosphore de Nihat Tur, cette nature encore vierge aperçue dans le coin d'une des photographies qui décoraient le salon de l'appartement d'Orhan, avait été effacé. La forêt avait été arrachée et le sol aplani, la pente creusée en paliers, la colline percée de routes d'accès et les accès barrés de murs d'enceinte. Depuis la route goudronnée menant à la construction aveugle qui dominait cette partie de la ville, le paysage avait l'aspect d'un chantier progressant sans autre logique que celle imposée par l'inclinaison de la pente.

Ce spectacle, à vrai dire, n'évoquait rien d'autre pour moi que l'urbanisation galopante de toutes les grandes villes sous-développées mais, à cet instant, c'est surtout à mon père que je pensais. C'était une chance qu'il ne soit jamais rentré, qu'il n'ait rien vu de cette mutation que j'avais sous les yeux. La ville d'Ali Hergün, le héros de son poème, cette cité en retrait du monde qui n'avait cessé de le hanter, n'existait plus, ou s'était dissoute dans un phéno-mène plus vaste — la dilatation d'un organisme devenu cent fois plus complexe et insaisissable. Tandis que je tournais au hasard entre les chicots gris d'une cité déserte qui attendait le retour de ses habitants, je me dis que, en oubliant de rentrer, Naili Bey s'était épargné le mal de perdre une der-nière fois ses repères dans ce paysage altéré.

Mes pas m'avaient guidé vers le bas d'un en-semble d'immeubles alignés autour d'une voie en huit, et dont l'accès était surveillé par un garde plongé dans la contemplation de son poste de télé-vision. Je me dirigeais vers une épicerie lorsque j'aperçus un homme penché au-dessus d'un assem-blage de planches juchées sur un essieu muni de pneus. Il était arrêté au milieu de la voie d'accès. Absorbé par sa tâche, il ne s'apercevait pas de ma présence ou fit mine de ne pas la remarquer jusqu'à ce que je m'approche et me mette à explorer sa collection de vinyles. Il me jeta un bref coup d'œil, murmura quelque chose puis continua à s'affairer sur l'objet qui se trouvait devant lui, un gramophone étincelant qu'il astiquait avec un vieux chiffon graisseux. Il s'essuya les doigts, tendit le bras et tira de sa collection une pochette rouge dont il sortit un disque qu'il posa sur le mécanisme. Il abaissa l'aiguille et l'entonnoir de cuivre émit divers craquements avant de laisser s'échapper le son d'une fanfare interprétant l'hymne national turc. Il fit tourner la manivelle. Ses mains étaient couvertes de coupures. Le « colporteur de Konya », dans le poème que convoitait Yeniadam, aurait très bien pu être un homme comme celui-ci, à ceci près qu'il n'y avait pas de mélancolie ni de nez en babouche chez ce fripier ambulant. Qu'il me soit donné d'imaginer de telles correspondances entre un personnage romancé et un marchand de rue, n'était-ce pas le signe qu'en effet, et comme le prétendait le Saatchi du Bosphore, le poème possédait une valeur qui dépassait celle que je lui avais initialement attribuée ? De toute évidence, et quelle qu'ait pu être la transformation des environs immédiats de cette scène à laquelle je participais, cet homme qui vendait son bric-à-brac au son d'une musique pompière aurait plu à mon père. Ce constat, à son tour, me rendit inexplicablement heureux, plus serein en tout cas que je ne l'avais été depuis mon arrivée à Istanbul.

Combien le vendez-vous, dis-je en désignant le gramophone.

Il leva sur moi ses yeux bleus étonnés et étudia mon visage, sans doute aussi mon accent.

Je ne vous le dirai pas, vous refuseriez d'acheter, répondit-il.

Il s'empara d'un chiffon et se remit à astiquer l'objet comme si je n'avais pas existé.

Et si j'avais assez d'argent ? dis-je.

Il m'examina encore et son visage ridé se relâcha.

Et à combien, *efendim*, évaluez-vous la vie d'un homme ?

La vie d'un homme n'a pas de prix.

Eh bien, cet objet en vaut la moitié…

La moitié de quoi ?

Du prix que tu viens de donner.

Puis il se mit à rire et son rire se changea en murmure ; il s'était mis à fredonner *La Marche de l'indépendance* qui jouait toujours sur le plateau voilé de son gramophone. La musique, enfin, se distendit pour plonger dans les graves et s'interrompre tout à fait. Il y eut un silence. Un commerçant sortit sur le seuil de l'épicerie et nous observa en tirant sur sa cigarette. L'homme souleva le disque noir et le rangea soigneusement dans sa pochette. La moitié du prix d'un homme. Ce gramophone, cette charrette et la collection de vinyles étaient la somme de ses possessions et j'avais voulu mettre un prix dessus. Je m'apprêtais à partir lorsqu'une autre pochette de disque attira mon regard.

Ce disque, demandai-je à l'homme. Où l'avez-vous trouvé ?

Il haussa les épaules.

Vous acceptez de le vendre ?

Et soit que j'eusse enfin trouvé les mots qu'il fallait, soit qu'il eût entendu dans ma voix une urgence nouvelle, il enfonça la main dans sa poche, en sortit son paquet de cigarettes et m'en tendit une en même temps que son briquet allumé.

PEZEVENK

À minuit le même jour, sur la place de Taksim, une infirmière du service gériatrique de l'hôpital allemand de Cihangir avait appelé mon téléphone portable pour me signaler que ma mère était rentrée de Türkbükü. L'impératrice mère, la démone qui préférait l'égard avec lequel les inconnus la traitaient plutôt que l'indifférence méfiante de son propre fils, était de retour en ville. Je n'étais pas pressé de la revoir. Elle avait fait *kız kıza*, comme disait Leon Pinaski, avec ses amies sur la côte ? Grand bien lui fasse, qu'elle attende. C'était mon tour de faire *erkek erkeğe*, une virée entre hommes sans autres camarades que mon Moi silencieux, le Crabe et mes fantasmagories de licorne sur les remparts de la ville.

L'identité des complices de ma mère à Türkbükü m'échappait un peu… Comment faisait-on la fête à son âge ? Avec des filles à papa qui passaient leur vie en vacances ? Des grands-mères ? Les domestiques de Pinaski ? Je me forçai à me souvenir qu'avant mon départ j'avais pris la décision d'être un homme meilleur. Je n'allais pas revenir sur cette résolution. La vie était courte, je le savais moi plus qu'un autre : j'étais malade, un insomniaque chronique, et je pouvais tomber d'épuisement ce soir ou demain. En dépit de ma fatigue et de mon aversion naturelle pour les choses de la famille, je serais le fils respectable qu'on attendait de moi. Mais *kız kıza* ? Ma mère allait trop loin. Donc, *erkek erkeğe* à l'ancienne et en solitaire, pour se préparer aux retrouvailles historiques avec ma mère et y voir un peu plus clair. J'attendais de cette soirée de printemps qu'elle me rende le pouvoir de me présenter devant elle en fils méritant, et qu'elle me débarrasse de cette fatigue que je traînais partout avec moi.

J'avais bu deux verres dans une *meyhane* à l'éclairage cru de la rue Kurabiye. Après l'appel de l'infirmière, j'étais entré à l'hôtel Marmara, place de Taksim, et j'en avais bu deux ou trois autres au bar, entraîné par une partition que je jouais seul aux côtés des hommes d'affaires et des touristes qui fréquentaient le lieu. C'était beaucoup d'alcool mais je pensais à Esther, à ce qu'elle pouvait faire à cette heure, à son corps soyeux, et je n'avais aucune envie de rentrer à l'appartement. Derrière la baie vitrée, la vie nocturne prenait forme à la manière d'un thème musical distribué sur des milliers de visages, chacun représentant une note blanche, noire ou pointée sur l'immense partition de la place de la République. Sur un coin de serviette en papier, je me mis à écrire un mot à Esther en employant ce substantif dont je m'étais servi pour m'adresser à elle lors de notre conversation à Londres avant mon départ.

Infidèle,
Langue sinueuse et génialement complexe que celle d'ici. Jamais plus touchante que dans

l'état d'ébriété légère qui est le mien, et que toi et moi connaissons bien. Installé au bar d'un hôtel du centre-ville à penser à toi. Depuis mon arrivée, je regarde, j'écoute, les hôtels me rappellent toujours le serrement de cœur qu'on éprouve à entendre les ébats d'un couple amoureux dans une chambre voisine…

Je pliai la serviette et la fourrai dans ma poche. À en juger par l'affluence au bar du Marmara, la saison touristique battait son plein. Pour ma part, j'étais ivre. Je décidai d'aller prendre un peu l'air, payai et me dirigeai vers la porte à tambour de l'hôtel. Au moment où je pris le tourniquet, un homme et une femme se faufilèrent entre les battants vitrés juste devant moi. Ils étaient grands et parlaient le néerlandais. Je décidai de les suivre.

Le corps de la femme, dans sa démarche assurée et ses solides aplombs, me rappelait celui d'Hannah. Hannah en plus athlétique et un peu plus grande. Hannah, qui m'avait quitté pour ce con de John et à laquelle, où que je sois, mes pensées continuaient de s'accrocher, un peu trop souvent à mon goût. Hannah qui m'accompagnait toujours, même quand j'écrivais à Esther, même quand je suivais une inconnue.

L'homme et la femme empruntèrent la rue Istiklal. Ils la dominaient de leurs mètres quatre-vingts, leurs visages tournés l'un vers l'autre contre un ciel nocturne orange et sans fond. Je marchais à distance respectable, assez près pour percevoir les bribes de leur conversation, mais suffisamment loin pour ne pas être identifié. Suivre le sillage de ce couple sans réfléchir à une trajectoire, un tracé, une envie particulière ; suivre sans s'expliquer ses pas, autrement que par ceux d'un homme et d'une femme amoureux dans une rue d'Istanbul. Il n'y avait, pensai-je, rien de mal à cela.

Ils s'arrêtèrent devant la vitrine d'un magasin Benetton à l'angle de la rue Mis. Un court instant, je surpris un reflet pâle, le mien à côté du leur, et crus qu'ils m'avaient vu. La femme s'empara d'une mèche de ses cheveux qui lui barrait la joue et la passa derrière son oreille droite, et à cet instant ses yeux parurent se fixer sur le reflet dans la vitrine. Il me sembla voir se tendre sa nuque mais je ne bougeai pas. Je fuyais, me dis-je, je cherchais à éprouver ma fatigue. Je me servais d'eux pour rentrer épuisé, trouver ces quelques heures de repos, m'éviter l'insomnie par-dessus tout, et ces deux jeunes gens n'en sauraient rien. Malgré l'immobilité de ce reflet et de la forme humaine qui le projetait dans la vitre, elle ne se retourna pas. Ils reprirent leur marche et je leur emboîtai le pas, encouragé par leur indifférence.

Plus loin, face à l'entrée du lycée de Galatasaray, ils s'installèrent dans un café. Je les suivis à l'intérieur. À peine assis, ils se disputèrent. Je connaissais, me dis-je, et j'étais maintenant leur ange gardien, ma présence dans ce café me permettrait de veiller sur eux. Je scrutais le tain de ce bon vieux miroir du couple qui me rappelait tant de choses, tant de conversations, douloureuses ou cocasses, je revivais la banalité perdue d'une relation qui, sans qu'ils s'en aperçoivent, se momifiait. Oui, je connaissais, même leurs traits tendus me rassuraient, comme un film où des acteurs lisses interprètent un scénario usé. Ô combien je connaissais ! J'étais passé par là, mes enfants, les interminables disputes, les mauvaises raisons toujours plus mauvaises. J'avais envie de leur communiquer ma certitude que tout irait bien. Tout irait bien quoi qu'il arrive.

Ils étaient un peu froissés, gentiment échaudés, mais comme je l'avais prévu cela passait. Après tout, ils étaient en vacances, à Istanbul, et trop sages pour gâcher la soirée qu'ils avaient devant eux. Ils se levèrent dans un même mouvement, puis, pendant qu'il enfilait sa veste, l'homme se retourna comme si une guêpe l'avait piqué. Pour la première fois ses yeux se posèrent sur moi et ce qu'il vit chassa ce qui restait d'agacement sur son visage anguleux. Qu'avait-il surpris ? De la perdition ? Il m'observa avec une curiosité distraite, inspectant de près, sans effort, l'un des millions de visages de cette métropole lointaine — les traits d'un indigène, l'allure d'un habitant typique de ces contrées, son œil rougi par la fumée de sa cigarette, son vêtement élégant mais froissé d'avoir été trop mis. C'était ce qu'il voyait à cet instant, ces joues couvertes de poils gris, ce livre dans la poche gauche de sa veste, *Les Démons* de Dostoïevski. Chaque détail comptait ; s'il avait été attentif, ces *Démons* l'auraient mis sur la piste, l'auraient renseigné sur mon identité, mais il préférait s'imaginer autre chose. Il préférait croire à mon double, au musulman, et, de ce fait, il n'apprit rien de plus que ce qu'il s'était mis en tête. Pour lui je ressemblais à un homme accablé, un habitant d'Istanbul préoccupé par de vagues soucis domestiques. Je connaissais, parfois on me regardait comme ça à Londres. Comme un individu brisé, un homme qui était loin. Et cela le fit sourire de voir un tel homme à la table à côté de la sienne. Je lui retournai son sourire et il se détourna pour poser deux billets rouges sur la table qu'il venait de quitter. En passant la porte avec sa compagne, il lui posa la main sur les fesses.

Je restai assis. Je regrettai de les laisser partir. Mon désir de m'immiscer dans leur intimité était plus fort encore qu'au début. J'avais besoin de compagnie, je ne voulais pas rester seul éveillé. Je voulais me rassurer sur leur identité avec la même infaillible confiance que celle de ce Hollandais qui avait cru voir en moi celui que je n'étais pas. Mon sexe enfla dans mon pantalon. Je voulais revoir Hannah comme au bon vieux temps d'Olympia, quand je m'endormais dans ses bras. Hannah, le sosie d'Hannah, peu importait. Mais elle était partie, avec son con de Hollandais.

Et si je les rattrapais ? Je me présenterais sous ma fausse identité, celle qu'il avait eu la grâce de m'attribuer. L'oisif du quartier qui avait du temps à perdre, se couchait tard et connaissait les langues étrangères. Qu'ils veuillent bien m'excuser, mais pourrais-je leur être utile ? Leur montrer ce qu'ils ne verraient jamais sans guide, les emmener dans un endroit de premier choix ? Je trouverais un bar chic à Cihangir, à Nişantaşı, à Maçka, une vue sur le Bosphore, un lieu qui sortait de l'ordinaire, rempli d'actrices de sitcom qui jouaient dans des comédies à la Capra. On se divertirait, en causant jusque tard dans la nuit, moi, ce con de Hollandais et le sosie d'Hannah ; la fatigue, je n'en avais pas, l'insomnie ça n'existait pas, je n'en laisserais rien paraître. Ils m'offriraient un dernier verre, me demanderaient où j'avais appris tout cela et insisteraient pour me payer un petit supplément pour la soirée passée en si bonne compagnie, si hospitalière, la chaleureuse tradition musulmane. Pour eux je serais un écrivain fauché, un émigré à qui, sans bien savoir pourquoi, ils penseraient à présent devoir un petit quelque chose. Par culpabilité, ils insisteraient, et l'homme presserait le billet de vingt euros dans ma paume, et je saurais alors que j'avais été trop loin.

Je me redressai. Une foule grise et uniforme défilait sur l'avenue. Ils avaient disparu, aspirés par la nuit. Le café respirait l'abandon. Les serveurs s'agitaient pour donner à l'établissement un faux air d'activité. L'un d'eux, une serviette posée sur le bras, toussait des invitations sur le pas de la porte, désignant de ses mains exagérément tendues les tables à des passants qui l'ignoraient. Je commandai un autre verre de thé et mon geste provoqua une convulsion d'activité derrière la machine à café.

Je portai une cigarette à mes lèvres. Le garçon posa la tasse brûlante sur le formica et sortit son briquet. Il me traitait comme quelqu'un auquel le respect était dû même si ses pensées étaient sales et son braquemart dressé sous son pantalon. Un homme désœuvré rêvassant dans un café de Beyoğlu au cœur d'une ville qu'il avait vue se transformer pierre par pierre, rue après rue, pendant des années de vie sédentaire. Un homme digne de la sollicitude des garçons de café — un anonyme, un invisible.

J'observais le flot humain de la rue Istiklal. Coulant toujours dans le même sens, grosso modo du nord au sud, de Taksim à l'entrée du funiculaire. Sauf le soir, très tard, où le courant s'inversait, comme dans un estuaire où les molécules d'eau privées de but tournoient sur elles-mêmes. Vu ainsi, à cette heure encore paisible, le passage d'une foule sur une avenue piétonne était reposant comme une rivière filant dans son lit. Au milieu de la foule compacte j'aperçus alors leurs deux silhouettes élancées qui remontaient le courant, main dans la main. Leur marche était ralentie par un jeune rabatteur qui travaillait pour les boîtes de nuit du quartier et qu'on appelait ici un *pezevenk*. Je posai un billet sur la table et sortis.

Le jeune homme s'exprimait avec vivacité et les deux Hollandais hésitaient. Il était petit, râblé, portait une chemise blanche et des jeans et parlait un anglais approximatif. Il s'adressait uniquement à l'homme, insistant sur les filles russes et très jeunes que son employeur tenait à sa disposition. La femme se mordait la lèvre et jetait des regards amusés à son compagnon qui essayait de voir jusqu'où il pourrait aller. Le *pezevenk* ne voyait pas ce qui, dans sa proposition, pouvait offenser un couple de jeunes gens venu des Pays-Bas. Avait-il senti chez eux une corruption qui les ferait céder, qui le ferait céder lui grâce à elle qui n'avait encore rien dit ? Là-bas, à Amsterdam ou à Rotterdam, ce qu'il offrait aurait été triste à mourir, mais ici c'était divertissant : les filles, la musique, le *pezevenk* lui-même — pour lui, il ne faisait aucun doute que le couple de jeunes bourgeois des Pays-Bas finirait sa soirée avec des prostituées d'origine slave dans un bouge enfumé de Beyoğlu.

Tes filles, elles dansent ? dis-je en turc au *pezevenk*.

Il ne parut nullement surpris de mon intervention, s'imaginant peut-être que sa commission augmenterait si ce troisième client était disposé à suivre les deux autres.

Elles dansent, elles te parlent, elles boivent même un verre avec toi si tu veux, expliqua-t-il en me jaugeant, un peu gêné d'avoir à confier ces détails dans sa propre langue.

Allons-y, je te suis, dis-je.

Il me regarda un instant l'air stupéfait, puis se tourna vers le couple en annonçant que le marché était conclu. Mais le Hollandais avait obtenu ce qu'il voulait. Il passa le bras autour de la taille de la femme et posa la main sur l'épaule du *pezevenk*.

Ciao, dit-il.

Puis il me jeta un coup d'œil équivoque et à la manière dont il me regarda il me parut évident qu'il avait oublié qui j'étais, l'homme du café avec qui il venait d'échanger un regard lourd de sens. Il confirmait ce que j'avais pressenti quelques minutes plus tôt, à cette table de café. J'étais transparent, j'étais invisible. Leurs deux silhouettes se frayèrent un passage dans la foule et je les regardai disparaître pour de bon, me délectant secrètement de mes nouveaux pouvoirs, de ma transformation en homme des rues de Beyoğlu.

Le vent s'était levé et d'un pas rapide, pour conjurer le froid dans ses épaules, Mustafa le *pezevenk* me conduisit jusqu'au club pour lequel il travaillait et d'où je ne sortis qu'au point du jour.

Ce qu'il avait perdu en laissant filer ses clients, il le regagna en commandant à boire pour quatre : lui, Alma et Ata — notre double escorte, slave et mineure — et moi. Je l'avais suivi à la condition qu'il me tienne compagnie pour le temps que durerait l'escapade. C'était son métier de guider l'étranger et d'anticiper ses besoins, de distinguer derrière l'apparence les vraies raisons de la présence en ville d'un homme solitaire, de respecter ses refus ou ses silences. Devant l'ampleur des moyens que Mustafa déployait et son extraordinaire candeur, je me laissai faire. Je me coulai dans cette nouvelle nuit, libéré de l'anxiété de l'attente d'un sommeil qui ne venait pas. Une fois qu'il fut établi que je ne toucherais pas un seul cheveu de l'une ou de l'autre des jeunes filles qu'il m'avait présentées, elles se mirent à parler entre elles et le *pezevenk* me raconta sa vie.

Je suis vraiment footballeur, dit-il en me prenant la main pour la poser sur sa cuisse.

Ayant appris d'où je venais il insistait pour s'exprimer dans son anglais bancal. Sa cuisse était dure comme une poutre de fer.

Je marque. Je joue avant. Tu touches les muscles dans ma cuisse ? Des buts et encore, comme le roi Hakan Şükür. À Chypre, l'équipe ne veut pas que je parte, mais moi je leur dis : partir, jouer à Istanbul, club Galatasaray. Je dois gagner d'argent, jouer en club de foot puis remporter coupe d'Europe.

Il regarda sa montre.

Ma copine arrive demain… Dans quelques heures.

Je commandai deux bières et, pour Alma et Ata qui s'ennuyaient, deux whiskies-Coca que la direction du club leur servait sans le whisky.

Ma copine très belle. Steffi, allemande. On va marier vite et toute mon équipe, au mariage, le coach, tout… Tu viens, place d'honneur ! *Yes mister*, elle va t'aimer *viele*. Je l'appelle maintenant si tu veux. Quelle heure il est, en Allemagne ?

L'écouter était comme ressusciter cette chose enfouie qui était la plus importante de toutes — se souvenir qu'il était possible et même recommandé de consommer l'existence sans limites, sans vérifier la date d'expiration. De limites, il n'y en avait pas à son âge : une sélection en club, une épouse allemande, la richesse, la gloire, Mustafa avait droit à tout. Je répondis qu'il méritait amplement ce à quoi il prétendait mais il n'écoutait pas. Il me faisait la liste de ses réussites futures, des films qu'il avait vus au cinéma, des fonctions du téléphone portable qu'il allait offrir à Steffi. Je me remémorais les conversations de mes parents avec leurs amis émigrés à Paris. Combien, lorsque j'avais l'âge du *pezevenk*, je détestais leur ton mélancolique lorsqu'ils évoquaient ce qu'ils n'avaient plus. Ce chuintement complaisant, cette manie de la contemplation passive des choses présentes et passées, il y avait un mot pour cela : *arabesk*. On se réveillait, on se couchait et on conversait dans cette vanité arabesque. On lisait, on buvait, on geignait arabesque. Mustafa ignorait l'arabesque. Il n'avait jamais quitté cet endroit et son cœur était gonflé d'espérance et ses pas l'avaient emmené jusqu'ici, loin de Chypre où il ne rentrerait jamais parce qu'il n'avait rien à faire là-bas ; et il irait plus loin encore, en Allemagne ou en Angleterre et sur tous les grands stades d'Europe pour revenir en Turquie où il serait accueilli en vainqueur et deviendrait le prochain Hakan Şükür. Non, le *pezevenk* ne geignait pas. Il attendait son heure et les heures passaient jusqu'à ce qu'un autre jour commence à poindre, jusqu'au départ du dernier client et, dans ce jour nouveau, il se remettait à penser qu'il suffisait d'attendre pour que la chance lui sourie, et en attendant il comptait tout haut ses espérances sur les doigts de sa main.

Le jour se leva et nous trouva avachis, lui et moi, sur deux chaises en plastique dans un parking déserté surplombant le quartier des Tsiganes. Mustafa avait commandé un narghilé à un vieux qui préparait du thé et des pipes à eau dans une camionnette ; il continuait à parler avec animation pendant que j'écoutais comme je l'avais toujours fait, avec les femmes et maintenant avec lui, ce jeune homme qui me rappelait la chose la plus importante de toutes, cette jeunesse qu'on laissait filer à la première occasion, au premier accroc de la vie. Vers cinq heures, la Corne d'Or s'illumina, vision d'une beauté sans nom décrochée des plafonds d'un rêve, une lueur somptueuse à couper le souffle. Devant nos yeux la ville semblait achever une mue entamée depuis des siècles et briller d'une majesté préfigurant sa lente décadence. J'avais en bouche le goût mielleux du thé à la pomme.

Je me soulevai enfin et annonçai mon intention d'aller me coucher. Mustafa soupira, joignit les mains pour m'adjurer de ne pas oublier je ne sais quelle promesse que je lui avais faite et, finalement, examinant mon visage, il s'excusa.

Tu fais oublier mes problèmes, dit-il.

Mais il ajouta aussitôt qu'il n'oubliait pas que j'étais plus âgé et qu'il me devait le respect, car le sommeil, pour un homme comme moi, était plus sacré que pour un jeune frère comme lui. Il me donna son numéro de téléphone et sortit un billet qu'il glissa sous le pied du narghilé.

Je paie toujours pour mes amis, dit-il avec sérieux.

À moi les bières et les pourboires d'Alma et Ata, à toi le thé et le soleil levant, dis-je.

Il me prit le bras, salua le vieil homme dans sa buvette et m'emmena jusqu'à un tronçon de rue où des taxis étaient garés en enfilade.

Bonne nuit, oncle, dit Mustafa en refermant la portière d'un geste sec.

Il donna mon adresse au conducteur et partit de son pas chaloupé dans l'aube qui blanchissait les pavés de l'ancienne Pera.

LEFTER

L'autre poste de radio du quartier, outre celui de l'oncle rue Kıztaşı, se trouve chez Refik, le patron du salon de thé en bas de l'immeuble. Le père, qui est en France pour une conférence, dit que là-bas il y a beaucoup de postes comme celui-là mais plus compliqués avec boutons, réglages et interrupteurs. Dans les deux lettres qu'il nous a envoyées, il explique qu'à Paris les choses sont bien différentes d'İstanbul. Les postes de radio par exemple, ou les salons de thé pour hommes. Il y en a des centaines rien qu'à Beyoğlu et pas un seul à Paris qui compte beaucoup de cafés où hommes et femmes se retrouvent, boivent et discutent, mais pas de salons où l'on se sert le thé entre hommes uniquement dans des petits verres posés sur une soucoupe en métal gravé. Apparemment, on ne connaît pas à Paris cette tradition immémoriale.

Ce soir, sur le poste de Refik, on retransmet le match entre Beşiktaş et Fenerbahçe au stade Şükrü Saracoğlu, sur l'autre rive du Bosphore. Les Canaris jaunes de Fenerbahçe jouent à domicile contre les Aiglons noirs de Beşiktaş et comme le stade est de l'Autre Côté et qu'il est toujours difficile d'avoir un billet pour un match à Fenerbahçe, on est venus écouter le match chez Refik avec l'oncle Adnan. Quand vous traversez la Corne d'Or et que vous remontez en direction des remparts, Fatih, le quartier de l'oncle, est au nord-ouest du boulevard Atatürk. Chez Refik, on soutient Beşiktaş sans condition, ce qui est normal puisque Beşiktaş est de ce côté, et Fenerbahçe en face. Il y a toujours eu cette opposition entre les deux rives et entre les clubs et même entre les gens. C'est vrai que de leur côté, à Üsküdar, ils ont du *kokoreç*, des tripes grillées aux épices, et qu'on prend le ferry exprès pour aller en manger. C'est vrai qu'ils ont le meilleur club de foot du championnat, mais il ne faut pas oublier que les universités et les meilleurs lycées de la ville sont de ce côté, que le père travaille de ce côté, que l'hôpital de l'oncle est de ce côté, ainsi que la maison de tante Belma, où on écoute des vinyles américains introuvables ailleurs. C'est de ce côté qu'on prend le bateau pour aller en France, qu'il y a le tramway, les grands magasins et les meilleures pâtisseries. De l'autre côté, en comparaison, c'est franchement la campagne, à part la gare d'Haydarpaşa, quelques mosquées, des palais en ruine et le club de Fenerbahçe. D'ailleurs, on sait quel club l'oncle et le père soutiennent de manière indéfectible et ce n'est certainement pas Fenerbahçe. L'oncle et le père ne se privent pas de le dire à ceux qui l'oublient, même si ce soir le père n'est pas là pour le rappeler. La mère, remarquez, n'est pas là elle non plus, elle habite chez sa sœur à İzmir, une ville de la côte, plus loin vers le sud où elle enseigne dans une école. Mais ce qui me gêne surtout, c'est que si le père était là, on ferait une partie de *tavla* en attendant le début de la deuxième mi-temps de son derby préféré, et ce serait comme qui dirait une bonne soirée entre hommes au salon de thé, à jeter les dés et faire claquer les jetons sur le jeu en bois pendant que l'oncle et lui se lancent des pronostics sur le nombre de buts que Beşiktaş doit marquer pour remporter le titre, malgré la prétendue supériorité de Fenerbahçe « sur le papier ».

La radio est un gros poste Philips qui crachote, grésille et chuinte et oblige à se représenter les joueurs de Fenerbahçe en bleu et jaune qui taclent et tirent sur les maillots, et ceux de Beşiktaş en blanc, regroupés dans la surface de réparation pour se défendre contre les assauts de leurs adversaires avant de relancer le jeu en forçant au repli les avants de Fenerbahçe. Le football turc est un sport de contre-attaque. Ça crée des actions qui plongent les salons de thé dans des silences crispés, le genre d'atmosphère très appréciée du père.

Le problème avec la radio c'est de se faire une idée, surtout quand le commentateur ne réussit pas vraiment à décrire la situation sur le terrain depuis les tribunes où il se trouve pourtant. De quel côté, par exemple, courent les Canaris de Fenerbahçe ? Que se passe-t-il sur l'aile gauche ou en milieu de terrain ? Pourquoi les Aiglons de Beşiktaş se replient-ils ? Où se trouve l'est, où se trouve l'ouest ?

Ils ont changé de côté, dit quelqu'un.

Quel côté c'était ? dit Refik

Lequel ?

Celui de Fenerbahçe à la mi-temps ?

Ça n'a pas d'importance de quel côté ils jouent, dit l'oncle. Il a dit qu'il n'y avait pas de vent aujourd'hui à Şükrü Saraçoğlu…

On se tait pour écouter le récapitulatif des résultats des deux équipes — deux défaites à l'extérieur pour Fenerbahçe ; un nul contre Galatasaray et une série de victoires pour Beşiktaş… Des supporters applaudissent dans le poste tandis que le commentateur du match égrène les remplacements puis l'hymne de Fenerbahçe se met à résonner dans les tribunes et d'un ton solennel et presque ému la voix décrit alors l'arrivée sur le terrain du plus grand joueur de tous les temps, Lefter Küçükandonyadis. De l'avis général (et de l'avis particulier de l'oncle), Lefter Küçükandonyadis est le meilleur joueur de foot que la Turquie ait jamais connu. L'oncle ne soutient pas d'autre club que Beşiktaş mais sur ce point il partage l'opinion de la majorité, qui est qu'à l'entrée de Lefter sur un terrain le stade se met à trembler. Il faut l'imaginer faire ses petits bonds en short sur la pelouse, dit Refik en proposant une imitation de l'échauffement du joueur vedette de Fenerbahçe après avoir pris soin de déposer son plateau sur le comptoir. Le sifflet annonce la reprise du match et on entend les supporters qui entonnent *VER LEFTERE YAZ DEFTERE !* « Donne la balle à Lefter / Donne-lui la balle et laisse-le faire ! ».

UN JOUR TOUT LE MONDE SOUTIENDRA FENERBAHÇE entend-on aussitôt gronder dans les tribunes. Comme dit l'oncle pour railler la devise de cette équipe, si tout le monde soutenait Fenerbahçe il n'y aurait plus de match de foot ni de championnat national. L'oncle est incliné vers le poste, l'oreille à l'affût, mâchonnant l'embout de sa pipe en respirant fort par les narines. À la mi-temps, le score est de un partout. Tout est encore possible : voilà ce que dirait le père s'il était là, car le père est un *optimiste* — qui est un genre de philosophie, si je me souviens bien.

Les Hongrois ont bien battu les Anglais à Wembley…, dit quelqu'un.

Donne la balle à Lefter pour qu'il salope l'affaire ! lance Refik dans l'hilarité générale.

La partie reprend et, d'après l'opinion avertie du commentateur sportif, les joueurs tombent et gesticulent beaucoup ; ils se contorsionnent, se relèvent et protestent contre l'arbitrage avant de se remettre à courir, ou à faire de longues passes lobées qui atterrissent apparemment dans les pieds de leurs coéquipiers qui sont à leur tour stoppés par d'autres paires de pieds qui s'emmêlent sur le gazon. La fumée du tabac circule en circuit fermé des lèvres à la trachée et jusqu'aux narines de l'oncle dont les dents serrées sur l'embout noir de sa pipe laissent s'échapper des bribes de phrases qu'il interrompt aussitôt pour ne pas manquer un mot du descriptif vocal du présentateur qui s'époumone en commentant l'action suivante. Des mains se lèvent pour commander des verres de thé, échanger des cigarettes ou demander réparation pour telle ou telle erreur d'arbitrage. Lefter Küçükandonyadis intensifie ses attaques contre la défense de Beşiktaş, « la balle collée au pied » comme l'affirme le présentateur au comble de l'excitation.

Donne la balle à Lefter et laisse-moi faire ! plaisante un client, les coudes plantés sur le comptoir.

Soudain, à la soixante-cinquième minute, la voix s'emballe littéralement en décrivant comment un dribble de Lefter dans la défense des Aiglons l'amène à se retrouver seul en position d'attaquant devant les buts du gardien de Beşiktaş qui plonge, ratisse le sol et laisse traîner son bras peut-être un peu trop longtemps. Lefter s'écroule dans la surface de réparation, causant un bref étranglement de voix dans la radio et des grognements indignés parmi la clientèle de Refik.

Penalty ? *Impossible !* proteste l'oncle.

Le jeu est arrêté. Le présentateur décrit à présent comment le gardien tourne devant ses buts avec cet air égaré qu'ont les gardiens de but dans les secondes qui précèdent un tir au but, et comment Lefter se frotte la nuque de cette manière modeste et terrifiante qu'il a de procéder lorsqu'il s'apprête à frapper ces tirs de pénalty qu'il ne manque jamais. L'arbitre sanctionne le gardien de Beşiktaş qui quitte le terrain la tête baissée. Chez Refik, c'est la consternation.

Carton rouge ? *Şey*, c'est un peu fort… Oui, un peu fort, commente Refik sans s'adresser à personne.

L'oncle ne dit plus rien et c'est dans ces moments que l'absence d'un père optimiste se fait sentir. Quand vous écoutez un match de derby et que votre équipe commence à perdre, que le père n'est pas là, que la mère est loin et que l'oncle a l'air de supporter tout seul le poids de la défaite, bourrant d'un geste machinal le tabac tiède dans sa pipe éteinte, d'un coup vous comprenez que vous ne pouvez plus compter sur personne, pas plus sur votre équipe qui vient de perdre son gardien, que sur vos parents, ou sur votre oncle qui n'est plus lui-même. Vous êtes seul avec votre espoir qui s'amenuise et vous vous mettez à réfléchir à ce qui ne va pas dans votre vie. Vous étiez convaincu que tout allait plus ou moins bien et qu'il n'y avait rien de grave comme l'oncle ou la grand-mère ne cessent de le répéter. Mais quand l'équipe dans laquelle vous avez tout misé s'apprête à encaisser un but sur penalty, c'est comme quand l'oncle attrape un ulcère, comme ce jour où il a appris que son article sur l'égalité entre les Turcs, les Grecs, les Juifs et les Kurdes allait lui valoir une convocation au tribunal. Dans ces moments, vous avez beau vous répéter que les lumières d'İstanbul restent allumées pour ses enfants, cela ne suffit plus et vous commencez sérieusement à douter de ce que racontent les adultes. D'un coup, vous envisagez le pire et vous vous demandez si ce n'est pas votre faute.

D'après ce qui se dit dans le poste on comprend que sur le banc de touche Şeref Görkey, le Vétéran, a été choisi par l'entraîneur des Aiglons. Qu'il s'est emparé des gants du gardien et qu'à la faveur d'un remplacement il prendra la place du joueur expulsé. Qu'il prend position devant les buts de Beşiktaş, et la voix du présentateur passe alors dans un registre plus aigu à mesure que l'action se déploie devant sa loge. Lefter pose le ballon sur le point de penalty, dit-il, il est très concentré, très appliqué. Il recule maintenant, lentement, de quatre pas, et le voilà qui s'engage, dans une course oblique, jette le pied en arrière, l'envoie dans le ballon qui **prend Görkey à contre-pied** !... *Of of of!* tousse le présentateur dans le poste et dans l'accablement général. Avantage Fenerbahçe, annonce-t-il. Deux buts à un.

Privé d'un attaquant et doté d'un gardien sans expérience, Beşiktaş tente de résister aux assauts de Fenerbahçe. Mais dans les minutes qui suivent, une nouvelle faute est commise par un défenseur des Aiglons dans la surface de réparation. Penalty, brossé extérieur droit dans la lucarne, Şeref Görkey ne peut rien contre la frappe de Lefter et Fenerbahçe s'éloigne au score, trois buts à un. Les vingt mille supporters du stade chantent « Donne la balle à Lefter ». Il reste dix minutes à jouer.

Tu n'as encore rien vu, murmure l'oncle.

L'oncle ne disait plus rien depuis le premier penalty transformé de Lefter et je me demande bien ce qu'il y a à voir, quand on est mené trois buts à un, que le gardien titulaire est sur le banc de touche, qu'on joue à l'extérieur et que le meilleur joueur de tous les temps est dans l'équipe adverse.

Deux minutes plus tard, Beşiktaş obtient un corner et Şeref Görkey sort de ses buts pour venir le tirer. La voix dans le poste décrit comment le tir s'élève au-dessus de la défense des Canaris pour atteindre la tête d'un attaquant de Beşiktaş survolant les cages du gardien de Fenerbahçe tel un aigle impérial, puis comment le ballon trompe le gardien d'un tir centré, juste sous la transversale. Chute de chaises et envolée de bras ; une clameur s'élève puis retombe dans les rues de Fatih. *FENERBAHÇE, LES AIGLONS VONT TE DÉVORER !*

Dans les minutes qui suivent, Görkey arrête deux tirs de Lefter.

Et tu n'as pas tout vu encore, dit l'oncle.

Le miracle se produit dans les arrêts de jeu, comme l'a suggéré l'oncle qui ne croit pas en Dieu et s'en prend aux superstitions des İstanbullu, mais trouve quand même le moyen d'annoncer des miracles qui se produisent vraiment. À la quatre-vingt-onzième minute, un joueur de Beşiktaş intercepte un ballon et s'échappe du milieu du terrain.

Tout va très vite, il est rejoint, annonce la voix cassée par l'émotion dans le poste Philips, par deux autres joueurs et Şeref Görkey est parmi eux, sorti de ses propres buts encore pour mener l'assaut final, la défense de Fenerbahçe loin derrière, le gardien seul dans sa surface, un Canari face à trois Aiglons. Le premier envoie la balle en piqué au deuxième qui la passe, une deux, à Şeref Görkey. L'égalisation est au bout du pied du Vétéran.

Un court instant, tout le monde semble hésiter chez Refik, à commencer par Refik lui-même qui tient un unique verre à thé sur un plateau devant lui, et ses clients, leurs cous tendus vers le poste de radio, et l'oncle qui se cramponne à sa chaise comme s'il allait la jeter par la fenêtre. Il faut s'imaginer à présent Şeref Görkey, le vétéran des Aiglons, s'élançant derrière le ballon, ses jambes guidant son pied expert qui brosse la balle intérieur extérieur, faisant durer le plaisir, campé sur ses appuis et crochetant droite gauche pendant que le gardien s'effondre dans le gazon et que Görkey absorbe en trois enjambées ce qui reste de distance avec le point de penalty du but adverse. Il faut l'imaginer, seul à présent porté par la clameur du stade, tirer d'une force telle que pendant les secondes qui suivent personne ne s'aperçoit que le ballon est déjà au fond du but. Puis chacun comprend que le but de l'égalisation est dans les filets et, sur l'autre rive, sous le ciel constellé de l'Autre Côté, les voix du stade explosent et saturent de leur puissance déchaînée les transistors du poste de radio, la nouvelle propagée par les ondes atteignant déjà les rues sombres de Fatih bientôt prises d'assaut par des bouches moquant l'équipe honnie, perdante malgré le pied du grand Lefter, des bras qui brandissent les écharpes blanc et noir portant le blason du club dans les poings serrés. Une fois encore, l'équipe de Beşiktaş s'installe dans le firmament du football et dans le cœur d'un morceau de peuple stambouliote ; il règne une joie égale, « la joie des valeureux » comme l'écriront les journaux du matin où seront reproduits l'étoile et le croissant et les initiales BJK 1903 de l'écusson ailé des héros pour qui les lumières brillent toujours, qu'ils soient sur les rives du Bosphore ou loin d'elles, portés par ces voix qui, dans la rue, semblent rire en chantant la gloire de leur club dans cette fin d'été.

LE SOMMEIL

Il était un peu plus de cinq heures du matin lorsque je passai la porte de l'appartement. J'enlevai ma chemise et me tins un instant devant la fenêtre ouverte, laissant la brise passer sur mon corps pâle et affaibli. Puis je me couchai sur le lit, les yeux grands ouverts.

En prenant congé du *pezevenk*, je m'étais une fois de plus bercé de l'illusion — et bercé était un mot que j'utilisais à dessein — que j'allais retrouver le sommeil sous une forme ou sous une autre. Comment pouvais-je l'oublier ? Cela faisait trois mois que je ne dormais plus et, comme chaque fois que j'étais allongé sur un lit, mes illusions furent vite contredites par l'apparition des symptômes habituels de mon affection. Mes phobies nocturnes — mes marches forcées entre ces Bermudes trop réels que représentaient Paris, Marseille et Londres — refaisaient surface. S'y ajoutaient des hallucinations qui prenaient pour supports les objets de la chambre. Pourquoi, me lamentais-je en surveillant le vase posé dans un coin de la pièce et que j'assimilais au corps décapité d'un eunuque, pourquoi, en vérité, s'imaginer guérir ? Deux options se présentaient à moi. La première était la guérison : je m'étais souvent dit, au point d'en être aujourd'hui convaincu, qu'il était hautement improbable que je sois atteint d'une quelconque maladie du sommeil. Ces maladies étaient rares et généralement héréditaires, or il n'existait pas d'antécédents connus dans ma famille et, statistiquement, les chances étaient donc infimes. La seconde option était d'envisager le pire et de céder à des pulsions irrationnelles. C'est ce que je fis alors en choisissant l'angoisse au lieu du raisonnement. Dans l'attente des résultats des tests auxquels j'avais été soumis avant mon départ, je pouvais m'imaginer appartenir à l'infime minorité des individus atteints de ce mal sans remède que les neurologues appelaient *insomnie fatale sporadique.* Il suffisait que je me souvienne que « sporadique » s'entendait par opposition à « endémique » — un terme qui ne décrivait pas la fréquence des occurrences insomniaques mais la nature isolée, intimement chimique du phénomène — pour que mon dos se couvre de sueurs froides, que je réfléchisse à l'idée que cette insomnie puisse être « fatale » pour imaginer les conséquences de plusieurs mois de privation de sommeil sur mon organisme. Si ma condition se dégradait, l'issue serait mortelle et mes souffrances, qui s'achèveraient dans un dernier accès de démence, seraient atroces.

J'étais allongé dans une chambre au cœur d'un quartier assoupi et j'attendais que mes yeux se ferment, les tempes battantes, l'estomac dans la gorge. L'air commençait à me manquer et, dans le noir, je croyais percevoir divers mouvements et frottements, comme si, ayant quitté le support sur lequel il était posé, l'eunuque privé de tête s'était mis à fouiller dans les replis obscurcis de la pièce. Au comble du désespoir de cette terrible nuit, dans l'épaississement de ce silence insoutenable, je fixai mes pensées sur Hannah, comprenant qu'en me quittant pour John elle s'était débarrassée d'un invalide et du poids qu'il représentait pour elle; Hannah qui connaissait fort bien mes symptômes et m'avait déclamé au téléphone « que le dépaysement me ferait le plus grand bien ». La belle affaire que le dépaysement ! Dans cet endroit *exotique*, comme elle l'avait décrit, j'étais piégé telle une bête aux abois et la nuit était d'une lourdeur étouffante ; j'étais seul et sans personne à voir pour combler ces minutes qui s'égrenaient dans une insupportable lenteur. Je n'aurais jamais dû quitter le *pezevenk*, me dis-je alors, me rappelant qu'en sa compagnie mon angoisse était restée inaudible et surtout indolore. J'envisageai un instant de l'appeler, mais la pudeur et un sursaut d'orgueil me retinrent de composer son numéro. Mustafa était allé retrouver Steffi, sa fiancée — c'était ce qu'il m'avait dit en me quittant, il était peut-être déjà avec elle… Non, il ne fallait pas céder à la panique. M'étant soûlé pour fatiguer mon corps, j'étais debout, éveillé d'effroi devant les portes du sommeil ; je demeurais, où que je me trouve sur cette terre, un insomniaque, mes sens brouillés par une maladie chronique, un prion qui en ce moment même était en train de grignoter mon cerveau pour me plonger dans la folie. Je mourrais bientôt, incompris de la science et des hommes, seul dans ce lit indigeste, gagné par la geignerie honnie de mon enfance, une forme mutante d'arabesque. Il était trop tôt, trop tôt pour cela, me répétai-je, trop tôt pour l'extinction de mon espèce, qui ne tenait… Et l'étrange phrase de Yeniadam me revint en mémoire : *Il ne tenait à son espèce que du côté de ses ascendants, qui tous étaient morts, en croyant s'être perpétués. Il ne tenait,* me répétai-je pour calmer mon cauchemar éveillé. Bon sang mais qui avait écrit cela ?

Peu à peu pourtant, mon état de panique se diffusa. J'envisageai un instant de ressortir de l'appartement pour finir de m'exténuer en marchant au hasard dans les rues désertes pendant que le matin s'étirait au-dessus de la Corne d'Or et de la mer de Marmara, mais rejetai vite l'idée, préférant communier avec les fantômes entre les quatre murs d'une chambre close plutôt qu'à l'air libre. Une lumière grise pénétrait du dehors. Sur son piédestal, l'eunuque décapité était revenu à sa forme initiale, un vase aux formes mal dégrossies.

J'allumai la lampe. Sur la table de chevet se trouvait un livre, *Orient Express*, un petit tome usé de l'écrivain américain John Dos Passos. Je m'en emparai avec fébrilité. Son poids, l'odeur des vieilles pages et l'ex-libris collé à l'intérieur avec le nom d'une librairie de Charing Cross eurent d'emblée sur moi un effet apaisant. Le livre avait probablement appartenu à Celal, et Orhan avait dû penser que sa place était ici. Je me mis à lire, happé par l'atmosphère de conspiration des premières pages.

Dos Passos avait écrit *Orient Express* dans les années trente après un voyage entrepris pour le compte d'un journal qui l'avait emmené en train d'Ostende jusqu'à Istanbul, Bagdad et Damas. Istanbul telle qu'il la décrivait était une pétaudière où tous les aventuriers du globe s'étaient donné rendez-vous — espions bolcheviques, bandits, anarchistes, trouble-fêtes anglais, ainsi qu'un ou deux Turcs hauts en couleur transportant sous leurs tuniques des armes à feu démodées. Continuant sa route vers l'est, l'écrivain traversait des régions occupées par des armées étrangères et livrées aux épidémies, avant d'arriver à Bagdad, une métropole gangrenée par la corruption qu'il désertait à la première occasion par la route des caravanes. Après avoir traversé le désert de Syrie, Dos Passos retournait à la civilisation et comprenait que l'Orient qu'il venait de traverser n'avait plus rien de vierge. Quelque chose était en train de céder, sous ses yeux, à l'avilissement du progrès colporté par l'Occident et il savait qu'il n'y aurait bientôt plus de vraies caravanes et qu'on les remplacerait par des simulacres pour chercheurs d'émotions fortes. Le désert était en passe d'être cartographié et Dos Passos écrivait sur la spontanéité perdue de l'Occident « mécanisé », n'en regrettant que plus amèrement ce désert qu'il venait de quitter. Dans l'avion qui le ramenait aux États-Unis, l'image du désert et des visages apaisés qu'il y avait croisés lui revenait en mémoire. Dans les dernières pages, il décrivait l'effacement de son avion qui, au-dessus de l'Atlantique, devenait un point sur l'horizon avant de se dissoudre dans la lumière. Ce fut cette impression que je gardai d'*Orient Express* en le refermant — celle d'une disparition, l'effacement *in extremis* de son auteur dans les dernières lignes de son livre. Je retournai longtemps cette image dans ma tête, croyant y déceler une leçon qui m'échappa d'emblée tant j'avais l'esprit assommé par l'absence de sommeil. À midi, le corps engourdi, je me levai enfin, m'habillai et sortis.

Un été précoce s'était emparé des rues. Je me laissai guider par l'inclinaison de la pente et m'engageai dans une ruelle pavée avec un embouteillage en formation. Les automobilistes étaient assis derrière leurs volants, leurs traits calmes, leur entêtement silencieux étaient touchants, et je pensai au désespoir de Dos Passos, jugeant que si le monde avait été cartographié dans son entier, il restait des mystères dans le cœur humain qu'aucune carte n'était en mesure de répertorier, comme l'humilité de ces hommes derrière leurs volants, qui laissaient au temps le soin de régler le calvaire qu'ils s'étaient eux-mêmes imposé. J'empruntai un escalier taillé dans la colline et achetai un journal au coin de rue suivant dans une épicerie minuscule appelée Aux Délices d'Ekrem, où un gros bonhomme qui ne pouvait que se prénommer Ekrem montait la garde comme un bouddha devant des sacs de toile remplis de fruits secs. Au bas de la pente, je traversai une intersection bruyante, criblée de véhicules, de commerces aux façades noircies et de piétons aux visages solennels, venus se distraire, s'instruire ou se perdre en contemplation dans l'activité d'un autre, ou embarquer à bord d'un ferry qui assurait la liaison entre Karaköy et les autres embarcadères de la côte européenne du Bosphore. Je franchis le pont où les pêcheurs surveillaient leurs lignes tendues dans le courant et, une fois à Eminönü, je rejoignis l'avenue Ragıp Gümüşpala, son flot constant de véhicules sectionnant le paysage charnu comme ferait la lame scintillante d'un couteau de boucher. Je déambulai un moment parmi les pigeons du parvis de la Nouvelle Mosquée puis repérai un restaurant baptisé Chez Hamdi au troisième étage d'un immeuble étroit qui surplombait la Corne d'Or.

On m'installa derrière la baie vitrée. La fenêtre était entrouverte et trois serveurs vinrent s'occuper de ma table, s'activant de cette façon prévenante et presque précipitée qui était la marque des bonnes adresses. Je commandai des entrées, un plat de kebab et une bouteille de vin blanc. L'air était doux, un reste de fraîcheur s'éternisait. Les quais étaient remplis de monde et les ferries accostaient en frôlant les barques de pêcheurs où fumaient les poêles à charbon. Sur la colline opposée, voilée par la brume, la tour de Galata se détachait comme un gros crayon mine.

Un serveur déposa les entrées devant moi, l'autre une assiette d'*erikli kebap* et le troisième une bouteille de *rakı*.

Ce n'est pas ce que j'ai demandé, dis-je en désignant la bouteille.

Ensemble ils inclinèrent la tête. Leurs gestes habiles étaient figés et leur attention tendue vers ma remarque comme trois arbalètes.

J'ai demandé du vin.

Bien sûr, *beyefendi*, dit sans réagir celui qui avait posé le *rakı* sur la table.

Les deux autres observaient en silence, examinant mon problème avec la déférence qu'aurait suscitée un délicat souci de famille. Je répétai mon exigence avec un peu plus de fermeté.

Je n'aime pas le *rakı*, expliquai-je.

Mes paroles avaient pris une teinte étrange. Au lieu de se précipiter pour réparer leur erreur, ces garçons ne bougeaient pas, cherchant à me persuader que cette bouteille de *rakı* était bien ce que j'avais demandé. Je n'avais pas l'intention de faire un scandale, mais je savais que je n'aurais jamais demandé ce type d'apéritif, puisque, fort simplement, je ne buvais jamais de boissons anisées. J'avais un passeport turc, je parlais le turc, je mangeais turc chez Hamdi mais je ne buvais pas de *rakı*. C'était la boisson nationale et moi je voulais du vin blanc. À moins que ce ne fût un canular ? Une affaire d'orgueil ? Le serveur pinça les lèvres avec un air équivoque avant d'incliner le tronc. D'un geste de la main, il fit sauter la capsule de métal qui fermait la bouteille.

Dip rakısı, dit-il en versant le *rakı* dans un verre étroit — le meilleur !

Mon ami, dis-je en posant la main sur son bras. Je n'en bois pas de ton *rakı*. Je viens de te le dire…

Bon appétit, *beyefendi* ! dit-il. Il fit un signe aux autres et ils exécutèrent ensemble un salut avant de réintégrer le va-et-vient du restaurant.

Je réfléchis aux termes que je venais d'employer pour m'exprimer, à mon vocabulaire et à mes conjugaisons, aux temps dont j'avais fait usage, à ce « je n'en bois pas de ton *rakı* », mais ne trouvai rien d'anormal ni d'incompréhensible dans ma remarque. Était-ce un malentendu ? Au demeurant, avais-je *réellement* un problème avec le *rakı* ? Je n'en buvais jamais et ne savais même pas pourquoi. Maintenant que j'en avais devant moi, et du meilleur, autant vérifier… Ne disait-on pas que l'alcool de raisin distillé était, comme le vin blanc, un bon remède contre la gueule de bois…

Je portai le verre à mes lèvres. C'était un alcool lisse et onctueux. Le goût de l'anis se répandit dans ma bouche et un frisson me parcourut le corps. Je sentis le *rakı* me brûler le pharynx puis descendre dans mon estomac, la première gorgée réclamant la suivante. Je tendis la main vers la bouteille mais le garçon était réapparu, un sourire aux lèvres.

Le meilleur, remarqua-t-il simplement en remplissant mon verre.

J'arrosai d'une gorgée d'eau-de-vie chaque nouvelle bouchée de *kebap*. Dès que mon verre se vidait le garçon se précipitait pour le remplir d'un air amusé. Au bout du sixième verre, il leva le doigt et dilua sans un mot deux tiers de liqueur dans un tiers d'eau. Le contenu du verre tourna au jaune pâle et je l'avalai. Il se produisit alors en moi un décrochement imperceptible. Ce ne fut d'abord qu'un écho affaibli, difficile à reconnaître, mais, lorsque le dessert arriva et que le garçon dilua une nouvelle fois la concoction aux allures de lait caillé, un rayon de soleil se posa sur la nappe et dans le verre je crus entrevoir chacun des cristaux souriants qui formaient le précipité jaune. Mes paupières se firent plus lourdes. J'étais en train de m'assoupir — oui, de céder à la somnolence — comme un vieux schnock à sa table de restaurant.

Le serveur dut m'aider à m'extraire de mon siège et je titubai vers la sortie. Je fis quelques pas parmi les pigeons dans la lumière aveuglante du début d'après-midi, encore incrédule face à l'inédit de ma situation, cet extraordinaire retournement de mes circonstances personnelles. Pour la première fois depuis des mois, j'avais sommeil — un sommeil qui s'emparait de tout mon corps, m'accablait délicieusement et me plongeait dans une immense lassitude. Je hélai un taxi qui s'engagea sur le pont de Galata, gravit un labyrinthe de rues escarpées et me déposa devant mon immeuble. Je passai la porte de l'appartement et me débarrassai de ma veste et de mes chaussures avant de m'affaler sur le lit où je glissai dans une indéniable narcose, une léthargie immédiate, qui fit place à la plus insondable inconscience qu'il m'eût été donné d'éprouver depuis qu'étant enfant le poème *zahir* s'était glissé sous la porte de ma chambre.

NECATİBEY

Les lettres, parfois, n'arrivent jamais à
destination — il n'y a pas d'explication et c'est
mieux ainsi. Dans mon cas, la lettre que m'a confiée le père s'est bien perdue et il y a une explication que je suis seul à connaître. Je suis seul à
connaître les raisons pour lesquelles le courrier
n'est jamais parti parce qu'il est évident qu'une
lettre perdue n'est perdue que pour celui qui l'a
perdue, mais pas pour ceux qui pensent que le garçon censé la déposer dans la boîte (c'est moi) ne
s'est jamais acquitté de la mission qu'on lui a confiée. Il a échoué en égarant la missive pendant
qu'il courait comme un dératé pour échapper à
l'ire d'un pêcheur, à l'étal duquel il a volé un fruit
jaune au goût astringent qu'on mange cru en sau-
poudrant les quartiers de pincées de sel. Comme
je disais : je suis le seul à savoir que la lettre que le
père m'a confiée la veille de son départ pour Paris
est perdue et, à cause de ça, j'en ai gros sur le cœur
et je commence à me demander si ma maladresse
inavouable n'a pas provoqué une catastrophe, et si
ce n'est pas à cause de moi, précisément, que le
père tarde à rentrer de Paris.

J'ai essayé de refaire le chemin en sens inverse en prenant l'escalier qui descend derrière Tünel, après la rue des libraires qui vendent les vieilles cartes postales. À droite de la tour de Galata, enflée avec ses crénelures et son toit pointu, il y a une rue qui descend vers le bas de Beyoğlu. Là, un passage étroit mène à une autre rue plus raide encore, pavée sur plusieurs mètres. J'ai marché jusque-là pour tenter de retrouver le rectangle de papier, mais je ne me souvenais plus exactement du trajet que j'avais fait quand j'étais remonté des quais, juste avant de croiser Ekrem et Ömer et de partager avec ce dernier, devant chez Yani, le coing chapardé au marchand. J'ai préféré en rester là pour éviter de retourner sur les lieux du crime, comme on fait dans les enquêtes policières au cinéma. Je ne suis plus très populaire ces temps-ci sur les quais, où même pour un fruit on vous fait des histoires. À la place du marchand à qui j'ai volé le coing, je ne serais pas content non plus.

J'ignore le contenu de la lettre. Je peux échafauder des hypothèses sur ce qu'elle contient, mais c'est tout. Cependant, je suis assez fort en hypothèses. Au départ, j'ai voulu me souvenir de ce que le père avait écrit sur l'enveloppe mais rien n'est revenu — ni le nom de la personne à qui la lettre était adressée, ni la ville où cette personne se trouvait, rien. J'ai pensé à en parler à Ömer mais je me suis ravisé. Ce que j'y gagnerais, à lui confier mon secret, ce serait de voir son visage se décomposer pendant que je lui raconterais l'histoire, puis d'avoir honte de ce que j'aurais dit, sans compter qu'il faudrait s'assurer qu'Ömer ne dise rien à personne. J'ai donc préféré garder le secret pour moi.

C'est une responsabilité mais, comme je l'ai dit, il y a des moments dans la vie où on ne peut plus compter que sur soi-même, surtout quand la mère n'est pas là pour vous écouter et quand on sait que le père ne vous fera plus jamais confiance s'il apprend ce qui s'est passé.

En me creusant un peu la tête pendant que je remontais dans les rues qui font comme les rayons d'une vieille roue voilée autour de la tour de Galata, je me suis dit que *quelqu'un*, une voisine par exemple, aurait pu trouver l'enveloppe sur un trottoir et, l'ayant trouvée, l'ouvrir pour savoir ce qu'elle contenait. Et je me suis fait la réflexion que ce serait bien ma veine si la lettre était importante, dans le genre lettre officielle adressée au doyen de l'université ou autre personnalité avec laquelle on ne plaisante pas quand il s'agit d'envoyer des courriers... Surtout que le père n'a pas que des amis à la faculté — c'est ce qui se dit à table, chez l'oncle — et qu'en ce moment on ne rigole pas avec ceux qui sont soupçonnés, par exemple, d'être les amis des *Soviets*. La voisine se sentirait obligée de rapporter la lettre chez nous ou alors de nous dénoncer comme on fait parfois et, dans les deux cas, je ne pourrais plus rien dissimuler à personne, je devrais avouer ma faute et mon sang deviendrait bleu de honte ou de peur.

Refaire le chemin dans l'autre sens ne m'a donc pas apporté grand-chose puisque, assez vite, je ne savais plus quelle rue j'avais empruntée deux jours avant. Je me suis épuisé à marcher et à réfléchir en même temps à des problèmes sans solution et j'ai commencé à imaginer des conséquences plus graves encore qui relevaient de la haute diplomatie. Des choses bizarres se sont matérialisées dans mon esprit, et ma mémoire s'est mise à me jouer des tours. Par exemple, j'ai cru que je me souvenais enfin du nom de la ville inscrite sur l'enveloppe, ANKARA, et même du nom du destinataire, ADNAN MENDERES, le Premier ministre en personne. Mon sang n'a fait qu'un tour ! Et puisque je croyais me souvenir que sur l'enveloppe le père avait écrit le nom du Premier ministre, j'ai supposé que la lettre était une réponse à une invitation que le Premier ministre avait envoyée au père, et que la réponse du père, pleine de respect, disait quelque chose comme Sayın Premier ministre, c'est un grand honneur pour moi etc., ou encore j'ai l'immense privilège d'accepter votre invitation patriotique à l'occasion de la journée de la République, bla-bla-bla, ce genre de choses officielles qui sont d'une importance capitale dans la vie d'un modeste bey et d'une modeste hanım comme le père et la mère. Le déshonneur qui s'abattrait sur notre famille si pareille lettre tombait dans de mauvaises mains ! J'ai même entendu parler de lettres codées mal interprétées ayant créé une série d'incidents à l'échelle planétaire à cause d'espions comme on en trouve à İstanbul qui est une ville idéale pour l'espionnage du fait de sa position stratégique aux frontières soviétiques, ces espions qui, de notoriété publique, notent pour le compte du KGB l'immatriculation des navires qui passent sur le Bosphore en faisant semblant de lire le journal ou de boire le thé sur les quais.

Si au moins il avait plu, l'encre aurait coulé et la lettre aurait été rendue illisible et cela aurait mieux valu pour moi et pour le reste de l'humanité ! Mais, tout ce temps, il a fait beau et ça dure depuis maintenant trois jours. C'est bien ma veine. Qu'est-ce qui m'a pris aussi de voler ce coing ? Voilà une bêtise que l'oncle n'approuverait pas, même si je la lui avouais ce soir. Pour moi maintenant, c'est même évident, les deux événements sont liés : j'ai perdu la lettre parce que j'ai volé le coing. Dans mon immense bêtise, comme l'a dit l'oncle il y a longtemps, sans penser que cela pourrait un jour s'appliquer à moi, je m'imagine avoir déclenché une série de catastrophes dont nous allons souffrir ensemble, à la sauce collective.

Tandis que j'approchais de chez Yani, je me suis raccroché à un dernier espoir. Et si le garçon que j'ai vu jouer dans la rue avait rapporté la lettre à sa grand-mère qui elle-même, si je me souviens bien, était postée à son balcon quand j'ai remonté la rue ? Et si la vieille, forte du bon sens pratique qu'on lui connaît, l'avait déposée chez Yani ? Des jours que je me torture à réfléchir à ces questions qui n'ont pas de réponse… On trouve bien de l'argent dans la rue, des billets de dix *lira* et des vieux journaux, des chaussures usées, des livres, alors pourquoi trouve-t-on si rarement des lettres ? Il doit y avoir une explication à cela.

Lorsque j'ai atteint l'épicerie de Yani au coin de Bostanbaşı, et qu'il m'a aperçu depuis le seuil de sa boutique, il s'est arrêté de parler avec son interlocuteur, un autre Grec de la rue Erzurum. Il n'y a pas si longtemps encore, ça ne gênait pas Yani de parler le grec en public. C'est sa langue maternelle. Mais, ces derniers temps, j'ai constaté qu'il prenait soin de se mettre à parler turc dès que je passais devant chez lui. Pourquoi, exactement, ferait-il une chose pareille ? Est-ce que ce ne serait pas la vieille qui, lui ayant rapporté la lettre pour qu'il la remette au père, aurait introduit des soupçons à mon sujet dans l'esprit de Yani ? Yani attend peut-être le retour du père pour lui révéler ma faute ? D'un autre côté, s'il arrête de parler le grec quand les Turcs sont autour, il est possible que ce soit parce qu'il craint que les gens se fâchent en lui demandant de parler turc ou il arrivera un malheur, comme les Turcs font ces temps-ci à Beyoğlu et partout dans İstanbul, en adressant des menaces à ceux qui parlent autre chose que la langue officielle. Je décide donc d'ignorer Yani et, les mains dans les poches, remonte la rue l'air de rien, la tête enfoncée dans les épaules.

La rue est baignée de lumière jaune. La voix d'un marchand de *simit* s'élève avant de s'effacer dans le bruit indistinct des rues. Je me retourne d'un coup pour faire face à l'étendue du grand Bosphore, comme un mouvement de caméra qui balaierait la surface bleue et étincelante à mes pieds, dans un entassement de cubes de couleurs qui se seraient vidés de la Corne d'Or au bas de la colline de Beyoğlu. Il y a des murs gris, des lignes électriques tendues entre les pylônes et les maisons, des toits rouges ou gris et, sur l'autre rive, la frontière verte de l'Asie. Un ferry s'en détache et trace une virgule d'écume dans le paysage, mais le soir s'avance et les couleurs commencent à se mélanger. Au-dessus de Karaköy, un squelette d'enseigne s'incruste entre la mer et le palais de Topkapı.

T.C. ZİRAAT BANKASI

Puis le détroit finit de s'effacer et, dans un clignotement rouge, les lettres s'allument et s'impriment contre le ciel à la façon des lumières d'un manège.

Je me souviens comment, dans l'autobus il y a longtemps, je regardais par la vitre couverte de gouttes de pluie l'avenue Necatibey. Elle était encombrée, sale et bruyante, et je ne reconnaissais plus les gens, ni les signes sur les façades, ni la lumière verte des commerces, ni les arbres mouillés, les pigeons distraits, les chiens qui tremblaient dans la boue… Toutes ces choses et ces êtres que je voyais par la fenêtre derrière les gouttes de pluie me rappelaient un rêve que j'avais fait et dans lequel j'essayais de traverser le Bosphore accroché dans la fourrure d'une louve à grosse mamelles avec qui j'avais coulé au fond de la mer et mouillé mon pyjama. Et à travers la vitre, je l'ai vue avec son visage décomposé, une vieille dame qui ment sur son âge, İstanbul. Je l'ai vue et cette journée est devenue l'une des plus tristes de mon existence. Je ne savais pas pourquoi mais j'entendais dans mes oreilles un bourdonnement, les bruits de la ville, comme la course essoufflée d'une personne pressée perdue dans ces rues grises. Et cette personne aurait pu être un autre, ou tout simplement moi.

LA VOIX

Sous le soleil de midi, les murs d'enceinte de l'hôpital allemand de Cihangir, quartier aux façades
crasseuses jouxtant Beyoğlu, étaient d'une blan-
cheur héroïque. Héroïque aussi était la voix de ma
mère qui s'élevait au-dessus du soupir de la rue
s'adressant, pensai-je, à une infirmière ou à une
autre patiente. Ma mère s'était toujours imposée par
la voix et le familier torrent de paroles aigres était
intact, résonnant dans la cour et se glissant sous ma
peau. Même à cette distance, mon corps miraculeusement reposé en attrapait la chair de poule.

Je me présentai devant la guérite où j'interrogeai
le portier assoupi. Son col de chemise était ouvert
sur sa poitrine glabre. Il m'indiqua l'étage, une
mesure inutile puisque la position exacte de la
patiente était identifiable à son seul caquetage.
Guidé par le tue-tête métallique de celle qui m'avait
mis au monde, je gravis donc les trois étages qui me
séparaient d'elle et m'engageai dans le couloir où
se trouvait sa chambre.

Je ne pouvais pas croire qu'elle eût réussi, à son
âge, à rentrer au bercail. Sans mon aide, cela
m'avait paru impossible. La dernière bravade de ma

mère, sa fuite d'Égypte, avait pourtant été de son point de vue un acte lucide, et comme j'avais pu m'en rendre compte moi-même lors de ma brève entrevue avec Leon Pinaski, son statut de rapatriée et de veuve lui assurait les attentions de nombreux protecteurs. Elle pouvait se permettre d'ignorer ses compatriotes. Ses affections s'étaient toujours naturellement portées sur ceux qui n'étaient pas des Turcs, du moins pas trop. Pour elle, il était normal de vivre en leur sein mais à une distance respectable, et de terminer parmi eux son existence pleine de clinquant et de fausse respectabilité sans s'encombrer des souvenirs, des regards ou des reproches de ceux qui étaient restés. Elle profitait du confort de la langue et des commodités d'un système qui, si imparfait qu'il eût pu être, offrait à la citoyenne turque de retour d'expatriation des facilités miraculeuses. Comment avait-elle pu s'offrir cette chambre dans l'aile spécialisée de l'hôpital allemand de Cihangir ? Leon Pinaski ? La Fondation Yeniadam ? Une cassette secrète, l'assurance-vie de ses vieux jours ?

J'avançai vers la porte entrouverte. Cela faisait près d'un an que je ne l'avais plus revue. Sa voix, cette litanie plaintive qui ne vous lâchait pas, répondait derrière cette porte d'hôpital à ce que je pensais être les questions d'un visiteur. Je frappai deux coups brefs et ouvris sans attendre. La discussion s'interrompit et, avant même que je ne discerne sa forme assise dans le fauteuil près de la fenêtre, la voix s'élança vers moi.

C'est vous, Leon ? demanda-t-elle avec brusquerie.

Elle portait une robe bleue à fleurs blanches et fixait la porte sans me reconnaître, au point qu'un bref instant je crus m'être trompé de chambre. Cette femme amaigrie au teint ambré était indiscutablement ma mère et elle se trompait sur mon identité. Pire encore, la voix que j'entendais depuis mon arrivée ne conversait avec personne. Jusqu'à mon arrivée, ma mère s'était entretenue seule à seule avec elle-même, et à présent elle me prenait pour un autre.

Je lui avais apporté des fleurs que je déposai à côté du bouquet d'un précédent visiteur. La coquetterie était l'une des rares choses que j'avais aimées chez elle, et le temps, au moins, n'avait pas altéré cette disposition féminine. Je lui proposai de l'emmener déjeuner. Elle accepta avec empressement. Cela ne devait pas nous être arrivé depuis vingt ans, années pendant lesquelles nous avions confiné nos conversations aux pièces de l'appartement familial dans lequel elle cuisinait, ou à celles du logement de Ferit et Harika Yüksel. Ces lieux étaient, plus qu'un prétexte au confort, autant de protections contre l'extérieur et contre cet incompréhensible chaos que le monde était devenu pour mes parents. Il n'était plus nécessaire d'essayer de les extraire de ces endroits où ils se trouvaient bien, elle et lui. Ma mère, en tout cas, préférait de loin l'intimité de leur salon à la neutralité d'une salle de restaurant, où elle croyait à juste titre qu'on ne lui passerait pas son sans-gêne. Dans ses appartements au moins, sa voix pouvait attaquer sans risquer d'offenser.

Devant l'hôpital, ma mère me prit le bras. Elle était frêle, sa main légère sans poids sur mon poignet. Elle se mit à psalmodier des phrases en turc comme pour conjurer une superstition passagère. Aucun danger, bien sûr, ne pouvait surgir de cette rue congestionnée. Les conducteurs tapotaient leurs portières en jetant autour d'eux des regards sans joie. Pensant la rassurer, je prononçai quelques mots en français, qu'elle comprit tout en répondant en turc. Nous prîmes ensemble le chemin du restaurant, en silence. Sa politesse bizarre, ses réponses vagues et le regard perplexe qu'elle me jeta quand je poussai la porte de l'établissement finirent de me convaincre d'un fait indéniable que j'éludais depuis que j'avais pénétré dans sa chambre. Je n'étais plus à ses yeux qu'un homme aimable quoique difficilement identifiable qui l'emmenait déjeuner. J'aurais pu être son médecin, un aide-soignant, Leon Pinaski ou Hasan Yeniadam. Mais il ne faisait aucun doute qu'elle ne reconnaissait plus son fils. J'avais retrouvé le sommeil et le goût de la vie ; et elle était devenue sénile. La roue avait tourné, tournait encore et il était trop tard. En imaginant qu'elle se soit souvenue, ces dernières années, du mal qui m'affligeait, elle ne saurait même pas qu'aujourd'hui, devant elle, se tenait son fils et qu'il était guéri.

Elle n'en laissa rien paraître pendant le déjeuner. Nedim Gazan, le metteur en scène qui tournait dans l'immeuble d'en face, vint nous saluer et, lorsque je fis les présentations, elle choisit de ne rien trahir de sa confusion. Son subterfuge était remarquable ; sans certitude sur l'identité des gens qui l'entouraient, son instinct la poussait à dissimuler la vérité et l'indignité de son état. Elle ne semblait pas malheureuse. Je la trouvai même apaisée. Elle n'avait plus de souvenirs, bons ou mauvais, et s'ils existaient, ils ne lui revenaient pas. En la regardant manger avec appétit, j'imaginai que les bons moments, dans son esprit, faisaient encore, quels qu'ils soient, comme un amoncellement d'impressions, un tableau fantasmagorique, une toile abstraite saturée de couleurs et de mouvement. Mais il était clair que je n'en faisais pas partie.

Au cours du déjeuner, je lui demandai si ses vacances s'étaient bien passées et si, maintenant qu'elle était rentrée, elle avait besoin de quoi que ce soit. Elle répéta que Leon s'occupait de tout. Je ressentis de la jalousie à l'égard de cet individu qui s'était si bien introduit dans sa vie qu'il monopolisait chacune de ses pensées. Les liens du sang n'étaient rien et leur valeur nulle face à l'éloignement ; la souffrance — l'impossibilité de communiquer cette souffrance — les réduisait à des pensées amorphes. Je n'étais plus rien pour elle, et lui, Leon Pinaski, était tout. Elle s'en souviendrait jusqu'au bout.

Je me levai de table et annonçai que je la raccompagnais chez elle. Elle se laissa guider jusqu'au coin de rue d'où j'étais venu regarder le Bosphore le lendemain de mon arrivée, juste avant la secousse. La rue qui descendait vers la balustrade était ensoleillée. Une vieille Peugeot grise était garée devant la centaine de marches qui descendaient jusqu'à la rive. Ma mère se tint en silence devant le paysage étincelant, photographiant quelque chose qui ne s'imprimait nulle part dans la chambre noire de son cerveau. Noyé dans l'émulsion de lumière, le Saray flottait dans une opacité légère, aérienne. Plus loin au nord, le dos du premier pont moutonnait au-dessus du Bosphore, gonflé par la circulation entre les deux continents. Les minutes s'écoulèrent, une image se forma dans mon esprit, image que celle qui se tenait là, immobile et fragile devant le grand silence bleu, saurait percevoir tant elle était lointaine.

S'il effaçait le passé proche, son esprit pouvait encore convoquer ces temps éloignés avec assez de dextérité. Le mot m'effleura les lèvres mais je ne le prononçai pas. Elle m'avait lâché le bras et n'avait pas bougé. Je me tournai vers elle. Son regard était fixe et absent. D'une voix monocorde, plus douce qu'avant, elle finit par dire :

Cela fait longtemps que je suis malade.

Elle sourit et je m'emparai de sa main. J'avais repris espoir, fort d'une dernière croyance, la pensée dérisoire qu'elle avait jusqu'à maintenant joué la comédie pour mieux me surprendre et partager avec moi ce moment, devant cette vue si bien connue de nous deux.

Moi aussi, dis-je. Moi aussi j'ai été malade.

Elle posa ses petits yeux sur moi ; elle n'avait pas saisi ce que je voulais dire. Elle ne chercha pas à savoir non plus qui j'étais ou de quoi je parlais. Ne sachant quoi répondre, ni comment l'exprimer. En lieu et place du passé, il n'y avait plus dans ses yeux qu'un écran blanc, éclairé par les lumières ternes d'une salle de cinéma déserte. Nous remontâmes la rue en silence, deux étrangers forcés l'un vers l'autre par l'étau de la ville et de nouveau séparés par la faille qui la traversait.

FAMAGUSTA

Ça s'est compliqué dès le moment où le père est parti en voyage d'affaires. On l'a accompagné au bateau à Karaköy, avec juste assez de bagages pour passer l'été à Paris, trois semaines à peine. Avec la mère revenue spécialement d'İzmir, l'oncle Adnan et la tante Belma, on était plantés devant le bureau des Lignes maritimes turques, là où lui et moi avions partagé un sandwich au poisson à l'automne dernier, quand tout allait bien et qu'on récitait des poèmes devant la foule pour se faire plaisir. Le père est monté dans le bateau pour Marseille et il a attendu sur le pont. J'ai eu un pincement au cœur, je me suis dit que je n'avais toujours rien avoué concernant la lettre et que cette cachotterie entre lui et moi ne laissait rien augurer de bon. Je devenais comme la grand-mère qui avait décidé de rester au lit pour protester — superstitieux comme c'est pas permis, à me dire que cette histoire allait lui porter la poisse. Mais je n'ai rien dit, pas pipé un mot. Ce n'était pas le moment de se mettre à parler de lettres perdues pour cause de vol à l'étalage.

Le père a fait longtemps le même geste de la main dans notre direction, derrière le bastingage,

pendant que le navire s'éloignait avec de grands remous d'hélice avant de laisser s'échapper un coup
de sirène à vous glacer le sang. Maintenant qu'il est
en France, il nous envoie des lettres qui finissent
toutes par *j'embrasse* et *à bientôt* et contiennent des
informations telles que « l'Avenue la Plus Belle du
Monde » et « les Ponts de Paris » où il décrit par le
détail son appartement du Quartier latin et la vie
dans les cafés tabac où les gens se retrouvent pour
fumer des gitanes et parler de l'Existence, qui est un
sujet à la mode dans cette partie du monde en ce
moment. Il explique le fonctionnement du métro
parisien, un immense *tünel* où les trains s'arrêtent à
des centaines de stations différentes et traversent
Paris en moins d'une heure. Les courriers du père
ne font pas mention de la lettre perdue, ce qui me
fait penser que l'affaire est classée. En revanche, le
professeur Jacquard-André de la faculté de Paris
s'intéresse à ses travaux, c'est-à-dire aux histoires
auxquelles il travaille tous les jours penché sur sa
machine à écrire — ces contes à coucher dehors
avec Ülis, Karagöz, Buvar et Peküşe. Ce qui veut dire
que, même si je n'y comprends rien, moi, à ses charades un peu tordues, il y a en France des spécia-
listes qui sont contents que le père les divertisse avec
les fables du cru. Au fond, c'est bien pour lui et c'est
ce qui compte.

Un samedi à Tarabya, j'ai retrouvé l'album que
nous avait montré Belma avec la photographie du
père à Yenikapı. Et je me suis souvenu des articles
que, selon la tante, le père avait écrits avec Yusuf
pour protéger les Juifs qui fuyaient le mal qu'on
voyait partout sur les visages à Berlin en 1935. Je me
suis dit que ce qui intéressait le professeur Jacquard-

André n'était pas les histoires du père à proprement parler, mais le père lui-même et les articles publiés dans les revues, les opinions tranchées, les jugements sur la politique, ce genre de choses qui relèvent plus de l'espionnage que du folklore. J'ai repensé à la lettre en me demandant pour la cent quarante-troisième fois ce qu'elle pouvait bien contenir de compromettant ou de précieux. Et d'un coup, je me suis dit que c'était mieux qu'elle soit perdue, cette lettre, parce que, dans mon idée, il est toujours mieux qu'une lettre pleine de jugements et d'opinions sur des sujets comme l'existence ou le communisme ne se retrouve pas entre les mains des autorités. Et cette pensée m'a soulagé. Quoi qu'il advienne, même en cas d'espionnage, je serai toujours du côté du père.

Les semaines passent. Les lettres du père décrivent Paris comme une pièce fermée décorée de tableaux animés, c'est-à-dire une ville vue depuis une fenêtre au deuxième étage d'un appartement du Quartier latin. Je l'imagine devant la vitre, fumant des gauloises au lieu des Birinci. C'est plutôt difficile de se faire une idée de ce qu'il pense. En nous lisant sa dernière lettre, même si je ne vois pas bien pourquoi, l'oncle explique qu'il faut lire entre les lignes.

> L'été a des allures d'automne. Il a fait très beau et maintenant très froid. Le propriétaire, apparemment pingre, n'a pas remis le chauffage. Je passe mes soirées chez Dino qui a un poêle à bois dans son atelier. On boit du *raki* en se racontant des histoires comme les vieux de la rue Erzurum. J'en ai noté une pour toi sur l'origine de cette étrange maladie

des habitants d'İstanbul : *hüzün* — la mélancolie. Demande à Adnan de lire lentement car chaque détail compte. Encore une fois, c'est une histoire d'anneau dans un bol de bouillon.

Ça commence comme ça :
Lorsque le temps était dans le temps,
il était une fois et il n'était pas,

Lala Mustafa Paşa s'ennuie ferme sur le pont du navire amiral de la grande flotte impériale turque en attendant la chute de Famagusta, légendaire forteresse vénitienne sur l'île de Chypre. Chaque jour, face aux chrétiens qui résistent, ses soldats tombent sous les remparts, il s'en prend à ses généraux, les têtes commencent à tomber. Sous la pression des officiers, le poète Ali Çelebi, conseiller du Paşa, convoque Costas Mokastiriotis, grand magicien chypriote, dans l'espoir que ce dernier saura faire usage de ses pouvoirs pour accélérer la chute de Famagusta ou, au moins, amuser Lala Mustafa.

Sauf votre respect, ô Grand Paşa, je n'ai pas le pouvoir de faire tomber Famagusta, commence Mokastiriotis lorsqu'on le présente à Lala Mustafa.

Çelebi t'a amené ici pourquoi, à ton avis ? grogne l'Amiral.

Mokastiriotis sait qu'on ne rigole pas, que sa tête peut tomber aussi vite que celle des autres. Il lui faut trouver d'urgence un moyen de calmer la colère du Paşa. Il répond :

Attends, ô Grand Paşa, j'ai pour toi un anneau magique : il te fera aimer quiconque le portera. L'amour, dit-on, donne du cœur à l'ouvrage et fait remporter les batailles…

Ma foi, coupe le Paşa en s'adressant à son conseiller. Pourquoi devrais-je croire ce babouin hirsute?

Es-tu déjà tombé amoureux? lance Çelebi au Chypriote. Réponds, chien d'Infidèle!

J'ai failli une fois, répond le magicien, mais je me suis fait prendre.

Oh qu'il est amusant! commente Lala Mustafa en gobant des raisins.

Crois-moi, plaide le Chypriote dans sa langue vulgaire, l'anneau t'apportera gloire et bonheur, sans revers ni désagrément. Choisis judicieusement celle qui le portera et si vos yeux se croisent au moment où l'anneau passe la deuxième phalange de son doigt, ta colère se transformera en amour. Les feux de la passion feront le reste…

Lala Mustafa fait donc affréter une galère remplie de nègres qu'il fait copieusement fouetter direction İstanbul. Vingt jours et des centaines de morts plus tard, la galère revient à Famagusta avec la divine Goncafem à son bord. C'est la plus belle femme du harem de Mahmut Paşa, Grand Vizir de la Sublime Porte, Premier ministre du Sultan. En échange, Lala Mustafa promet à Mahmut Paşa d'en finir avec le siège de la citadelle.

De l'avis de tous ceux qui l'aperçoivent et de Çelebi lui-même, qui est allé la chercher à İstanbul, le Grand Vizir ne s'est pas moqué de lui : Goncafem est sans conteste une femme de la plus haute tenue : délicate, ses traits dessinés au pinceau à un poil, ses yeux éclairés par la foudre. Le conseiller tente d'échafauder un plan pour que le regard perçant de Lala Mustafa croise celui de Goncafem au moment précis où l'anneau passe la deuxième phalange de son doigt.

Pendant ce temps, la citadelle de Famagusta continue de résister aux assauts ottomans et la colère de Lala Mustafa Paşa augmente de jour en jour. Pour se distraire, il se remet à couper les têtes. Voyant venir son tour, Mokastiriotis s'introduit dans les cuisines impériales et prépare un plat de boulettes au bouillon, identique à celui que la mère du Grand Lala Mustafa lui préparait quand il était petit — jaunes d'œufs, jus de citron, persil, riz et boulettes d'agneau en flottaison. Il place l'anneau dans le bol et envoie Goncafem servir le plat à l'Amiral.

Comment oses-tu me servir ce plat, effrontée ! s'égosille Lala Mustafa en flairant le contenu du bol. Seule ma mère en connaît la recette !

D'un revers de main, il envoie balader le repas. Le bol se renverse aux pieds de Goncafem qui, sans se démonter et comme l'a instruite Mokastiriotis, passe l'anneau à son doigt en soutenant son regard plein de colère. La fureur du Paşa aussitôt se transforme en amour.

> *Et là — il était une fois et il n'était pas,*
> *Les choses se gâtent et on n'en sort pas.*

Comme prévu, la citadelle tombe aux mains de l'armée ottomane. Mais le lendemain de la victoire, Goncafem meurt d'un scorbut attrapé dans les galères. Lala Mustafa est malade de tristesse, il a perdu la seule femme qu'il ait jamais aimée. Il se remet à couper des têtes. À court d'idées, Çelebi convoque alors le Grand Mufti de la marine, un homme sage et très laid, bossu comme Karagöz et dont la bouche sent la purée d'ail et l'émincé d'anchois.

Je suis si laid que ma mère en a oublié mon nom, dit le Grand Mufti après s'être caressé le bouc. Donne-moi cet anneau, j'en briserai le charme.

Le Mufti s'empare de l'anneau et, le soir même, à table pendant que Lala Mustafa s'emporte contre ses officiers de quart réunis sous sa tente, il lui coupe la parole. Au moment où le regard furieux du Paşa croise celui du Mufti, ce dernier passe l'anneau à son doigt. Une nouvelle fois, la colère de Lala Mustafa se transforme en amour, pour le Mufti cette fois.

Surpris par cette soudaine passion, Lala Mustafa garde le secret de son amour pour le Mufti, craignant d'être discrédité parmi ses soldats. Mais lorsqu'il se rend compte que cet amour pour le plus laid des hommes se renforce de jour en jour, il confie son secret à Çelebi qui à son tour notifie le Grand Mufti de l'échec de sa combine.

Pris de panique à la pensée du châtiment qui l'attend, le Grand Mufti se rend sur les remparts de Famagusta et jette l'anneau dans le golfe de Lepanto. À l'aube, la flotte chrétienne approche et, en quelques heures, les eaux sont rouges du sang des Turcs en déroute. Le Grand Mufti périt dans la bataille et Lala Mustafa perd la quasi-totalité de ses navires. C'est la plus grande défaite navale de l'histoire des Turcs.

Il était une fois et il n'était pas
Ça finit toujours en boudin de chat

Jusqu'à la fin de ses jours, Lala Mustafa Paşa continue de scruter le fond de la mer sans pouvoir s'expliquer cet *hüzün* qui le suit partout, sa mélancolie maladive qu'il traîne d'un palais à l'autre sur les rives du Bosphore où il a pris sa retraite. Il ignore que l'anneau est quelque part au fond de cette mer, et qu'à l'image de son amour perdu il ne cesse de le chercher en scrutant les bas-fonds. Sa descendance contracte sa maladie, ce qui explique pourquoi, à chaque génération, ceux qui posent trop longtemps leurs yeux sur les eaux du détroit sont saisis, à leur tour, d'une tristesse sans égale, comme si l'absence d'un être aimé hantait en permanence leur vie bien remplie. C'est de là, dit-on, que vient la mélancolie de ceux qui sont nés sur les rives du Bosphore.

L'oncle Adnan lit vraiment bien les histoires. Il pourrait monter un sacré numéro avec le père, s'ils le voulaient.

L'oncle est un habitant de Fatih et cela représente pour lui un effort considérable de faire quotidiennement le trajet de son quartier à l'ouest de la Corne d'Or jusqu'à mon école de Beyoğlu, qui est un quartier différent et se trouve au nord de la rivière. C'est une chose d'aller à pied jusqu'à la porte de Silivri et une autre de prendre le tramway de la rue Fatih Türbesi jusqu'à Bozdoğan Kemeri, puis de traverser le pont de Galata jusqu'à la place de Karaköy, là où la vieille mosquée de l'Italien a disparu pour finir, aux dires de l'oncle, dans le Bosphore comme l'anneau de Mokastiriotis. Arrivé à notre appartement de Beyoğlu, rue Erzurum, l'oncle doit argumenter des heures avec la grand-mère qui a des opinions très différentes des siennes et qui est devenue le maître incontesté des lieux depuis que le père est en voyage. Par exemple, elle ne se gêne plus pour lire à haute voix la presse anticommuniste et manifeste son désaccord avec l'oncle en avançant la lippe et en crispant son menton, organe protubérant dont elle fend l'air en émettant des claquements de langue agacés. Cela fait un moment qu'elle ne met plus le nez dehors et transporte son large physique, comme elle dit, d'un bout à l'autre de l'appartement. Babaanne possède un savoir aussi vaste que ce physique dont elle parle, un savoir tiré des journaux et des visites de ses amies qui lui rapportent ce qui se dit dans les rues où elle ne sort plus. Elle prétend même avoir déjoué un assassinat rien qu'en écoutant les conversations à sa fenêtre. Mais maintenant sa surdité lui interdit ce genre de performance et elle est devenue taciturne. Cet hiver, quand je lui ai dit que le Bosphore avait gelé, elle a répondu qu'elle avait vu ça en 1929 et que ce genre d'événement ne l'intéressait plus, qu'elle n'allait pas participer à l'hystérie collective.

Dans l'appartement de l'oncle à Fatih, il y a un téléphone. Lorsqu'il s'en sert, l'oncle s'empare du combiné et parle fort en agitant la main et de cette manière les informations sont transmises d'un bout à l'autre du fil qui relie les combinés du monde entier. Ces derniers temps, l'oncle appelle souvent le père dont la voix ressemble alors à celle d'un personnage miniature. Une conversation au téléphone n'a rien à voir avec celle d'un repas de famille. D'abord, on dirait qu'il faut attendre que le correspondant ait fini sa phrase pour répondre, ce qui n'arrive jamais en vrai. En vrai on parle tous en même temps et on s'interrompt. Parfois, la ligne coupe et il ne reste qu'un faible chuintement dans l'appareil, comme le grésillement d'une casserole à pilaf sur le feu. L'oncle se recroqueville alors sur l'appareil en répétant allô, allô comme si cela pouvait changer quelque chose.

Parfois, des collègues du père viennent appeler depuis le téléphone de l'appartement de Fatih, vu que le père est lui-même trop pauvre là où il habite pour payer la communication, et que le quartier où sont ces collègues n'est pas encore raccordé au téléphone. C'est comme ça que j'ai rencontré le vrai Yusuf, un jour où il venait appeler le père pour l'informer des dernières nouvelles de l'université. Je l'ai reconnu à son costume et au foulard qu'il avait glissé dans sa poche de veste exactement comme sur la photo prise à Yenikapı en 1935 dans l'album de tante Belma. Et d'un seul coup, pendant la conversation au téléphone, Yusuf Bey a mentionné la lettre. Il a prononcé le mot « lettre », *mektup*, à plusieurs reprises, ce qui m'a fait repenser à l'inavouable faute professionnelle que j'ai commise avant le départ du père. L'instant d'après, je m'étais déjà persuadé que ça se tasserait. À présent, je règle toujours les problèmes de la même façon, comme font les adultes. Quand j'entends le mot *mektup* j'ai le cœur qui bondit et les jambes qui flageolent, mais j'ai décidé qu'il fallait souffrir en silence et que c'était un mal nécessaire avec lequel il fallait que j'apprenne à vivre.

La mère, qui est loin elle aussi, n'écrit jamais de lettre. Je pense qu'elle n'aime pas vraiment écrire. Elle dit souvent qu'un écrivain dans un foyer c'est déjà beaucoup. Elle donne des cours d'histoire et de géographie aux élèves d'İzmir et je ne crois pas qu'elle aime beaucoup son travail. Il me semble qu'elle préfère appeler au téléphone pour se soulager et s'exprimer avec perte et fracas. Elle n'a pas grand-chose à dire en général et elle pleure un peu trop pour une mère à mon goût. Je me dis parfois que c'est moi qui devrais pleurer, vu qu'elle n'est jamais là, qu'elle travaille à İzmir alors qu'on est tous censés vivre ensemble, rue Erzurum. Quand j'ai fini de l'écouter je passe le téléphone à tante Belma pour qu'elle lui chante une chanson ou qu'elle dise les choses qu'il faut pour la rassurer. Mais la mère continue de se lamenter à mon sujet, en expliquant que je ne l'aime plus et qu'elle ne mérite pas le sort qui lui est réservé. Je regarde Ömer qui bâille dans son coin sans décrocher un mot et cela me rassure. Lui aussi, ses parents l'ont abandonné mais, comme il le dit lui-même, cela n'a qu'un temps. On retrouve toujours ses parents un jour, c'est ce qu'on appelle le bon côté des choses et, à choisir entre les deux, je préfère les lettres de Paris au téléphone. Elles décrivent le métro, la Seine et les statues de femmes dénudées à chaque coin de rue, et dans l'enveloppe le père glisse toujours une histoire comme celle de Lala Mustafa Paşa, tapée à la machine. Pour faire plaisir au père, j'ai commencé à lire la collection des volumes des *Pardaillan* dans la bibliothèque de l'oncle à Fatih. Ils racontent la vie romantique des révolutionnaires parisiens. Je me suis dit qu'en les lisant j'allais enfin savoir pourquoi les communistes d'İstanbul sont censés se cacher et ce que veut dire exactement ce mot. En fait, ce ne serait pas du luxe d'en savoir un peu plus sur la question.

PINASKI (II)

J'étais frais, reposé et indemne. J'étais même dans une forme imbattable. J'avais tant dormi que ma peau sentait l'odeur des draps froissés. Il y avait quelques jours encore, je n'aurais pas donné cher de cette peau-là et m'étais résolu à l'inévitable, à cette *insomnie fatale* qui me retranchait peu à peu du monde et me condamnait à la déliquescence, à l'effacement par paliers, à l'écrasement de mes forces et de ma volonté. Et puis, lorsque je m'y attendais le moins, ce sursaut s'était produit en moi. Ce n'était rien encore — un sursis, une interruption de l'abîme — mais cela était suffisant pour que je reprenne goût à ce repos dont j'avais été privé pendant des mois entiers, ainsi qu'à la vie qui continuait de battre dans mes veines. Mon mal s'était dissous puis écoulé hors de moi. Le voyage, l'air d'Istanbul, le calme de la chambre d'Orhan, le *rakı dip*, tout pouvait l'expliquer — ou rien de tout cela. Du jour au lendemain, je m'étais remis à dormir et rêver. Comment interpréter sinon en spéculant que dans les profondeurs de mon être, par un processus inconscient, le mal avait lâché prise, que l'ordre était revenu et avait mis fin au chaos des cellules, que l'anxiété avait laissé la place à cet immense apaisement.

Le Bosphore sinuait dans le paysage qui s'étalait sous mes yeux. Derrière l'inégale série d'immeubles gris qu'il traversait, ce cache-cache incessant qui se jouait entre l'eau et le béton, un filet de fumée s'élevait du côté de l'embarcadère de Beşiktaş. J'ouvris la fenêtre pour humer l'air matinal. Il faisait encore frais ; une fine touche anisée parfumait la brise. Que m'importait que ma guérison résulte d'une libération de mon Moi, d'une concoction alcoolique ou d'un décrochage neuronal… J'avais trouvé l'antidote, l'élixir de ma vie nouvelle, et les implications de ce qui s'était produit sur mon organisme dans ce restaurant de la rive droite de la Corne d'Or me semblaient maintenant d'une simplicité émouvante. Tous les soirs en l'honneur de ce jour je boirais un verre de *rakı* avant d'aller au lit. Puis je m'endormirais, heureux comme un Turc, du sommeil du juste.

J'avais fixé un autre rendez-vous à Leon Pinaski, à son domicile, afin d'expédier avec lui les affaires en cours. J'étais revenu du choc qu'avait produit sur moi l'évidence de la sénilité de ma mère et il était clair à présent que je ne pouvais plus compter sur elle pour m'indiquer ce que le manuscrit était devenu. Le document avait acquis une vie propre et plus erratique que je ne l'avais d'abord soupçonné. Si, comme Ferit Yüksel le prétendait, elle l'avait emporté à Istanbul, sa trajectoire elliptique s'arrêtait ici. Mais j'avais eu beau fouiller, au retour du déjeuner, parmi les possessions familiales que ma mère gardait encore dans l'unique armoire de sa chambre au troisième étage de l'aile gériatrique de l'hôpital allemand — un chandail, un collier d'onyx, des tissus et des kilims soigneusement pliés —, je n'avais rien trouvé. Je ne pouvais pas non plus m'imaginer ce qui était advenu de cet objet de convoitise pour les uns, de fantasme pour les autres et qui, selon moi, n'était réel aux yeux de chacun que par cette façon qu'il avait d'échapper à l'emprise du plus offrant. Seul Pinaski, qui avait côtoyé ma mère lors de son installation, disposerait des informations nécessaires à la poursuite, ou au contraire à l'abandon, de cette recherche à mes yeux aussi fastidieuse qu'inutile. En outre, quelqu'un devait s'occuper de ma mère lorsque je rentrerais à Londres et, en dépit des réserves que j'entretenais à son égard, mon intention était de signifier à Pinaski qu'il avait les coudées franches pour veiller sur elle s'il le souhaitait. Si l'homme m'était antipathique, je ne le croyais cependant pas mauvais.

Dans l'ascenseur, les mots de Yeniadam m'étaient une fois encore revenus à l'esprit. Je me répétai, en en changeant le genre, cette phrase qu'il avait soumise à mon appréciation lors de notre première rencontre… *Elle* ne tenait à son espèce… du côté de ses ascendants… tous étaient morts… croyant s'être perpétués : le refus obstiné de toute descendance, n'était-ce pas ce que ma mère s'était toujours attachée à défendre ? Elle tenait tant à son espèce que si elle l'avait pu elle se serait perpétuée bien au-delà de son unique héritier. Sa mémoire qui flanchait était la meilleure des excuses. Sans mémoire, pas de passé, et sans passé, rien de la tendresse qui pouvait lier une mère à son fils, la neutralisation commode, en somme, de toute forme d'affect.

278

Pinaski possédait une vue sur le détroit — une belle portion de bleu qui rutilait, sertie entre la ligne verte de la rive asiatique et le moutonnement atone des immeubles de Beşiktaş. Il habitait au dernier étage, assez haut pour que, depuis l'entrée, les fenêtres du salon donnent l'impression de s'ouvrir directement sur le ciel. J'avais poussé la porte entrouverte à mon intention et trouvé Pinaski debout devant la porte-fenêtre. Il était en robe de chambre et sa silhouette drapée de bleu marine se découpait sur le ciel. Ses lèvres charnues tiraient avec gourmandise sur un fume-cigarettes. Pas rasé, en pantoufles, il arborait un air pensif et satisfait. À le voir ainsi figé dans son geste, on aurait pu croire qu'il jouait, avec d'invisibles partenaires, au jeu des portraits vivants tel qu'il se pratiquait à la cour de Louis XIV, tenant avec le plus grand sérieux le rôle de l'Ottoman comme Rembrandt dans son autoportrait. J'avais devant moi l'Expatrié, planté là à la manière d'un modèle en cire sorti des salons de Mme Tussaud — l'homme qui, comme il l'avait expliqué lors du dîner à l'issue duquel j'avais pris la fuite, traversait les époques et les régimes dans le présent continu de son exil doré sans que rien n'affecte jamais sa joie d'être simplement vivant. Les temps qui changeaient ne coûtaient rien d'autre à cet homme que d'imperceptibles désagréments, ces petites anxiétés du voyage dont il avait fait la liste au cours du repas : retards à l'aéroport, perte d'un bagage, étourderie du personnel de maison, maladresse du service — ou encore, ces femmes-corbeaux qu'il avait moquées sur le trottoir à la sortie du bar à vins, ces volatiles au plumage sombre, ces formes dissimulées sous des tchadors, qu'il jugeait déplacées parce qu'elles gênaient les confortables préjugés qu'il entretenait sur la ville. Istanbul tolérait mieux sa présence que Pinaski ne tolérait celle de ses habitants.

Pinaski avait-il la patience ou la disponibilité d'esprit pour s'attacher à une chose aussi immatérielle qu'un *poème*? Sans parler — dans l'hypothèse où elle les avait prononcées — des paroles hypothétiques d'une vieille femme sur le travail de son mari. C'est sans beaucoup d'espoir et en regrettant presque d'être venu chez lui que j'attendais donc, debout derrière le canapé du salon, que mon hôte s'extraie des réflexions dans lesquelles son geste de bienvenue l'avait plongé — un ah étouffé, suivi d'une main tendue et hésitante. Au bout d'un moment, jugeant qu'il était temps de faire un autre geste, il s'excusa et disparut dans le dédale de son appartement. J'entendis des raclements de gorge puis le bruit d'une chasse d'eau tirée à trois reprises. Je maudis Yeniadam et me résolus à abréger notre entretien à son strict minimum.

Il réapparut dans la pièce en s'épongeant le front. Ses yeux étaient rouges.

Ah, votre mère, commença-t-il en laissant traîner ses voyelles. Une amie. Je tiens particulièrement… Ses derniers mois ont été… voyons… difficiles. Souvent, vous lui avez manqué et…

Monsieur Pinaski, l'interrompis-je aussitôt.

Il dut juger l'interruption abrupte et hocha la tête comme pour me signifier que son feu vert n'était accordé qu'avec une certaine réticence.

Appelez-moi Leon, fit-il d'un air navré.

Leon, je sais ce que vous avez fait pour ma mère. Je ne suis pas ingrat et vous le dis sans hésitation :

sans vous, ma mère ne serait pas en vie à l'heure qu'il est. C'est une femme qui a toujours eu besoin d'être entourée, vous le savez mieux que moi.

Il s'installa dans un fauteuil, son dos tourné à la fenêtre, et croisa les jambes. Son pied tendu se mit à s'agiter avec frénésie et son coude se planta dans sa cuisse, tandis que sa cigarette continuait loin de son corps à se consumer en équilibre dans l'embout du fume-cigarettes.

Très franchement, continuai-je, vos sentiments pour ma mère et vos opinions sur cette ville et ses habitants me laissent indifférent. Disons que j'ai mes opinions et vous les vôtres et qu'elles ne correspondent pas. Nous ne pouvons pas nous entendre…

Son pied continuait de danser la chamade et il me sembla que ses yeux se mettaient à loucher. Il prit une autre bouffée en tordant les lèvres.

Mais il se trouve, poursuivis-je, que j'ai cette petite affaire à régler, une affaire minuscule et insignifiante que j'aimerais résoudre avec efficacité, dans l'honneur et la discrétion et sans avoir à entendre ce que vous pensez de ma famille. Si je suis ici, c'est pour savoir — je ne vous demande rien d'autre — ce que vous connaissez sur ce point particulier, c'est-à-dire un poème, écrit par mon père à la fin de sa vie et que ma mère aurait apporté avec elle ici, ou qu'elle aurait autrement égaré. Un poème qui intéresse un certain nombre de personnes dont je ne fais pas partie et dont ma mère a oublié jusqu'à l'existence. C'est la seule raison de ma présence ici, chez vous. Ma mère en aurait-elle, par hasard, fait mention en votre présence ? Une fois que vous m'aurez répondu, je vous promets que vous n'entendrez plus parler de moi, et vice versa.

Leon Pinaski ouvrit la bouche, mais rien n'en sortit d'abord. Son visage s'était empourpré, il décroisa les jambes puis les recroisa, de nouveau sa cheville nue surgit d'un pli de sa robe de chambre et, lorsqu'il retrouva l'usage de la parole, il choisit de s'en tenir aux faits, sans référence au caractère personnel de ma diatribe. Tant mieux s'il me prenait pour un fou.

Le poème..., bredouilla-t-il en se massant les tempes. Il y a bien... un poème inachevé, vous voulez dire ? Mais en quoi suis-je concerné ? Enfin... Vous avez cru que... Mais, non ! J'ignore absolument tout ! fit-il enfin en me présentant les paumes de ses mains.

Je l'observai en silence.

Elle en a bien parlé une fois, reprit-il. *Ali* quelque chose... Mais bon, moi... Ce n'était pas très... Elle m'a montré ce morceau de journal qu'elle avait dans son sac et qu'elle emportait partout, elle en était très fière. Moi je n'y comprenais rien, à part le titre, quelque chose comme *tutti quanti* ou *tutti frutti*. Vous savez, c'était très vague dans son esprit à elle. Tout se mélangeait... Au fait, c'est important ce poème ?

Je précisai que ce que je recherchais n'était pas l'extrait du journal mais le manuscrit, et expliquai qu'il appartenait contractuellement à Hasan Yeniadam, magnat de l'industrie et de la presse et collectionneur d'art — un nom à la mention duquel son visage s'empourpra davantage. Toute information utile à la localisation d'*Ali Hergün*, dis-je, avait une valeur pour les personnes concernées et serait utile au bien commun, ou au moins, ajoutai-je, à la Fondation qui s'occupait, dans ces contrées étrangères, de définir les contours de cette notion encore floue.

Vous êtes proche de ma mère, dis-je à Pinaski, soulagé qu'il ne comprenne rien à toute l'affaire. Si elle vous parle de quoi que ce soit, faites-moi signe, ajoutai-je en lui tendant un bristol.

Je me levai et fourrai les mains dans mes poches pour éviter d'avoir à serrer la sienne. Pinaski m'accompagna jusqu'à la porte et me suivit sur le palier.

J'aurais aimé vous être plus utile, dit-il inutilement.

Pas de problème, dis-je. Vous le serez peut-être un jour.

Je pénétrai dans l'ascenseur et fis coulisser la grille. J'appuyai sur le bouton du rez-de-chaussée et Pinaski s'éleva dans les cimes de l'immeuble, sa tête déconfite s'éclipsant en premier, suivie des pans croisés de sa robe de chambre, du fume-cigarettes dans sa main molle, de ses chevilles dégarnies et de ses ongles de pied jaunes. Il s'éleva tel un saint désœuvré pour disparaître dans les étages et je ressentis le soulagement du fugitif à la vue de ses poursuivants immobilisés sur la rive, de l'autre côté d'un pont qu'il vient de faire sauter. Je venais de saisir ce que j'aurais dû deviner bien des semaines auparavant à la lecture d'*Ali Hergün*, une évidence qui n'avait pu m'échapper qu'en raison de l'émoi dans lequel la mort de mon père m'avait plongé. Non, Pinaski ne me serait utile ni ce jour-là ni un autre, puisque le manuscrit n'avait jamais existé. *Ali Hergün* était un faux concocté par un imposteur. Ferit Yüksel s'était servi de mon père, son ami, dans le but intéressé de voir son nom publié dans les colonnes d'un quotidien national à grand tirage. À sa mort, il avait bricolé un pastiche de ce que la poésie de mon père aurait pu être dans le monde fantaisiste de leur voisinage, une transcription des cocasseries échangées rituellement à l'heure du thé. Était-il même possible qu'ils aient décidé ensemble de procéder à cette farce digne des personnages facétieux avec qui mon père avait partagé son existence ? Quoi qu'il en soit, à cause de mon aveuglement et de ma colère sans doute, je m'étais laissé duper. Et dans cet ascenseur qui me descendait comme par les veines d'un quartz temporel vers les profondeurs d'une époque révolue et inconnue de moi, un rire tonitruant et irrésistible me traversa alors la gorge, que je ne pus retenir lorsqu'il s'élança hors de la cage, pour percuter par saccades claires les marbres impeccables des paliers qui poursuivaient leur ascension vers les hauteurs de l'immeuble.

BABAANNE

Chez l'oncle hier après-midi, la radio n'arrêtait pas de répéter la même histoire. Comme quoi la maison d'Ali Rıza Efendi et Zübeyde Hanım, père et mère du Gazi, au 75 de l'avenue Apostolu Pavlu à Salonique — où est né, il y a pas mal de temps, le père de tous les Turcs, fondateur de la République, alias Mustafa « digne de Perfection » Atatürk — avait été vandalisée ; et puis ensuite, un peu plus tard dans la soirée, quand l'oncle a rallumé la radio, on parlait d'attaque à main armée ; et finalement, ça s'est mis d'accord sur cette histoire de bombe qui depuis hier soir fait le tour du quartier. Ils disaient qu'une bombe avait explosé dans la maison de Mustafa Kemal Atatürk.

Le commentateur s'égosillait. Il disait, pas besoin de donner des noms, que c'était aisé de connaître les coupables dans des situations pareilles. Qu'il ne fallait pas se creuser la tête, ni être diplômé ès lettres pour savoir qui avait fait le coup. Et en surveillant l'oncle du coin de l'œil, assis comme il était à côté du poste sans rien dire, à manger sa moustache qui commençait à ressembler à l'extrémité d'un bâton de réglisse bien mâché, je voyais bien, moi, que ça lui causait des soucis cette histoire de bombe et de terroristes qui s'attaquaient aux symboles de la république. On avait toujours du mal à voir qui étaient les coupables et pourquoi ils auraient fait une chose pareille. Après, quand l'oncle m'a ramené chez la grand-mère pour dîner, parce que le lendemain c'était mercredi et que j'avais école, à Beyoğlu aussi on disait qu'on savait très bien qui étaient les terroristes. Et j'ai pensé : *miş* — encore une rumeur qui va mal tourner. Une histoire à coucher dehors qui va nous obliger à rester au chaud. Et je ne croyais pas si bien dire, parce qu'on était en septembre.

Cette nuit, j'ai été réveillé par un bruit fracassant qui ressemblait au tonnerre, sous les fenêtres. Je me suis levé pour escalader la commode et étudier ce qui se tramait en bas, mais il était tard et les magasins étaient fermés, ce qui faisait que dans la rue Erzurum on n'y voyait trop rien. Plus haut, quand on regardait vers l'avenue İstiklal, des lueurs rougeâtres qui ressemblaient aux flammes d'un incendie se reflétaient sur les murs des habitations. Des voix retentissaient aux quatre coins du quartier et des formes s'agitaient dans la pénombre. On entendait des bruits de pas, des cris étouffés qui provenaient de l'intérieur des immeubles, des pleurs et des supplications lancées dans toutes les langues. Je me suis souvenu de Yani et de sa manière de baisser la voix ces derniers temps quand on le surprend à parler grec devant son magasin. Moi, ça ne me gêne pas d'entendre le grec ou l'arménien, rue Erzurum ou ailleurs ; quand on entend ce genre de conversations, Ömer et moi, on joue à un jeu que j'ai inventé, qui consiste à deviner si on a affaire à une dispute personnelle, à un problème d'argent ou à une histoire de famille, juste en étudiant les gestes, les traits du visage et les sons qui sortent de la bouche des interlocuteurs. Mais les responsables du remue-ménage faisaient plutôt partie de ceux qui n'aiment pas qu'on parle autre chose que le turc et le faisaient savoir. Ce qui explique pourquoi ils avaient décidé de remettre de l'ordre dans les affaires du quartier.

Dans la chambre au bout du couloir, les ronflements tonitruants de Babaanne, la grand-mère, ont continué un bon moment avant de s'interrompre quand les bruits ont commencé à sérieusement se rapprocher de nos fenêtres. J'ai entendu grincer les ressorts de son lit et elle a appelé Ayten, qui dort dans la petite pièce à côté de la sienne. En plus de s'occuper des courses, Ayten aide la grand-mère à faire sa toilette et transmet ses exigences de sultane régnante à qui veut bien les entendre, afin qu'elle n'ait pas à les crier à tue-tête depuis le fond du couloir, en échange de quoi la grand-mère nourrit et héberge Ayten et lui apprend à lire, ce qu'on appelle la solidarité entre classes dans le langage de l'oncle. Ayten s'était penchée à la fenêtre pour essayer de comprendre ce qui se passait dehors et, même s'il n'y avait rien à voir, elle tournait à présent sur elle-même à la façon d'une toupie, la main sur la bouche, en prononçant des incantations superstitieuses qui auraient fortement déplu à l'oncle. La voix impériale de la grand-mère l'a précédée dans le couloir et a eu pour effet de rétablir le calme, ou au moins d'imposer le silence dans la maisonnée.

QU'AS-TU, CERVELLE DE MOINEAU ? elle a dit en approchant de son pas pesant. EST-CE LE

Elle est apparue dans sa longue chemise de nuit
un peu terne à la porte du salon. La remarque sur
le diable s'adressait à Ayten et cela n'a rien fait pour
l'apaiser, au contraire. Il faut dire que la grand-
mère se moque souvent d'elle et, comme elle est
sous sa protection, Ayten ne proteste pas — l'ironie
de la grand-mère est déjà difficile à avaler pour un
İstanbullu, alors imaginez l'effet sur une paysanne
de Bursa.

En bas, on continuait de cogner aux portes puis de
les ouvrir de force et de casser quelques vitrines.
Dans la boutique en face, on échangeait des paroles
brusques en se jetant des objets à la figure — d'après
moi, des bocaux et ustensiles de cuisine, au bruit
que ça faisait en tombant par terre. Je commençais
justement à me dire que ça devait être l'histoire de la
bombe au 75 de l'avenue Apostolu Pavlu à Salonique,
parce que ça ne pouvait pas être la fête du Sucre ou
je ne sais quelle autre fête nationale. Quand ça a
commencé à chauffer devant la porte de notre immeuble, Ayten m'a pris la main et on s'est précipités
sur la grand-mère pour lui expliquer ce qu'on était
censés avoir vu dans la rue. Non seulement la grand-
mère est sourde comme une potiche, mais en plus
elle est bigleuse comme une vieille taupe. C'était très
incohérent parce qu'on n'avait trop rien vu et du
coup la grand-mère a cessé de se moquer pour faire
une chose impensable. Elle était sortie de son lit, ce
qui en soi était un événement, mais voilà qu'à présent
elle ouvrait ses grands bras flapis pour nous recueillir
tous les deux contre elle, Ayten et moi, ce qui était
vraiment curieux, connaissant la grand-mère qui

n'est pas une sentimentale et avec qui il faut se lever tôt pour la voir exprimer des émotions délicates. Les circonstances, au demeurant, exigeaient bien un chouia de souplesse.

Donc, elle nous a serrés dans ses bras pendant que dehors on enfonçait des portes. On entendait crier des choses comme « les Grecs, foutez le camp ! » et on les accusait même, les Grecs de Beyoğlu, d'avoir posé la bombe à Salonique qui n'est pourtant pas la porte à côté. C'est là que j'ai fait le lien entre la bombe qui avait explosé en Grèce et dont on avait parlé toute la journée à la radio et les meubles des gens qui, du même coup, se retrouvaient dans la rue ; que j'ai découvert pourquoi on leur disait de rentrer chez eux et pourquoi on mettait le feu à leurs boutiques sur l'avenue İstiklal, par représailles, même si c'est impossible qu'un habitant de Beyoğlu prenne le train jusqu'à Salonique pour aller faire exploser une bombe dans la maison du Gazi. Je trouvais ça triste, en fait, que ça se termine comme ça. Oui, j'avais l'impression que c'était la fin, la fin de quoi je n'en savais rien, mais une fin véritable, avec la grand-mère, pâle dans sa nuisette fanée, et ses deux enfants debout au milieu de la chambre. Et dans ma tête, sans rien dire à personne, j'ai demandé à Dieu à qui je ne demande jamais rien de nous épargner pour cette fois-ci. En échange, j'ai promis d'être un bon kémaliste.

C'est ce moment qu'ils ont choisi pour pénétrer dans l'immeuble. Ils frappaient aux portes et entraient chez nos voisins, par petits groupes de trois ou quatre, à chaque étage. Quand ils sont arrivés devant la porte de l'appartement du dessous, les locataires ont refusé de leur ouvrir. À leur place, j'aurais fait la même chose car, vu l'heure tardive, leur insistance manquait de courtoisie. Ils se sont mis à discuter à voix haute en se demandant si là-haut il y en avait « d'autres », ce genre de remarques peu réjouissantes quand on pense à ce que ça sous-entend.

MES PANTOUFLES, a commandé la grand-mère avant d'ajouter un peu mystérieusement : CE QUE DIEU A DIT ARRIVERA, et Ayten s'est dépêchée d'aller lui chercher sa paire de mules.

La grand-mère s'est enfoncée dans le couloir sans prendre la peine d'allumer le plafonnier, elle a ouvert la porte d'entrée et elle est sortie sur le palier. C'était un événement hors du commun, une sorte de miracle : la grand-mère sortait de l'appartement. On n'avait plus vu ça depuis des lustres et on s'est donc précipités à la fenêtre pour observer le moment historique où elle mettrait un pied dehors après toutes ses années de réclusion, mais elle n'est jamais arrivée jusque-là.

Dans l'escalier, quand ils ont entendu s'approcher la grand-mère en mules, les hommes ont vite interrompu leurs palabres. Ils se sont mis à chuchoter avant de laisser un silence impénétrable envahir la cage d'escalier, un silence que la grand-mère s'est empressée de rompre avec le genre d'invectives dont elle est capable et qui ont fait trembler tout l'immeuble.

ÂNE, FILS D'ÂNE, QUE CROIS-TU FAIRE ICI À CETTE HEURE ? a-t-elle demandé.

En guise de réponse, l'un des types a dit *şey, şey*, c'est-à-dire qu'il bredouillait une excuse brouillonne qui ne valait pas grand-chose tandis qu'un autre commençait une phrase sans la finir et qu'un troisième cherchait à expliquer pourquoi, justement, ils se trouvaient dans l'immeuble à cette heure tardive, ce qui était justement la question qu'on leur posait au départ.

TU FRAPPES AUX MAUVAISES PORTES ET TES DOIGTS SONT SALES, a coupé la grand-mère en s'adressant à tous comme s'il n'y en avait qu'un.

Quand ils ont dit qu'ils allaient consulter leurs camarades qui étaient dehors pour savoir ce qu'il fallait faire, leur remarque a tellement déplu à la grand-mère qu'elle s'est mise à les couvrir d'insultes comme jamais je n'en avais entendu dans sa bouche, certaines composées de noms d'animaux comme « chèvre » ou « chien » et d'autres que je ne peux même pas répéter. Depuis la fenêtre où je me tenais, j'ai alors vu sortir les inconnus de l'immeuble, des hommes avec des barres de fer à la main, qui ont remonté la rue pour rejoindre leurs camarades en haussant les épaules et en se disputant, et c'est en les regardant s'éloigner que je me suis aperçu que la rue Erzurum miroitait comme une rivière sous la lune à cause des milliers d'éclats de verre qui faisaient comme une mosaïque de vieux hammam. La lune éclairait faiblement les objets qui s'y trouvaient, une chaise renversée, un piano disloqué, des portes sorties de leurs gonds et du linge propre, beaucoup de linge propre, des draps en coton et des chemises jetés dans la rue en tas bien compacts baignés de lumière laiteuse. Des formes humaines circulaient parmi ces débris entassés, les gens de la rue Erzurum, sortis de chez eux à pas prudents pour fouiller dans le grand désordre et n'osant plus rien dire dans leur langue, celle qu'on ne voulait plus qu'ils parlent à présent. La grand-mère est remontée et elle a déclaré comme ça, un peu essoufflée par son effort, *ils ne sont pas d'ici* — en référence aux intrus avec les barres de fer. C'était vrai qu'ils n'étaient pas d'İstanbul, ça s'entendait à leur accent. Puis on est retournés se coucher, parce qu'il n'y avait plus rien d'autre à faire qu'attendre le lever du jour.

Le lendemain, on est descendus dans la rue inspecter les dégâts. La première chose qu'on a constatée c'était que l'épicier grec chez qui on fait nos courses et qui est d'ordinaire debout avant tout le monde s'était volatilisé. Son épicerie avait été vidée de son contenu, elle sentait le vinaigre, ses pots cassés étaient répandus sur le sol et le reste avait disparu ou se trouvait dehors, devant sa vitrine brisée. Une odeur d'huile et de caoutchouc brûlés planait dans l'air et les gens fouillaient, sous les draps et parmi les objets éparpillés dans la rue, ces objets d'ordinaire rangés ou emballés, pliés et installés sur des présentoirs, étagères et comptoirs, donnant envie de les manipuler pour le plaisir ; maintenant ces articles se trouvaient là dans la rue, à nos pieds, et on n'osait pas y toucher. Il y avait des gens qui rangeaient sans rien dire et d'autres qui pleuraient doucement, assis sur le pas de leur porte et d'autres encore qui se cachaient le visage dans les mains, mais on n'osait pas non plus leur parler. Rue İstiklal, on est passés devant le magasin du père d'Ekrem qui avait été épargné grâce au drapeau turc qu'il avait tendu dans sa vitrine. Devant l'immeuble d'en face, la vieille nécromancienne avec son salon de consultation à l'étage fixait quelque chose qui s'agitait derrière son front ridé. Elle répétait toujours le même mot, j'ignore lequel, un mot arménien, sa voix brisée comme si elle était usée, comme si elle avait décidé qu'elle ne s'en servirait plus.

On est allés chercher Ömer et tante Belma à Tarabya, en voiture avec l'oncle. Sur le chemin du retour, on a pris la route côtière jusqu'à Ortaköy et, là aussi, on a vu que les maisons avaient été marquées à coups de peinture rouge avant d'être vidées. Certaines avaient brûlé. Dans la rue principale qui traverse le village, devant les *yalı* colorés qui étaient encore debout, il y avait des voitures retournées et carbonisées et une famille à qui l'oncle s'est adressé par la vitre baissée et qui ressemblait à la nôtre, avec deux garçons, père, mère, grand-mère et un ou deux oncles et tantes qui chargeaient des affaires dans une charrette garée devant un atelier éventré. Quand j'ai demandé à l'oncle où ils allaient, il les a regardés une dernière fois avant de redémarrer en expliquant qu'à la fin de la journée tout le monde serait parti. On est remontés vers Nişantaşı et, dans le jardin des aristocrates, ces gens que le père connaissait parce qu'ils racontaient de sacrées bonnes histoires vieilles d'au moins un siècle, j'ai vu le cognassier déraciné avec tous ses coings sur les branches et je me suis demandé quel genre d'histoires les habitants de ce *yalı* avaient pu raconter pour que leur arbre finisse ainsi et pour qu'ils aient dû partir, eux aussi, sans demander leur reste.

ŞİŞLİ

La galerie Yeniadam, alibi artistique de l'empire industriel éponyme et de l'homme qui citait *Malone meurt*, était nichée à Nişantaşı dans une ruelle ombrageuse qui menait à l'une des avenues les plus sélectes d'Istanbul. En sortant de chez Leon Pinaski, j'avais descendu les rues au hasard, marchant jusqu'au boulevard qui longeait le Bosphore où j'avais acheté deux boules de glace chez ce glacier dont m'avait parlé Orhan, avant de prendre un taxi en direction de la galerie.

J'étais soulagé. *Ali Hergün* n'avait jamais été et j'avais pris la décision d'accorder à Ferit Yüksel le bénéfice du doute, même si aucun doute n'existait sur le talent du véritable auteur de ce poème. J'étais prêt à le laisser me convaincre, comme il le ferait sûrement dès mon retour à Paris, que *Chaque Jour, Ali Hergün dans le grand tout du tout* n'était rien d'autre qu'un clin d'œil posthume ayant plutôt servi la cause familiale, remplissant ma mère de fierté, menant un puissant industriel par le bout du nez et me forçant, à mon corps défendant, à rentrer à Istanbul. C'était déjà beaucoup pour de la poésie orientale. Devant la porte de l'immeuble de Pinaski, j'avais machinalement fourré la main dans ma poche de veste où mes doigts avaient effleuré la carte de visite que m'avait remise le peintre Kubilay Han. L'adresse de la galerie figurait au verso, j'y déposerais une note à l'intention de Hasan Yeniadam pour expliquer que mon enquête était finie avant de ressortir d'un pas digne avec le sentiment du devoir accompli.

Je pensai à Esther. Je l'appellerais ce soir, lui dirais que je rapportais une caisse de *rakı*. Que les choses changeraient et qu'une nouvelle vie commençait pour nous. Je lui parlerais des glaces à texture élastique qu'on trouve sur les rives du Bosphore, elle n'en reviendrait pas, et j'expliquerais que ma mère n'avait plus toute sa tête. Esther savait tout cela mais verrait dans ma détermination nouvelle, tout aussi nouvelle que notre nouvelle vie, le signe que je revenais de loin, d'un long voyage parmi les fantômes et peut-être alors m'aimerait-elle plus encore. Je l'aimais sans retenue, léger soudain je me sentais libre. Je l'appellerais ce soir, me dis-je en attaquant le cornet ramolli par l'agent pistache élastique tandis que le taxi grimpait dans la côte. Trois jours que je ne l'avais pas appelée. Qu'est-ce que j'attendais ? J'écrirais ensuite une carte postale à mon psychanalyste.

Cher Lenz,

Devinez ? Distillé avec le jus de raisin, l'anis est narcotique. Pour un effet optimisé, faites-vous servir le fond du tonneau (*özel rakı*). Je revis. Je suis amoureux. Je comprends mieux ce que disent les gens qui se plaignent de leurs vies trop courtes.

Bons baisers de Turquie, etc.

PS : j'ai réfléchi à votre théorie… Le Jummy peut-il être un fruit ?

Le taxi me déposa en face de la galerie, un espace immaculé d'une soixantaine de mètres carrés, aux murs en ciment brut. Au fond de la salle se trouvait une large table en verre dépoli avec, posés dessus, un écran plasma, des brochures, un pot à crayons. En traversant la rue je reconnus, immobile derrière la vitre, la maigre silhouette de Kubilay Han. Le peintre m'observait attentivement, les mains dans le dos. Son expression était sans sympathie ni hostilité particulières et ne permettait pas de dire s'il m'avait reconnu. Comme je me dirigeais vers l'entrée de la galerie, je lus dans ses yeux une sorte de surprise, celle d'une personne qui n'attendait plus rien de sa journée banale et qui, devant cette visite inattendue, était partagé entre expectative et indifférence. Derrière lui, des toiles étaient appuyées par groupes de trois contre le mur.

Hoş geldiniz, fit-il lorsque j'entrai.

Comment vont vos mosquées ? lui répondis-je en tendant la main.

Il ne me remettait pas et la question parut le déstabiliser. Il passa la main dans ses cheveux gras. Il rassembla de nouveau les mains dans son dos, les épaules voûtées, vissant ses yeux rougis dans les miens. Puis il se souvint, et son rire fusa.

Vous êtes la dernière personne que je m'attendais à voir ici, fit-il d'une voix calme dans son anglais impeccable.

Je ne reste pas. J'ai un message pour Yeniadam.

Je lui tendis le morceau de papier plié que j'avais écrit à l'attention du Saatchi. Il s'en empara, sembla hésiter à m'interroger sur ce qu'il contenait, traversa la galerie et, sans un mot, déposa ma lettre contre le pot à crayons. Il exécutait chaque geste avec une méticulosité extrême, comme si ses mouvements pouvaient faire oublier sa présence compromettante dans la galerie de son mécène, où il aurait préféré ne pas être surpris. Il fit quelques pas vers les peintures appuyées au mur. Je supposai que c'était les siennes.

C'était vous l'autre soir chez Yeniadam, dit-il. J'étais ivre, je suis parti sans dire au revoir.

Je fis signe que c'était sans importance. Parfois l'alcool nous faisait perdre le fil, dis-je. Parfois il aidait à le reprendre.

J'en suis aux prémices, dit-il en désignant les toiles et en réponse à ma question sur l'état de ses recherches picturales. Très loin du cubisme encore, quoique la combinaison de cubes, demi-sphères et cônes existe partout ici à l'état naturel, si l'on peut dire…

Il émit un ricanement en se grattant nerveusement le cuir chevelu. Après avoir observé ce que l'opération avait laissé sous ses ongles, il fouilla dans ses poches et en sortit un paquet de cigarettes. Il en plaça une derrière son oreille.

Je me suis lancé dans une entreprise de déconstruction — il s'était tourné vers ses toiles et agitait la main dans leur direction —, de déconstruction de l'image… on pourrait appeler ça le principe de réalité, principe qui consiste à peindre sans aucune nostalgie, avec le moins d'idées préconçues possible. Istanbul est un objet de contemplation depuis des siècles, c'est un véritable business, un lieu commun d'une ampleur phénoménale. La ville a été dénaturée par les images des autres, ceux de l'extérieur, les Occidentaux. Et si dans ma peinture je parvenais à mettre en pièces... cette nostalgie, disons, ou le sentimentalisme qu'on associe à... Je ne sais pas... L'artiste a une responsabilité, il est...

Il se dirigea vers les toiles et les retourna. Il en accrocha trois à des clous, marchant de l'une à l'autre en vérifiant leur alignement, avant d'appuyer celles qui restaient contre le mur, juste en dessous. Puis il se redressa et je m'aperçus que son visage rayonnait. J'ignorais ce qui me fascinait le plus, les peintures qu'il avait devant lui, signées de l'autographe K'Han, ou cette tension impossible qui lui nouait le corps. Il n'était pas de ceux qui vendaient leurs toiles aux inconnus en se trémoussant ou en submergeant l'acheteur de théories esthétiques, mais de ceux qui étaient incapables d'envisager autre chose que la peinture parce que le trait, les formes et la couleur les avaient toujours hantés et ne les quitteraient jamais.

Face à ces six tableaux, à cet instant, dans cette galerie, je n'avais plus rien à dire sur l'art ou le sentimentalisme en peinture. Dans cette bulle aseptisée, nous débattions lui et moi d'un sujet qui nous échappait, nous le savions tous les deux. Notre échange offrait au peintre K'Han l'illusion d'échapper à ce qu'Hasan Yeniadam, son mécène, ferait bientôt du travail qu'il venait d'accrocher devant moi. L'œuvre serait vendue, finirait dans un bureau ou derrière un bouquet dans le hall d'accueil d'une entreprise de consulting où elle s'affranchirait du projet merveilleusement insensé de Kubilay Han, serait happée par le matérialisme désincarné de l'entreprise capitaliste. Je me souvenais de l'air dégoûté qui était apparu sur le visage du peintre lorsque Yeniadam nous avait présentés au dernier étage de ses appartements à Serencebey. L'étreinte d'un homme comme Yeniadam pouvait tuer et il serait toujours, lui, Yeniadam, le dernier à s'en rendre compte.

K'Han se tourna vers moi, porta la main à sa tempe et dégagea la cigarette de derrière son oreille. Il l'alluma avant de se diriger vers la sortie, me faisant signe de le suivre.

Je veux vous montrer quelque chose, dit-il.

À moins de deux kilomètres de Taksim, en remontant Nişantaşı jusqu'à l'avenue Teşvikiye puis en empruntant l'artère principale d'Halaskârgazi, s'étendait le quartier de Şişli, comme une vérole sur la joue d'un vieillard. Le taxi nous déposa à l'angle d'une rue qui sinuait sur une butte couverte de chantiers de construction. C'était un paysage déformé par le précaire : le bas de la colline était coupé par une route à quatre voies et partout autour s'élevaient des entrepôts, achevés pour certains, encore hérissés de tiges de fer pour les autres. L'air était saturé de la poussière soulevée par le passage des camions. Je suivis Kubilay Han sur la route qui descendait en direction de la voie rapide.

Şişli est l'une des dernières friches industrielles de cette partie de la ville, m'expliquait-il, et ce qui la distingue des autres, c'est sa proximité avec le centre et la patine des quartiers historiques. Évidemment personne ne vient visiter la zone d'activité de Şişli. Pourtant, c'est ici qu'on voit le mieux à quoi les gens occupent leurs journées à Istanbul.

Une population pressée allait et venait autour des entrepôts. Ils transportaient cartons, tringles, diables chargés de matières textiles à divers stades de fabrication. Parfois, une entrée restait entrouverte et on y apercevait d'immenses espaces de stockage où circulaient des chariots élévateurs déplaçant des palettes et conduits par d'invisibles manutentionnaires.

L'inhumanité de l'endroit m'attire, poursuivit K'Han. La densité de la vie, son illégalité prospère, j'aimerais pouvoir peindre ça.

Il m'indiqua que Şişli devait cette prospérité à une position stratégique sur la route du textile. Toutes les grandes marques de la mode avaient leur enseigne ici. Production, finition, la main-d'œuvre ne coûtait rien, l'emballage et le stockage non plus... Il s'arrêta devant un immeuble sans plaque. Une porte d'acier s'ouvrit et un employé en tee-shirt Armani en sortit. Il possédait des bras de culturiste et sa nuque était rasée. Il tirait trois énormes caddies où étaient entassés des costumes sombres protégés par un film en plastique. Il se dirigea vers un camion et trois enfants bruns accoururent, leurs dents très blanches, leurs vêtements couverts de poussière. Ils hissèrent la cargaison dans la remorque pendant que le culturiste comptait les billets devant le conducteur du camion qui signa un formulaire avant de remonter dans l'habitacle et de prendre en cahotant la direction de l'autoroute. Les gamins vinrent se planter devant l'homme qui leur tendit trois billets chiffonnés. Puis ils se précipitèrent vers nous et K'Han leur offrit des Camel. Ils plaidèrent avec lui pour obtenir de l'argent et retournèrent finalement s'asseoir contre un mur dressé sur le pavé sale.

Les entrepôts Yeniadam, annonça K'han quand Armani eut refermé la porte. Quelques marques et pas mal de contrefaçons.

La route serpentait vers la voie rapide dans un tissu urbain atteint de nécrose. Sur la pente qui peu à peu passait d'un état rocailleux à l'état spongieux s'élevaient de pauvres maisons de tôle et de boue. La route ne menait nulle part. Les odeurs sèches et sulfureuses devenaient plus fortes et plus musquées comme un pourrissement, un affleurement d'égouts. Un chien était couché sur le bas-côté. Dans l'une des maisons, je vis bouger une forme sans être en mesure d'identifier si elle était humaine ou animale. Une machine à laver gisait engloutie sous d'autres déchets et je me demandai comment les habitants de cet endroit se chaufferaient quand les deux derniers arbres de la parcelle à laquelle ils s'accrochaient auraient été coupés.

Ceci est un *gecekondu*, dit K'Han en paraphrasant Marcel Duchamp, apparemment sans s'en rendre compte. Littéralement *gecekondu* signifie : habitation « construite en une nuit ». C'est l'infraction parfaite… Ces squatteurs exploitent une carence de la loi qui leur permet d'échapper aux poursuites s'ils bâtissent leur maison entre le crépuscule et l'aube. Au petit matin, ils deviennent inexpulsables et, tôt ou tard, la loi entérine leur présence. La ville s'est dotée d'un logement social de plus sans investir une livre turque. Le *gecekondu* est un symbole de misère et un désastre écologique mais aussi une soupape de sécurité sociale… L'accès immédiat à la propriété, et donc au rêve — voyez vous-même !

Un sourire de démiurge s'installa sur ses lèvres quand il répéta :

La vraie violence est dans ce paysage. C'est ce que je dois peindre.

Quelqu'un, dans un livre, avait comparé Istanbul à un bracelet d'argent incrusté d'améthystes, et si cette ville joyau avait un jour existé, à Şişli il n'en restait rien. Il régnait sur cette portion de terre où ravinait l'huile de vidange une tristesse immense qui faisait mentir cette fiction qui me revenait à présent, sûrement inventée par la fille d'un bijoutier du bazar égyptien.

Je m'éloignai sur la pente en direction de la voie rapide, passablement lessivé par ce que je venais de voir — un morceau de ville qui ressemblait à l'envers d'un royaume, à son ventre flasque et malade. L'air était lourd et la poussière me piquait les yeux. Les véhicules grondaient sur la bretelle. La voix de K'Han s'éleva soudain au-dessus du vacarme et je me retournai.

Il était à terre, agité de convulsions. Les immeubles et la maison de tôle que nous venions de passer vacillaient et, par une sorte d'effet d'optique ou de distraction sonore, je ne ressentis rien d'abord tant le vacarme était assourdissant. K'Han tenta de se relever mais fut aussitôt projeté au sol et c'est alors que je sentis la secousse me soulever et que le paysage bascula autour de moi. J'aperçus les entrepôts qui ployaient et là où quelques secondes plus tôt j'avais posé des yeux perplexes sur une flaque d'hydrocarbure, un immeuble en construction céda et deux énormes masses de béton fracturé furent projetées dans ma direction. Je me mis à courir, tombai, me relevai et trébuchai encore. Mes épaules étaient criblées de projections. La terre se fissurait, j'ignorais où, je

m'éloignai des immeubles pour éviter de me retrouver dessous — je n'eus bientôt plus que cette
seule idée en tête, *ne te retrouve pas dessous*. Je déva-
lai la pente comme un dératé. Mes genoux étaient
douloureux et je me retournai plusieurs fois, mais
le séisme brouillait ma vision et j'ignorais où
Kubilay Han était passé et si les enfants assis contre le mur sale s'y trouvaient encore ; puis une
dernière secousse se produisit, d'une violence in-
ouïe, qui me projeta contre le sol. Je me recroque-
villai, les mains derrière la nuque, le visage plaqué
dans la boue grasse en gémissant, en balbutiant
des mots que j'interposais entre cette terre et
moi comme s'ils avaient le pouvoir de former sur
mon dos une carapace, en continuant à prétendre
que je ne me retrouverais pas dessous.

L'instant d'après, la terre ne bougeait plus.

Je me relevai. Le brouillard de poussière s'était
épaissi. Un silence impossible régnait autour de
moi et mes lèvres tremblaient. Mes mains étaient
livides ; je pensai à Esther. C'était la deuxième fois
en deux jours, la terre avait tremblé, il y aurait
d'autres secousses. Des répliques, plus violentes
encore que celle-ci. Il fallait que j'appelle. Elle
devait se faire un sang d'encre. Qu'est-ce que j'avais
attendu ? Qu'est-ce que j'attendais ?

Je rejoignis l'autoroute dans l'idée d'y trouver du
secours. Sur la quatre voies, les conducteurs gesti-
culaient et s'invectivaient entre leurs véhicules
enchevêtrés en pianotant sur leurs portables ou en
les agitant d'un air agacé. Le réseau téléphonique
était coupé. Mais les postes des autoradios étaient
allumés et les premières informations faisaient le
tri entre victimes et survivants, entre les vivants et

les morts. La grande loterie humanitaire venait de s'ouvrir, identifiant les condamnés par quartiers, par familles, par étages d'immeubles, en fonction de la solidité d'un ciment, de la position d'un terrain au-dessus de la faille terrestre.

Kubilay Han réapparut à bord d'un taxi qui klaxonnait en slalomant sur la bande d'arrêt d'urgence. Il passa la tête par la portière dont la vitre était baissée. Il souriait toujours.

Sacrée secousse, hein, *kardeş*? Rien n'a bougé à Beyoğlu, à ce qu'on dit…

Et là-haut?

Il haussa les épaules.

Souviens-toi, règle d'or du *gecekondu*… Construit en une nuit, détruit le jour d'après, reconstruit la nuit suivante.

Je montai en voiture et le chauffeur roula encore sur quelques mètres d'autoroute à contresens, avant de s'engager sur une bretelle d'accès. Şişli disparut dans un repli du paysage.

La circulation vers le centre-ville était fortement perturbée et le taxi avançait au pas. Mais cette partie de la ville semblait peu touchée — ou bien le quartier avait miraculeusement été épargné, ou bien mon œil ne savait pas reconnaître les modifications topologiques provoquées par un tremblement de terre. Devant les maisons de thé, les habitants s'étaient regroupés dans des postures curieuses autour des postes de télévision qui diffusaient les premières dépêches sur le séisme. Le chauffeur, un homme aux traits suaves qui portait au poignet un chapelet de billes rouges, soliloquait en lançant au hasard des chiffres sur la magnitude de la secousse. Au bout d'un moment il se lassa et alluma la radio. Une femme chantait sur les ondes et sa voix ondoyante emplit l'habitacle, et le chauffeur se mit alors à chanter le refrain en faisant correspondre les paroles et les notes d'une voix légèrement roucoulante, sans une erreur.

FATİH

Les choses ne se sont pas arrangées depuis la nuit
des vitrines cassées puisque la loi martiale a été
imposée à Ankara, İzmir et İstanbul, ce qui rend les
gens nerveux à commencer par l'oncle qui n'est ni
martial ni particulièrement ami avec la loi telle
qu'on la pratique ici. Il dit que la loi est faite pour
les poids et les mesures ce qui à mon avis signifie
qu'elle protège les défenseurs de la nation et cas-
seurs de vitrines, mais pas les vitrines ni les « étrangers terroristes » qui sont derrière, et sont pourtant
des Turcs comme vous et moi. Si vous voulez parler
de l'épicier en bas de chez nous ou du barbier chez
qui le père a ses habitudes — Vehbi Gürsoy *alias*
coiffeur Villi —, c'est même assez difficile de croire
que ces étrangers, comme ils disent, sont partisans
de la terreur.

La situation, c'est vrai, est plutôt tendue, surtout
si vous vous fiez à l'humeur exécrable de l'oncle ces
derniers jours. Quand les Défenseurs de la nation
— ceux que la grand-mère a tancés l'autre nuit en
pantoufles et chemise de nuit alors qu'ils s'étaient
mis en tête de visiter notre immeuble pour en délo-
ger les prétendus « terroristes » — ont décidé de

dresser leurs barrages autour de Beyazıt et que le conducteur du tramway a demandé à tous les voyageurs de descendre de voiture, tante Belma, qui était venue me chercher avec Ömer rue Erzurum, a préféré éviter de croiser leur route pour ne pas avoir à s'expliquer avec eux comme l'avait fait la grand-mère, et nous a fait prendre un chemin qui passait derrière la mosquée Süleymaniye puis longeait le parc de Fatih de l'autre côté du boulevard Atatürk pour rejoindre la rue Kıztaşı, où se trouve l'appartement de l'oncle. Malgré ces détours dans le quartier d'Eminönü et Fatih, on est arrivés à temps pour dîner chez l'oncle, mais lui n'était pas de cet avis. Dès qu'on a franchi le seuil de l'appartement, il nous a dit qu'il attendait depuis au moins trois heures. Il était en train de piquer une crise de tout premier ordre, au point de demander à trois reprises à la tante ce qu'on avait fait tout ce temps, sans écouter la réponse ; il répétait toujours la même question : vous avez fait quoi pendant que moi j'avais le sang qui caillait en croyant qu'on vous avait kidnappés ou pris pour des terroristes ? On essayait de lui expliquer que, pour éviter de se retrouver nez à nez avec les Défenseurs de la nation, on était passés par un chemin plus sûr qui contournait l'université, mais nos réponses ne l'intéressaient pas ; il avait eu très peur lui aussi, comme nous pendant la nuit des vitrines cassées à Beyoğlu. Et comme il continuait à gémir en répétant qu'il ne fallait plus lui refaire le même coup, la tante lui a demandé d'un air très agacé s'il avait entendu ce qu'on venait d'expliquer, qu'on avait été obligés de faire un détour pour rentrer. Il a dit *şey şey* parce qu'il ne savait pas trop quoi répondre à ça, puis la tante est allée dans la cuisine aider Ayten, la bonne qu'on avait rapatriée de Beyoğlu avec la grand-mère, et l'oncle n'a plus rien dit pendant un moment.

C'est le genre de climat qui règne et les met tous à cran ces temps-ci. Autrefois, la vie était simple mais maintenant c'est différent. Le père n'est toujours pas rentré et parle de prolonger son séjour à Paris ; la mère est à İzmir pour la rentrée scolaire et se retrouve coincée là-bas à cause de la loi martiale ; les rues de Beyoğlu sont dévastées et, comme l'oncle l'avait prédit, les gens ne sont pas rentrés chez eux pour réparer leurs vitrines ; la grand-mère, enfin, a accepté de venir s'installer chez l'oncle à Fatih au vu des circonstances, et parce que Ayten est terrorisée à l'idée de descendre seule dans la rue, elle qui vient d'un village où elle n'a jamais vu un rassemblement de plus de quinze personnes.

Plus tard, l'oncle s'est un peu calmé et a allumé le poste de radio. Il s'est mis à nous expliquer des choses qu'on savait déjà puisqu'on avait été les témoins directs des incidents de Beyoğlu. Il prétendait que ceux qui se disent les Défenseurs de la nation ne sont qu'une bande de voyous, des *manyak* — c'est le mot qu'il a employé — acheminés en bus depuis les campagnes pour agir sur ordre des autorités. Il s'est emporté contre le gouvernement qui leur a fourni les camions et les armes et contre les policiers qui n'ont pas levé le petit doigt quand ils les ont vus à l'œuvre sur l'avenue İstiklâl ; il s'est moqué de ceux qui défendaient la turquitude, un mot très laid inventé de toutes pièces pour les besoins d'une idéologie plus laide encore ; de turpitude en revanche, ça ils en étaient capables, disait l'oncle, et humilier les papas de l'église orthodoxe en les obligeant à baisser leurs culottes, ça ils savaient faire, et circoncire les gens en pleine rue par pure barbarie, en agitant le drapeau turc et en gueulant Vive la nation, pour ça on pouvait leur faire confiance. Et à l'entendre, on comprenait pourquoi il s'était tant inquiété pour nous quand on était arrivés en retard pour passer à table.

À la radio, une voix commentait les événements et expliquait que le gouvernement maîtrisait la situation, même si, dans le journal que la tante avait rapporté de Beyoğlu, on pouvait lire ISTANBUL : MORT DE L'ÉVÊQUE GERASIMOS, ce qui, vous en conviendrez, n'est pas ce qu'on appelle maîtriser une situation en langage courant, si l'on veut jouer sur les mots. À Fatih, à cause du campus de l'université, il y avait beaucoup de gens dans les rues, qui cherchaient des informations un peu plus fiables que les rumeurs et on-dit habituels, ce qui à İstanbul n'est jamais facile à obtenir. Les autres regardaient sans rien faire, les mains dans les poches avec des attitudes typiques d'İstanbullu moyens, le nez au vent et les mains au chaud dans la doublure du pantalon, les pieds bien campés dans leurs chaussures comme si le chaos n'existait pas et qu'ils étaient venus humer la brise qui passait par là, l'air de rien. Et devant ces badauds défilaient les jeunes gens surexcités qui n'étaient pas d'İstanbul, comme l'avait bien noté la grand-mère le soir des incidents. Ils chantaient des slogans : « À bas l'Europe et mort aux *Gavur* », un mot qui désigne les non-croyants, ce qui, si je suis bien leur raisonnement, signifierait que les infidèles sont des terroristes. Je crois que cette expression assez malpolie a fortement déplu à l'oncle qui s'est élancé vers la fenêtre en agitant le poing et leur a sorti une expression extraordinaire, sans conteste sa meilleure repartie de tous les temps, tout droit sortie du fin fond de l'Anatolie. À mon avis, ça remontait à ses souvenirs de jeune homme du temps du sultanat, ce formidable BOKLU DA ÇAMURLUYA GÜLÜYOR ! qu'il a éructé en se penchant dehors et qui voulait dire, en gros, qu'on ne se moquait pas des souliers sales quand sous les siens on a de la merde.

Pendant qu'on finissait de dîner, le père a appelé longue distance depuis Paris. Il avait lu les nouvelles sur ce qui se passait à İstanbul dans les journaux du soir et voulait savoir si on allait bien et tout le reste. Avec l'oncle, ils ont parlé de la situation présente et future et l'oncle lui a expliqué qu'il avait vu Yılmaz, un ami du père qui écrit comme lui des articles dans des revues qui ferment à cause de ce qu'on peut y lire, mais qu'ils ne s'étaient pas parlé parce que le M.A.H., notre police secrète, arrêtait les gens dans la rue sur simple suspicion d'appartenance à des organisations suspectes, « rouges » par exemple. Le père a alors dit quelque chose qui a beaucoup effrayé l'oncle et j'ai su qu'ils reparlaient de la lettre. Ils n'ont même pas prononcé le mot lettre, mais j'ai su car l'oncle n'arrêtait pas de demander au père d'où il tenait ses informations, est-ce qu'il en était sûr, etc. En général, le père ne dit pas les choses à la légère et, quand il a raccroché, l'oncle faisait une tête pas possible et du coup la tante aussi. Et j'ai repensé à la photo de 1935 à Yenikapı, l'une des portes des remparts à vingt minutes à peine de l'appartement de l'oncle, sur les rives du Bosphore où sont la station de trains et l'embarcadère du même nom. J'ai repensé à cette époque heureuse où la tante et lui souriaient à côté du père et de la mystérieuse inconnue qui n'était pas ma mère, avec le dôme de la petite Ayasofya en arrière-plan, et je me suis dit avec regret, un peu de *hüzün* comme un digne descendant de l'amiral Lala Mustafa Paşa, qu'à cette époque les choses allaient mieux que maintenant. C'était bizarre et vertigineux de regretter ce temps que je n'avais pas connu, puisqu'en 1935, évidemment, je n'étais pas encore né.

Ömer et moi, on est restés un peu au salon à lire des *Supercomics* avant d'aller se coucher. À la radio, la voix posait des questions ennuyeuses auxquelles quelqu'un répondait avec autant d'ennui. Je n'écoutais qu'à moitié mais je me demandais comment les gens arrivaient à s'ennuyer autant surtout par les temps qui courent. *Les universités,* ils disaient, *ont toujours été des nids de sédition… Les abus dont se sont rendus coupables ces professeurs…*

Et quels sont ces abus ? coupait la voix qui jouait le rôle du journaliste radiophonique.

Le terme est *abus d'autorité dans l'exercice de fonctions officielles…*

C'est donc la gauche qui…

La gauche communiste, oui. Et, plus généralement, tous ceux qui parlent et qui pensent trop, les intellectuels, les instigateurs, les disséminateurs d'idées nuisibles à la nation.

Il y a tout de même des problèmes… des problèmes graves auxquels la nation…

Des problèmes ! Quels problèmes ? La nation turque n'a aucun problème…

L'oncle était assis dans son fauteuil, penché en avant. Ses mains s'enfonçaient dans ses joues, son oreille était collée au haut-parleur. Il donnait l'air d'être assoupi mais il était surtout déprimé. Un rideau était tombé sur ses yeux.

Plus tard, quand on s'est couchés, je l'ai entendu appeler la mère à İzmir pour lui parler de la lettre du père. C'est comme ça que ma théorie sur les lettres perdues s'est confirmée. Les gens disent qu'une lettre ne se perd jamais, mais c'est une légende. C'est comme de marcher sur ses lacets. Ce sont des trucs qu'on raconte aux enfants pour qu'ils nouent leurs lacets ou postent les lettres qu'on leur remet. Du coup, tout est devenu clair et le grand agencement des choses a défilé devant mes yeux dans la pénombre de la chambre. Des téléphones sonnaient un peu partout et des conversations inquiètes se tenaient dans des bureaux, des maisons et des administrations ; il y avait des coups de fil, des coups bas et des coups de filet à Beyoğlu, İzmir et Paris ; on envoyait des câbles et des télégrammes depuis Ankara au siège de la police à Eminönü ; les agents du M.A.H. posaient des questions aux gens dans les rues d'Eyüp et de Fatih ; et notre sale habitude, la rumeur qui nous dévore à petit feu comme le *hüzün* rongeait le cœur de Lala Mustafa, cette rumeur allait son chemin et déformait jusqu'à rendre méconnaissable le moindre de nos gestes. Un coup de fil pouvait devenir le coup de grâce, et le monde — celui que vous connaissiez — disparaissait ; on vivait à Beyoğlu et, le jour d'après, ce n'était plus qu'un monde de souvenirs et il ne restait plus rien d'autre à faire qu'à essayer de l'oublier.

Le lendemain au petit déjeuner, l'oncle est venu nous voir dans la cuisine avant de partir à son travail à l'hôpital. L'inquiétude s'était effacée de son visage. Il était rasé, je me souviens qu'il sentait l'eau de Cologne. Il avait mis sa cravate noire avec des rayures jaunes et sa pipe dépassait de sa poche de veste. Il nous a embrassés, Ömer et moi, puis s'est tourné vers Belma et Ayten qu'il a embrassées aussi, avant d'aller faire ses hommages à la grand-mère. Avant de sortir, il est revenu dans la cuisine en se frottant les mains d'un air complice.

Les enfants ! a-t-il annoncé. N'oubliez pas ce soir la finale des championnats du monde !

Il parlait du tournoi de *tavla* qui se tient tous les soirs en bas chez Refik, et on a su alors qu'il était arrivé en finale. Il était pâle mais il souriait quand il est sorti. Le soir même, il a été arrêté.

SUNSET GRILL

Les accès aux deux ponts sur le Bosphore avaient été fermés. Lorsqu'il n'avait plus été possible d'avancer, le chauffeur de taxi avait garé sa voiture sur le bas-côté en annonçant qu'il continuait à pied. Nous n'étions plus très loin, expliqua-t-il en dirigeant sa main vers l'horizon bouché. Il refusa l'argent que lui tendait Kubilây Han.

À circonstances exceptionnelles, gestes coutumiers..., énonça-t-il mystérieusement en référence à je ne sais quelle tradition d'hospitalité qui s'appliquait aux taxis d'İstanbul en cas de secousse sismique.

Le soleil était encore haut dans le ciel et nous nous trouvions, m'informa-t-il, sur le boulevard Barbaros, au-dessus du village d'Ortaköy. Nous marchâmes quelques centaines de mètres sur la chaussée défoncée en direction du parc de Yıldız avant qu'un effondrement de terrain nous force à rebrousser chemin. K'Han annonça qu'il vivait à Bebek et qu'il nous suffisait de redescendre vers le Bosphore pour rejoindre la route côtière et contourner l'obstacle ; à Ortaköy sous le premier pont, je prendrais le ferry pour Eminönü, tandis qu'il rentrerait chez lui à pied. Il me présenta ces options comme s'il m'avait entraîné dans une visite qui tournait court, une excursion gâchée par un désagrément dont il se sentait responsable mais qui lui offrait une possibilité qui ne se représenterait pas, celle de faire à son tour preuve de courtoisie dans la tourmente, d'exécuter l'un de ces « gestes coutumiers » commandés par les circonstances.

Nous nous engageâmes sur une route ombragée qui serpentait vers la rive en longeant des murs d'enceinte de riches propriétés. Ici comme sur le boulevard que nous venions de quitter, aucune frénésie n'était observable et si les secours étaient en route, ils étaient invisibles et inaudibles. Peut-être étions-nous au mauvais endroit, ou très loin de l'épicentre. J'interrogeai K'Han. Qu'était-il prévu en cas de séisme évalué à une magnitude de six virgule cinq — c'était le chiffre annoncé par la radio — sur l'échelle logarithmique de Charles Richter, qui en comptait au moins neuf ? Il haussa les épaules.

Rien, dit-il. Il secoua la tête et répéta : rien.

Il soupira, appuya son index gauche sur l'auriculaire de sa main droite et énuméra les options d'un ton las.

On attend l'aide humanitaire, commença-t-il. En général, cette aide vient de l'extérieur. Il ne faut pas trop compter sur celle du gouvernement, surtout si c'est urgent. L'armée, elle, est mobilisée pour des tâches stratégiquement plus importantes dans l'est du pays. Donc, on croise les doigts. On espère que sa maison a été construite avec le bon mortier. On le sait assez vite et souvent trop tard. Dans ce cas, la consigne est « tous aux abris. » On sauve les meubles si on en a. On cherche à savoir si la famille est saine et sauve. On se prépare au chaos des jours qui suivront… Je ne sais pas si cela répond à ta question, *kardeşim*?

Ce fut le moment qu'Esther choisit pour appeler. Mon portable vibra contre ma cuisse et lorsque je le sortis de ma poche son nom clignotait à l'écran, six lettres parfaitement miraculeuses si l'on tenait compte de l'état du réseau téléphonique à Istanbul. Je m'écartai pour communiquer avec ce nom — communier avec Esther, ma nymphe, mon Infidèle, avec sa voix remplie d'appréhension qui s'ajusta aux premiers mots que je prononçai comme pour estomper les traces d'inquiétude qui pouvaient encore s'y entendre.

Je savais que tu t'en sortirais, Dr Jones, fit-elle.

Jones?

Indiana Jones, répondit-elle en riant. *La Dernière Croisade*. La der des ders. La femme du héros est fatiguée, elle s'ennuie, elle broie du noir… Tout va bien? Quand rentres-tu? *Peux-tu* rentrer après ce qui vient de se produire?

L'ironie dans sa voix grave et faussement apaisée me donnait envie de l'avoir près de moi. Quelque part derrière elle, une télévision ressassait. Je la rassurai : j'étais indemne, pas une écorchure, rien. Je me dirigeais vers un embarcadère pour prendre un ferry qui me ramènerait au centre d'Istanbul. Non, le Bosphore n'avait pas bougé, les ponts avaient tenu, j'en voyais même un depuis l'endroit où je me tenais ; des mouettes criaient au-dessus de ma tête ; grâce à la BBC, elle en savait plus à Londres que moi sur place ; c'était un miracle qu'elle ait réussi à me joindre. Chaos ou pas, je rentrais comme prévu.

Ils obtiendraient l'aide humanitaire de nos gouvernements et rapatrieraient leurs soldats de la frontière irakienne. Je n'y étais pour rien, je n'y pouvais rien.

En prononçant ces paroles rassurantes, j'étais pourtant gagné par une sorte de malaise, une gêne due au caractère insaisissable de la catastrophe que je venais de vivre. La secousse avait eu lieu, c'était indéniable, mais *où* ? Où ailleurs qu'à Şişli, et comment ? Quelle avait été l'intensité, ailleurs, de ce qui là-bas m'avait soulevé et plaqué au sol ? La ville était-elle épargnée ou dévastée ? Combien y avait-il de morts ? *Y avait-il* des morts ? Se passait-il quelque chose en dehors de l'affable sollicitude de K'Han, de notre marche paisible sous le soleil déclinant, de la conversation téléphonique que j'avais avec Esther ? Notre discussion sans rapport avec le temps ou les événements nous emportait tous les deux loin des lieux où nous étions ; je lui disais que la ville qui venait de trembler me faisait du bien, que j'avais retrouvé le sommeil. Je lui expliquerais à mon retour, dis-je, et, si elle le souhaitait, je lui enverrais la serviette en papier de l'hôtel Marmara sur laquelle, quelques jours après mon arrivée, j'avais écrit cette phrase sur la langue sinueuse de ce pays et sur les couples amoureux dans les chambres d'hôtel. Elle rit mais lorsqu'elle reprit la parole sa voix me parut triste, peut-être parce que son désir était, à cet instant précis, de partager cette journée avec moi, la catastrophe, les fabuleuses aventures du Dr Jones. Ou était-ce le lissage opéré par la technologie cellulaire, qui faisait qu'une émotion, une anxiété, l'impossibilité de savoir ce qu'il était arrivé aux siens étaient gommées au profit d'une conversation instantanée, légère et futile, de la suppression des distances, d'une tranquillité d'esprit recouvrée grâce à la parole radiodiffusée ? Du fond de sa frustration, elle me dit qu'elle était heureuse, heureuse de m'avoir entendu et de savoir que j'étais sain et sauf, qu'elle m'attendait et que je lui manquais, et je prononçai en réponse des phrases similaires, la cascade ronronnante d'une conversation entre amants. Je lui dis que je la reverrais dans quelques jours et elle raccrocha.

La situation me parut alors plus grotesque encore. L'idée de me trouver au cœur d'une tragédie sans avoir la moindre idée de ce qui se tramait autour de moi m'était désagréable. Que s'était-il passé ? Quelle était l'ampleur de la destruction Je voulais, dis-je à K'Han, en avoir le cœur net, prendre la mesure approximative des mutilations subies par la ville. Nous avions atteint le Bosphore et K'Han m'emmena dans un café face à l'embarcadère. Il n'y avait pas plus de traces du séisme ici que dans les quartiers que nous venions de traverser et je commençai à me demander si je ne m'étais pas trouvé à l'exact épicentre d'un tremblement de terre localisé et autrement insaisissable, et si nous n'avions pas eu plus de chance que K'Han ne semblait vouloir l'admettre. Des clients étaient assis en terrasse, leurs yeux perdus dans les effets de la lumière rasante sur la crête des vagues. Je suivis K'Han à l'intérieur. Un poste de télévision diffusait un direct depuis un quartier supposément touché par la secousse. Derrière la présentatrice aux mèches auburn se dessinait un immeuble flanqué d'une mosquée grise et d'une passerelle piétonnière qui ne révélaient rien ; les visages espiègles ou désœuvrés des curieux entraient et sortaient de l'écran, leur regroupement bloqué par l'invisible garde-fou de la caméra. Certains esquissaient des gestes avec l'espoir d'être aperçus par le monde entier pendant que la présentatrice s'exprimait d'une voix éteinte, gênée par l'absence de témoignage visuel adapté aux informations qu'elle débitait. On annonçait des centaines de morts, assurait-elle. Des centaines de morts selon les premières estimations — ce « on » sonnait au mieux comme une approximation, au pire comme un euphémisme.

K'Han détourna les yeux du poste. Un sourire narquois était réapparu au coin de ses lèvres. Il y porta son verre de thé.

Ils sont au mauvais endroit, dit-il en s'adressant au client d'une table voisine. Au mauvais endroit, je vous dis. Ils n'ont pas d'images.

Il me désigna du pouce.

J'y étais, moi, avec monsieur, à Şişli. Qu'ils aillent planter leurs caméras à Şişli !

Mon téléphone sonna, c'était Yeniadam. Je lui expliquai ce qui s'était passé et où nous nous trouvions. Avec son élégance habituelle, il me félicita pour mon sang-froid. Il appelait pour savoir si j'avais parlé au dénommé Pinaski. J'expliquai que j'avais laissé un mot à ce sujet à sa galerie de Nişantaşı mais je pouvais, s'il le souhaitait, lui raconter de vive voix.

Tout à l'heure, coupa-t-il. Vous me direz ça tout à l'heure au Sunset Grill. Je donne une conférence de presse sur les gra… a… mo… phone… neu… du… pr… isme…

La phrase tronçonnée devint inaudible et la ligne fut rapidement coupée.

Pourquoi Yeniadam organiserait-il une conférence de presse ? demandai-je à K'Han.

Il haussa les épaules en fixant le fond de son verre à thé.

Il faut croire qu'il prépare la reconstruction.

Le ferry pour Eminönü accosta et j'embarquai en remerciant K'Han pour son aide.

Bon retour, *kardeşim*, dit-il en me serrant la main. Tu es attendu à Londres, si j'ai bien entendu…

Le ferry s'éloignait déjà quand il ajouta :

J'ai un frère en Angleterre, dit-il. J'appellerai la prochaine fois.

Le ferry glissa sur le Bosphore jusqu'à son terminus à Eminönü. Pendant le trajet, je me tins sur le pont avant pour laisser l'air marin pénétrer mes habits en imaginant qu'il me débarrassait de la poussière de Şişli où rien ne s'était produit. K'Han n'avait ni mon numéro ni mon adresse et je n'avais pas ses coordonnées non plus. Il me retrouverait pourtant, comme il m'avait retrouvé sur ce tronçon de route à Şişli, et l'idée qu'il puisse exister entre K'Han et moi, comme jadis avec Celal, une sorte de confrérie flottante du Bosphore me fit sourire. En moins d'une heure, j'étais de retour à Beyoğlu. Comme K'Han l'avait annoncé, le quartier était intact et sans fracture. Je montai me changer à l'appartement et redescendis pour me mettre à la recherche du nouveau lieu de rendez-vous fixé par le tout-puissant Hasan Yeniadam.

Le meilleur et le pire du goût se côtoyaient au Sunset Grill à Beyoğlu. Le restaurant avait été investi par le Saatchi du Bosphore qui organisait à l'improviste une *kriz masası*, une table ronde de crise, consacrée au tremblement de terre de Yalova, du nom de la province sous laquelle la faille s'était déplacée dans la mer de Marmara. Les baies vitrées du Sunset Grill s'ouvraient sur une terrasse à ciel ouvert où flottaient, tendus entre des tiges en métal, des ailerons de toile abritant des tables en mosaïque. Des serveurs apportaient des *meze* colorés aux journalistes qui s'étaient regroupés autour de la table qu'occupait Yeniadam. L'aisance de l'homme d'affaires était évidente, comme son besoin d'être entendu, décrypté, analysé et admiré. Nombre de journalistes présents spéculaient depuis plusieurs mois sur une possible candidature Yeniadam à la mairie d'Istanbul et ses propos ressemblaient certainement à ceux d'un homme politique en campagne. En l'écoutant dans cette salle de restaurant, on pensait à un chef d'État prospère venu prêcher l'orthodoxie économique et la démocratie devant la presse apathique d'un régime répressif.

Je m'approchai. La discussion portait sur l'information selon laquelle les marchés avaient plongé dès l'annonce du tremblement de terre. La chute des cours ou leur rétablissement, expliquait Yeniadam, dépendait de la réaction des autorités, notamment de la capacité du gouvernement à maîtriser la situation. Confrontées à leur troisième séisme en six ans, les autorités devaient faire la preuve qu'elles étaient à la hauteur. Elles ne pouvaient pas, déclarait Yeniadam, se permettre l'incurie.

Comparez, disait-il, la réponse actuelle du gouvernement avec, disons, la gestion de la livre turque au cours des dix dernières années… Cette catastrophe offre à nos dirigeants l'opportunité unique de s'amender et d'agir pour le bien du pays. À eux de s'en emparer…

Il pesait ses mots comme on cajolerait des pigeons migrateurs avant de les lâcher à l'air libre.

On sent pourtant, et cela est fâcheux, poursuivit-il, un désœuvrement chez ces responsables politiques qui dévaluent la livre turque à la première surchauffe et qui aujourd'hui sont chargés de la riposte humanitaire… Une nonchalance mal dissimulée par la fébrilité de ces dernières heures. Est-ce la lassitude, l'impuissance, ou un désir non avoué et presque honteux d'être assisté par la main de la Providence ? s'interrogea-t-il en fixant son auditoire avec intensité. Se pourrait-il que notre pays soit entré de plain-pied et sans même s'en rendre compte dans l'ère de l'irresponsabilité sanctionnée par la main de Dieu ? Sinon pourquoi cette inaction ? Qu'attendent nos hommes politiques ? Que l'aide leur tombe du ciel ? Est-ce cela, la Turquie moderne ?

Un murmure enfla et Yeniadam savoura l'effet de ses déclarations sur son auditoire. La table était éclairée d'un halo blanc qui permettait aux caméras d'appréhender chaque angle de son visage. Les appareils photo crépitaient, les témoins des appareils d'enregistrement étaient allumés, le verbatim fonctionnait à plein régime.

Seriez-vous cet homme providentiel ? lança un journaliste au premier rang.

Quel homme providentiel ?

Celui qui indiquera au gouvernement la marche à suivre.

Yeniadam abattit sa main sur la table comme s'il écrasait une mouche.

Je suis un industriel, pas un homme politique !

Pas encore ! rétorqua quelqu'un.

La remarque déclencha des rires que Yeniadam fit cesser d'un geste de la main. Son ton se fit plus sombre.

Demain dans vos articles, fit-il en désignant celui qui avait parlé, vous allez *tous* écrire que la gestion des secours a été lamentable. Vous chercherez *tous* des responsables chez les politiciens et les constructeurs d'immeubles. Vous conclurez *tous* à l'incompétence générale, à la négligence maladive du pays. C'est ce que vous avez écrit il y a deux ans. Vous êtes des journalistes, vous avez la mémoire courte, pas moi !

Des protestations parcoururent la terrasse du Sunset Grill. Yeniadam manipulait, jouait avec les humeurs et le contenu, la forme et le ton. Il méritait bien son surnom. L'horloger du Bosphore anticipait et contrôlait le tempo de la discussion. À cet instant, il rayonnait.

Vous vous adonnerez, mes amis, à votre petite séance d'autoflagellation, puisqu'il est difficile d'accabler les autres sans faire son propre examen de conscience. Vous écrirez : nous, les Turcs, devons nous en prendre à nous-mêmes, et maintenant que la moitié de l'Union européenne vient à notre secours, nous devons accepter cette aide, comme des mendiants. Honte à nous, direz-vous encore. Et honte à ceux qui, à Ankara, nous imposent cette humiliation !

La déclaration déclencha un mélange d'applaudissements et d'objections indignées. Yeniadam s'enfonça dans son siège et fit un signe de tête pour prendre la question suivante. Pour lui, la partie était gagnée. Demain, les journaux reprendraient ses arguments, les déformeraient ou tenteraient de les contrer. Demain, les éditoriaux, qu'ils le nomment ou non, seraient tous écrits par Yeniadam.

Tous mes immeubles, disait-il, sont équipés de technologie antitellurique et, à l'heure qu'il est, ils sont encore debout. Je milite depuis des années pour qu'une loi…

Je me dirigeai vers la sortie et descendis les escaliers jusqu'au rez-de-chaussée. Dans la rue, j'allumai une cigarette. Il faisait bon, le quartier s'animait. Devant le Sunset Grill, je remarquai deux hommes en chemises sombres, assis à bord d'une Saab noire quatre roues motrices. À eux deux, ils avaient peut-être mon âge. Leurs cheveux noirs étaient assemblés à la brillantine. L'un portait des lunettes de soleil, l'autre jouait avec le niveau de l'autoradio qui diffusait un morceau de pop turque. Je les observais avec le sentiment familier d'appartenir à la sous-espèce des hommes qui lisent des livres et ne conduisent pas d'auto — et comme eux, dans le même temps, à l'espèce des hommes insensibles au fracas du monde, cette espèce aux perceptions émoussées dont la réalité se construisait forcément sur l'oubli des souffrances qui l'entouraient. J'étais une relique du monde ancien. Là-haut, Yeniadam fixait l'ordre du jour, et ces deux individus étaient des messagers du futur. Mais pour eux comme pour moi, le réel était oblitéré et nos yeux fatigués, et dans cette ville, dans cette même rue, une série d'événements sans lien apparent se superposaient sans que cela ne surprenne ni ne choque personne : je fumais, Yeniadam parlait, ils hochaient la tête en rythme dans la Saab, *on annonçait des centaines de morts.*

Yeniadam sortit du Sunset Grill vingt minutes plus tard avec à son bras la conservatrice du musée de Cleveland. Je reconnus ses lèvres pleines et cette cambrure de dos qui s'ajustait avec mollesse à la délicate pression de main du Saatchi contre ses reins. Leur apparition ne changea rien à la gêne qui me possédait depuis des heures. J'étais au royaume des apparences et son prince se tenait devant moi, une conquête entre les doigts. Le magnétisme de l'homme, cependant, était irrésistible et, au premier signe de sa main, je me dirigeai vers lui pour lui apprendre que ce qu'il convoitait n'existait pas et que notre collaboration s'arrêtait là. Il était sur le point de parler lorsqu'une voix m'interpella.

Abi ! C'est toi, frère !

Je me retournai et sur le trottoir d'en face reconnus Mustafa qui se faufilait devant la Saab noire. Sans erreur, c'était lui, le rabatteur des boîtes de la rue Istiklal, le garçon qui m'avait présenté Alma et Ata et m'avait servi du thé à la pomme sur un parking qui dominait la ville. Il traversa la rue. Ce n'était visiblement pas son jour. Ses vêtements étaient sales ; j'imaginai que sa petite amie Steffi l'avait laissé tomber. Ou qu'il avait inventé son histoire de fiancée allemande. Son visage était couvert de sueur. Ce qui était sûr, en revanche, c'était que le *pezevenk* ne convaincrait pas les touristes dans un tel état.

Abi, je te cherchais, dit-il avec hébétude lorsqu'il fut devant moi. Tu devais m'appeler, tu dois me suivre maintenant…

Je me tournai vers Yeniadam, pensant qu'une explication était nécessaire. Le trouble s'était installé sur le visage du Saatchi. L'air irrité, il observait tour à tour ce garçon des rues et le fils d'un soi-disant poète dont il ne retrouverait jamais le manuscrit. Ses yeux sautaient de l'un à l'autre en cherchant à pénétrer le lien qui existait entre nous. D'un mouvement imperceptible, l'Américaine se rapprocha de lui. Un léger tremblement parcourut son corps élastique et les lèvres s'entrouvrirent sans rien prononcer. Ses yeux incrédules scrutèrent à leur tour les traits figés de Yeniadam, dont le regard évitait soigneusement le visage implorant de Mustafa. En un instant, les yeux de l'Américaine comprirent que le Saatchi ne voyait pas et sa peur grandit encore. À son tour, le Saatchi se figea, sa frayeur alimentée par la femme qui se tenait contre lui, et l'homme qui fixait le tempo, l'industriel qui déjouait l'imprévisible, agit alors avec promptitude et de manière totalement prévisible. D'un signe, il convoqua une berline noire qui s'avança lentement pour se garer en double file devant le Sunset Grill. La porte s'ouvrit et l'Américaine s'introduisit à l'arrière du véhicule. Hasan Yeniadam se tint un instant très raide au bord du trottoir, ses yeux finalement posés sur le *pezevenk*. Puis il baissa la tête et disparut à son tour à l'intérieur de la voiture.

Mustafa s'était lancé dans une énumération des maux qui accablaient sa famille. Son père, disait-il, avait été blessé dans l'affaissement d'un mur à Kaptanpaşa, d'où il était venu à pied jusqu'à Taksim. Il cherchait de l'aide, disait-il. De l'aide et de l'argent.

La berline noire avait disparu. Des journalistes fumaient devant le restaurant. D'autres se dirigeaient vers les lumières qui éclairaient la place de Taksim. Mustafa s'interrompit et observa tristement la rue

dans la direction où je regardais, sans voir l'immense fatigue et la lassitude qui y régnaient, se demandant ce qui s'y trouvait de si important. Je
m'apprêtais à lui demander des précisions sur ce
qui s'était passé quand il se jeta à mes pieds. Il s'empara de mes chevilles et, à ma grande surprise, émit
une sorte de sanglot, répétant qu'il ne me laisserait
pas partir. Son corps tremblait et il dit encore, il
faut m'aider, *abi*, pendant que les passants contour-
naient ce corps enlacé au mien, observant du coin
de l'œil la forme recroquevillée d'un Turc noir qui
épongeait ses larmes sur les chaussures en daim
d'un homme à tout point de vue respectable.

Je me baissai pour l'aider à se relever. Il sentait
le gas-oil, la poussière et la mort.

DOLMABAHÇE

J'ai caché les lettres que m'a envoyées le père depuis Paris dans un volume des *Pardaillan* en faisant le raisonnement suivant. Au rythme où vont les choses, vu les effets produits par la rumeur, les opinions des uns et des autres, et tous les dangers que la correspondance, en général, fait courir à ses auteurs, il vaut mieux que celle-ci soit lue par le moins de gens possible. J'ai dit cela à la grand-mère qui a placé une main derrière son oreille et m'a demandé de répéter, puis à la tante qui m'a expliqué que c'étaient des poèmes et des contes, pas des articles d'opinion ni des messages codés, quelques pages d'écriture serrée, un condensé de mots bien tassés qui ne pèsent pas lourd. Selon elle, je ne risque rien avec ce type de lettres. Mais j'ai continué à les cacher par habitude, dans le volume des *Pardaillan*, le livre sur les révolutionnaires parisiens. En fait, j'ai même découvert, en lisant les autres volumes de la série, que les Pardaillan sont plutôt des anarchistes, c'est-à-dire qu'ils écrivent, manient la dynamite, se réunissent la nuit, et le jour volent des fruits et légumes à l'étalage, pas par nécessité mais pour prouver que la société est injuste et fonder les principes du partage communautaire. Ces drôles d'idées prouvent bien que les Pardaillan n'ont jamais existé, qu'ils sont ce qu'on appelle des personnages de fiction. Quoi qu'il en soit, j'ai continué à garder les lettres entre les pages du livre jusqu'à mon départ, et c'est pour ça que je les ai encore.

> *Du tout au tout…*
> *si je devais choisir :*
> *être un manchot*
> *et prendre les choses en main,*
> *un aveugle qui cligne des yeux,*
> *ou un derviche unijambiste…*

Après le poème ou l'histoire, dans ses lettres le père donne des nouvelles du temps qu'il fait, raconte son rêve de la nuit d'avant ou sa marche dans Paris avec son ami Dino et, pour finir, aborde la rubrique *Choses vues et vérifiées* qui se passe d'explication. Cette nuit, c'était mon tour de faire un rêve, et pas le genre de rêve qu'on raconte à n'importe qui, même à son père. D'abord parce que tous les visages y avaient une couleur étrange, verte comme l'écorce de melon, ensuite parce qu'ils étaient tous préoccupés, dans ce rêve, *par quelque chose.* Ils étaient tous là, c'est vrai, mais en même temps ils n'étaient pas vraiment là. Ce quelque chose sur leur visage, dans leur attitude, disait qu'ils étaient loin. Et quand je vous aurai dit qu'en plus l'oncle, dont on n'a plus de nouvelles depuis qu'il a été arrêté, était revenu mais qu'il lui manquait une oreille, vous saurez pourquoi j'ai choisi de ne pas raconter ce rêve.

C'était presque un cauchemar. Le lit d'Ömer, à côté du mien, était défait et j'avais l'impression, bizarrement, que c'était le mien ; pourtant j'étais bien dans mon lit et je sentais le poids de la couverture, et je regardais ce lit qui avait toujours été là depuis son arrivée, mais cela ne changeait rien, il était inoccupé, aussi inoccupé que le mien quand je n'y suis pas. Alors, pour découvrir ce qui se passait, je me suis levé pour aller à la cuisine où la mère, l'oncle, la tante, la grand-mère, toute la famille ou presque se tenait en pyjama autour d'Ömer, qui portait un costume et une cravate comme le jour où il est arrivé chez nous. Puis on frappait à la porte et la tante allait ouvrir : c'était le père. Son visage était tellement fatigué que j'avais du mal à le reconnaître. Il se dirigeait vers Ömer et lui posait la main sur l'épaule et tante Belma disait comment sait-on que c'est vous le père ?

Parce que c'est moi, disait le père. Parce que c'est moi moi moi.

Il avait l'air sévère, agité, impatient, on aurait dit qu'il avait faim, il lui manquait une moitié de moustache. Troublé par ce détail, l'oncle, à qui on aurait pu poser la même question pour son oreille, demandait ce qu'il en avait fait.

Quoi ?

La moustache.

Chaque fois que je la rase, Lefter marque un but, donc je la rase mais en deux fois et Lefter marque deux buts !

En effet, disait la grand-mère avec agacement. En effet en effet.

Le père se penchait vers Ömer avec son sourire détraqué par sa moitié de moustache.

On y va ?

Ömer suivait le père en silence jusqu'à la porte.

Indiscutable ! disait l'oncle en nettoyant son oreille unique avec le tuyau de sa pipe.

Ils disparaissaient dans l'escalier, j'entendais leurs pas qui s'éloignaient, le père toussait, une fois, deux fois, et puis plus rien. La tante se mettait à pleurer.

Qui nous prouve que c'est lui ! s'exclamait-elle.

Je me suis réveillé à ce moment-là.

Il faisait nuit mais, comparé aux nuits d'avant, la rue était calme. La lune éclairait la chambre et Ömer n'était pas dans son lit et ça m'est revenu d'un coup. Qu'on avait fait son lit puis sa valise et que, quelques heures plus tard, le père d'Ömer s'était présenté chez nous. Qu'il avait pleuré, son père, en demandant pardon à son fils et qu'Ömer n'avait rien dit. Il vivait chez nous depuis des mois et je n'y faisais même plus attention et maintenant je regrettais de ne pas en avoir mieux profité mais j'étais fier qu'il soit devenu, grâce à nous, un vrai İstanbullu. Il est parti tout simplement, si bien qu'en rêve ou en vrai c'était la même chose, j'avais rêvé ce qui s'était passé et, à l'inverse, il s'était plus ou moins passé ce que j'avais vu en rêve, à un détail près : le mien de père, dans la réalité, était toujours à Paris et ne revenait pas. S'il était revenu, il aurait demandé où se trouvait l'oncle Adnan. Lorsqu'il aurait su, on serait partis faire un tour ensemble sur les quais pour qu'il m'explique dans le détail les catastrophes de ces derniers temps.

Pour résumer, je ne crois pas que ce soit le genre de rêve qu'on raconte dans une lettre, sans compter la moustache et les visages couleur d'écorce de melon, qui n'est pas leur vraie teinte, mais plutôt le teint verdâtre qu'on attrape, comme a dit l'oncle

Adnan un jour, soi-disant pour plaisanter, quand on passe son temps au fond d'un cachot.

Et donc, dans la lettre que je lui ai envoyée en réponse, j'ai plutôt choisi de raconter au père ma dernière visite à Tarabya, avec la tante. Comment, de bon matin, on a pris le tramway jusqu'à Karaköy, en constatant au passage que bien des choses étaient revenues à la normale dans les rues de Beyoğlu, sauf pour les boutiques barricadées et les nouveaux visages des propriétaires, des visages pas très nets, d'ailleurs, vu que ces gens avaient pris la place de ceux qui, moins d'une semaine avant, occupaient encore les lieux. Pour le reste, on avait posté des soldats devant les lycées et l'université, les bureaux de poste et le télégraphe, et les *vapur* avaient repris leur va-et-vient sur le Bosphore, de Karaköy à Sarıyer, de Kadıköy à Üsküdar et vers toutes les grandes destinations des deux rives. Sur le *Dolmabahçe*, l'air était saturé d'eau salée mêlée aux saveurs de thé, de feuilleté à la viande et de baklava qu'on vendait à bord, et les mouettes tournaient au-dessus de nos têtes pendant que les pêcheurs agitaient les bras sur leurs barques bercées par la houle qui se formait dans le sillage du bateau. Debout sur le pont arrière j'ai placé ma main sur mon front pour protéger mes yeux du soleil, croyant apercevoir le bout de Kınalıada la Rouge, la première des neuf îles des Princes dans la mer de Marmara, là où la mosquée d'Abdülhamit était censée se dresser comme le prétendait l'oncle. Le temps de réfléchir à ses théories sur la disparition de ce joyau d'architecture, j'ai deviné que c'était un mirage, et que les îles étaient bien trop éloignées pour être aperçues depuis l'embouchure du Bosphore.

Le *Dolmabahçe* a accosté à Sarıyer et on a fait le reste du trajet en bus en longeant la côte. Devant la baie de Tarabya, des garçons étaient allongés sur le quai, occupés à écosser des graines de tournesol avec le bout des dents, le dos tourné au soleil d'octobre. J'ai eu le temps de les voir se redresser et courir vers la mer en soulevant de la poussière avant de basculer dans l'eau en éclatant de rire. Des filets séchaient, accrochés aux mats des chaloupes, leurs pilotes assoupis dans la courbure des coques repeintes. À la vue des pêcheurs couverts d'une pellicule de sel, un goût âcre et doucereux avec un fond d'amertume m'est remonté dans la gorge comme si j'avais bu la tasse, et j'ai repensé à la fois où le pêcheur m'avait fait avaler un morceau de crevette crue en prétendant que ça me donnerait des idées sur les femmes. C'était le même goût que j'avais dans ma bouche à présent et les yeux m'ont piqué jusqu'à me tirer des larmes.

La tante, qui voyait bien que j'étais triste, a fredonné une chanson jusqu'à la maison et on a ouvert les volets pour laisser entrer la lumière avant de fermer pour l'hiver. La tante a posé un disque et s'est mise à danser le swing, même s'il m'a semblé que c'était avec moins d'enthousiasme qu'avant. Je suis allé sur le balcon devant l'écran du ciel qui prenait une teinte rose tirant sur le rouge, avec la forêt verte qui se tachait de brun de l'Autre Côté. J'ai longé l'ouvrage en fer forgé comme on faisait souvent avec Ömer, en enjambant les pots de fleurs qui commençaient à faner, mais en dessous, derrière le rhododendron, Pikaso n'était plus là. Ses poules, sa bicoque de bois et de tôle, ses clapiers et sa chaise pliante avaient disparu. Il restait un bout de corde accroché dans les branches et un peu d'herbe jaune, mais le chemin de terre battue qu'empruntaient autrefois ses visiteuses s'était effacé et il ne restait plus rien de la maison qu'il avait construite en une nuit.

Qui ? a dit la tante un peu plus tard, pendant qu'elle couvrait le divan d'un drap de coton. L'homme chauve avec ses poules ? Il est parti, mon sucre, avec ses planches et sa ménagerie.

On entendait des bourdonnements d'insectes et le frisson des feuillages autour mais, sans la présence de Pikaso sous le balcon, il manquait forcément quelque chose.

Il a dû faire un bon mariage et s'installer pour de bon, a encore dit la tante avant de fermer la fenêtre.

Quand la tante a dit ça, peut-être à cause de la disparition de Pikaso et de cet air estival qui persistait autour de nous, je me suis demandé si les gens qui traversent notre vie, les résidents permanents d'un quartier ou d'une ville que par habitude on n'imagine pas changer, pouvaient disparaître sans laisser la moindre trace de leur existence passée. Je me suis dit que, si c'était le cas, cela pourrait arriver à la ville dans laquelle j'avais vécu et à ceux avec qui j'avais passé toute ma vie. Et je me suis dit qu'il était possible que la ville à son tour se volatilise et qu'un matin, bientôt, elle disparaisse pour de bon.

LA FAILLE

L'interminable drame immobilier de la ville n'avait jamais été plus évident que sous l'éclairage blafard des premiers secours, cette nuit où je suivis Mustafa à travers quatre ou cinq quartiers d'Istanbul jusqu'à l'endroit où vivait sa famille. La ville était méconnaissable, neutralisée par le choc, la terreur et l'infirmité, annihilée par la mort et les décombres. Je suivais les pas d'un garçon que je connaissais à peine, son âge indéfini comme le lieu où il m'emmenait, au nord de Şişli, non loin de là où je m'étais moi-même trouvé quelques heures avant, lorsque la terre avait tremblé. Sur ce trottoir qui menait vers la place de Taksim, s'étant relevé après avoir imploré mon aide, et ayant aperçu la stupeur qui se dessinait sur mon visage, sa voix s'était adoucie et il m'avait répété son histoire en contenant son émotion. J'avais rapidement été convaincu ; il n'était pas fou, son histoire n'était pas un piège ni une entourloupe quelconque. Il avait réellement besoin de mon aide, et ce qu'il me disait ne pouvait qu'être vrai. Nous étions donc partis ensemble dans la nuit. Nous avions traversé une quantité de boulevards déserts, une ou deux

voies rapides sans automobilistes, des zones rési-
dentielles sans caractère, des terrains vagues à moitié excavés comme des mines à l'abandon. Il faisait
sombre à présent et je me repérais à la respiration
de Mustafa, à l'occasion à sa voix lorsqu'elle indiquait la direction à prendre. Nous avancions à pas
prudents vers le cœur du drame, là où tout s'était
passé.

Nous marchions depuis deux heures, peut-être
plus, en direction du nord. Nous étions passés sous
l'immense viaduc d'une autoroute, avant de traverser le parking d'un centre commercial. À ma droite,
j'aperçus des structures d'immeubles à demi
construits ou déconstruits ; nous avions atteint les
premières habitations touchées par le tremblement
de terre. Nous nous trouvions à l'une de ces inter-
sections géographiques que l'on ne nomme jamais,
bien qu'elles soient indiquées sur toutes les cartes.
Un point placé entre trois lieux-dits, Kaptanpaşa,
Gürsel et Hürriyet. Une excroissance organique du
tissu urbain, un polype de ville implanté là pour
grossir et qui à son tour, le moment venu, deviendrait un quartier. Nous longeâmes un instant le boulevard Piyale Paşa avant de bifurquer vers l'ouest
jusqu'à Gürsel et ses faubourgs, jusqu'à ce que les
noms disparaissent un à un des enseignes et que
l'éclairage public s'éteigne dans son intégralité.

Sans le son des sirènes, les cris, la frénésie déses-
pérée, l'endroit serait passé pour une périphérie
anonyme comme il en existe tant, une banlieue
indistincte où rien ne se produit jamais, du moins
en surface, et où la réalité de chaque foyer semble
consister essentiellement en un épuisement des méthodes de survie usuelles : rafistolage, récupération,

décharges à ciel ouvert, assainissement minimal, accès à l'eau plus ou moins potable du réseau urbain. Mais les cris étaient là et l'effroi immanquable. En l'absence d'électricité, les rues étaient noires et seules quelques formes humaines désolées se détachaient dans la pénombre. Mes yeux s'habituaient pourtant et distinguaient ce que la terre avait asséné au quartier et à ses habitants. Ici un pan entier d'immeuble effondré sur un autre, là des constructions réduites à des décombres informes, là encore des habitations enfoncées dans le sol. Des voitures, des *minibüs*, un autobus entier avaient été happés en plein mouvement et gisaient sous un enchevêtrement de tôles froissées dans des crevasses de plusieurs mètres de profondeur. Au bord de ces affaissements se tenaient les équipes de sauveteurs, reconnaissables à leur combinaison orange. Beaucoup hésitaient ou se détournaient, comme pris de vertige. De tous les côtés, on entendait des appels étouffés, des voix déchirées de femmes en pleurs, des cris d'enfants. Les mégaphones des rares voitures de police dépêchées sur place couvraient par intermittence ce concert de voix humaines qui reprenaient constamment le dessus — un murmure obsédant, version souterraine et glaçante de la rumeur urbaine qui pouvait être une berceuse sous vos fenêtres, et qui ici n'était plus qu'un cri de douleur multiplié à l'infini.

À côté d'un immeuble qui avait pour moitié été sectionné par le choc, deux femmes en longues robes noires pleuraient ou priaient, le visage dans les mains et les mains dans la terre, front contre front. Du trou qui s'était formé émanaient des fumées à l'odeur âcre, comme si des braises avaient été enfouies dessous, comme si le centre de la terre avait affleuré à cet endroit pour emporter les futiles accessoires du bonheur ordinaire : chaises pliantes, jeu de *tavla*, une poussette pliée que je distinguais dans le trou. Bientôt je n'entendis plus qu'elle, cette clameur sourde qui couvrait le fracas lointain des pelleteuses. De plus en plus distincte, de moins en moins étouffée, la plainte des survivants à la surface, et surtout (ce que, dans mon for intérieur, j'aurais préféré ne pas percevoir) les cris de ceux qui étaient piégés dessous.

Quelques îlots de vie étaient éclairés de lampes alimentées par des groupes électrogènes, révélant par auréoles lumineuses la topographie de la zone. L'air était saturé de gaz d'échappement, derrière lesquels traînait cette odeur tenace qui devenait rapidement insupportable. La mort était encore invisible, mais elle n'était plus inodore. Mustafa marchait devant moi, tête baissée, attentif aux accidents de la route. Parfois, il semblait hésiter et chercher son chemin puis sans un mot reprenait sa marche obstinée. Au moment de franchir un nouveau tronçon de route, il pressa le pas et je le perdis de vue. Je repérai une passerelle qui enjambait l'avenue et je m'y engageai. La circulation, fluide et indifférente, avait repris en direction du centre.

À l'autre bout de la passerelle, j'identifiai à nouveau le pas souple de Mustafa, qui avait réapparu dans un puits de lumière. Une équipe médicale extrayait des profondeurs un corps sanglé. J'eus brusquement conscience de mes mains lourdes qui pendaient, inutiles, le long de mon corps. Un homme âgé à la barbe couverte de cendre aborda Mustafa. Je m'approchai d'eux ; une femme gisait à mes pieds, la tête posée contre un parpaing. Je m'agenouillai et aperçus au bout de son bras sa main inerte et ensanglantée.

Abi ! Viens ! fit Mustafa en se précipitant vers moi.

Je détachai mes yeux du corps de la femme et regardai sans comprendre. Il était sérieux, concentré sur sa tâche ; il tenait à la main un objet enveloppé dans un linge blanc.

Cet homme demande quarante. Donne-lui quarante, *abi*.

Le vieux se tenait devant moi, son pan de veste déchiré, le reste de ses habits couvert de taches sombres. Je sortis mon portefeuille et pressai les billets dans sa main.

Il faut manger, fit l'homme en désignant le trou. Que Dieu exauce les désirs de ton cœur.

Mais Mustafa s'était remis en route.

Suis-moi. Fais vite. J'ai encore besoin de toi, dit-il.

Nous courions presque à présent. Mon corps était dopé par le besoin d'échapper à l'insoutenable, cette odeur de chair, cette étrangeté insistante qui nous entourait. Mustafa fit un arrêt devant d'autres décombres où s'étaient tenus une épicerie, une mosquée ou un immeuble d'habitation et, à présent, des personnes privées d'épicerie, de lieu de culte, ou de maison — des survivants debout, hébétés, les bras ballants. Mustafa se dirigeait vers eux, échangeait quelques mots, puis les amenait devant moi et me faisait sortir de mon portefeuille les billets retirés au distributeur à Taksim. Je donnais ce qu'il exigeait puis nous repartions, moi, délesté de l'argent, et Mustafa, chargé d'un nouveau fardeau.

Que disait-on à ces gens ? Que faisait-on pour eux ? Soulever des corps ? Pour quoi faire ? Regarder ? Fuir ? Je pensai au Consul et à ses administrés à Londres. J'essayais de me souvenir de l'humanité de Celal, de sa sollicitude, de son attention, de sa tendresse, mais je ne savais pas. Je n'avais jamais su. Parler, mais pour dire quoi ? Je sortais mon porte-feuille, cela je savais le faire, donner mon argent. J'avais trouvé ma place dans ce cataclysme.

J'achetai un bidon d'eau à prix d'or, des boîtes de conserve, un sac de pain sauvé des ruines d'une boulangerie. Au dernier arrêt, Mustafa se dirigea vers deux secouristes qui travaillaient dans un nou-vel accident du terrain. Ils dégageaient un support de tôle coincé sous une structure, quelque chose comme une double poutre de métal, tordue par la violence de la secousse. À la lumière d'une torche, j'aperçus leurs yeux sombres et fatigués, leurs visages fins brunis par l'effort. Leurs moyens étaient dérisoires et ils pataugeaient dans une flaque de boue formée par la rupture d'une canalisation. Mustafa descendit leur parler. Sa voix était détermi-née ; il savait ce qu'il faisait. Il indiqua l'endroit où je me tenais et, pour les convaincre de la véracité de son inaudible monologue, je sortis de nouveau mon portefeuille de ma poche.

Un homme d'une cinquantaine d'années surgit alors de la pénombre et s'empara du bras de Mustafa. Il était maigre et je notai le bec-de-lièvre qui tirait sur le haut de sa lèvre. Sa voix aiguë était pleine d'excitation et de fureur, celle de Mustafa, calme et précise. L'homme émit une injure, dé-tourna le visage et cracha. Son pied s'écrasa avec violence sur l'endroit où le crachat venait d'atter-rir. Son corps vibrait de colère, mais Mustafa reçut sa réaction sans sourciller. Il se tenait devant l'inconnu, immobile, le buste gonflé d'orgueil, prêt à tout. Mais rien ne se produisit. L'homme resta planté là, les bras croisés, proférant des malédictions, tandis que les secouristes quittaient la fosse. L'un portait une trousse de secours à l'insigne du Croissant rouge, l'autre un brancard et un sac avec ce qui ressemblait à un masque à oxygène. Je tendis l'argent. Mustafa eut un geste agacé, s'empara des billets et les donna aux sauveteurs qui se les partagèrent avant d'endosser leur attirail. Je me retournai et vis l'homme au bec-de-lièvre, debout sur les ruines de sa demeure. Notre chemin était éclairé par les torches électriques, et il disparut rapidement derrière nous, enveloppé par la pénombre, tandis que nous prenions en direction de la côte.

Un feu de camp éclairait un morceau de terre à flanc de colline, et autour de ce feu d'autres formes humaines se dessinaient. Nous étions arrivés au campement de la famille de Mustafa. Mais il ne restait rien du *gecekondu* qui s'était dressé là. Mustafa m'expliqua que le terrain avait glissé, poussé par une terrasse de béton qui s'était détachée d'une structure en construction, plus haut dans la pente, et que tout avait été emporté. La plate-forme s'était figée à mi-pente, vision monstrueusement discordante, anomalie du paysage — comme si un pan de mur avait été jeté du ciel pour déchirer la carapace de terre meuble, faucher ce qui restait de végétation sur ce lopin de terre hostile et emporter avec elle les habitations. Dans sa fracture, le paysage était bizarrement figé, sans ordre logique, sans endroit ni envers. Mais l'air était calme et pur et débarrassé

341

de la puanteur de la vallée d'où la rumeur s'élevait toujours, atténuée maintenant, et où les lumières multiples et phosphorescentes rayonnaient tels des impacts de météorites.

La forme allongée était celle du père de Mustafa, couché sur le sol, et entouré des membres de sa famille, une femme âgée et deux adolescentes. La plus grande avait été touchée à la tête et le sang avait séché dans ses cheveux noirs. Le sauveteur s'agenouilla face à elle, posa sa trousse, prononça quelques mots, sortit des compresses et un antiseptique. La mère de Mustafa se mit à gémir pendant que le second sauveteur s'affairait sur le corps du père, qui semblait lourd et sans vie. Quand la torche passa sur ses joues, cependant, ses yeux cillèrent et il soupira *maşallah*, puis le nom de son fils. Le secouriste remonta sa manche et lui piqua une veine pour faire passer dans son bras maigre le fluide d'une poche de sérum.

Mustafa donna les provisions à sa mère agenouillée qui l'observait avec amertume. Ils n'échangèrent pas un mot et le butin resta aux pieds de la vieille femme comme un lot d'offrandes inutiles. À quelques détails près, cette scène se répéterait dans toute la ville pendant cette nuit et venait démentir et compenser, s'il en était besoin, l'impression frauduleuse des heures passées, le sentiment lancinant que j'avais assisté à un tremblement de terre sans victimes.

Mustafa tournoyait dans la lumière, telle une luciole, comblant du mieux qu'il le pouvait les besoins de ses sœurs et de sa mère, tout en parlant à son père par-dessus l'épaule du sauveteur — il les sauvait et, ce faisant, oubliait ma présence. J'admirais sa jeunesse et la vie en surchauffe dans ses bras et le reste de son corps, son visage résolu, jusqu'à ses cheveux noirs qui luisaient sous la lune. Je fis quelques pas en arrière et m'assis dans la terre meuble, à l'abri dans cette nuit noire et sinistre qui nous enveloppait.

Je sortis une cigarette de ma poche de chemise. Un rayonnement orange et bleuté enveloppait la ville, des strates circulaires qui nous réclamaient, nous et notre camp de fortune, nos désespoirs, nos gestes futiles, nos corruptions, comme la part minuscule d'une radiance plus vaste, quelque chose qui, du ciel, ressemblerait aux anneaux de Saturne, à un firmament. L'air sentait la sueur, la poussière, le formol, la terre retournée. Une pointe de satisfaction, d'abord imperceptible, se mit à grandir en moi. Par mon intervention, j'avais trompé le destin. Bien sûr, ils ne seraient jamais venus ici autrement ; j'avais soudoyé ces sauveteurs et retiré aux uns ce dont les autres avaient autant besoin. Était-ce un crime ? L'homme, en bas, attendrait longtemps l'arrivée des prochains secours. Il les attendrait toujours quand nous serions redescendus de la colline, car ces secours n'arriveraient plus. Ils n'arriveraient plus et la question n'avait pas d'importance, puisque j'avais fait en sorte que le destin change de direction. Ce n'était pas de l'héroïsme mais seulement ce que j'avais voulu : ne pas laisser la fatalité s'entêter dans sa routine, mais la surprendre au contraire, et montrer qui était le maître, comme un dieu de l'Olympe, le dieu d'Olympia injuste et irascible.

Une heure environ s'écoula. Mustafa se tenait à l'écart à présent, taciturne, avec dans les yeux une incandescence nouvelle, d'où toute trace d'enfance avait disparu. Nous n'avions pas échangé un mot depuis notre arrivée. Ses lèvres bougeaient et je compris qu'il priait.

Quelque part derrière lui on trébucha, et deux têtes hirsutes surgirent des ténèbres. Mustafa fit demi-tour pour leur faire face, une lame brilla dans la lumière et s'enfonça dans son cou, il poussa un cri, et s'effondra. La lame scintilla une nouvelle fois et je sus qu'elle l'atteignait au ventre. L'homme qui tenait le couteau se releva, le bras tremblant, et nos yeux se croisèrent. Il était trapu et emprunté, et dans le silence qui suivit, je n'entendis qu'un souffle rauque, comme celui d'un fumeur dans une montée d'escaliers. Mustafa gisait à ses pieds.

Fils de pute ! fit le second en s'avançant.

Je reconnus l'homme au bec-de-lièvre, l'homme à qui nous avions subtilisé les secours pour les prodiguer à la famille de Mustafa. Sa lèvre difforme était retroussée en une grimace obscène et il auscultait l'acte de ses yeux déments. Puis toutes les voix s'élevèrent à la fois, celles des secouristes interrompus dans leurs gestes appliqués, celles des deux filles aux visages blêmes et tétanisés par la peur, celle du père qui appelait son fils par hoquets aveugles, celle de la mère enfin qui se transforma en cri déchirant. Elle jeta ses mains vers le visage de l'assassin pour s'effondrer aussitôt sur le corps de son fils. Par trois fois, elle cria *polis, polis*, comme si le mot avait un sens à pareil endroit. Enfin, l'homme au bec-de-lièvre tira son compagnon par la manche et celui-ci lâcha son arme, et comme un couple d'aliénés ils dévalèrent la colline en laissant derrière eux le corps sans vie du *pezevenk*.

S.S. TARSUS

Il n'y a plus grand-chose qui vaille la peine d'être dit, de ce côté de la rive au moins. Quelques détails, des fragments, des pensées sans correspondance. J'espère que vous comprendrez pourquoi je les raconte de cette manière détachée qui est la mienne ces derniers temps, avec un sourire en coin, mais sans émotion, sans que le cœur n'y soit vraiment.

À l'heure où je vous parle, je quitte la terre ferme. Je me détache, je perds pied, appelez cela comme vous voulez. Le navire s'éloigne du quai de Karaköy, et Beyoğlu n'est plus qu'un quadrillage de toits colorés sur une colline et le pont de Galata une passerelle pour autos miniatures bientôt cachée par le promontoire du palais de Topkapı. En voyant l'édifice qui se tient là dans l'ombre du parc de Gülhane, avec ses murs d'enceinte qui s'embrasent dans la lumière du soir, je me rends compte que je n'ai jamais mis les pieds dans cet endroit, et que maintenant il est trop tard.

Je pense à toutes les heures passées avec l'oncle dans les rues d'Eminönü. Toutes ces journées consacrées à étudier un détail sur une façade grise dans le quartier de Mercan, à commenter le nom inscrit sur une porte cochère à Fener, à suivre le tracé des rues du Petit Bazar, toutes les fois où l'oncle égrenait ses théories pendant qu'on descendait sous l'aqueduc du Faucon gris jusqu'à la fameuse colonne de la Vierge, le Saray était là sous notre nez. Le palais impérial, le Joyau de l'empire. Il était là et pourtant on n'y est jamais entrés, et maintenant je me demande pourquoi je n'ai jamais voulu savoir ce qui se passait à l'intérieur. Peut-être n'ai-je pas fait assez attention à cet édifice qui ressemble, dans le soir qui tombe, à un vaisseau fantôme. À force, ils ont dû se faire une raison, à l'intérieur. Ils ont dû se dire qu'on les avait définitivement oubliés et qu'ils n'intéressaient plus grand monde, ni moi, ni l'oncle, ni plus personne en ville à part quelques nostalgiques du califat. Que le Saray n'est plus un symbole pour personne, qu'il ne signifie plus rien, et qu'il est inutile pour ceux qui s'y trouvent encore, par conséquent, de se rappeler au bon souvenir des habitants d'İstanbul. À la vue des murs, des dômes, des arcades dans la verdure, je me dis que si je m'étais intéressé au Saray, j'en aurais un morceau avec moi à présent sur ce navire, et que mon départ d'İstanbul n'aurait certainement pas ce parfum de gâchis.

Il y a les bons côtés. Être à bord d'un paquebot en route pour Marseille par les temps qui courent est presque un soulagement. Ici, devant la mer qui s'élargit à mesure que la terre recule, on arriverait à ne plus se poser de questions. On arriverait à oublier que l'oncle est enfermé dans cette cellule dont il s'est souvent moqué, au sous-sol du quartier général de la police à Eminönü ; on arriverait à rire des frayeurs qu'on se faisait à cause d'une lettre perdue ; ou à ne pas se soucier des paroles de la mère qui, ces jours derniers, ne voulaient plus dire grand-chose. Ce serait même presque enivrant de s'éloigner d'un lieu aussi familier que celui-ci, de ces rues que vous connaissez comme votre poche, jusqu'à l'écho qu'y font vos pas quand vous les traversez, des personnes qui vous connaissent par cœur, pour se rapprocher d'un ailleurs qui n'a pas de nom, et pas encore de forme. Je me tourne vers Göker Bey. Il plisse des yeux en tirant sur sa cigarette. Lui aussi observe le quai en modèle réduit, où les mains qui s'agitent appartiennent déjà à des corps sans visage.

Göker Bey travaille au bureau des Lignes maritimes turques. C'est le type à qui le père a parlé le jour où il a acheté les sandwichs au pêcheur qui lui a raconté que son chien était mort, et à qui le père a récité le poème de Nazım Hikmet qu'il connaît par cœur. Il faisait froid ce jour-là et le vent soufflait depuis la mer Noire. Göker Bey et le père ont échangé des cigarettes et discuté du prix du billet. C'était il y a longtemps, quand j'étais amoureux de Selmin Sevengül, la star du grand écran, quand j'ignorais tout du swing, quand je ne connaissais ni Ömer ni Pikaso... La teinte de l'unique paire de chaussures de Pikaso quand il sortait le dimanche... La brillance du vernis à ongles sur les doigts de pied de tante Belma... Le goût visqueux de la crevette crue qui glisse lentement dans la gorge... Le cognassier abattu dans le jardin des aristocrates... Une vibration profonde traverse l'air, par-dessus nos têtes, la sirène du *S.S. Tarsus*. Une première fois, une deuxième fois plus longue, une troisième fois plus magistrale et pathétique encore, et la ligne de limon brun de la côte semble alors se soulever brièvement, puis disparaître entre le ciel et la mer.

J'ai demandé à la mère :
Pourquoi je pars ?
Pour rejoindre *Baba*. Il ne te manque pas ?
Il a écrit qu'il reviendrait.
Les choses ont changé.
La mère a dit ça sans regarder, en passant le doigt sur la poussière des étagères. Elle m'a soulevé et m'a tenu contre elle en répétant que les choses avaient changé de sa voix rauque, lointaine, dure quand elle est proche, douce quand elle s'éloigne. Elle portait sur elle l'odeur de la maison ; elle avait coupé ses cheveux, une épingle retenait la frange au-dessus de son front. Elle ne s'était jamais coiffée ainsi.

Elle a posé sur moi ses yeux inquiets, durs quand ils sont proches, et j'ai ressenti ce poids dans ma poitrine mais je n'ai rien dit. La mère m'observait. Avait-elle surpris cette ombre surgie entre nous et qui nous écartait l'un de l'autre ? Si c'était le cas, cela ne changeait rien. L'instant d'après, j'étais dans ce taxi avec Göker Bey et ce poids dans ma poitrine. C'était une soirée d'automne et j'avais faim. Elle ne m'a pas retenu.

Göker Bey connaît bien le *S.S. Tarsus*. Il fait souvent le trajet, c'est un habitué à bord — le genre d'homme à tout faire, irremplaçable. Il parle un peu le français, langue propre et figurée, que l'on conjugue avec sujet, verbe et complément, dans cet ordre s'il vous plaît. Quand il la parle avec les *Fran-*

siz qui voyagent avec nous, il hésite, petit bey maladroit bégayant ses phrases. Malgré cela il arrive à
m'apprendre des mots, *Wagons-Lits* par exemple,
ou *Monsieur Madame, croque-monsieur, lettre recom-
mandée, café, république,* au hasard des plats qui
passent, des sujets de conversation, des fascicules
qu'il tient en main. Göker Bey n'explique pas d'où
viennent ces mots, pourquoi ceux-ci et pas les
autres. Il dit qu'il faut bien commencer quelque
part. Qu'il y a toujours une première fois. Il me fait
penser au pêcheur et à son histoire de première
femme. Premiers mots, première femme, premier
voyage. Göker Bey n'est jamais allé à Paris et je lui
répète ce qu'il m'a dit, qu'il y a toujours une première fois. Il darde l'air de son menton avec une
succion de langue, puis répond cette ville n'est pas
pour moi. Un après-midi sur le pont en regardant
le ciel, il me dit son prénom, Cem, et me parle de la
ville où il est né, ce qui semble le soulager. Il connaît des choses sur le père, du temps où ils vivaient
ensemble dans les montagnes de l'est du pays, pendant son service militaire. Mais la mère, non, il ne
connaît pas. C'était bien après, dit-il en mordillant
ses ongles. Bien après.

Au départ, il y avait des gens assis à même leurs
baluchons sur le quai. D'autres qui applaudissaient
ou agitaient leurs bras en direction de personne, la
mer. Puis les gens sont devenus des taches sur un
embarcadère, l'embarcadère est devenu un point
sur la rive, la rive un simple trait gris dans le soir qui
tombait, le trait gris une ville au scintillement ténu,
puis le scintillement a faibli, et le Bosphore s'est
éteint d'un coup.

SUGAR TOWN

Je me réveillai nu sous un drap froissé, dans l'appartement que je reconnus à peine. Un aboiement m'avait tiré de mon sommeil et m'avait forcé à réintégrer mon corps flasque, mes ongles noirs, mes cheveux qui sentaient mauvais. Un à un, les événements de la nuit me revinrent en mémoire : le corps de Mustafa, la lame qui brillait et lui sectionnait le cou, la main tremblante de l'homme qui l'avait frappé, la lèvre déformée du commanditaire, l'ombre d'où ils avaient surgi et où ils étaient retournés.

Ils avaient dévalé la colline et je les avais poursuivis, mes jambes dérapant dans les éboulements, perdant peu à peu du terrain. Vers la fin, le souffle m'avait manqué, j'avais ralenti ma course et, lorsque j'étais revenu sur les lieux où je croyais avoir donné l'argent aux secouristes, je n'avais trouvé personne. Regardant autour de moi je m'étais interrogé : quand bien même les aurais-je rattrapés, de quoi aurais-je été capable ? Comment aurais-je réparé l'injustice à laquelle j'avais moi-même participé ? À coups de couteau ? Si une personne était responsable de l'attaque contre Mustafa, c'était moi. Mon argent avait servi à dévier les secours d'une urgence vers une autre et si ces deux-là devaient répondre de leur crime, il faudrait que je réponde du mien. À la lueur d'un feu de planches, une vieille femme recroquevillée sous son châle se réchauffait, son pantalon bouffant remonté sur ses chevilles crasseuses. Était-ce l'endroit où nous étions passés ? J'avais posé la question à la femme, connaissant déjà la réponse. Personne, cette nuit ou les nuits qui suivraient, ne localiserait l'homme à la lèvre tirée, personne ne correspondrait aux traits d'un meurtrier dans un lieu comme celui-ci.

J'étais rentré à pied en direction du centre. Sur les boulevards encombrés, dans les cafés et les boutiques encore allumées, la vie reprenait, la ville retrouvait son entrain et paraissait libérée d'un poids. L'épée de Damoclès était tombée et, contre toute logique — celle des répliques, pourtant fréquentes pour les séismes dans cette région —, chacun semblait convaincu que le pire était passé. À mesure que je me rapprochais de Beyoğlu, un sentiment d'irréparable s'était emparé de moi et il ne m'avait plus quitté. La fatigue avait gagné mes jambes, mon dos, mes épaules. Un dégoût immense s'était installé dans mon ventre. Je rejetais l'existence qui reprenait sous mes yeux, l'insupportable vision de cette vie qui ne s'arrêtait jamais, même dans les pires catastrophes, l'absurdité de l'insensée frontière entre morts et vivants, cette membrane en réalité plus fine et plus poreuse que du papier à cigarette. Je ressentais une angoisse sourde et aveugle et marchais comme un fantôme, sans trouver mon chemin ou ma place dans ces rues schizophrènes. Bientôt, je n'avais plus qu'une idée en tête, une idée à laquelle je m'étais accroché fébrilement, pris de panique, en fouillant maladroitement dans mes poches : appeler. Appeler quelqu'un avec mon téléphone portable. Ça, ou perdre la tête. Esther ? Elle s'inquiéterait. Orhan ? Il sauterait dans le premier avion. Yeniadam ? Il se contrefoutait de la vie du *pezevenk*. J'avais appelé Hannah.

J'avais besoin d'entendre sa voix sévère, son strict détachement. En dépit de l'heure tardive, elle avait décroché, et j'avais pleuré, en progressant au hasard dans la ville éteinte. Elle avait écouté sans m'interrompre et, lorsque j'en avais eu fini avec mon histoire, elle m'avait demandé où je me trouvais. Je n'avais pas su lui répondre avec précision ; sa voix s'était faite plus dure, elle m'avait ordonné de prendre un taxi et de rentrer. Plus tard, elle avait rappelé pour s'assurer que j'étais à l'appartement. Je ne dormais pas. Pour une fois, lui dis-je, ce n'était pas l'insomnie ; je ne savais pas comment fermer l'œil après avoir assisté à un meurtre. Il fallait que je fasse une déclaration à la police.

Tu iras demain, me dit-elle. Demain encore il sera temps.

Elle n'avait rien dit de plus. Juste bonne nuit, d'une voix mélodieuse, sa voix d'avant, et j'avais raccroché.

Je m'étais servi un verre de *rakı*, en pensant à ce qu'on disait chez Hamdi, que c'était le meilleur. On verrait s'il était si bon que ça, s'il pouvait effacer de mon esprit la lame étincelante qui pénétrait dans la carotide du rabatteur de Beyoğlu. J'avais bu un autre verre, puis un autre encore, sec, en me disant c'est le meilleur, tu es le meilleur, elle est la meilleure, nous sommes les meilleurs, toutes les conjugaisons d'« être le meilleur », et, aux deux tiers de la bouteille, le monde entier était devenu un peu meilleur. J'avais imaginé Hannah nue, ses longues jambes ouvertes, offerte à moi sur un canapé, et je m'étais assoupi avec cette formidable pensée, en me demandant de quel canapé il s'agissait.

Une dernière fois cette nuit, la terre avait tremblé. La réplique avait réveillé tout le quartier. Je ne l'avais appris que le lendemain.

Je rêvais à présent, des rêves interminables où je me réfugiais comme on faisait pour se soigner de ce qu'on venait de vivre. Si je me souvenais bien, les gens faisaient ça. Ils se réfugiaient dans leurs rêves.

Ce rêve n'avait pas bien commencé : j'y empruntais le premier pont sur le Bosphore, et sur ce pont j'avais senti la terre trembler.

J'avançais en jetant des regards affolés autour de moi. Le pont tiendrait-il ? Ou allait-il disparaître et moi avec, haché par le béton dans l'eau du détroit ? Je tendais les mains devant moi comme si elles pouvaient m'offrir l'assurance de la stabilité, sur ce pont où il ne fallait pas être à cet instant précis. Je trébuchais vers l'endroit où le bitume redescendait vers l'Asie. Des dents d'acier faisaient la jointure au-dessus de la mer. Je franchissais la frontière invisible entre les continents.

Quand mon pied s'était posé sur la terre ferme, de l'autre côté, le gravier avait crissé sous mes semelles. C'était une route de montagne en Anatolie. Le frisson des feuillages, le tintement d'une cloche. L'air sentait le thym et l'origan. La nuit approchait, un chien aboyait. Je me mettais à courir et la garrigue m'écorchait les jambes.

J'atteignais une cabane en bois perdue dans la montagne avec un toit en tôle ondulée, un *gece-kondu* de carte postale. Devant moi un homme était assis, le menton sur la poitrine, une guitare posée près de lui. Il portait des vêtements déchirés, ses joues étaient mangées par sa barbe. Je lui avais touché l'épaule. Il avait levé vers moi ses yeux rouges, c'était le peintre Kubilay Han.

Birader ! dit-il. Les visites sont rares !

La terre tremblait mais K'Han ne s'en souciait pas. Il se levait, s'emparait de la guitare et me faisait signe de le suivre à l'intérieur.

J'ai pensé aux couleurs… Des couleurs qui couleraient lentement…

À l'intérieur, une bouilloire fumait sur un fourneau rudimentaire. Une dizaine de toiles étaient accrochées au mur. Ces toiles représentaient une série de corps enchevêtrés que je distinguais mal. Il me faisait signe de m'asseoir.

Çay ?

J'entendais le thé couler dans un verre. Il reniflait en accordant son instrument. Je le complimentais sur son travail mais il poussait un grognement.

C'est de la peinture piégée. La vraie toile est derrière les couleurs.

Les secousses se rapprochaient. Entouré de ses toiles, K'Han grattait des accords.

Ce que tu cherches est ici, chantonnait-il. Les plantes, le miel, l'anis, la musique.

Je l'exhortais à sortir à cause des secousses, mais il n'écoutait pas et se mettait à chanter un vieux thème de blues.

I wanted sugar very much

Il pinçait les cordes, un sourire aux lèvres.

C'est ça, non, qu'il te manque affreusement, eh, *birader, şekerim, my sugar*, est-ce que je me trompe?

So I went to Sugar Town

Sugar Town, *birader*?

Il exécuta deux autres accords qui complétaient le refrain.

I climbed up in that sugar tree
An'shook that sugar down.

Les murs du *gecekondu*, la vaisselle, les verres de thé sur les soucoupes, les toiles, les vêtements, le talisman bleu suspendu à la fenêtre, la guitare et K'Han lui-même étaient secoués de vibrations démentes. Je me tournais vers la porte mais elle était fermée. J'ignorais si c'était la terre ou le ciel qui vacillait.

Je remarquai alors la peinture qui coulait sur les toiles, révélant ce qui se trouvait dessous. Il n'y avait rien, derrière les couleurs se trouvait la nuit. Les tableaux étaient des fenêtres ouvertes sur la nuit. Le tambourinement sur le toit était assourdissant. Mes yeux s'habituaient et par ces fenêtres, peu à peu, je distinguais des formes grossières qui tombaient du ciel en martelant le sol, plus grosses que le poing, plus grosses que des pommes, et en les regardant tomber je comprenais qu'il pleuvait des coings.

Je me réveillai en sursaut. Les stores étaient levés et le soleil pénétrait dans la chambre. Je souris en apercevant la fissure familière qui courait au plafond, du lustre à la fenêtre. Des larmes se formèrent au coin de mes paupières.

Il pleuvait des coings, dis-je tout bas.

Je fermai les yeux et retraçai le chemin du songe, retrouvai brièvement sa texture aux allusions étrangement bibliques. D'un bout à l'autre, je remontai les méandres du rêve, de la texture froide du bitume sur le pont à la senteur de l'origan sur la rive asiatique ; de la chanson de K'Han à l'odeur âcre et acidulée de la pulpe de fruit éclaté autour du refuge.

I wanted sugar very much... et par conséquent, j'étais venu ici à Istanbul pour trouver de ce sucre-là. Était-ce cela la seule, l'unique, l'impérieuse raison ? Le poème, pourtant... Mais le poème n'existait pas. Eût-il même existé que, tout Dr Jones que j'étais, je n'aurais pas fait tous ces kilomètres pour un poème. *So I went to Sugar Town...* Mais comment poursuivre ? Seul l'éminent professeur Lenz saurait me dire pourquoi j'étais monté dans l'arbre à sucre ou si le Jummy, comme je le pressentais, pouvait effectivement être un fruit.

LOIN

La grand-mère disait :

Là où tu vas, les gens ne font pas ça. Respecte les bonnes manières, personne n'aura l'idée de demander d'où tu viens. Tu n'ouvres pas la bouche, du moins pas au début, tu fais l'âne et tu prends le foin. Les bonnes manières, c'est la moitié du travail. Alors PAS DE DOIGTS DANS LE NEZ ! Turc passe encore, mais un petit paysan sans manières, ça non !

Cette dernière remarque, voyez-vous, je ne l'ai comprise que plus tard, bien après, quand j'étais loin.

Göker Bey a attendu un peu derrière le poste de douane. Il venait d'échanger quelques mots avec la police française et lui avait remis mes papiers d'identité en sa double qualité d'ami du père et d'agent officiel des Lignes maritimes turques. J'ai passé la frontière en fermant les yeux, et je n'ai rien senti. Il n'y a pas de différence entre les deux côtés et c'est bizarre d'en faire tout un plat comme ça, des voyages. Göker Bey est resté derrière et quand je me suis retourné, il avait déjà tourné le dos et se dépêchait en remontant le flot des passagers qui continuaient de débarquer, il courait pour reprendre le bateau dans l'autre sens, rentrer à İstanbul et dans son village. Une nouvelle fois j'ai senti ce poids dans ma poitrine, moins parce qu'on se quittait, lui et moi, qu'à cause de ce qu'il avait dit sur Paris, « pas une ville pour moi ». En le regardant partir, j'ai pensé la même chose : ce douanier ridicule, ces gens pressés, ces inscriptions illisibles, je me suis dit, ce n'est pas un pays pour toi. Mais je n'ai pas eu le temps, si j'ose dire, de mettre mes actes en accord avec mes paroles, car l'instant d'après la vieille dame était là, devant moi, avec ses yeux bleus et son nuage blanc en guise de cheveux. Elle s'est mise à parler français avec sa voix perchée très catégorique, et j'ai dit oui à tout.

Depuis la gare, les voies de chemin de fer allaient tout droit jusqu'à Paris. À partir de là, on n'a plus beaucoup parlé, elle et moi, vu que c'était la nuit. Le matin, j'ai souri comme on fait pour remercier ou se faire pardonner, mais je n'ai pas recommencé, parce que le sourire que me faisait la vieille dame en retour lui donnait un air navré. D'ailleurs, on arrivait gare de Lyon. Il pleuvait et je me suis souvenu du jour où l'avenue Necatibey à Beyoğlu avait ressemblé exactement à ce que je voyais derrière la vitre de ce train, en plus triste encore. J'ai pensé à l'air hostile qu'ont ces villes qu'on ne connaît pas, combien elles ressemblent aux lieux qu'on a connus quand on s'apprête à les quitter pour toujours.

Lorsqu'ils s'adressent à moi, les Delamotte décomposent : leurs phrases, leurs mots, leurs gestes, tout est au ralenti, et au début je ne comprends pas, mais ce n'est pas grave, comme l'a expliqué le père, car les Delamotte sont des gens patients et tolérants. Ce sont des Français.

En été, ils vivent dans une maison au bout d'un chemin à travers les bois, leurs lèvres grasses sont chargées de nourriture et de mots et, quand ils en ont assez d'articuler leurs phrases, ils parlent entre eux, plus vite, et ça leur fait des vacances. Parfois, je lâche un mot accidentel qui s'écrase devant moi, son ventre exposé, comme un scarabée que les Delamotte, perplexes, auscultent à distance.

M. et Mme Delamotte frappent toujours avant d'entrer dans la chambre qui m'a été attribuée — une effroyable coutume, surtout la première fois, quand on ne sait pas comment dire « entrez » et que quelqu'un frappe à la porte qui est en réalité déjà entrouverte. Elle pivote doucement, je sais que c'est M. Delamotte à cause de sa respiration, mais chez les Delamotte, si vous ne dites pas « entrez », personne n'entre, même pas monsieur et certainement pas madame. Et pourtant, si vous me demandez à moi, il peut bien l'enfoncer, cette porte, s'il le souhaite, c'est la sienne après tout. Mais non, il reste derrière sans bouger, frappe encore une fois, plus timidement, puis s'éloigne ; c'est ce qu'on appelle la politesse, ou les bonnes manières, ce genre de choses que la grand-mère a recommandé d'appliquer en toutes circonstances. Par la fenêtre, les grands arbres soupirent en agitant leurs branches.

Jacques, le fils Delamotte, a à peu près le même âge que moi. Il se tient toujours très droit à table, se déplace dans la maison comme un petit coq. À haute voix, il lit Molière, qu'il doit préparer pour la rentrée prochaine.

« Se ti sabir, ti respondir. »

Mais je ne « respondir » rien. J'attends la suite. Le temps peut paraître long quand on ne parle pas une langue.

Türk ? demande Jacques en levant les yeux de son livre.

Je fais non de la tête. Je ne suis plus turc, je suis en France, j'apprends le français, et je lirai bientôt les auteurs moi aussi. Et surtout ne pas se faire remarquer, disparaître derrière la façade propre et civilisée du garçon modèle.

« Star bon Turca ? »

Je fais non de la tête. Jacques poursuit, les yeux rivés sur son livre.

« Donar turbanta ? »

Yok !

Les yeux de Jacques s'illuminent.

« Ioc. Ioc. Ioc ! Mahameta, *Mamamouchi.* »

Le soir à table, Jacques Delamotte se penche au-dessus de son assiette et déclare avec urgence :

« Se ti sabir, ti respondir ! »

Jacques ! dit Mme Delamotte.

M. Delamotte le réprimande. Après dîner je regagne ma chambre, loin d'eux.

Montgeron, à l'est de Paris, ville ennuyeuse et sans éclat, lycée pilote.

Tous les matins, je prends la voie royale, une route goudronnée qui mène jusqu'au lycée, sous les arbres. Les autres élèves rentrent en automobiles françaises, d'extravagants véhicules à trois couleurs, sièges en cuir et pare-chocs en chrome. Les pères, au volant, sont en costumes gris *à la mode,* avec moustaches *à la mode* et lunettes *à la mode,* de Paris. Ils s'arrêtent devant le portail du lycée, la porte arrière s'ouvre, un garçon s'engouffre dedans, au suivant. Le soir, je fais le chemin en sens inverse, sous les arbres. La voie royale se couvre de feuilles. À la nuit tombée, on entend des ricanements d'oiseaux et une collection de sons étranges qui font penser à la maladie de Lala Mustafa Paşa. On souffre aussi de mélancolie ici, c'est évident. Le père, qui s'est remis au travail sur sa machine à écrire, s'interrompt un instant pour réfléchir à la question. Il pivote sur son nouveau fauteuil de bureau pivotant.

Le *spleen…* c'est ce qu'on dit ici. Le spleen de Paris.

HACI OSMAN

J'enfilai une chemise blanche et une veste propre, et descendis dans la rue pour trouver un coiffeur. Si je devais me rendre dans un poste de police pour y annoncer la mort d'un homme, autant avoir l'allure la plus distinguée possible. L'histoire était délicate, le meurtre de Mustafa était au départ une affaire de corruption de sauveteurs dans laquelle j'avais malheureusement trempé. Il fallait donc être prudent dans la version que je donnerais à la police si je ne voulais pas me retrouver dans une geôle turque à quelques heures de mon départ.

Je rentrai chez un vieux barbier qui m'invita à m'asseoir en désignant le seul siège de sa boutique. Il s'aspergea les mains d'eau de Cologne, passa un linge frais autour de mon cou et me fit incliner la tête sous un robinet d'eau tiède. Je me relevai, il massa mes cheveux de ses mains dextres et poussa de nouveau ma tête sous le robinet, avant de la sécher dans une serviette blanche. Je regardai l'eau sale s'écouler dans l'évier, les restes de ma nuit cauchemardesque disparaître dans le siphon du lavabo. En dépit de la justesse et de la fermeté de ses mouvements, le barbier pouvait facilement avoir l'âge de ma vieille mère, ses mains et son visage étaient tachés de marbrures. En s'activant derrière ma nuque, il susurrait un refrain à la manière arabesque. Il s'interrompit en croisant mon regard dans le miroir.

Je connais ces cheveux.

Ce sont les cheveux d'un homme qui vieillit, répondis-je, amusé. Le gris des tempes ne pardonne pas.

Il s'esclaffa. La lame de ses ciseaux glissa derrière mon oreille.

L'homme qui vieillit ignore de quoi il parle, fit-il. Dans quel pays vis-tu, *enfant*?

Angleterre.

Vallahi, je connais ces cheveux.

Il termina la coupe et se tut jusqu'à ce que je sorte mon portefeuille. Il fit non de la tête. J'insistai mais il ne voulut rien entendre.

La prochaine fois, dit-il.

Il m'accompagna sur le seuil de sa boutique et je sentis ses yeux qui se vissaient dans mon dos pendant que je m'éloignais. Je repensai aux marbrures de ses mains et j'eus un pincement au cœur à l'idée qu'il n'y aurait pas de prochaine fois. Paroles sincères ou bluff de commerçant, il n'y avait aucun moyen de vérifier si son intuition capillaire était juste. Mais, de toute évidence, Orhan avait gagné son pari, quelqu'un m'avait reconnu — avait reconnu mes cheveux en tout cas — dans les rues de Beyoğlu.

Je hélai un taxi et demandai au chauffeur de m'emmener vers le nord-est, en direction de Kurtuluş et Şişli. Il fit une moue dubitative et m'expliqua que l'accès était fermé pour faciliter l'acheminement des secours, ou parce que, ajouta-t-il en désignant l'autoradio où le sujet était débattu à cet instant précis, les secours s'y étaient embouteillés en tentant de venir en aide aux sinistrés ; dans un cas comme dans l'autre, conclut-il, visiblement satisfait de son analyse, la route de Şişli était une très mauvaise idée.

Emmène-moi à la forêt de Hacı Osman par le chemin que tu souhaites, dis-je.

Hacı Osman était un parc situé sur les hauteurs de l'anse de Tarabya, non loin de la cité résidentielle où j'avais croisé le joueur de gramophone. Par coïncidence, Mustafa connaissait bien cet endroit où il s'était souvent rendu. Pendant la nuit que nous avions passée à fumer la pipe à eau en guettant le lever du jour, Mustafa m'avait confié qu'il était ami avec un imam dont la mosquée, disait-il, se trouvait dans la forêt d'Hacı Osman. C'était une mosquée sans fidèles et son occupant un excentrique dont le mode d'existence, d'après ce que Mustafa en disait, ressemblait à celui d'un anachorète. J'avais écouté son histoire avec un scepticisme curieux, conscient que les occupations de Mustafa sur le pavé de l'avenue Istiklal pouvaient l'amener à raconter beaucoup de fables, mais séduit à l'idée que son histoire de mosquée en forêt puisse posséder un fond de vérité. Qu'un rabatteur de night-club soit l'ami d'un imam était en soi cocasse et puisque Hacı Osman existait vraiment, pourquoi pas l'imam ? Je ne pouvais de toute façon pas quitter Istanbul sans informer d'une mort dont j'avais été le témoin direct le seul ami dont la victime m'ait jamais parlé.

Le taxi suivit la route côtière. La lumière réfléchie par l'eau du Bosphore inondait le pare-brise.

La radio diffusait une séance de pugilat verbal et d'autoflagellation sur le tremblement de terre de Yalova et sur la gestion de la catastrophe par les autorités, exactement comme Hasan Yeniadam l'avait prédit la veille au Sunset Grill. J'aurais préféré entendre le ronronnement du moteur ou les jérémiades du conducteur. Les débats de la classe politique ne m'intéressaient pas ; ma lâcheté seule me préoccupait. J'avais fait mine de réagir à l'attaque dont avait été victime Mustafa et finalement je m'étais enfui. J'avais abandonné sa famille pour me protéger de leur malheur. Et comme une lâcheté en appelait une autre, je pris dans ce taxi qui m'emmenait à Tarabya la décision de ne rien dire à la police. Désespérément, je m'accrochai à la possibilité, même ténue, même fantasque, que l'imam puisse exister dans cette forêt où je me rendais, et à lui, l'ermite, je dirais tout. Je décidai que si l'imam n'existait pas, je ne remettrais jamais les pieds à Istanbul.

Je sortis mon téléphone portable et fis défiler les noms du répertoire. Quand le curseur atteignit l'entrée **Mustafa** mon cœur bondit dans ma poitrine. Je repensai aux mots qu'il avait prononcés quand il s'était jeté à mes pieds dans la rue devant le Sunset Grill. *Tu devais m'appeler,* abi. J'avais son numéro, il n'avait pas menti, et j'avais promis — avais-je promis ? m'avait-il fait promettre ? — que je l'appellerais. Je pressai la touche appel et collai l'appareil à mon oreille, redoutant une tonalité, espérant secrètement que j'entendrais une voix enregistrée m'annonçant que le numéro était déconnecté. Mais son téléphone sonna. Une fois, une deuxième fois. Une curiosité malsaine me poussa à laisser sonner encore, une troisième fois, une quatrième, une cinquième — jusqu'à ce qu'on décroche.

Allô ?

L'interjection sortit mécaniquement de ma bouche. Dans l'écouteur j'entendis un bruit de rue, le grondement d'un camion qui passait, un coup de klaxon, une conversation animée toute proche et la voix essoufflée de Mustafa qui récitait *Az gittim uz gittim, lütfen mesajınızı bırakın,* quelque chose comme *j'ai marché peu et encore, s'il te plaît laisse un message.* Je raccrochai avant le déclenchement du signal sonore. Je n'avais pas pour habitude de laisser de messages aux morts. Car il était mort. C'était impossible autrement. J'étais abasourdi d'avoir entendu sa voix prononcer ces mots — *j'ai marché peu et encore* —, cette rime qui était un présage, le témoignage unique du bref passage sur terre du *pezevenk.* Je regardai encore le nom qui s'affichait sur l'écran et, d'un bref mouvement de pouce, froid et machinal, j'effaçai pour toujours le numéro de Mustafa.

J'avais pris un chemin qui descendait en forêt où le bruit de la circulation céda la place au chuchotement des feuilles et aux coassements d'une colonie de grenouilles, plus bas autour d'un étang invisible. Ni jardin public ni réserve naturelle, le parc d'Hacı Osman ressemblait à une friche où les autorités auraient projeté des espaces verts sans jamais trouver le temps ni les moyens de les concrétiser. Des bancs publics arrachés à un projet de parc plus ancien étaient amassés à l'entrée du parc, formant une sculpture contemporaine réussie quoique entièrement involontaire. Le parc était aéré, propre, avec diverses essences d'arbres en fleur. Un vallon bucolique couvert de boutons-d'or s'étendait du chemin jusqu'à une ligne de peupliers derrière laquelle se trouvait probablement l'étang aux grenouilles. C'était un parc sans visiteurs, hormis quelques promeneurs qui sortaient du sous-bois avec de mystérieux ballots de toile que j'imaginai remplis de racines destinées à la vente sur les marchés. Après un bon quart d'heure de marche dans les bois, dans un détour du chemin, j'aperçus le dôme de cuivre oxydé de la mosquée. Son minaret unique était perché sur un fuselage rectangulaire qui se perdait derrière les arbres. Si une mosquée se trouvait ici, en pleine forêt, alors l'imam existait bien et Mustafa n'avait pas menti. Mustafa n'avait jamais menti.

Le chemin descendait encore et la mosquée disparut derrière la végétation. Au virage suivant, la forêt prit brutalement fin, remplacée par un terrain vague argileux couvert de débris et cerné de maisons en construction. Un peu plus bas dans la pente, comme si leur présence allait de pair avec celle des futures propriétés, deux chiens à l'encolure épaisse étaient couchés en travers du chemin, deux bêtes massives au pelage jaune qui respiraient rapidement, accablées par la chaleur. Le plus gros des deux chiens sentit ma présence et tourna la tête, oreilles à l'affût. Ses muscles se tendirent, il se dressa à moitié et ses poils se hérissèrent. L'autre tourna à son tour la tête dans ma direction et ils restèrent en arrêt dans cette position indécise, sans autre mouvement que celui de leurs grosses truffes, noires et humides. Je reculai en m'efforçant de ne pas leur tourner le dos. C'étaient des bêtes puissantes et rien aux alentours ne m'offrait d'indice sur un propriétaire éventuel. J'étais incapable de prévoir leur réaction quand je me mettrais à courir. Ne pas montrer ta peur, me dis-je, et cette seule pensée eut évidemment pour effet de me glacer le sang.

Après quelques pas à reculons je décidai que la distance était suffisante pour m'élancer à travers le terrain vague, jusqu'au tronçon de route où j'obtiendrais de l'aide. Je pivotai mais m'interrompis aussitôt dans mon élan, manquant de renverser un petit garçon qui était apparu sur le chemin, un nécessaire à cirage pendu à son épaule. Il mimait avec sa brosse l'opération de lustrage des chaussures.

Pour toi, c'est cinq, dit-il. Cinq millions de *lira* turques pour tes chaussures.

Je vis dans ses yeux une stupeur qui reflétait celle qu'il lisait dans les miens, mais son sérieux et sa désinvolture eurent pour effet immédiat de calmer ma peur. S'il ne s'enfuyait pas à toutes jambes, c'était que cette peur était infondée ou, mieux encore, que ces deux bêtes à moitié sauvages étaient à lui.

Tu as vu mes chaussures ? dis-je.

Il les regarda d'un air déçu.

D'où tu viens ? demanda-t-il. Trabzon ?

Et toi, d'où tu es ?

Il me donna le nom d'une ville que je ne connaissais pas. Il s'était mis à marcher à mes côtés, l'air absorbé, cherchant le meilleur moyen de vendre une séance de cirage à un homme en chaussures en daim.

Les chiens, reprit-il, tu as peur des chiens ? Moi, je n'ai jamais peur, poursuivit-il sans attendre la réponse. Des chiens, de rien. Je n'ai pas peur du séisme. C'est la volonté de Dieu. Tu crois en Dieu ?

Je fis non de la tête.

C'est pour ça que tu crains les chiens.

Sa boîte à cirer se balançait d'avant en arrière sur son épaule.

Tu sais où se trouve la mosquée ? lui demandai-je.

Ses yeux se mirent à briller.

Pour dix millions de *lira*, je t'y emmène.

Cinq millions.

D'un geste théâtral, il agrippa sa poitrine en simulant la douleur, puis tendit sa main ouverte.

Sept millions ! Pourquoi la mosquée ?

L'imam et moi avons un ami en commun, dis-je.

Nous prîmes ensemble un chemin étroit qui descendait vers le fond du vallon parmi les boutons-d'or. L'air vibrait du cisaillement des insectes et des chœurs effrénés des batraciens, et un bref instant, en m'enfonçant dans ce royaume de créatures invisibles et de chiens errants, je m'imaginai comme le prince d'un de ces contes où l'épaisseur de la forêt autorise toutes les fantaisies, et où mon guide était le Papageno de *La Flûte enchantée*, portant son carillon sous le bras en lieu et place d'une boîte à cirer.

Je le suivis jusqu'à une clairière où se dressait l'incroyable mosquée de Hacı Osman. Le minaret octogonal s'élevait dans le ciel avec son chapiteau anguleux et ses façades lardées de fissures noircies par l'humidité. Le dôme était soutenu par une autre structure octogonale, plus large et percée de fenêtres rectangulaires, étroites comme des meurtrières. Un câble grimpait le long du minaret, en haut duquel étaient fixés trois mégaphones, et le mur était surmonté de crénelures comme celles d'un château fort. La mosquée donnait l'impression d'avoir été posée là et oubliée pendant des siècles. Il n'y avait rien autour, ni maison ni commerce, juste cette prairie bordée de pins, de noisetiers et de chênes, et l'imam assis à l'ombre sur son tabouret.

Selamünaleyküm, fit-il lorsque j'approchai.

Aleykümselam.

Il se tourna vers Papageno. Le garçon lui expliqua l'objet de ma visite, bien qu'il n'en sût pas grand-chose.

Fanta ? demanda l'imam.

Sans attendre la réponse, il adressa un geste au garçon qui disparut à l'intérieur.

Aziz m'apprend que vous apportez des nouvelles de Mustafa. Nous allons parler de lui tout à l'heure. D'où venez-vous ? France ? Angleterre ?

Londres, expliquai-je.

Il hocha la tête et se tut. Je regardai autour de moi pour tenter de saisir ce qui clochait dans cet endroit étrange. Contre le mur étaient rangés des seaux d'eau croupie, un tas de bûches et des clapiers ; j'avais affaire, plus ou moins, à un squat comme on en trouvait tant dans l'immense conurbation du Bosphore.

Il fait bon ici, dis-je.

Je l'observais de biais pour juger quand il serait opportun d'annoncer la mort du *pezevenk*. Mais ma remarque l'avait plongé dans une rêverie qu'il partageait avec moi en remuant les lèvres et en comptant les perles de son chapelet. Aziz revint avec un plateau sur lequel étaient posés deux verres d'orangeade.

Et quelles nouvelles colportez-vous du dehors ? dit l'imam dans sa langue alambiquée. Comme vous le voyez, ici le temps est suspendu comme entre deux rives.

Sous son *sarık*, ses yeux brillants et son visage contracté lui donnaient un air halluciné. Appuyé dans l'ombre de sa demeure, il aurait pu passer pour l'équivalent islamique d'un chanteur folk de la grande époque.

Les Grecs ont leurs monastères dans la montagne, dit-il encore. Il y a longtemps, quelqu'un s'est perdu à Hacı Osman.

Il désigna le bâtiment.

Dieu l'a posée ici pour qu'elle soit découverte ou ignorée des hommes. En somme, il faut se perdre un peu pour la trouver sur sa route…

Je pensai à l'imam qui avait chanté sur la tombe de Celal Tur. Comment son corps s'était creusé dans le cimetière de Stoke Newington, comment il s'était enroulé puis détendu comme un vieux ressort pour lancer vers l'assistance sa diatribe improvisée. Le prêche de l'imam de Hacı Osman s'animait devant lui dans les airs, guidé par la seule musique de sa voix. Il était curieusement apaisant.

Avec Mustafa, j'ai réparé la mosquée. C'est un garçon courageux. Mais plus tard, il s'est éloigné. Il préfère le football. Galatasaray.

Sa main se crispa sur son genou.

Et la chaussure est abîmée…, dit-il.

Je me tournai vers lui sans comprendre.

Votre chaussure — vous marchez beaucoup, je dirais.

Le caoutchouc s'était sûrement décollé pendant ma course nocturne.

Mustafa, commençai-je en changeant mon pied de position.

Mais il se leva et me fit signe de le suivre. Devant la porte de la mosquée, il ôta ses chaussures et me fit signe d'apporter les miennes à l'intérieur. Aziz nous suivit. Il faisait sombre et en s'habituant mes yeux distinguèrent des motifs floraux qui évoquaient un style décoratif proche de l'Art nouveau exécuté de façon bancale. L'imam se pencha pour murmurer quelque chose à l'oreille d'Aziz, qui disparut par une petite porte, et je l'accompagnai jusqu'au *mimber* en foulant un grand tapis vert et bleu. Derrière la chaire, il ouvrit une seconde porte.

Mon atelier, dit-il en souriant. Il tendit la main et je lui remis mes chaussures.

Je ne veux pas qu'Aziz s'attriste, fit-il en refermant la porte. Son cœur est rempli de trouble.

Il plaça ma chaussure béante sur un fer. Son ton se fit plus grave.

Qu'est-il arrivé à Mustafa ?

Il est mort, dis-je.

Il accueillit la nouvelle sans sourciller et dévissa un pot de colle dont il appliqua le contenu sur la semelle.

S'est-il battu ?

Il n'a rien vu venir.

Sa tête sembla légèrement ployer sous le poids de son *sark*, tandis qu'il continuait à badigeonner le cuir en silence.

La mosquée, c'est lui qui l'a découverte. Il est venu me trouver et j'ai vu l'endroit. J'ai su que j'avais trouvé ma voie, ma mission. J'ai voulu faire de Mustafa un garçon meilleur, comme un fils. J'ai réussi et j'ai échoué.

Il fit tourner son étau et y coinça le bout de ma chaussure.

Aujourd'hui, les radicaux de ce pays, les *Nakşibendi* et les autres, parlent aux jeunes de religion comme s'ils étaient en campagne électorale. Mais ils oublient la véritable gloire de Dieu, *Vahdet-i vücud*. La création est en Dieu ; Dieu est dans sa création.

Vous êtes derviche ?

Cela vous inquiète ? Vous êtes inquiet... Je sens l'inquiétude en vous, comme un vent qui tourne sur lui-même, fit-il en soulevant les sourcils.

En vérité, j'étais incapable de dire ce que je ressentais. J'ignorais si le discours de l'imam relevait de la plaisanterie ou de la menace, mais il employait certainement les expressions consacrées d'un soufi. Celal s'était jadis occupé de la demande d'asile d'un soufi *djihadi*, torturé des jours durant par un lieutenant-colonel de l'armée turque dans une prison de l'est du pays.

Ce qui m'inquiète, dis-je, c'est que le monde est dangereux ces temps-ci pour les mécréants comme moi.

Voici votre chaussure, répondit-il sans tenir compte de ma remarque. Je suis cordonnier à mes heures. Ainsi, même pauvre, je peux aider les voyageurs.

Il eut un petit rire enfantin et se dirigea vers la porte. Je le suivis dans la salle de prières qu'il se mit à arpenter à pas posés, ses mains insatiables regroupées dans son dos : ses pouces faisaient à nouveau le décompte des billes clinquantes de son chapelet.

Alevi, c'est ce que je suis. Quoique je ne tourne plus sur moi-même...

Son petit rire fusa et il agita la tête.

Mon Dieu est composite : Allah, Muhammed, Ali. Une divinité en trois personnes.

J'aurais pu lui répondre que sa position n'était pas aisée, comparable à celle d'un artisan dont la boutique aurait été cernée de grandes surfaces monothéistes à prophète unique. La concurrence était telle que, statistiquement, les chances de survie de son Dieu tricéphale paraissaient nulles. L'âge des divinités était révolu. Mais Mustafa m'avait expliqué que l'homme était un ermite. Un imam certes, mais qui réfléchissait au monde dont il s'était coupé avec ce détachement vertigineux, grâce auquel il confiait à l'étranger de passage des conclusions provisoires et incertaines avec juste ce qu'il fallait de prosélytisme pour ne pas faillir à ce qu'il appelait sa mission parmi les croyants. Il savait bien pourquoi j'étais ici. Il le savait et tournait autour, non comme un derviche, mais comme un homme blessé qui cherche une parade contre la douleur d'une perte irréparable.

Mustafa…, reprit-il en soupirant — mais il s'interrompit, distrait par ses voix intérieures.

Il m'a parlé de vous, dis-je. Il avait besoin de temps.

Une porte s'ouvrit à l'opposé de la salle et Aziz réapparut avec sur son plateau deux verres de thé ambré et des gâteaux couverts de graines de sésame.

Nous bûmes le thé en silence. Le verre de l'imam tinta sur le plateau.

Cette mosquée, dit-il, les gens la disaient perdue… Mais peut-être connaissez-vous l'histoire ? Peut-être savez-vous même d'où elle vient, et tout ce qu'elle a traversé pour finir ici…

Je le regardai avec surprise. Sa question semblait sincère et je choisis la manière la plus simple de lui répondre.

Je n'ai jamais vécu ici, dis-je.

Aziz me raccompagna jusqu'à la lisière du parc.
Le soleil se couchait mais c'était son heure, il
retournait en ville avec son nécessaire à cirage et
une dizaine de paires de chaussures suspendues à
son cou par les lacets.

Oncle, je te le dis, je ne dors jamais, m'expliqua-
t-il gaiement. J'aurai le temps de dormir quand je
serai vieux.

Les deux chiens jaunes trottaient derrière nous
en jouant.

N'attends pas d'être vieux, Papageno, dis-je.

Il se mit à rire et les chiens prirent le chemin au
galop en se mordant à la gorge.

ÉPHÈSE

La mère nous a rejoints en France et elle a bien pleuré sur le quai en descendant du train à la gare de Lyon. J'avais appris un poème pour la consoler parce que je savais d'avance qu'elle allait fondre en larmes. Le père s'est approché d'elle pour la prendre dans ses bras mais ça n'a pas marché. C'est difficile à expliquer mais, au lieu d'exécuter sans gêne ce geste simple, il s'est interrompu en plein mouvement et s'est mis à tourner comme un maladroit autour de la mère qui sanglotait. Finalement, sa main s'est posée sur son épaule et elle est restée là, sans poids, prête à s'envoler au moindre souffle.

Un employé s'est approché pour demander si tout allait bien mais sa question est tombée au mauvais moment et personne n'a souhaité répondre. Évidemment que ça n'allait pas. Et comme j'étais là à attendre et lui aussi, j'ai proposé de lui réciter mon poème.

Je connais un poème, monsieur, j'ai dit. Si vous voulez l'entendre.

Comme il ne répondait rien, j'ai jugé bon, par politesse, de m'exécuter, et j'ai vaillamment récité les premières strophes avec émotion, comme on apprend en classe dans les lycées pilotes.

Je ne me souvenais déjà plus de mon enfance
J'étais à seize mille lieues du lieu de ma naissance...

Le poème commençait assez fort. Il parlait de trains, de gares et de voies ferrés qui s'enfonçaient dans le paysage direction la Russie, à Moscou, dont le poème décrivait assez vite les clochers. Je me suis enhardi en jugeant que ce genre de littérature intéresserait au plus haut point un employé des chemins de fer. Il me regardait avec des yeux ronds qui en disaient long sur l'intérêt qu'il portait aux images véhiculées par le texte.

C'est même un ami de mon père, ai-je expliqué quand j'ai eu fini ma petite performance.

Qui ça ?

Le poète.

C'était faux, tellement faux que c'était bien trouvé, et l'employé a ôté sa casquette pour se gratter le haut du front.

Si ton père connaît les poètes, c'est quelqu'un d'important. Et après, ça raconte quoi ?

C'est un très long poème. Il dit que son cœur brûle.

Son cœur brûle ?

Comme le temple d'Éphèse.

L'employé a réfléchi à cette idée — un cœur qui brûle comme le temple d'Éphèse. Mais sans savoir où se trouvait Éphèse, il ne pouvait pas s'en sortir. Alors que moi, je le savais. Je savais qu'Éphèse, c'était chez moi.

C'est vraiment très bien. Ton nom ?

Lucien.

Autre mensonge : c'était un nom d'emprunt, bien français. Une précaution qui m'évite, en général, les questions subsidiaires, les regards entendus et les haussements de sourcils des inconnus.

Maurice, a répondu l'employé des chemins de fer, chef de quai.

Puis il s'est éloigné en revissant sa casquette, son cou légèrement tordu.

Quand la mère a fini de pleurer et qu'ils sont venus vers moi, elle lui serrait le bras et ils riaient tous les deux. Moi, à ce stade, je n'essayais même plus de suivre leurs changements d'humeur. Le père a annoncé à la mère que j'avais une surprise et m'a dit vas-y. Je sais bien qu'on avait préparé ça ensemble, lui et moi, qu'on avait choisi la *Prose du Transsibérien* parce que ça parlait de trains, mais je venais de réciter le poème à Maurice, chef de quai, et à cause de ça, je crois, quand j'ai voulu le redire à la mère qui se faisait une joie, les mots avaient disparu. Ma tête était comme une page blanche. Et donc, pour ce qui est du poème, il n'y était plus.

SELMIN

Debout devant le Bosphore, j'observais la ligne assoupie de la rive opposée tandis qu'à mes pieds les vagues s'écrasaient contre la jetée de béton. Un *minibüs* s'avançait sur la route en cahotant ; je distinguais l'avant-bras solitaire d'un passager appuyé à la fenêtre, dont la chemise rayée rouge et blanc claquait comme un étendard. Sur la colline qui dominait la rive, le vent agitait les cimes et convoyait les appels des ambulances. Plus loin, suspendue dans le ciel, la circulation avait repris sur le deuxième pont du Bosphore. L'immensité de sa structure absorbait tout, le ruissellement des véhicules, le choc des cargaisons, la majesté du détroit, jusqu'à l'idée même que la faille sur laquelle se dressait la ville puisse être meurtrière.

Le *minibüs* ralentit et marqua un bref arrêt pour laisser descendre trois Anglais que je reconnus aux consonnes mangées qui rythmaient leur conversation, à cette ironie distante et apaisée qui est la protection naturelle des Britanniques en voyage. J'observai leurs silhouettes nonchalantes qui s'avançaient sur la jetée, mains dans les poches, la nudité désinvolte de leurs mollets blonds, leurs doigts de pied rougis dépassant de leurs sandales de marche. Un morceau de lettre à Esther se forma dans mon esprit. Cette fois-ci, ce serait une lettre de célébration un peu nostalgique dans laquelle j'évoquerais notre premier voyage ensemble, dans l'appartement de mes parents sur la Côte d'Azur. Nous avions fait l'amour, mangé, lu ; pas grand-chose d'autre pendant quatre jours autour du Nouvel An. Elle avait ouvert les livres de mon père qui occupaient une étagère isolée dans la chambre et m'avait demandé de lui faire la lecture dans cette langue turque pour elle imprononçable, en dépit de l'initiation que je lui avais donnée aux lettres de son alphabet. La lettre ğ, ou « g doux », en particulier, cette fricative sourde dont la présence silencieuse à l'intérieur du mot ne pouvait être illustrée qu'en l'exagérant par une friction de la glotte, relevait d'un paradoxe insurmontable pour une Anglo-Saxonne, même érudite et curieuse. Nos séances se terminaient invariablement sur le lit défait, face au tumulte hivernal de la mer.

J'entendais les rires anglais et les bribes de leurs plaisanteries coupés par la brise. Mes sens s'affûtaient — cette pensée d'Esther, peut-être — et j'éprouvais un plaisir sensuel à me trouver là, face à la mer, m'imaginant percevoir d'étonnantes possibilités d'agencement de l'espace et du temps. Depuis combien de temps n'avais-je plus rêvé, les yeux ouverts ou les yeux fermés, du désir simplement exaucé de deux êtres l'un pour l'autre, sur un canapé, dans un lit défait ? J'étais guéri de mon mal et ce désir en était la preuve ; et la tension de ma rétine s'augmentait maintenant de celle d'Esther, l'ouïe d'Esther affinait mon audition, et l'odorat si développé d'Esther se combinait au mien pour me permettre de distinguer chaque composant de l'air du Bosphore. Un effluve d'algue libéré par le ressac, le parfum des embruns mêlé à celui d'un after-shave anglais, les odeurs de bitume et de fleur de Judée, le froissement d'un vêtement. Je tournai la tête. Accoudée au parapet, une jeune femme contemplait la mer. Ses yeux clairs croisèrent les miens sans ciller et un sourire se dessina sur sa bouche.

On se connaît…? demandai-je.

Oui, dit-elle en riant. Vous êtes celui qui s'est retrouvé par accident sur le plateau du film, l'autre jour, à Beyoğlu.

Sa voix était chaude, un peu brisée.

Je vous ai aperçu plusieurs fois au café, poursuivit-elle. La dernière fois avec votre mère.

Le film est terminé ?

Elle fit non de la tête.

Plus d'argent, soupira-t-elle. Selmin est au chômage.

C'est désolant.

Non, répondit-elle en baissant les yeux. C'est dans l'ordre des choses, plutôt. Ce sont vos amis ? ajouta-t-elle en désignant les trois Anglais.

Je ne les connais pas, dis-je en haussant les épaules.

Elle avait des traits fins et des yeux qui, après une observation plus attentive, me parurent tirer vers le gris. Sa bouche faisait une moue enfantine quand elle ne disait rien et quelques rides s'étiraient en direction de ses tempes où tombaient ses boucles claires.

Comment se porte votre mère ? demanda-t-elle.

Je détournai les yeux pour les fixer à la surface de l'eau. Je vis sauter devant moi les images blanchies d'une vieille femme emmurée dans son silence, seule dans sa chambre d'hôpital, puis la bobine du film qui déraillait dans la lumière de l'objectif.

Pour elle aussi, c'est la fin du film.

C'est triste, dit-elle.

Ma mère ? Celle qui n'avait jamais été là pour moi ? Qu'y avait-il de triste à cela ? J'avais un besoin subit que cette inconnue entende la réponse brusque, difficile, quasi indicible que je voulais lui faire. Je voulais dire l'irréparable que cette mère avait infligé à l'homme qui se trouvait devant elle. Était-ce triste d'être privé de la violence d'une absence, de l'ignorance maternelle, de l'égoïsme et, désormais, de cet oubli qui grandissait en elle ? J'aurais voulu dire les cauchemars, les insomnies, l'apitoiement causés par cette ignorance. Lui dire combien cette souffrance sourde et innommable engourdissait les sens et retranchait du monde et combien ce mal était pourtant *dans l'ordre des choses* comme elle le disait elle-même — dans l'ordre infinitésimal et si secondaire des choses qui s'étaient enchaînées jusqu'à cet instant et qui pouvaient s'achever ici à tout moment, dans une ultime réplique sismique qui aurait raison de moi, d'elle, des touristes et de ce pont suspendu dans le ciel réputé indestructible. J'aurais pu lui faire cette réponse qui l'aurait effrayée, cette réponse lourde et empoisonnée qui me torturait, mais je me retins et la gardai pour moi.

C'est ainsi, dis-je en allumant une cigarette.

La journée grise était illuminée d'une lumière tardive qui perçait sous la brume entre Yeniköy et Paşabahçe, sur l'autre rive. Les trois Anglais avaient disparu et, à quelques mètres de nous, un homme était installé entre la route et l'eau, accompagné de trois femmes avec lesquelles il dînait à l'arrière d'une camionnette. L'homme nous étudia avec attention et la plus vieille des trois nous fit un signe en nous proposant d'une voix de crécelle de les rejoindre. Les deux autres s'esclaffèrent en se décrochant la mâchoire et l'homme découvrit sa bouche plantée de chicots comiques. L'actrice déclina l'invitation et nous nous mîmes à marcher vers l'embarcadère de Sarıyer, laissant derrière nous l'écho de leurs rires tonitruants. Le soleil plongeait vers l'horizon et la jeune femme désigna du doigt un point entre l'Europe et l'Asie dans le prolongement duquel, disait-elle, figuraient Yalta et Rostov. Son oncle lui avait raconté cette histoire pour lui prouver quelque chose dont à présent elle ne se souvenait plus.

Je suis désolée, fit-elle en voyant mon amusement. Cette information n'a aucun intérêt.

Elle rougit puis ajouta :

Je suppose qu'il n'y a rien d'exceptionnel à ce que trois villes soient placées sur un même axe imaginaire…

Vous oubliez l'équidistance entre les deux rives, dis-je. Votre oncle voulait dire qu'en ce point précis il est théoriquement possible d'aller tout droit jusqu'à la mer d'Azov et…

C'est vous qui vous emportez à présent, coupat-elle, amusée, et nous poursuivîmes notre route en silence, conscients du fait que le centre de gravité formé par nos deux corps en mouvement était responsable de l'équilibre fragile et éphémère de notre promenade.

Ils avaient peut-être commencé ainsi, par un verre de thé. Il était une fois et il n'était pas, comme dans un conte, sous la lumière blafarde d'un comptoir de terminal maritime. Ils s'étaient rencontrés devant cette baie, avec derrière eux l'un de ces villages du Bosphore qui s'estompait dans le crépuscule. Les murs éclairés par le passage de rares véhicules, l'eau tournant de l'or au gris foncé, les vagues qui léchaient la digue avec insistance comme elles le faisaient toujours à la tombée du jour. À petites gorgées, ils avaient bu leur thé en soufflant dessus pour le refroidir. Installé à ce comptoir à mon tour, je crus saisir, comme un être sous hypnose, la sensation de certitude bienheureuse qui avait pu s'emparer d'eux alors, et une émotion vive, inattendue se répandit en moi à la manière d'une thrombose, comme si, après des mois de fatigue, un flux vital se précipitait dans mes veines obstruées et qu'une joie dangereuse se remettait à y circuler. La jeune actrice fouilla dans son sac et quelque chose tinta à l'intérieur. Un *minibüs* s'était arrêté de l'autre côté de la rue, elle rougit et murmura un adieu, je lui tendis la main et la remerciai. Elle répondit bonne chance et se retourna, traversa la rue et monta à bord du véhicule où je distinguai quelques secondes encore sa silhouette figée dans la délicate incertitude du départ.

BEYOĞLU

J'étais rentré à Beyoğlu, avais fait ma valise et appelé Orhan pour lui donner mon heure d'arrivée à Paris, puis Esther pour lui dire que je serais à Londres le week-end suivant. Sa voix était chaude et quelque chose d'enflammé et d'irrésistible s'y consumait. Je me dis à part moi que j'avais une sacrée chance, de l'avoir, elle, puis le lui déclarai tout haut dans le combiné, et demandai à ma nymphe, comme il se doit, si elle avait été infidèle, puisque c'était la question que je lui posais toujours, notre vieille routine, nos taquineries d'amants. Mais elle me répondit : Comment pourrais-je ? Comment pourrais-je puisque je suis enceinte, et à ces mots la voix de ma nymphe se serra, enceinte de toi, Dr Jones — il me semblait qu'elle pleurait tout en plaisantant, ses pleurs gonflés de bonheur et d'appréhension qui encombraient la ligne et nous faisaient du bien. Je la calmai avec les mots que j'avais, pas les meilleurs, pas les moindres, des mots dont j'effaçai toute peur puisqu'il était trop tard à présent pour avoir peur. Je regardai par la fenêtre le détroit et ses rives qui brillaient dans la nuit et demandai à Esther : Comment fais-tu pour avoir ce courage? Et des mots d'une douceur dont je me croyais incapable me vinrent aux lèvres, et s'expliquèrent alors comme une évidence l'acuité particulière de cette journée qui s'achevait, la douleur des heures qui l'avaient précédée, les rêves, le séisme, la disparition de Mustafa. Une explication existait peut-être, une connexion, une interférence.

Du frigo, je sortis un pack de bière Efes en canettes bleu et or. J'en ouvris une, puis une autre, dans une précipitation oublieuse, écoutant à la radio le filet grave et somptueux de cette chanteuse qui semblait interpréter ses chansons sur tous les postes de la ville, et occuper l'imaginaire de tous ses habitants, et, contemplant l'immense nuit d'Istanbul, je conjurai le visage du *pezevenk*. J'ouvris une autre bière et, à la brûlure de son amertume dans mon estomac, je sus combien j'étais vivant.

Je mis mes chaussures et descendis dans la rue, et comment, pourquoi à cette heure je croisai le barbier, celui qui m'avait coupé les cheveux le matin même? Il existait une explication peut-être, une connexion… Il me regardait d'un œil soupçonneux à présent, ce barbier, tout comme les masseurs assis devant le hammam; il se demandait où il avait bien pu voir ces cheveux et s'ils pouvaient correspondre, eux aussi, à une *interférence* dans sa longue existence. J'accélérai le pas pour me perdre une dernière fois dans les visages, les yeux, la langue et les rues de Beyoğlu. Je longeai l'hôpital allemand où ma mère à cette heure dormait d'un sommeil peuplé de songes trop anciens pour être les siens, puis débouchai sur la rue Istiklal où régnait jadis le prince des *pezevenk*; je passai les terrasses des cafés, les salles de cinéma, les affiches couvertes de masques d'acteurs où celui de Selmin ne figurait pas ; je traversai Beyoğlu où des milliers de visages se croisaient sans se voir et pris une rue en pente, dans la nuit qui étreignait la colline comme un fleuve en crue. Je n'avais pas pris de veste, la bière me tenait chaud, et je souris en pensant à la tête du barbier, à celle du vendeur de gramophones. Le vent s'engouffra dans ma chemise. Une masse où s'agrippaient des formes silencieuses avançait en silence, le dernier ferry pour l'Asie. J'avais atteint la rive et remontais le Bosphore où scintillaient les brillances électriques, ou le redescendais puisque son courant coule dans les deux sens, trouble et dangereux, dit-on, comme les désirs contradictoires des hommes.

NOTES ET REMERCIEMENTS

Le poème *zahir* introduit par Celal rue Saint-Jacques à Paris (« Le mal », page 15) est une invention personnelle née d'une rencontre entre les textes de deux grands écrivains du XXe siècle, Jorge Luis Borges et Michel Leiris. La courte nouvelle de Borges, *Le Zahir*, m'a donné l'idée d'un poème obsédant ; elle se trouve dans le recueil *L'Aleph* (Gallimard, Paris, 1977). J'ai découvert l'existence d'*Insomnie*, le poème de Michel Leiris qui décrit ce « trop lourd condensé de sommeil » qui affecte mon narrateur insomniaque, dans un livre d'artiste de la collection de la Bibliothèque littéraire Jacques Doucet, à l'occasion d'une exposition consacrée au *French Book Art | Livres d'Artistes : Artists and Poets in Dialogue*, à la Bibliothèque municipale de New York en mai 2006. Le poème figure dans le recueil *Haut-Mal*, suivi de *Autres lancers* (Gallimard, Paris, 1969). L'exposition *French Book Art* m'a aussi permis de découvrir le poème de Blaise Cendrars, *La Prose du Transsibérien et de la petite Jehanne de France*, dont je me suis servi, j'espère sans trop de désinvolture, dans la scène ferroviaire à la fin du livre (« Éphèse », page 343).

Le fragment poétique cité par le père sur le quai de Karaköy (« Karaköy », page 48) est tiré d'*Élégie pour Şeytan* de Nazım Hikmet, l'un des grands poètes exilés de la Turquie moderne, traduit du turc par Hasan Gureh. L'*Anthologie poétique* dans laquelle il se trouve (Les Éditeurs Français Réunis,

389

Paris, 1964) fait partie des rares ouvrages sauvés de la bibliothèque de mes grands-parents lorsque, à la mort de mon grand-père, ses livres ont été légués aux Archives nationales de France. *Ütelek*, l'histoire que le père raconte dans le salon de coiffure (« Kuaför Villi », page 67), est une réécriture, très libre là encore, d'un conte publié dans le recueil de contes folkloriques turcs *Az Gittik Uz Gittik* (İmge Kitabevi, Ankara, 2006), établi par mon grand-père, Pertev Naili Boratav.

L'extrait du livre lu à haute voix par Esther au narrateur (« Infidèle », page 126) est une traduction personnelle d'un passage du premier roman de Vladimir Nabokov en langue anglaise, *The Real Life of Sebastian Knight* (New Directions, New York, 1959), un livre pour lequel je garde une admiration sans réserve.

Plusieurs ouvrages m'ont aidé dans ma reconstitution de l'Istanbul disparue des années cinquante, en particulier l'album de photographies de Hilmi Şahenk, *Bir Zamanlar İstanbul* (Kültür İşleri Daire Başkanlığı Yayınları, Istanbul, 1996), et le *Tourist's Guide to Istanbul* de Rakım Ziyaoğlu, Hayreddin Lokmanoğlu et Esmin Raşid Erer, rendu en anglais avec une certaine cocasserie par Malcolm Burr, D. Sc. (İstanbul Halk Basımevi, Istanbul, 1951). Plusieurs séquences et visions enfantines du roman doivent aussi beaucoup aux images du photographe Ara Güler et aux souvenirs de jeunesse du romancier Orhan Pamuk, publiés dans le livre que ce dernier a consacré à sa ville natale : *Istanbul. Memories and the City* (Alfred A. Knopf, New York, 2005), traduit du turc par Maureen Freely. *Le Voyage en Orient : Anthologie des voyageurs français dans le Levant au XIXe siècle* de Jean-Claude Berchet (Robert Laffont, Paris, 1992) a été pour moi une source d'inspiration et d'étonnement quasi inépuisable.

Mon oncle Korkut Boratav m'a fourni des informations précieuses pour démêler le politique du personnel dans les destinées individuelles complexes de plusieurs personnes célèbres ou anonymes de Turquie, pays dont l'histoire récente n'est pas moins tortueuse que l'existence de ceux que son gouvernement a périodiquement choisi de malmener. Je remercie enfin Céline Curiol, Benoît Laudier, Nedret Öztokat et Ferhat Boratav pour le temps précieux et l'attention qu'ils ont consacrés à la relecture du manuscrit de ce livre.

DU MÊME AUTEUR

Composition Igs
Impression Novoprint
à Barcelone, le 20 janvier 2011
Dépôt légal : janvier 2011

ISBN 978-2-07-044032-0./Imprimé en Espagne.